长篇小说

BEIHUONANTIAN

北火南天

这篇小说写了凌燕、黄琼、黄龙飞、黄婴、二爷等一批人物。人物写得栩栩如生,性格各异。如:凌燕的机警、泼辣,黄琼的宽厚、果断、神秘……作品从晚清的义和拳一直写到解放战争——淮海战役,一座大寨子里农民大家族的复杂、丰富、繁芜、激荡的生活。大寨子既面临帝、兵、匪、官府抢掠欺凌的外悲,又面临内部的勾心斗角、思思怨怨。人物的命运随历史风云而变化,又随时代的前进而充满了生死卜知。小说读来,有一种非一口气读完不可的魅力。内容繁杂多变,波光闪烁,瑰丽多彩。

余志宏 著

北京燕山出版社
YSP

图书在版编目（CIP）数据

北火南天 / 余志宏著． －北京：北京燕山出版社，2014.2

　ISBN 978-7-5402-3457-7

　Ⅰ．①北… Ⅱ．①余… Ⅲ．①长篇小说－中国－当代 Ⅳ．① I247.5

　中国版本图书馆CIP数据核字（2014）第006508号

北火南天
BEI HUO NAN TIAN

作　　者	余志宏
责任编辑	涂苏婷
责任校对	王子佳　石　英
封面设计	潇　雨
社　　址	北京市西城区陶然亭路53号（100054）
网　　址	http://www.bjyspress.com
微　　博	http://weibo.com/u/2526206071
电　　话	01065240430
传　　真	01063587071
印　　刷	南阳市双丰印务有限公司
开　　本	710mm×1000mm　1/16
字　　数	300千字
印　　张	18.5
版　　次	2014年11月第1版
印　　次	2014年11月第1次印刷
定　　价	48.00元
出版发行	北京燕山出版社　YSP　BEIJING YANSHAN PRESS

版权所有　盗版必究

序

  长篇小说《北火南天》写得很好，文友要我写一篇序。这篇小说写了凌燕、黄琼、黄龙飞、黄婴、二爷等一批人物。人物性格各异，写得栩栩如生。如：凌燕的机警、泼辣，黄琼的宽厚、果断、神秘……

  作品从晚清的义和拳，一直写到解放战争——淮海战役，一座大寨子里农民大家族的复杂、丰富、激荡的生活。大寨子既面临帝、官、兵、匪抢掠欺凌的外患，又面临内部的钩心斗角、恩恩怨怨。人物的命运随历史风云而变化，又随时代的前进而充满了不可预知。小说读来，有一种非一口气读完不可的魅力。内容繁杂多变，波光闪烁，瑰丽多彩。

  《北火南天》结构宏大，框架结构严密，情节生动，摇曳多变，一波未平，一波又起，多起悬念，行文中点缀诗词。

  小说语言朴实无华，多用了一些地方语言，读起来明快、简洁、朗朗上口。

  作者系本地土生土长的人，熟悉中原农民的风土人情、语言、饮食、服饰，对延续半个多世纪的农民命运、时代变迁非常熟悉，也写得很透彻。

  小说语言朴实无华，也用了一些地方语言，读起来明快、简洁、朗朗上口。

  小说难免有不尽如人意之处，如有些人物个性还欠鲜明和精雕细刻，需要作者在今后的写作中予以克服。相信作者会越写越好。

  这篇小说写的是中国农村的百年风云。人物生活在一个几百口人的大家族，又生活在农村的底层，随着中国社会的发展，他们几经沉浮，使自己的命运与民族的命运结合起来了。小说框架大而周密，结构严谨。

著名作家 中国作协会员
河南省作协副主席、南阳市作协副主席　　**行　者**

二〇〇八年三月二十六日于宛

目　录

序 ·· 01
引子 ·· 01
一 ··· 04
二 ··· 10
三 ··· 18
四 ··· 20
五 ··· 27
六 ··· 35
七 ··· 39
八 ··· 48
九 ··· 52
十 ··· 63
十一 ·· 66
十二 ·· 76
十三 ·· 80
十四 ·· 82
十五 ·· 87
十六 ·· 93
十七 ·· 99
十八 ··· 105
十九 ··· 113
二十 ··· 120
二十一 ··· 124
二十二 ··· 128

二十三	133
二十四	137
二十五	145
二十六	150
二十七	159
二十八	167
二十九	176
三十	180
三十一	187
三十二	191
三十三	197
三十四	206
三十五	208
三十六	216
三十七	223
三十八	230
三十九	234
四十	239
四十一	242
四十二	245
四十三	249
四十四	253
四十五	256
四十六	259
四十七	263
四十八	267
四十九	276
五十	278
一幅农村风俗画	282
跋	284

引子

盘古开了天地，混沌刚刚结束，天上的雾、尘土与地连成了一片，地上形成了很大的湖泊，长长的江河，高高的昆仑山、天山、泰山、黄山……

盘古开天的时候，有一对童男童女钻到铁牛肚子里，避免了灾难。混沌一开，他们从铁牛嘴中出来，开始新的生活。一天，从山上滚下了一盘石磨，滚到山下时，他们才发现了奇观，下扇磨有磨脐，上扇磨有磨窝，于是悟出了男女阴阳之合，开始有了人类。

男的去森林打猎，女的开始捕鱼，喂养家禽、家畜——鸡、鸭、猪、牛、羊……

这天，男青年用石制的弓箭在密林中打猎，突然见一野牛在吃草，急去捕猎，那野牛奔跑，追着追着，追到一个大湖——天池跟前，那野牛奔入天池中不见了。青年长叹一口气，后抱一根倒木，游到天池中心的岛上，守候野牛出来。

女的在家久等他不归，就在湖畔伐木斩棘，开出一片地来。那年，男的回来了。但天旱起来，太阳似火一样毒。他们分别去割草喂牛、马。男的很勤快，却割得少。女的虽然起得晚，却割了满满一背篓。

男青年感到奇怪，偷偷跟着女青年，终于发现了秘密。原来，在女的睡觉的树下，有一片席大的草地。这片青草，随割随长，越割越旺，怪不得她割得多。

这年冬天来临，天降大雪，到处白茫茫一片。唯独这一片，却从雪中钻出草芽来，男青年刨开了这片草地，一连挖了三天，挖出了一个破瓦盆。他高兴地说，这个烂盆能喂猪，便返回湖畔。奇怪的是，猪食盆只盛一次食，便天天不盛自满。

他们天天观察动静。半个月过去了，破瓦盆还静静地躺在墙根。一天，他们不小心把拾的宝石、玉石掉在盆里。

奇怪的是，满盆里都是宝石、玉石……把宝石倒出来，只放一个玉石，霎时，又成了满满一盆。他们又惊又喜，知道得了个聚宝盆。

他们怕别的部落来抢聚宝盆，就又将那个瓦盆埋在了树纹右旋的香樟树下。

后来，他们要在湖畔盖房子，请来了一些垒房、垒寨子的人，但因干活人太多，做饭的人手少，人们常常忍饥挨饿。

一天，人群中走出一位年轻俊俏的女子，像是一个干净麻利的农家少女。她对男女主人说，小女子愿为盖房修寨效劳，不知允许不允许我当炊做饭。

你能行？

请放心，小女子自幼从老母手中学得一手烹饪手艺，曾侍奉过禹王、周文王。

人们对这位几千年前的"年轻"女子不禁有些怀疑。

你做过禹、周工程的饭食，可也当真？

小女子不敢胡说。

你会做什么饭？

我虽不才，做饭精通，天上飞的，水里游的，山上出的，地里长的……都能做出来。

你会做很多人的饭？

全包我身上。

结果，女子真做出干活人的饭，动作利索。她的绿豆面条总是满当当、香滋滋……而且很快就完工了。

工程完工时，男女青年要犒劳大伙儿。有人提出吃"扁食"。她答应了，又像往常一样，准备面和馅，又擀，又切馅。中饭时候到了。女子不知从何处弄来木屉架，放在八石锅上，木屉上装有两个簸箕形填料口，一口放面，一口放馅，中间一个轱辘摇把。女子蹲在灶台上，手摇手柄，包好的"扁食"便扑通扑通跳入急流中。一茬一茬吃饭人美美地吃着。女子仍忙着，一个好奇的小伙子从窗户向里望去，只见灶间雾漫漫，沸水翻滚。女子不慌不忙，扁食跳跃，扑通扑通。好奇小伙呼喊，快来看啊，那女子往锅里下"扁食"哩！

　　人们蜂拥来看时，那女子疲倦地跳下灶台，理理披散的秀发，迈着不快不慢的步子，向湖的深处走去。人们呼喊她，追赶她，却没能追上。她走到湖心岛上，哈了一口气，森林向周围退去，云彩笼罩湖面、魔沼。她的真身不见了，变成了一尊端庄的少女石像。

　　房子盖起了，寨墙修起了。这里成了人间的宝地。慢慢地，大象、恐龙、河马与他们相依为伴。

　　他们生儿育女，逐渐成了一个大部落……

一

风很轻，黄桷树粗大的枝干遮天蔽日。

黄刚毅说，来，今儿哩，天热，咱们到这儿乘乘凉，说个长话儿。

黄文革，他妈，还有一些邻居的孩子们。他扇着扇子，萤火虫在夜空中乱飞。

我说说咱黄寨的故事，这是从老一辈子那儿传下来的。

黄寨如一只巨兽张开嘴巴。四寨门洞开，宽大的寨门可并排四辆骡轿车。南门外东西大道直通三省（山东、陕西、河南），傍晚的夕阳给喧嚣的村子投下最后一抹余晖。十字街、酒坊、杀锅、当铺、染坊……正忙忙碌碌。庄稼人忙碌了一天正消受夜的辉煌与铅华。村庄如浓妆艳抹的少妇妖娆无比。

寨主正把那五个陶罐重新擦拭一番，反复端详一遍，又磕了几个响头，然后出去。

一青年肩背包袱，衣衫褴褛慌慌张张沿寨前大道跑来，又闯进南寨门。守寨门的庄丁见状，忙喊：这不是七太爷吗？你可回来了！想死老太爷了。

寨主黄娿，正拿起手中的水烟袋咕噜着。听丁账先儿忙说，老太爷，七老太爷回来啦！

他在哪儿？快叫我见见这个王八羔子。

稍歇之后，黄娿问，七老太，黄琼，你自前些年与太平军出走，为何这几年没个音信，真想你个驴日的。

老太爷，三年前，僧格林沁与太平军赖文光在城南唐坡打仗，我也随赖文光埋伏在唐坡。两岸丘陵，荒草丛生，高低树遮住队伍。僧格林沁率骑兵自湖北房县、光化县杀来，被赖文光带着我们围住，短兵厮杀。再加上都是岗坡丘陵，路又窄又狭，骑兵早被砍下马来。自午时杀到卯时，太平军越打越勇，拼死冲杀。最后僧格林沁的旗也断了，他的马也失了前蹄，险些被我们挖的陷马坑陷进去。俺们众兄弟眼看要逮住老贼，但被清兵救跑了。一溜烟逃往邓州城，喊开城门，入城去了。我随捻军一路追杀，后来队伍失散，我也流落民间装扮成叫花子，每日里打莲花落要饭，一直要到陕西省。

你在外边不好整了，早该回来，流落外地干球吃的？

他抱住一罐水一口气喝完，放下罐说，太爷，虽说跑了半个中国，旁的没学到什么，但得了一样无价之宝啊！

那样说，你是朝廷追逃的要犯？

是的，太爷甭担心，我潜伏下来。

你刚说你得了一件无价之宝，啥球宝，你甭糊弄爷。

七老太瞅瞅左右，让众人退下，才悄悄附在黄婆耳旁说，不敢胡说，慈禧太后下旨，捉住了要满门抄斩。

我学会了八副战拳！

啥？啥？拳？你胡扯球哩！

是八副战拳。这拳是义和团头领传下来的拳。与鞑子们誓不两立，厉害得很。

说到这里，他不说了。说要歇一歇，钻个地方藏起来。

黄婆叫人晚上拿酒来，我要亲自斟酒，让这位孙娃子喝个一醉方休。他学了八副战拳，方圆左右，再也没人敢欺负咱了。对外咱可不兴往外说，说了咱一家人可就兔子的尾巴——长不了啦。

说罢，黄婆吸着他的水烟袋，吹了吹后，面色凝重地说，咱寨子可过太平日子啦，没人敢尿到咱们头上了。从今往后，你带几个徒弟多操练操练，谁欺负咱，揍他个狗日的。随后摆上酒宴，上了辣子鸡、宫保鸡丁、铁板烧鱿鱼、酸辣白菜、泥鳅钻豆腐。一时间，一桌酒席热气腾腾，让七老太黄琼坐个上侧位。

来来来！与七老太压惊接风。喝过三大杯酒后，黄婆说，让我给你敬三杯，你娃子命大福大造化大。

黄琼说，您老操心太多，还是我敬您吧！黄婆斟酒一大盅——透明的九龙杯内闪着琼浆玉液。来，这是我先喝为敬，你这个小兔崽子可别装孬啊！说完咕咚一声饮下一盅。倒满三盅，由黄琼一一喝完。又碰了一杯卧龙玉液。一会儿，又喝本地黄酒。火辣辣的酒一进肚，黄琼感到身上百骨百节都在嘎嘣作响。他凑近正座的黄婴身旁说，慈禧太后正传旨捉拿会八副战拳的首领。我师父是义和团的拳坛领袖。小坛三千六百人，大坛一万零八百人。

第二天清晨，蹚过晨雾，黄琼引了几个徒弟，在园林子深处练起了八副战拳。

黄婴也来看看他们练得咋样。

练习半晌，歇下时，黄琼向黄婴走去，笑着说，这拳是义和团传下来的拳。那年失散后，我要饭要到一个寺庙里，见一个老头正在教拳。那拳也怪，俺从来没见过。我就隔着窗户，偷偷地学。他教一个动作，我记一个动作。有十来个娃儿在学，我在那儿偷学了一年多。饿了我就要饭吃，晚上睡在寺庙里，借着月光偷偷练习，不知咋的，学着怪过瘾，闪跳腾挪，进七退八，饿鹰捕食、白蛇吐芯、搬拦捶、海底捞月……这一个又一个我都烂熟于心。那天，我正在窗外偷看，被老师父喊进庙里，他问我叫什么，干啥的。他看看我的长相，又笑笑说，你想学八副战拳吗？这拳可是对谁都不能说，说了皇上要杀头的。皇太后有旨，谁会八副战拳满门抄斩，亲戚邻居也不放过。你要学，可要不怕死。口要紧，不能往外说。我点点头，不说，师父，我跟你学。我跪下给他磕了几个响头。他就让我在屋里练习着。我做了几套偷学的拳法。他惊叫，哎哟，你这娃娃学得比我这些弟子还精。从今往后，你就是我关门弟子。但对谁也甭说是我教给你的，连你亲爹娘也不能说，到死也甭说我是你师父。我含泪说，师父，弟子记下了。又学了两年。那一日，从寺庙外来了大队清兵，包围住寺院，要捉拿师父和俺们。俺们一路打来，师父出手不凡，闪跳腾挪，杀了几个清兵，夺了一匹黑马，身上中了一箭，一路跑了。俺们也打着跑着，我一路要饭，随逃难百姓，从陕西进灵宝、商州、西峡口逃回来。说罢，他神情肃穆，半天沉吟着。黄婴说，好吧！你回来了，肚子里那九曲十八弯，多倒一倒，教点徒弟，咱有用得着的时候。说罢，吸起水烟来。

黄琼从怀里掏出一个红布包，把红布包一层一层地解，最后现出一本发黄的书本。上写篆体字"八副战拳拳法"。每页上都有文字及图样。画一个大汉，双腿叉开，呈八字形，左臂护顶，右手叉开五指伸向右下侧。脸是侧面。

第三页有几十个字：

油锤贯顶心不凉，

二目圆睁赛茶盅。

脚下生根如青松，

禅指定穴不让空。

点穴之法要认清，

轻点运气不敢松。

一指点穴要尔命，

还手吹气死后生。

黄琼忙说，这是拳法要领口诀。这书是师父亲传，我随时不离身，万万不能外传，也不能忘记，这是咱黄寨的传家宝。

黄婆吸着水烟袋，走了。

这年正月十五元宵节前，黄寨里里外外忙得人屁颠屁颠。三十多个狮子头，头上两个灯泡发光亮。身上披的狮子毛（麻编的）在水中湿一湿——恐怕放焰火烧着狮子引起火灾。两个小伙儿，那小个子舞狮子头，大个子舞狮子身子。早就开始练习，噌噌的一阵锣响后，狮子在乱舞，扭呀扭的，黄琼自舞了八宝疙瘩的舞师。他领着徒弟舞成几对狮子，在寨后的大空场里蹲上跳下，引得那些娃娃们、媳妇们围起来看。

舞师和狮子能蹲上七张高桌子。

到十五那天，天气晴朗，寨内外挂起了红灯笼。在那古柏森森中，又挂上一些红纸花。寨内的十字街口，一排排的酒坊、染坊、油坊、当铺、肉架子、杂货铺……山货店也早早开了门店，准备长长的鞭炮，在鞭炮声声中迎接元宵节的到来。四乡八保的庄户人家也赶着牛车，早早地吃了饭来看热闹。有些是亲戚家，正要走亲戚，谈来年的收成。一排排用桐油油过车厢的牛车，黄牛又佩上铜铃，牛头上系上红缨子，老远就听见了牛抄子（牛铃）哗啦啦地响着。

今天，黄婆显得格外高兴，穿长袍褂，把一条辫子梳得油光闪亮。

大爷，年节好！给您老拜个晚年。黄婆也要走动走动，给庄内人家问候问候。这都是二百多口人的大户人家。

随着一声震天雷般的焰火炸响，一连串的焰火如一条火龙蜿蜒起伏，平射向场子里十八丈处。场子内外响起了锣鼓，对对狮子舞将起来。今年收成好，老天爷下了几场透墒雨，人们兴头高起来。一声锣响，狮子们一下从平地跳到了七张高桌的桌面上。

好！好！好！狮子们向乡亲们拜年了。金狮狂舞，又从三丈高桌面上跳下来，向偌大一个空场舞去。又一架狮子蹲上了三丈多高的桌面。这时，焰火金蛇乱舞。冲天炮一个接一个，人们啧啧称赞。今年的狮子比往年舞得好，蹲三丈多高！多了不起！小姐、妇女们笑得嘻嘻哈哈。黄琼手拿八宝珠，玩二龙戏珠。三对长龙又在他引导下舞起来，起起伏伏，左舞右蹈，只见他使个"丹凤朝阳"，又来个"白鹤展翅"，将八副战拳的身段只略使一使，就叫那些看客们看得眼呆了。

狮子越舞越快，锣鼓越敲越紧。人们的眼都看不过来。黄婆搬来了太师椅子坐那儿看，叫众人摆上酒，点心，随看随吃，另摆几桌，让姑娘们、孩子们也吃。小姐们、少爷们都累了，夜也深起来。黄琼把手中的龙珠往头顶上一擎，高叫，众位，献丑了，日后拜会。

老太爷也困了，让众人搀着他回去睡觉。他还说，哪球恁多瞌睡？爷们想看到天亮。

刚过了正月，黄琼便禀报老太爷，我们受襄阳、老河口、随县、枣阳处的请帖子很多。我不出去，让徒儿们去那儿舞一舞狮子旱船。黄婆答应了。

八辆骡车将他们先拉上路，马疾轻尘。望不尽的山水美景，早到了老河口。

先到望江楼，只见楼前一副对联上写着：

西望长安云横秦岭九朝烟

东瞩襄阳浪拍楚天万代风

老河口七十二条街，八十五条巷，十六个会馆，二十二个码头，三十三个钱庄、当铺。

刚坐那儿休息，大家口渴，去茶楼里品，喝大碗茶。

只见一老者说，明末清初，望江楼来了个有名的歌女，叫玉环儿。一些文人骚客，纷纷与玉环儿赛诗斗文，都败下阵来，有秀才请解学士去斗诗。解学士是邓州人，没考中状元，只考中了解元。无心求功名，回到邓州后从邓州到河口，玉环儿起身相迎。解学士落座后开口吟道：今朝朝罢，行行行院之家。玉环儿一听不慌不忙随口吟道：三分分茶，解解解元之渴。解学士听罢，赶紧告辞。

黄寨的狮子旱船来啦！一个小伙儿在襄樊街口呼喊，黄琼徒弟见襄江上白帆点点，水鹭掠空，禁不住感慨一番，等骡轿车过襄樊鹿角门时，都下车观看城门。想这九省通衢之地，辐辏商贾之乡，只见人头攒动，店铺林立。其中一个徒弟见景生情，即纵身跳上城楼。三四丈高的城楼，他竟使用八副战拳法，纵身上楼。众人仰观时候，另一些徒弟，呼叫他快下来！快下来！他又飞下楼。徒弟们才说师父说过的，这不能显山露水呀！咱这拳法不敢露一点真相，若叫皇上知道，咱这满门抄斩哪！徒弟吐了吐舌头，坐上骡车往襄阳府去了。

黄琼在黄寨，刚吃过早饭，只见雷鸣闪电，一声炸雷，将后院一棵榆树炸了，树身烧焦了一丈多。他刚刚想，这是不是出了啥妖精了？要不然会有火龙抓树？正在思索，只见天光闪亮，乌墨般天空中，闷雷又炸过来，一阵天光照得人眼都睁不开，扫遍整个上空。自半天空如一道利剑劈下来。那光劈来扫去，如在大都市见过的探照灯光。这哪来的光柱子，照什么呢？又见天空中出现了双彩虹，横跨整个天宇，人脸都照红了。黄婆也听说了，忙走出门槛来看。哟！天河开了，不知谁喊了一声。

刚过正月，一大早，即有一队清兵在一把总带领下，骑马驰到寨前，贴出告示，上写：火速捉拿八副战拳掌门人张某徒弟归案。有窝藏者，灭九族。

黄婆吟吟笑着，将把总请上客厅稍坐。我们如果知道情况，会赶紧去衙门禀报！那些清兵及把总把手一拱，鼻子哼了一声，上马疾驰而去。

黄婆长叹一声，回内屋找黄琼商议此事。

黄琼对老太爷讲，此拳是义和团留下的，所以皇上追查。他又回忆到当年义和团打洋鬼子的事和当年与皇上、慈禧太后的事，即长啸一声。

二

你信不信？老太爷,黄琼说。那年随捻军打到山东菏泽,我在一次战斗中,腿上受重伤,幸亏一位庄稼人救了我,在他家养伤。

不久,山东大旱,太阳吐出毒毒的舌头,舔红了原野。老百姓搭手望天,不见一丝云彩。

这一天,我住的庄上有位姓张的农民,盛水的大锅裂了口,他紧等钉锅的人。这一日,蒋庄来一个姓蒋的给他钉锅,也围了不少庄稼人,姓蒋的用铁丝钉上去,但不知怎么的又把锅敲了个小洞。张姓人虎着脸,不给钉锅钱,还要钉锅的赔锅,俩人连说带骂打起来。蒋姓人当场挨了打,鼻青脸肿,还赔了锅钱,带着伤逃回了蒋庄。第二天,他引来三十多个壮汉,非要张姓人赔五桌酒席、二百文铜钱。张姓人看斗不过,只好赔了钱。酒席也折成八百文钱,硬是不摆酒场,怕丢人现眼。张姓人家都憋着一肚子气。等了半月时间,为了祈雨,张姓人在夏庄搭了戏台子唱大戏。那唱戏日子,骡马轿车的、耍猴的、卖花稀桃的、卖胡辣汤的、玩杂耍的人山人海。而张姓人却要把戏台子对着蒋姓大门,这在那里是很忌讳的。以蒋姓人为首的砸了张姓人的戏台子,还要他们磕头赔不是,赔钱。张姓人喊了二百人打群架,最后乡保断案要张姓磕头、摆酒席、赔钱。张姓人受了这等窝囊气,磕了头赔不是。但地火在运行,他们纠集了五百人去蒋庄将人打了一顿。蒋姓人将此事告到县衙。官府派把总领了十五个骑兵去剿灭。原因是这地方一带来了义和团。他们红巾、红帽、红衣、红鞋子。张姓人就动员家族入了义和团。义和团在庄里设坛,四边围上木栅栏。筑一个七尺高的拳坛。张姓人这一下增大了势力,成为这一带的小坛主。约三千人,他们发展拳员。我当时在庄上帮工做庄稼。也参加了义和团。县上派把总去剿灭，我们一坛传一坛，共联系了十个坛主。约有五千人参加战斗，在吴家沟埋伏，都带上梭镖、长矛、大刀。埋伏停当，恰巧那天有大雾，隔丈把远都看不见人。已听到骑兵的马蹄声了。这处周围是小山坡。中间是深沟，荒草又深。等官兵进到深沟时，我们埋伏兵一齐杀出。先砍马腿，又放火烧荒草，把总也被我们捉住。剩下的全部杀死，这一战叫涞水之战。消息报到朝廷，朝廷派袁世凯去山东当巡抚，并调查义和团的反叛事情。那一日，我到了济南府，扮作一个算命先生，打听袁世凯行辕在何处，在行辕附近摆了个卦摊。那天傍晚，我在树荫下闲坐，准备收摊回义和团那里。只见从行辕里走出一个小官模样的人，他要测字。写了个"天"字。我灵机一动并算出，他是火命，南方丙丁火，混熟了，他讲出了此次袁世凯到山东的原因。

戊戌变法失败后，光绪帝即被囚禁在颐和园的万寿山下，不能迈出门半步，只能听湖中波涛拍岸声。慈禧太后想废掉光绪帝，另立皇帝，又深恐各国洋人反对，心中焦躁不安。有两个侍读学生写了折本上奏皇太后。皇太后称说有疾，让他俩见军机首辅大臣荣禄。两人见了荣禄后，悄然递上折子。那上面写的是废掉光绪皇帝另立皇帝的内容。荣禄忙说，你们坐一坐，我肚子疼，正在拉稀。等了一个时辰，荣禄从里面出来，接过折子往火盆里一扔，又用钩子钩了几下，折子烧了。俩人怒气冲冲，说是皇太后看过又传下旨意，你竟烧了。荣禄笑笑，我亲自见见皇太后。

第二天的三更天，荣禄坐轿从府中前往金銮殿（太和殿）。到前门落轿，这地方原有一个三间殿房，也是个关羽庙，有一个占卜瞎子在这里算卦。瞎子问荣禄问什么事。荣禄回答"国事"。抽了三根签，都是下下签，荣禄的手抖起来。瞎子说要是问废帝立新帝的事，定是凶多吉少，不要再问。

荣禄到了紫禁城。皇太后坐朝，说，荣禄来了没有？半个时辰后，荣禄把头磕在殿前金砖上，放声大哭。说：臣死是小事，误了皇太后是大事。洋人不让太后另立新帝，我让瞎子算卦也只能这样。慈禧让他说个明白。荣禄就说，另立帝会引起外国公愤，不如将庄亲王的儿子立为太子。皇太后点头称是。

第二天，太后宣光绪帝上殿，将已写好的诏书让他重抄一遍，另立庄亲王的儿子为太子。光绪帝吐血不止，但慈禧不敢公开让庄亲王儿子登基，仍让光绪为帝。

庄亲王在家等各国使节来祝贺，但一连等了三天都未来，庄亲王大怒。正在此时，义和团举起"扶清灭洋"的大旗。这时，有人报，义和团拳法精通，可杀洋人，保大清。义和团扒铁路、杀传教士，都是红巾扎头，身穿红衣，口中念佛，刀枪不入，枪炮不避。朝廷先派袁世凯任巡抚来看情况。

我心里说，到时候了。皇太后也离不开俺义和团。干一场，有好处。

两天后，袁大人来辕门巡查，义和团张头领带几千弟兄，装束整齐，又竖大旗"扶清灭洋"，让几个大师兄表演，真是刀枪不入，枪扎到身上没伤口。袁大人好像看出什么，忙令手下将他的德国造的手枪取来。张头领又让大师兄念了咒语，喝了符水。这叫"上法"。只见大师兄扎黑头巾，身穿红衣裳，高唱：牦牛神牦牛神，牦牛下山抵死人。念罢，向前冲去，袁大人举枪连发三枪，大师兄却不见咒语显灵，身子一歪，趴倒在地，口吐血沫，双眼圆瞪。

袁大人什么也没说，只把那枪用布擦了擦，放回去了。

我们义和团一帮弟兄将大师兄尸体抬走，掉下眼泪将其掩埋。

不久，山东省降甘霖，农民急盼喜雨，都掩盖不住内心的高兴劲儿。义和团的人一哄而散，回山东种田。胡闹台，不如回家种小麦。我看山东待不住，收拾行李和弟兄们跑到直隶一带。

刚找到拳坛师父，他给我一个嘴巴，喊道，哪路来的，我说是东方神仙。他又问为何改弦？

我说是投奔师父，步步高升。三天后，从京城来位军机处大官。俺挤在人群中看他尖嘴猴腮，咋能当大官？正看不起他，老师父喊我。我刚穿红衣红裤，头扎红巾，心想，给你点样子瞧瞧。师父念了咒语，喝了碗水朝我头上喷，我又喝了师父的符水，师父念起咒语。我将眼翻白，也不知脸红不红，只觉得浑身发烧，火辣火辣的，身上的百骨百节都在响动。我眼见的是一群妖魔，自己也变成一头妖魔。我发疯了，只见原来那些人都变成鬼怪。我手拿红缨朴刀，大吼一声，扑上前去，左五右六，上盘下绕，腿脚灵活，只觉得在腾云驾雾。忽然，我倒在地上，筋疲力尽，口中吐出白沫来。腿上也摔成浸血的伤。师父对那位京官说，他是刚学的，道行很浅，道行深了，更不得了。师父说，卸法！

这时候，师父敲锣打鼓，那些围观的老百姓多极了。他用麻捆住一块大石，约四十斤重。在石上放一个水碗，碗中插一把刀。观众伸着脖子看。旁边神父赶快过来，叫着：这是邪术，撵他走！神父嘴里又嘟嘟囔囔，不知念些什么。

师父说，不用他撵，只要他给拔下这把刀来，我自己就走。神父走上前，铆足劲，把脸憋得跟下蛋母鸡一样，刀仍是纹丝不动。神父大喊，邪教！师父仍我行我素。神父狼狈地溜走了。

开始表演"神魔附体"神功了。京官眼睁睁地瞅着另一主教败了,后面的义和团人员挤着上前。京官认为这跟他在山西晋阳看的一样,嘴里嘟囔着。师父又喊,天上神仙快下凡,前头走的洞八仙。有六千人喊叫着走到京官面前,又按戏中样子报上名来。一高大汉子说:我是铁拐李大仙!

瘦子喊:我是张果老大仙。

一个男扮女装的喊:奴家是何仙姑哎!

又一个喊:我是神仙汉钟离呀!

大家看八仙——表演完毕,不过是学着戏台上的演员去做的,有些就戴六角英雄帽,身穿箭袖短衣,脚蹬软底快靴。我看是师父哄那位京官的。有一位兄弟看着这位京官,忽发作起来。他喊着:牤牛神牤牛神,牤牛下山抵死人,突然跳了起来,手拿短刀前跳后蹦,上蹿下跳,像猿猴攀岩跳崖一样。后来,他唱道:天灵灵,地灵灵,请来天上众神灵。人们都说"神仙"附住身了。这一阵,他如喝醉了一样一歪一仄的,口中念着神仙的名字。师父上前在他的额头点一下,喊着:富娃!富娃!下来!下来!他忽然醒了,也不醉了,也不痴呆了,站在那里,似一个木头人儿,又突然哈哈大笑就瘫在地上,眼皮翻着。

师父站在队前说,咱们的拳法简单得很,要学也不难,我保你五分钟学会,十分钟毕业,不过你得心里诚实,来不得半点假的哄骗神灵,若惹得上天恼怒了,不保佑你,一打起仗来,你就会被打死了。

京官被迷住了,他捋了捋胡子,端着玉带在拳坛下走了几个方步。我想,他那会儿是美多了。他可能看到我们几千人,汇成几万人、几十万人的队伍,头扎红巾,身穿红衣红裤,脚蹬墨色快靴,手执红缨长枪……这是多么威风啊!他如见了皇太后会说些什么呢?鬼才知道哩!但这时,一个师父——对,就是那个铁拐李师父,一瘸一拐地走出队列,手拿快板,高唱起来:

今年是光绪的二十六年哎,

王禅老祖下了高山哎。

黎民们,冲上前哪,

有了各路的神仙哎!

咱杀了洋人哪,保住大清江山哎……

众多的"神仙"被师父们的咒语召来,这是群魔附体的咒语,有玉皇大帝、如来佛、赤脚大仙、太上老君、姜子牙、诸葛亮……

请来众神来显灵，

一请唐僧猪八戒……

那位京官说道：诸位还是回家种田吧！

种田？哈！哈！亏你想得出，我们众弟兄哄笑起来。

后来，听那位校官爷给我说，慈禧太后宣布：端郡王载漪管理总理各国事务衙门。

紫禁城对义和团大门大开。

那位校官爷说，第一次在仪鸾殿的会怎么开，这些我都不得而知，但时局紧张。皇太后同意西方各国派兵三百人，进入北京。各国公使向大清请求：请派兵进京保护使馆。以英提督摩西率英、德、俄、法、美、日、意、奥八国联军三千人，自天津东杀往北京。

那年六月，我在天津听说北京城内处处火光冲天，洋人进京烧杀抢掠，无恶不作，将圆明园毁了。义和团一些弟兄也进了北京城。他们传说有洪钧老祖驾祥光自天而降。先到庙里，召唤一些神仙纷纷下凡，他们让枪炮里子弹火药不能点燃，还把手一指，大火燃烧，腾腾烈焰，直烧敌营，所有北京人，都要面朝东南磕头作揖。

后又传说皇太后收到了一个外国公使照会，提出一个什么四条，那内容不得而知，但为这事皇太后又召开了御前会，要义和团保大清江山，杀洋人。不久，端郡王载漪给皇太后一个"洋人照会"，经荣禄的手交给皇太后。皇太后不拆就知道这"照会"是勒令圣母皇太后归政下台。皇太后受不了啦，义和团要用武力去打败洋人，守住大沽炮台。

那天，师父写了一封重要的信要我从天津送往北京，交给大师兄。一到北京城，到处火光熊熊。只要见到有卖洋货的，只要卖的东西上有"洋"字的，都一律杀掉和毁掉。香烟叫洋烟，眼镜叫洋镜，洋伞、洋袜，义和团见到，一律把东西毁掉，把人杀了。有人带钢笔、洋纸、洋书，一家有八口人，一盒火柴（洋火）一律被砍死。墙上贴了一个大告示，我凑前一瞅：

大清国与"洋"决裂，

改洋药称为土药，

改洋货称为广货，

东洋车称为"太平车"。

"洋钱"改为"鬼钞",

铁路改为"铁蜈蚣"……

大街上,一排排义和团人员组织起来,队伍雄壮,气势雄壮。街头烟尘滚滚,刀光剑影。

我听到一队义和团拳民唱着歌:

兵法易,助学拳,要杀鬼子不作难。

扒铁道,电线砍,再毁洋人大轮船。

鬼子一概全杀尽,大清一统庆升平。

此时,各国已让炮舰派兵守着使馆。他们提出要求,清朝大沽口炮台在规定时间内全部移交西方八国联军。不然,他们会攻占炮台。

我将信送给大师兄后,在回来的崇文门大街上,见一个清兵杀死了一个德国公使。

不远处小巷的墙上贴了一张《宣战谕》,我心里说,妈呀,咱义和团同八国联军宣战了。上头有皇太后的御印,还有一小张悬赏令。

自今日起,杀一男性外国人赏银五十两……

我向天津大沽口走去,好向师父复命。等走到廊坊,见四列火车正向北京进发。一列火车上,挂车改装成装甲车的铁甲火车,架着机关枪,有二千多名外国士兵坐着,我吓得向远处逃去。子弹从我耳旁呼啸而过。

这沿路的铁轨被扒掉,抬走,枕木被抬走。

我遇到村庄里一些义和团兄弟们,他们要我和他们参加战斗。对！在廊坊这个地方,我们义和团拳民们手拿大刀、长矛向联军猛攻。我们都喝了符水,师父们念了咒语后,我们让黄汉升、孙悟空附了身,口中大叫:牤牛神牤牛神,牤牛下山抵死人。我们几千人向八国联军冲去,杨村前面是一片开阔地。冲到六十米时,联军的六挺马克沁机枪响了,喷出了子弹。我们的血肉之躯不行了,我们的咒语失灵了。兄弟们成排倒下,神们也保佑不了我们。但我们要保卫大清王朝。我吓得屁滚尿流,逃走了。

我逃到大沽口。六月半,天热得蒸馍锅样,找到大师父。这里有几千名义和团拳民,正准备开拔进军北京。

我悄悄溜到大沽口炮台的附近山下,有一个天然石洞掩护了我。

大沽口的炮舰在海上漂着,大炮口平伸向陆地,这里是天津和北京的门户。八国联军舰上派出了军官去见大沽口大清国司令官,要他们在明天凌晨两点钟交出大沽炮台,否则,联军进攻。清军拒绝了,这些都是后来听义和团头头们讲的。

大沽口,似一头巨兽,蹲伏在那里,守军们正磨刀擦枪。四座炮台的大炮口黑乎乎的,雄视着海面,时刻要喷发出愤怒的炮弹射向敌舰。

我只听见炮声隆隆。夜里,俄国的"高丽"号和美国的"英诺卡西"号先后中弹,敌人伤亡惨重。

大清国的四艘鱼雷驱逐舰静静地矗立着,它们的主人没动一下就当了俘虏。后来,每每说到这个事时,我的心里就像插了一把刀,骂一句:"阎王爷瞎给他们披张人皮。"

大沽炮台的炮火一红一红地映红了海水,映红了天空。四个炮台全毁灭了,全体清朝海军死完,无一人投降。

我们一夜没睡,天破晓,太阳把它的血红投向大沽口阵地后,又染在为国捐躯的将士们身上。

我们站在一个山凹处,躲避着炮火,又看着东、西、南、北的四个炮台一一陷落,我们大清国每一个炮台上的官兵都光着膀子在发炮。他们为击中敌舰而欢呼,而最后全部战死在自己神圣的炮位上。黄龙旗换上了日不落帝国的旗,炮台失陷后,整个大沽炮台一片死寂,连空中的飞鸟都没有,海水也都红了。这是中国将士的血水染成的。

我们的胸膛如火烧一般,整个胸膛像要憋出什么来,要哭却哭不出来。弟兄们眼里冒火,急忙抄起大刀、梭标,还有皇太后发给的毛瑟枪、来复枪,悄悄挺进北京。要知道我们是奉旨义和团,皇太后的宝剑指向哪里,我们就杀向哪里。

沿路,我们拆铁路,烧铁路,"扶清灭洋"的大旗在风中飘扬,等走到离天津不远,正遇见西摩率领的二千鬼子兵。我们愤怒地把大刀向他们头上砍去。

后来,六千士兵在总兵聂士成的率领下,改打杨村。一直打了两天两夜,我们也参加了战斗。

嘴里喊着咒语,喝了符水,身上刀枪不入。手里端枪的,抬炮的,射击着抬枪、罐炮、榆木喷炮。但不知怎的,枪总是射击太高,眼与准星总连不到一条线上,因为平时练的是刀,没练习枪炮,所以总瞄不准。打死的八国联军也不多,但他们也害怕。要不然,他们怎么会是坐火车去北京的,后来，发现坐火车不行改为步行，最后发现步行去北京也不行。

看着，中国人是不是好惹的！

我们三千名义和团拳员向北京进发，要摧毁北京的各国使馆，要杀死那里所有洋人，要攻克西什库教堂。

三

  教堂和使馆都筑起了堡垒。那些洋人在炮火中奔跑,手里往往拿一块湿布,哪里有火光,就奔到哪里去救火。我看见,一位白胡子教主正跪着为死难者祈祷。

  我们加入了北京义和团的行列,只见火光冲天,横尸遍地,狼烟滚滚。

  我们用密集的炮火来轰击那里的建筑。这些灰色的建筑,多少年来,总是仇视我们,对中国虎视眈眈。这一回要让那些建筑物通通倒塌。密集的枪炮射击在灰色建筑物上,只见火星乱迸,留下一个又一个弹洞。我们围着的院子里,有一个穿白衣裙的外国女郎在奔跑,运送伤员。有时,又拉着装砂石的小车,好像一个白色的精灵。后来,我们的炮火发怒了,那只白色的蝴蝶有时也会隔着墙望我们。这时,我们舍不得开枪,都是老百姓嘛,有时候我们能听到她忧伤的歌声。

  但以后,西摩率领的八国联军占领了老龙头火车站,切断了京津之间的联系。我们加紧了对使馆的进攻,却屡攻不下。不知是我们攻击不力,还是洋人的火力太猛。我们相持了两个月。然后听到了联军的枪炮声,这声音越来越近,但我们一点也不害怕。

  奇怪,一时间枪炮声渐渐消失。不知慈禧太后下了什么旨,但不管怎样,联军开始在北京附近开战了。

  那一天,北京城笼罩在恐慌中,大臣们纷纷坐车逃跑。逃出宫的人说皇太后在处死了宫里一些她看不惯的人后离开了紫禁城,走了六十里,到了颐和园了停留片刻,烧香、拜佛。皇太后和光绪帝最后逃离北京,一路向西安奔去,在山西乔家大院停留。她要看看这位山西富商,如何富甲天下,他们的日子如何富裕。停留的几天，山西巡抚和地方官都来朝拜。乔致庸用百万两白银贡献西太后。这才使西太后大悦，使乔家发展更加顺利。

义和团弟兄们像是没人统领的兵丁，靠自己和洋鬼子干。皇帝都跑了，谁还管大清哩，咱义和团管。

洋人占领北京后，杀人如麻，血流成河，义和团拳员和他们拼命。

后来，各国都来北京烧杀抢掠，在中国睡狮身上任意宰割，想怎样杀中国人都行。

皇太后把罪过推给义和团，条件是让她回北京，保她一命，要杀义和团的人。不但与八国签订了丧权辱国的条约，还说义和团拳民是反民，这与义和团相啥干？义和团杀洋人保江山，有错吗？皇太后降旨：把八大朝臣押往菜市口杀掉，还要杀义和团。洋人杀义和团，皇上降旨杀义和团，天下尽来杀义和团。我们只好逃出北京，做逃犯。我后来逃去要饭，才学会了这八副战拳，虽不说打遍天下无敌手，但也为家为国。人家不要咱了，咱这子民只好逃回来。

太爷，我只能逃回家来。这对我这些年干的什么有一个交代。你看我活得值不值？这些日子我东躲西藏，无法容身。

黄婴捻着胡须，听了半天，也没吱声，只流下长长两行清泪，半晌说句，在家里老老实实藏着，你哪儿也不要去，外边发生天大的事儿你也别去。改名埋姓，深深扎下根吧！

自此，黄琼便开始了新的生活。

四

　　这一日，正值秋高气爽，野外的黄菊花开了，一大朵一大朵的，喷香喷香的。沿着黄寨南寨门的东西大道上，一位道士及道童正边走边敲梆子。那梆子被磨得油光锃亮的。

　　算命哎，算命！命好给钱，命不好倒找钱。

　　黄婴正在自己刮胡子。他用一个剃头刀，然后对着镜子，自己慢慢地刮。听到寨外梆子声，有人喊算命的，心里不由咯噔一下，我这黄家庄园，也有六七年了，让他们算一算吧！这些日子诸事不太顺心。于是忙叫丁账先儿吩咐出去，请那道士算一算命。过一会儿，道士及道童进来叹道，好地方哎。

　　道士进寨门往里一走，东瞧西瞅的，大喜说，好一个住处，必出人物。

　　黄婴由屋里踱出来说，要是一般算命的，我给你点银两，你说点好听的，也就算了。要是算得好，我这里有赏钱，咋样？

　　那老道士作了揖说，我们权当送你一卦，也不要你赏什么银子呢！

　　道士也不喝茶，只管在签筒里摇签。黄婴总共抽了五支签，三支上上签，两支下下签。

　　第一签，上上签，画一大宝盆，盆里盛满金银，一个人仰天大笑。

　　签曰：

　　浩浩荡荡一大汉，
　　生来命贵福不浅。
　　祖上曾经传下宝，
　　只怨多来不怨少。

第二签，上上签。

画一美女站在秋千架上荡秋千。摆的力度大，秋千险些将她摔下来，她满头乱发，院墙外有一男人在招手。

签曰：

娉娉婷婷一女郎，

笑一笑来四处慌。

铤而走险多歧路，

命中注定她辉煌。

第三签，上上签。画一武官练刀枪，骑马回身一箭，箭正中柳树上金钱眼。

签曰：

命中出来太刚强，

保家卫国振兴邦。

一生坎坷遭大难，

东躲西藏奔跑忙。

第四签，下下签。

画一医生在把脉，他系住一风筝飞半空，脸上亦不变色。周围乞丐伏地，他一一看病。

签曰：

此君生来心智高，

多少钱财打水漂。

富贵之家他不慕，

一心扶持瘦弱苗。

第五签，下下签。

画一岛，岛中日出，一鸟飞来，一男子引弓射去，正中，鸟扑地而死。男亦掷弓又骑上马飞奔而去。

签曰：

赤日炎炎似火烧，

身陷囹圄心内焦。

足智多谋逃牢笼，

到头满江鱼一篙。

黄婆站起来，吩咐丁账先儿拿银元赏那道士，他说，大师父有何高见，这图上画的和这些诗是什么意思呢？

道士哈哈大笑，天机不可泄露，日后你便知道了。招呼道童，咱们走吧！主人赏的银两，道士一点也不收，贫道告辞，日后再会。

那晚，黄婆再也睡不着觉，就踱出院落，到寨中站定，偌大一个麦场，房宇高高低低都在月光之下。屋子又留下影子来。那些桂花啦，月季啦，桑树园啦，蚂蚱串草花啦都被月光映得斑斑驳驳，如画一般。

他长叹一声，丁账先儿呢？账先生是山西人，做生意后被他留下当了管账的。丁账先说，老太爷有啥事啊？黄婆说，你不知，黄琼近来攻习《论语》和《孟子》，学得咋样？我想找他说说话儿。

不一会儿，黄琼被叫醒来到后院，见了黄婆。黄婆轻轻地说，我今天送走两位道士，又睡不着觉，喊你起来说话儿。

黄琼说，我正好陪太爷转一转，有啥事讲？

黄婆说，我们就看前边吧，咱寨子一圈都是哗哗流的长流水，那是从潦河流过来的水呀！说起来话也长了。你看那水碧绿碧绿的，深不见底。一年四季不断流，东、西、南、北四个寨门经常闲着，没有急事，只开南门。

每个寨门前都有一座青龙石桥。

黄琼说，那有个啥深奥道理呢？

他们迈步到南寨门前，登上寨门炮楼，守寨的庄丁忙搬过椅子来。

丁账先也忙给太爷掸掸椅上灰尘。

你自东北向西南方向看，黄琼和账先生借月光向地势看去。一长长的山巅自东北而来，往西南逐渐低去。

那年道士来看过。他们说这是一道气势。气，就是脉呀！气走，脉走。这道气是从东北伏牛山处带过来的。

这里面有个故事。黄琼忙向庄丁要点茶水，又点上水烟让黄婆喝着吸着，讲起故事来。

清初，康熙爷传位时，写的遗诏：传皇位十四子也就是十四阿哥。四阿哥广交天下绿林朋友，他本人也武艺高强，从太和殿盗走遗诏，用笔将"传皇位十四子"改为"传皇位于四子"，这就成全了雍正皇帝。这雍正帝是四阿哥，坐了皇位。十四阿哥没有办法，被雍正帝派人杀死。杀后，只见一腔热血化作鸟儿直冲京城东南而来。雍正帝的军师一看说不行啊，是一只黑鸟叫三声往东南而去。这一去必然投胎，将来必然要报仇。咱们定要斩草除根，不能让他报仇。雍正帝说，就这么办。

军师哈密赤岂敢怠慢，化装成商人往中原一带微服私访。他走遍中原，也没探听到什么消息。后来，回去翻天书，见画一只大黑鸟钻进了一只白牛的嘴巴里了。军师回头一想，这不是一条伏牛吗？对！就朝伏牛山私访去。走遍陕西、河南，只见牛头在陕西，牛尾在河南。

他走着，反复说着，吃在牛头，屙在牛尾，百思不得其解，就在伏牛山越来越低的牛屁股上蹲着。忽见一金马驹扬尾屙屎，他就去追，等追到跟前，只见马粪顺山坡滚下山根。他忽然明白：这和牲畜一样，吃在牛头，屙在牛尾。豫西南山区即是牛尾处，山势低了，就往大山低处——牛尾处寻访，站在山巅朝南方远处望去，南边天空乌压压的，全是黑云彩。

再说穰东（古穰县）有一庄叫太子岗村。村东头一家张姓人家，家财颇足，其妻贤惠，已怀孕快要产下。他家的房脊上总卧一条黑狗，那狗下来吃食后又上房脊卧下，主人喝打，却打不下来。

就这样拖了三年。那一天，主人不在家，妻子在家，这只黑狗又卧在房脊上。她大怒，骂道，野畜生，你哪儿卧不了，偏要卧老子的房脊上。让长工搬个梯子上去，手执大棍往下撑。这狗被打下来了。

军师哈密赤正站在伏牛山南山坡，往南一望，大喜，哈哈！找了这么多年，原来你在这儿落户了。火速报往京师。雍正帝忙派大将前往河南南阳邓州穰县太子岗，火速捉拿新太子——不能叫新太子篡位。

兵贵神速，到太子岗后，就在这家宅子上挖龙脉——斩龙沟。兵士们挖沟，沟里渗出的水都是血水。主人才知坏了龙脉，但事已晚矣！兵士们在大将监督下，白天挖一天，晚上沟又自己平了。没办法，请示军师。军师命令夜以继日地挖，还没见挖出来。这天，已挖到傍晚，兵士们又要收工离去，只听沟里有婴儿声，好险啊，再有两下就挖到了！兵士回顾没人，忙禀报给军师，军师亲自领兵士连夜再挖。就在声音传出处又挖了半夜，就见一个皇帝已骑上御马了，已成人形，军师命令就地处决。主人家妇人当夜产一男婴乃死婴。至此，了却了雍正帝一桩心愿。他奖赏了军师与大将。南阳邓州的太子岗只起了一大丘陵，但太子已死。诗人曰：今日登上太子村，此地空余太子魂。太子一去不复返，白云千载空悠悠！

在太子岗不远处，有一处娘娘村，但娘娘也早夭折。太子岗这股龙脉之气蜿蜒向南而来，如一长藤，千余年在这里形成气候，但总要结个"瓜"吧！

黄婴在月光下，坐在寨炮楼上，兴致很高，月光如水，四周很静。他接着讲：千年后，一道士和道童来游此处，见如此好的地气，没人享用，真是一大遗憾的事，悄无声息地走了。

明朝，朱元璋与陈友谅大战在鄱阳湖上，陈友谅手下一军师姓黄，激战中，军师算定陈必败无疑，趁军中大乱，由南昌府逃至山西省洪洞县，隐姓埋名，耕读为生。这一年，众所周知，朱元璋死后，燕王朱棣自北平领兵反了，杀得路断人稀。朱允炆逃到武当山修行去了。山西人多，河南人少。朱棣下令，让山西人集中在山西洪洞县大槐树下，然后迁到河南来。黄姓军师后代也就迁至河南新野，由于连年战争，家道败落，只好又移到穰县的高庄给徐姓种地当长工。

这一日，云游道士衣服破烂不堪，身上污臭不可闻，到高庄后，黄军师即我爷爷盛情招待道士，并赐给少许银两。道士没要银两，住了两日，却对我爷爷说，高庄前有一道气脉，是一个结，《易经》上叫气穴。我报答你款待之情，看你是一个善士，想送给你。日后，你可成为亿万富翁。你可把这一带气穴地买下，三年后，保你金满箱银满箱。

黄祖爷父子弟兄六人，在高庄干上三年多，所给的工钱，恰好买下王姓的五亩蛤蟆凹地。头一年种下禾草。第二年搭了棚子点上西瓜。恰好夏天，祖爷正在瓜地忙活，从信阳府通往西安这条官道上，有陕西的一巨商路过此地。天气炎热，不知是路途辛苦，还是中暑太深，巨商患上伤寒病，在瓜地一病不起，发高烧说胡话，眼看命要撇在这距家千里之外的人地两生处。咱祖上的太爷，亲自给他端茶倒水，还用热手巾敷他额头，但病仍不见好转，商人命若游丝。急得太爷到穰东城的张砦村，祖上有一医圣张仲景，他写了《伤寒杂病论》《金匮要略》。庄上有一中医，承袭了仲景的神医，但轻易不出诊。太爷坐骡子将他接来。

他一把脉，寸脉紧，关脉浮，尺脉空。这脉象空而浮，悬而无根，是个难症。这一剂若救不了，料理后事。

他开了十八分的人参，他说这是白虎汤加减，用童尿作引子。

太爷忙去抓了药，又到同盛堂买下二两人参，刚好煎两剂。

吃过第一剂后，给商人盖上三床被子，发了通身汗，又尿了半盆尿，病已好了一半，商人睁眼能讲话，又服了几剂后，半月后即能下床走路了。

商人的病奇迹般好了。

临回山西平遥县，商人又拜会太爷。此番回去，鄙人也没啥报答，请您跟我去山西一趟。我将倾尽家产，以报答您的救命之恩。太爷随他去了平遥县，商人领太爷到处游玩。等临回河南时，商人开腔了，我也没啥报答您的救命恩情，写银票两张分别到信阳府、汉口兑现银子，我们那里有庄子。

太爷回到穰县高庄后，一看银票上分别写一百万两和二百万两，即到两地兑换了银子，改高庄为黄寨。

几百万两银子，老太爷用银两先在禹州烧制五个钧窑的钧瓷陶罐，然后按设立的儿孙们的门户，每一门算一个陶罐，并秘密将祖上留下的什么贵重东西装进去，什么东西，对谁也不说，只是传下去。然后按一保堂，二幼堂，三艺堂，四治堂，五福堂分下去做了匾额。马上购置土地，凡是在黄寨中心的，就将土地买来，每天派账先儿下去。当年，连年打仗，百姓已是少能生存，卖掉土地的很多，账先儿们就到附近各村转悠。有些缺少银子的到黄寨来，找到账先儿，说自己有几亩地要卖，账先儿见我，我答应以低价买进。有的卖了地，仍要自己种，我答应以四六分成。他得四成，地还是他种。卖地咱不勉强，白花花的银子还是给了他。往北买到镇平黑龙集，往东买到南阳府石桥的地，我给现银两。

那一天，道士及道童又来了。敲着梆子，口中念着什么：知天知地知阴阳，知今知往知来生。我叫管账先儿出门看一看，请来了。

让到客厅，道士道童又不落座，不喝茶，只说：

积了阴功，有缘无悔。

上天报应，大福大贵。

金满箱，银满柜，

为何晚上难入睡？

骡马群，四千顷，

没有锥子怎传承？

劝君听我歌一曲，

此曲理应有人听。

他们闭目养神，又不说别的话，我拿出金子十锭，银子千两，可道士道童只是笑笑。

我要财宝作何用？

吾辈岂是蓬蒿人？

太爷一听，忙躬身相迎。连说，我有眼不识泰山，不知道山高水长。前些年，你给我看的地方。如今，我也确实金银满箱了。但我忘不了你们二人。

我在观里给您塑金身，每日香火不断，四方百姓都来观里烧香抽签。

道士闭眼只装瞌睡。临走，才说句：你只需这样做就好，等把阴宅安置好了，你大事自然成功了。袖中取出画好的一张图，放在桌上。说罢飘然而去。

　　太爷展开画图，乃一青年奔跑状，自东北向西南。北边是一个寨子，寨中上空有祥云罩住，他拍桌子喊着，哎！这不是咱寨南的地势吗？这做阴宅。往后，俺们百年后都埋在那里，先将老祖宗的坟地从山西洪洞县迁来埋这儿。

　　当即，命车马一行，从山西洪洞县将老坟迁来。那天，人来车往，请白娃的戏班唱戏五天五夜。台子搭好，锣鼓弦子古筝丝竹响连天。四乡的乡邻也来看戏。在咱寨中，那酒坊，熬肉锅，肉架子，饭馆，染坊，人来车往不断；玩猴的，卖花稀桃的，玩把戏的，卖膏药、藏药的络绎不绝；两盏大夜壶灯点着香油扯天扯地红。

　　选好日子，好时辰，等到午时一刻，庄丁们将坟挖好，厚棺加椁下到土里，又放几百挂鞭炮。真是天灵地灵，一个月后，我的夫人产下一男孩。这在黄寨我这一代算是石破天惊，天大喜事。因为人们都知道，我家万贯家产，可我夫人生下的都是女孩，恰巧是五朵金花，就缺一个带锥子把的。为这，我在小孩满月时，大唱三天戏，待五天客。不管是走路的，还是打莲花落的，要饭的，统统请上桌吃饭，酒肉相待。那日子，人人走路面带笑，连我也是一路梆子腔。

　　夜深了，黄老爷甩下手中的水烟袋，轻轻咳嗽了几声，高兴嘛，被我们搀下了炮楼，上床休息。月光如水，风清月白。黄琼觉得，今晚的月亮格外亮。

五

　　庄上人说，从家里走到南阳府，走不出黄家的地界。这是在清咸丰年间的事。探子报：皇上宣黄嫑进京，在太和殿，召见黄嫑。并传旨授予他带四品衔京畿大员的官位，但可不住京师，有事宣进京，赐黄马褂一身，蟒袍金带。

　　他还没被皇上宣进京。黄寨就忙开了。黄嫑吩咐下去，开仓赈灾。恰巧，这年旱了一夏一秋。太阳吐着火信子舔着树木、田野、山岗，地里的裂缝炸得有四指宽。坑里、塘里、河里都被晒干见了底，青泥被晒成一块一块的龟纹。井里断了水，只有白河里还有点水，但黄寨寨河里的水还是黑绿黑绿的。人们祈求龙王降雨，早把头都磕破了。

　　望一望天，仍是没一丝云彩。庄稼人骂：云彩跑哪儿去了？老天爷要收这一方人咧！

　　过了正月，就有断顿的了。缩头哈腰的穷苦人腋下夹个瓢满营里借粮。

　　二月二，一大早。黄琼练罢八副战拳后，满身汗流。咕咕咚咚地喝了两瓢凉水，一抹嘴吼了声：

杨令公两狼山上哭一声哎，
宋王爷俺杨家保你坐龙廷。
我杨家死的死来亡的亡，
大郎儿替主丧了命，
二郎儿短剑下命丧残生，
三郎儿马踏如泥烂……

　　正唱着，只听黄嫑咳嗽一声，忙止住吼，往后花厅里去了。黄嫑站那儿，说，啥事？你怹球高兴，当心闪了腰！

老天爷旱了快一年，庄子里交不上租子也断顿了，先往外放粮赈灾吧！这不得了啊！一斗粮明年还半斗也行，还不起不要了。

中，多放粮，少收粮，不然，饿死人了。

唤丁账先儿来！

丁账先儿，往外赈灾放粮！

放出去一斗二收回一斗，全免也行。你可得仔细点，黄琼说。

二月二，龙抬头。一大早，太阳还没露出脸。雾气就在林间绕来绕去。鸣鸟不停地扯着嗓子叫。

南寨门一打开，从信阳府的山里，驻马店、襄阳、商州，那一带顺着"要饭吃路"走来的客人们，晃着如阴曹地府里跑出来的影子，拧成绳，涨潮般地涌来。

随着那铜钥匙咔嚓一声，大铜锁开了。粮仓里一股粮食香气扑鼻而来。这时，对于庄稼人来说，是难得闻见的香气。造物主在创造世界时，也创造出这么好的谷物。庄稼人累断脊梁筋才做出这么好的谷物啊！账先儿还在那里胡思乱想，把乌珠算盘在手中拨得山响。黄婆则站在中花厅屋檐下，对夹着口袋来的庄稼人说，排好队，不要挤，粮食够大家吃，不能饿坏了咱庄稼人。但得记个账，赊的粮食有个家儿就行！

身子如骷髅般的庄稼汉们站好队，把口袋口撑开。

装粮食的木制工具张口吞进了粮食，又吐在偌大的斗里。然后，斗把子用一块小木板把它刮平。但斗把子总要少弄下来一点。让斗高高地鼓起来。

张庄刘三！随着喊声，斗中的粮食哗地吐进了那汉子的布袋里。瘦瘦的口袋马上鼓起来，又舒舒服服地趴在汉子肩上。

账先儿的算盘在叭叭作响，然后用毛笔在纸本上记下刘三的名字。

领粮的庄户人家队伍在缩短而又延长。还没领到粮的人，有的蹲在那里，在寨沟里手捧水扑哧扑哧洗了脸。在寨河南岸的树林子里拣了一些干树枝，点着火，树枝燃着火的青烟在树梢上冒了出来，随着树枝滋滋地响，或偶尔炸出一些小小的火星。人们掏出了旱烟袋。有的狠狠地在烟布袋里剜上一锅，用大拇指又按了按。抽出一根燃有火星的树枝对准烟锅吸去，提溜入口，然后长长地吐出烟来。美滋滋地咳嗽几声，直到咳出眼泪。

"妈的，老天爷连个尿星也挤不出来！"

方圆左右近几百里的哥儿们都来了！

都先借点，过了荒春上，看老天能下雨不？

黄老太爷善心发了，传下帖子是每年二月二往外赊粮。

二月二好，龙抬头，好日子。

咱穷人还管好日子孬日子？

有人掏出怀里的一点干粮来，金贵地包了几层布，他掀了一层又一层，最后露出榆树皮面跟野菜掺和的饼子来。放进火堆里烧一烧。捧起来，吹了吹馍上的火灰。带着煳味儿的馍片在他干裂的嘴巴里，咀嚼后咽下去，喉结滑动几下，吸定了旁边眼光。

前边的人往回走，背上多了一布袋粮食。酒坊的伙计们正叉着腰喊：来，喝点黄酒吧！回家去，老婆见你格外亲。

人们哪敢去，怎能用赊的粮食去喝酒？

熬肉锅散发着肉的香气，撩拨着每个庄稼汉的食欲。锅里咕嘟着肥肥的牛羊肉，还有猪头脸，油星子漂了一锅。

肉锅上掌柜婆扭动着肥大的臀子，粉红的小袄上系着手绢。下配着葱绿的棉裤，甩着布满肉窝的手掌大喊大叫：

来这里坐哟！喝碗肉汤，暖暖身子。泡点干粮，嚼着有味儿，打个饱嗝不想家。

要钱不要？显然，有些年轻人想过一过肉汤瘾。但马上遭到父辈的呵斥。

肚子还没的填，你眼馋肚里饥，看不饿死你。

小伙子只好舔舔寒风吹裂的嘴唇。算喝过了。

真的喝汤不要钱。已有人去汤锅前坐下，蒸腾的肉汤热气驱赶着二月的寒气。那人马上掏出包袱里的干粮来，泡在肉汤里。顿时，干粮和肉汤下肚里，他额头上沁出了汗珠。

不要钱，黄老太爷说的，不要钱！红袄绿裤的女人又晃动起肥臀，让多少庄稼人起了眼馋的遐想。

几个掏出干粮的庄稼人，泡着肉汤，嘴巴咀嚼着，发出吧唧吧唧极响的声音。

很快，赊粮的消息传播极远。每天，瘦牛拉着破车，牛铃铛响着。有拉毛驴的，将装满粮食的布袋搭在驴背上。

从二月二，一直赊到挟镰割麦。三省四府的黄泥巴路上晃来无数的瘦巴人。

到小满时，鄂、豫、陕三省才下了一场透雨。青蛙的欢唱迎来了小麦的拔节。才脚脖深的小麦、豌豆开始了日夜的蹿跳、露脸。

就在这时，黄娶要黄琼来后花厅坐下。黄琼这些日子不露脸是为防清兵的追捕。花后园里和徒弟们练八副战拳。

开始赊饭，年成了，不叫饿死庄稼人。

有粮食？

堤南高、鲁家寨、梁寨拿出仓库的粮食来。

每天熬上几大锅饭，让人吃。

谁来谁有份儿？对！

算一算粮食得多少呢？

把历年来的仓库存粮，再加上汉口、西安两地的店房赚来的钱抽个零头足够了。

好吧！选五十个伙计，弄三十口大锅。

各庄子的麦垛柴草足够用了。

一时间，黄寨热闹极了，临近南门几排房子门口都盘上灶，有些就在一些农户屋里修好大灶做饭，丁账先儿在那里喊了五十人，又盘了三十个大灶，还有案板、水缸、水桶……

前几天，由账先儿写告示，传向四乡八保，再帮各庄子也传个口信，远处的由各庄稼人的亲戚传音信。这样，家人们见面脸上一脸的灿烂。黄寨赊饭了！饥饿的人听到了福音，像看见了蒸馍，又如旱天里突然响了个炸雷，接着是雨淅淅沥沥地下来了。

六月初八，正是暑热天气，拿着碗和饭罐子。

从乡间阡陌路上，拥来了饥饿的人们。似幽灵，几条道上走的吃赊饭的人多了，从外省过来的路，被人们称为"要饭吃路"。

第一天，人少些，二十几口大锅做的稠苞谷糁。一个馍，中午是稠面片。做饭的喊着：这是鲤鱼钻沙哟，一大勺子一大碗哪！吃了这碗想那碗哪！开始，黄娶见人们饿得肚皮透亮，所以每人只一勺，外加一个鞋底长的馍。做饭的又唱道：你看这馍虚又白，活像我嫂子的两只奶。吃一口你想一年，吃着又白又香甜哪，干着，唱着，还拿勺子在锅沿上有节奏地敲着。逗得众人往他那挤起来。

人们喝着饭似刮风一样，圪蹴到树根起，坐在自己鞋上，忽忽隆隆地喝起来。喝得脖子鲜亮起来，头上亮晶晶，眼珠子亮起来。再放上两个响屁，上下通气。临后，又用手指将碗抹一抹，舌头在碗上沙沙地舔起来。

第五天早晨，做热稀饭的、稠面片的、蒸白馍的，都在忙碌，灶膛里的火在唱歌，大铁铲在甑子锅里来回游弋。黄琼只在早饭后露了一面。撂点劲，伙计们，多救俩，多积点福。

人越来越多。挑着烂被卷的，担挑的，还有推着独轮车的。来得早的已在黄家祠堂里房檐下的屋里住下了，又排上队等吃赊饭。来得晚的从桥南边的大路上排成队。要吃赊饭必须过单桥一座，每次一人。来得早的吃了几天饱饭，正在扯着叫驴嗓子喊着乱弹。有唱山西秦腔的，有唱湖南花鼓的，有唱豫东调、豫西调的。有唱曲剧板头曲的，大调曲子，越调的……

那一汉子，头枕在烂被卷上，双脚蹬在树干上嘴里唱着：

你说一来俺对一咧，

什么子开花在水里？

你说一来俺对一哎，

水仙花开花在水里哩！

…… ……

太阳升高了。她从林梢头探头探脑地洒下几束阳光来。寨河桥边的林子里鸟儿正在唧啾地欢唱。一群水鸭在寨河里游戏着，小河倒映着胡子拉碴又灰头土脸的人们。

那汉子一手提行李，一手拿一个豁口大碗。他挤到前边去了，人们挤不过他。做饭的正喊：甭挤！甭挤！他眼瞪得像铜铃一般。

我饿得慌了，挤掉你球了！那人一口山西腔，放下被卷，把盛到豁子碗里的稀粥喝了起来。等别人才刚盛了一碗，他那一碗就喝完了。伸着一只簸箕大的手递上碗，另一只锤子般大的拳头在挥舞着。

你喳喳球哩！俺老西饿了嘛！

每人只准吃一碗，你过去！

他也不理会众人，抓起屉子一个馍就往嘴里吞下去。几个吃赊饭的看不惯，来拽他、推他。那老西嘿嘿一笑，用一只胳臂轻轻一推，四五个人都东倒西歪地倒在地上。

老子要吃饱，你哪个敢来！

又上来一群吃赊饭的。收拾他，揍死他个老西。

被他双臂分开，一条腿不动。另一条腿来个"童子拜观音"，十几个人呼呼啦啦跌倒在地，一个个鼻青脸肿。汉子哈哈仰天大笑。

听得众人吵骂喧闹。

揍死这个饿鬼！哪儿来的杂球揍的货来黄寨撒野。收拾他，他爹的窑没把他烧熟！

山西汉子把身子一蹲，来一个左右云手，把赊饭的棚子稀里哗啦地给踹倒了。盛饭的慌忙盖上锅盖，而锅底的火已掉出来了。与坍塌的粥棚连在一起，马上起火了。一个接一个，燃着了三个大棚。慌得赊饭的、五十个做饭的，纷纷抄起桶盆向上泼水，好歹一场大火被扑灭了。

黄婪走出来一看，众人与那山西乞丐正吵闹。众人要送他到官府衙门治罪。而黄婪则摆了摆手，他见山西汉子身高八尺，胳膊伸出来跟小檩条一般，说出话来，似敲钟一样当当响。就上前拱了拱手，说，这位外地爷很眼生，为何惹您生了气？

汉子说，因为这样。我一时火起。山西离这儿有千把里，到这儿也是听您名声讨口饭吃，不想惹你生了气。

黄婪笑笑：请您吃饱，然后到我内宅谈谈话。

吃罢饭。两人坐定后。黄婪说，你叫啥名字？看你身体强壮，又有一身武功，为何流落到这里？

汉子说，我叫李仗义，因在家乡与一地方豪强为土地纠纷打上官司，连年来，家产也打完了。我因打了那豪强而流落他乡行乞。

大丈夫立世要做点事情，我这寨上正缺人手，如不嫌弃的话，在这儿也可做点事情。如果要想远走高飞，给你银两盘缠，日后为国家干点事。

他让账先儿给拿上新衣，又找一住处，先安顿下来。人们见寨主这样抬举他，也就抬举。按照排行，寨上称他为十五爷。日后，离开黄寨，到军队干些事业了，这是后话。

赊饭一连赊了下来。眼看，人越来越多如潮水般涌来。附近粮食已经吃完。开始往周围村子粮仓调粮磨面赊饭。

一些乞丐也在吃了赊饭后，不再走了，就聚在黄寨祠堂的屋檐下生活。有的在寨附近搭些草庵。慢慢聚集多了，人们起了个外号"叫花子村"。逶迤起伏的地势上形成一个又一个村庄。在马集一带形成了集市，染坊的布，酒坊的酒，也在集市上卖出。紧邻南阳府，新野县、涅阳县、穰县，这一带形成了贸易交易的重地。丐帮成了一个丐帮群。

丐帮首领打着莲花落，一呼百应。他们喊着：

走三省来串百县，

穷人汇合吃赊饭。

黄寨村庄富又贤，
　　如今有吃还有穿。

　　直着脖子喊罢，再去粥棚下要饭。掌勺的狠剜一勺，稠稠的粥饭高出勺子二指。每人两个豆面馍。叫花子们如刮风般喝着粥。中午喝起稠面片。吃罢喝罢，用手指在碗边上抿一抿。然后，在祠堂后大厕所里，或钻到玉米地里，痛快地撒了泡尿。

　　尿罢，拴了裤腰带。打开破行李卷，寻个半截破砖枕到头下，把身子往上一躺，喊着：

　　要上三年饭，
　　给个县官都不干。

　　有的胡号野叫：

　　一更里来月上房顶，
　　想妹妹想得我肚子疼。
　　二更里来月上树梢，
　　妹妹哎！你知不知晓。

　　黄寨上上下下，被搅得红红火火。七八个省的流民、乞丐来此吃赊饭，官道上，小路上，拧成绳，浪潮涌。那太阳偏西，傍晚，风清月高。庄稼人早早地赶集。在寨外，寨河旁，马集外，梁砦外，鲁家寨外，堤南高庄，习营村，都坐着躺着吃赊饭的人。

　　南阳府知府顾嘉衡上报皇帝，皇上大喜，赠赐黄婯为"慈善之家"，从此不纳皇粮。又御书"耕读传家"，让京城官员送匾额至黄寨。红绸子包着。挂匾那天，黄婯亲自接匾，磕头不止，请钦差上座饮茶。钦差说，宫中皇上很是赞赏，府台大人也要来访，省里督抚大人也要来。

　　黄婯说，这点小事，敢劳皇上钦问，御笔亲题？省督抚大人，府台大人要来，这实在是不敢当。

　　大人您是御封的四品衔统带大人，这也是你祖上的荣誉。又赏些银两。

　　省里、府里，大人们都相继来访。黄婯忙得不可开交，忙穿上皇上赏赐带有龙的蓝色蟒袍玉带，头戴四品衔的红缨纱帽。拜见之后，寒暄之余，黄婯说，望省督抚大人、府台大人见谅。

　　又设宴款待二位大臣。席上，黄婯多敬了一些酒，自己也多喝了一些。黄琼因是义和团头领，又是八副战拳总教练，是追捕钦犯。所以，一直藏在后桑园。

这后桑园有百亩大小，平时黑森森的，很清幽的一个去处。他闲时在此练拳习武。

庆贺三日，冲天炮响个不停。人们欢呼。

唱大戏、玩狮子、玩旱船。

黄琼只叫自己徒弟们出来玩了一把。黄寨搭了三丈高的台子，狮子活脱脱地蹲上去。

黄嫛这些天，脸上一片灿烂。穿上皇上赐给的蟒袍玉带，不由得心花怒放。忽然间一阵眩晕，口吐鲜血，晕倒在地。丁账先儿及家仆急忙将他搀入内房歇息。

他只是昏昏沉沉，只见天光异开，天上出现双彩虹。有北斗星显现，又有五彩云朵缓缓自北而来，这是祥云临福地。他昏中喊道：有福之人不用忙。

忽然门外进来一道一童。梆子声不断。口中念着：得到的自得到，得不到的空白劳！

请道士及道童到客厅就座上茶。

道士微微一笑，病得不轻。但我能治你的病，只此一单，往寨外看了看，回来开了一处方。

只写了四字，"结穴于此"。

三日后，遭道童手捧一纸。黄嫛让人展开一看，画一起伏岗峦，黄寨河的西南，有一凤凰落在一棵树上。按图索骥，派账先儿去一看，正是寨南地形。

安排阴宅，他要百年后，埋于此地。

一切按黄嫛吩咐去办。一干人马先在南岗上扎上黑色布幔，然后扎上标记，再修好坟，一切在秘密状况中进行。用糯米汁子掺和石灰灌浆修成明三暗五，地道连地道，一个机关连一个暗道口。没有人知道怎么进去。

半月后，在山西省老槐树下老祖坟被迁到此地。一切都在秘密中进行。事情完后，这一批工匠及画图突然不知去向，像在地球上蒸发了一样。

六

　　黄琼作为义和团拳匪首领、八副战拳首领遭到全国追捕，日子自是难过的。但他想着：用后退之计。自己练一练八副战拳，再教几个徒弟，算万事大吉了。他不出面，在后桑园里练武。

　　自道士点拨以后，黄媭喜得贵子，在儿子脖子里系上一个长命锁，是银质的。胖娃娃骑个狮子，甚是好看。起名叫黄云，排行第五。

　　叫了一台梆子，一台曲子，还有一台锣卷戏。三台戏一字儿排开，在黄寨南门内搭上戏台，将楼门的大门拆了搭戏台子。别有两台是现成戏楼。戏楼有四丈高。上面彩画用金粉涂抹。"水上漂""卖馍娃"很出名。有：

"卖馍娃"飙一腔，

村中老少忘喝汤（吃晚饭）。

　　在这里戏班受到人们的爱戴，梆子戏唱的《伍子胥过昭关》，曲剧唱的《唐王打金枝》，罗圈戏唱的《对花枪》。这里有得胜班、候家班、老三义园，这些大戏班。

　　唱的有曲沃碗碗腔、孝义腔、蹦蹦戏、蛤蟆嗡。这些天，黄媭由丁账先儿陪着，下站几个跟班的要他点戏。爷儿今日是大喜事，不知你们想听啥戏？点出戏？

　　一会儿得胜班头来点戏，黄媭点了一出《南阳关》，曲剧是《王金豆借粮》。

　　唱伍子胥的是一位俊秀小生，他一个甩须，一个亮相，在幕内飙一腔：

回过头来叫伍保，

少爷有话听根苗。

今日战比不得往日战……

满戏场的人大叫好！好！好！有几个人在吹口哨，还有些小伙儿在大吼大叫。

唱王金豆借粮的小生是个女扮男装的女子。她一跳，跳过"园墙"，沾了一脚污泥，又被泼了一身污水，唱道：

三更天冷飕飕，我浑身打战。

底下的女人们喊：好戏！好戏！

一会儿唱社戏的开始了。

打开你东方什么仓？
打开我东方扁豆仓。
扁豆结在什么上？
扁豆结在椿树上。
枝儿叶儿不相当，
椿姑娘好像扁豆样，
请请请，进贵门。
正月十五把香焚。

打开你中央什么仓？
打开我中央芝麻仓。
芝麻结在什么上？
芝麻结在牛身上。
枝儿叶儿不相当，
牛耳朵好像叶儿样，
牛腿好像芝麻秆。

牛角好像枝儿样。
我问结在什么树上？
谁问你结在牛身上。
芝麻结在什么上？
芝麻结在杨柳上。
枝儿叶儿不相当，
杨柳枝儿好像芝麻样，

请请请，进贵门。

正月十五把香焚。

黄嫯叫账先儿吩咐庄丁跑堂的赏钱，那钱叮叮当当地被满把撒在戏台上，满台滚动着铜的、银的。戏子们都抢起来，底下看戏的也有拾到银锞子、铜钱的。

三个月后，京城里的捷报探马不断，三五个京官骑上马来黄寨。贺喜贺喜！有何喜事？

让至客厅，京官念旨：黄旭连登黄甲，捷报光绪三年中第四名，授翰林。

全寨上下，焚香磕头，遥谢皇上的恩德。这已是双喜临门。所以才有以后的诏封为四川布政使。京官才说出缘由来。

临出京，皇上召见问策，问对义和团和八国联军的看法。

黄旭思虑再三，长跪不起。皇上问，义和团是否是神兵？可否能胜洋人？大清可否依靠义和团？义和团究竟有多大力量？赐座。

黄旭才站起来说，臣不才，臣以为，义和团不是神兵，但人多势众，使洋人不敢小看。眼下，速与西方各国求和，保证其大使馆安全。

光绪帝点头称是。但后来事局的发展，又非常复杂。皇帝根本无权过问义和团和八国联军的事。八国联军侵入天津、北京。抢劫、烧杀，无恶不作。义和团虽对抗了，但却不能与洋人战斗。战败后，西太后与光绪帝外逃到西安。

又停了一年，有家人回来。

在上花厅见黄嫯、黄琼。然后坐下。跟前摆了一壶茶，茶叶泛着细末，香气扑鼻。他说：

翰林去了四川省成都上任，任上一切都好，只是时常叹气，为国事而担忧。皇上蒙难，西太后专权。这是人所共知的。这次，义和团与八国联军开战，大沽炮台失守，天津及北京先后沦陷。八国联军侵入北京。义和团和百姓拼命抵抗，死伤过多。后来，西太后把这次失败归罪到一些大臣身上，也怪罪光绪皇帝。光绪皇帝吐血不止，经御医治疗，仍然不见轻。黄翰林跟光绪帝很亲近，难免这次受到牵连。

前些日子，京报传来，清廷与八国联军签订了《辛丑条约》。袁世凯、李鸿章进一步与洋人斡旋。他们总认为：洋人兵强、火力强，大清打不过。割地、赔款，老百姓日子如雪上加霜，难过至极。黄翰林日夜茶不思饭难进。

近些日子，他开始经商兴国。国难当前，也只有这样。在四川开办了茶庄、米庄、纸庄，沿长江而下运到汉口。再在汉口岸，兴办了米行、丝绸行、玉器行，设立了票号，用银票兑换银子。也建立了保票镖局，找几个咱自家的武功高的弟兄，去到镖局，保护票号。

他又挪挪身子，喝了口茶说，再将中原——山东、河南、陕西出产的烟叶、丝绸、火纸、煤、铁器运到四川卖掉。最近日子，还在四川自贡开了盐井、天燃气井……开矿山，兴学堂，培育将才，科技人才，经商等。

黄婆脸上沁出了汗珠，不停地搓手说，好了！好了！事情怪好，总得一样一样办才行。咱管球他国难不国难，咱寨中有稀的吸溜就行啊！三朵花儿开，郎当一朵梅花来。

吩咐家人下去休息。

然后，让李账先儿准备。

李账先儿吩咐，制作红纱宫灯128对，蜡烛300对，购爆竹10000挂；让女嫂儿们制作，制新衣200套，用绿席遮天，红毡铺地；保证火树银花不夜天……

由黄琼率狮子、旱船狂舞三天。

叫各门报牌而进：一门叫一保堂，二门叫二同堂，三门叫三艺堂，四门叫四治堂，五门叫五福堂，六门叫六艺堂，七门叫七贤堂，七堂是七门子孙。按辈分同辈的弟兄。报了牌以后，黄婆吩咐就这样做。

七

  丁账先儿站在大堂上，让各堂都领了牌，然后交代清楚。一群人各自准备个人的。六天后交牌，没交牌算没干完。各堂领了银子完事。都在丁账先儿监督下做事。

  又吩咐向外赊饭暂停。把烂粥棚扒掉换新的。锅灶不扒，等翰林贺官后再赊。

  大戏唱三天。

  赊饭停了。

  有家人报，外地吃赊饭一卖艺小民女有十三岁，父母双亡，正在哭泣，没人收留咋办？

  黄婴笑笑，让丁账先儿办理。

  丁账先儿吩咐将卖艺女唤来。那小姑娘果然小巧伶俐。你叫什么名字？你父母亲呢？

  这位卖艺民女一一说来，都死了，又哭。

  卖艺民女说，清末光绪年间，在河南宜阳县二郎镇上，一方宽阔的麦场上，武举人马义通正在练大刀，他每天早上总要练十回大刀，然后举石磙。练了一大早晨，歇口气，提着大刀回家休息、吃饭。

  这时，镇东头的关帝庙空场上，卖艺人正在卖艺。父亲说，兄弟我刚到此地，人地两生，有钱的捧个钱场，没钱的捧个人场。请小女荷儿献艺。给大家献丑了。

  只见锣声响起，我走出来。双刀忽忽地砍了几回，只耍得水泼不进。我也算生得眉清目秀，蛾眉、杏眼、细腰、圆脸。这时，走过来一个四十多

北火南天

岁的黑汉，五短身材，身板结实。他目不转睛地盯着我看。

他嘿嘿一笑，你们到我这儿，也不打个招呼，也没个进见礼？父亲停了马步。一看来者不善，就双手抱拳，笑一笑说，兄弟初到贵地，只想借宝地，打个场子，不想冒犯了兄长，我这厢赔礼了。说罢，给我使个眼色，急忙收敛枪刀戟剑。那位黑汉子，嘿嘿一笑，没啥！还请到寒舍一叙。父亲说，不打扰了。担起担子就走。那黑汉子手下人忙拦住。黑汉说，到家吧！不要客气嘛！说罢令人将父女两个接到他府。

当晚，皓月高空。我在西厢房刚睡下，把刀放在身旁，刚睡到三更天。忽听窗户一响，一股香气扑鼻。我急拿出解药解去"迷魂香"。

装睡着，等一会儿，见自己身旁的黑影里，扑来一人，我急拿刀砍去，喊：混账东西，你们要把本姑娘怎么样？那人要来搂我，还不知他的"迷魂香"药已破了。我双手用黑虎扑食，一刀砍去。只听黑影里一阵哈哈大笑：你已做了我的意中人了，还想溜吗？你爹已被扔进河水深处了。

我一听，五脏俱裂。骂一声，狗娘养的王八羔子！姑娘走也！一步蹿到院中间，又双脚一拧，一个"老鹰钻天"跃上东厢房顶。

正在这时，只见一个黑影嗖地钻来。我正要逃。心想，坏了！这又是那黑货的手下人追来了。

那黑影追到跟前说，姑娘！别怕，我是来救你的。你跟我来。我惊了，但防备着。愣会儿，飞身纵下厢房。

这时，天将大亮。我随那人来到一小庭院。只见竹篱茅舍，溪水淙淙，环绕松竹。那人叫醒老太婆一家人，他含泪劝我说，姑娘，别害怕。白天，听说那黑狼将你父女哄骗到府，就知不好，暗中得救你。

我当时哭了：父亲被害，这仇我也要报。救我的人对我说，姑娘，你就算我闺女，明天，我们给你报仇。

第二天，那人整整装束。青衣软帽，穿薄底快靴，手拿八节棍，去到东城黑狼府府前高喊，狗杂种出来，你良心让狗吃了，霸占良家女儿，害死其父。黑狼领着庄丁出来。

双方亮兵器打起来。剑来枪舞，打了一大上午。只见黑狼从腰间摸出一只飞镖来，"嗖"地一声朝救我的人头射去。他把头一偏，闪身躲过。那镖正射在一棵榆树上，钉进去很深。

这时，只见一人使一把大朴刀，"当——"地砍在麦场中间的石磙上。那石磙被砍成两段。这是张三才的人。并说：今天，咱不打了。三月十八在关帝庙会上比试。说罢，众家奴一哄而散。

回到家里，我看到情况，认他作叔父，忙坐下说，叔父，黑狼不是人，为我们又连累了你们，我还是远走高飞。叔父听后哈哈一笑：我家啥时干过这溜沟事，到时，咱一定去。

三月十八，关帝庙前，早有庙会。那里人头攒动，卖糖葫芦的，卖凉粉的，卖胡辣汤的，耍猴子的，一早挤得水泄不通。关帝庙一棵大柳树下，有十亩大小，盖五间瓦房，上挂酒旗，上写：聚天下英雄，会四海宾朋。门前一广场，木槿花开得火焰一般。

两家人聚齐，酒保上酒。一溜行早摆好的十张八仙桌，酒满肉香。冷盘、热盘齐全，今天以酒会友。各人带好兵器，暗藏杀机。酒过三巡，我叔父站起来说，我先喝三碗刘集黄酒。喝完再给每人敬三碗。他端起酒碗一连三碗，酒后敬酒。等敬到黑狼跟前时，黑狼不喝，非要我叔父再喝三碗，再碰三碗。我叔父又喝九碗，才让黑狼喝，黑狼就是端不动这碗，似有千斤重，这是我叔父使的千斤坠。

又坐下吃肉。黑狼夹起一块牛肉朝我叔父掷过去，只见我叔父把方口一张，那肉正落嘴内。

他慢慢嚼了一下，众人正在夹菜，只见我叔父口中"噗"地吐出一个飞刀尖，正朝黑狼脑门射来。黑狼忙用筷子双双一夹，正夹住刀尖，又用筷子朝我叔父甩来。大叫"还你"，我叔父刚刚用口咬住刀尖。众人都看呆了。黑狼哪能吃这亏，大叫"动家伙——"乒乒乓乓，桌子被掀倒，酒菜溅了满屋子，似开了个杂货铺，杀得天昏地暗。

我叔父跨前一步，一个泰山压顶，将黑狼劈头压了下来，黑狼浑身汗如雨下。

半个时辰后，黑狼站起来，哼了一声，吐出一口鲜血，说声"走"，溜之大吉。

在襄阳府的冷集村里，白莲教首领王聪儿正与众头领商议进军唐州之事。忽见徒弟来报：泌阳县一女子及叔父求见。

议事厅中，众头领端坐。王聪儿是起义头领，二十九岁。他只见四十开外的汉子和一个十三岁小姑娘走进大厅，见了众头领。

分宾主坐罢，王聪儿下令定于十月十八，八路农民起义军进攻颖州。

那些日子，我和叔父在襄阳日夜练武，切磋枪法。

后来，我和叔父参加队伍，在湖北冷集一带盟誓。祭罢天地，备好干粮，起义军绕过襄阳、唐州，朝颖州出发。

我看到这样雄壮的队伍，前面是望不见头的骑兵，后边是步兵。这些都是农民。他们也和我一样，吃了不少苦。

朔风渐紧，雨雪飘飘。天上月儿朦朦胧胧，空中的乌鸦已飞起盘旋。

我不由得催马快跑。颖州渐渐近了。这是当年汉光武帝刘秀与王莽大战之地。见城头上飘着"王"字，王太守早把城门关紧，城上放箭如雨。军队在城外驻扎下来，围得像铁桶一样。

我叔父和农民起义军朝王太守骂阵，但王太守不开城门，围了五天五夜。第六天，城里着急了，开始向外跑，但总被起义军乱箭射回。天黑了，我对叔父说，叔父，今天黑夜，我只身进城，再带两个头领。你看我们得手后，在敌楼上放火为号。叔父说，闺女啊！你去了，叔父不放心。我说，大敌当前，不攻克，清兵不杀，父仇不报？说完，收拾停当，带了两名将领。从西北角清兵防守薄弱处下手，待到了三更天，就一个飞身，轻轻落在城头。清兵们都睡着了。

我趁机杀了清兵，又换上清兵衣服。背插钢刀，趁机一阵风赶到了敌楼上，敌楼上刁斗响了四下。我们飞身上了敌楼。那守楼兵士问是谁？暗号？我不慌不忙答道"一流"。原来，刚才从杀那清兵口中得到暗号。将那敌哨长一刀两段，从身上搜出钥匙，交给两位头领。让他们稍等片刻于敌楼上放火。我一人往王太守府中去。

我顺小巷快行。夜月中，遥见太守府高大房屋。我轻轻一耸身。到了屋脊上。从上往下一看，只见守备森严。我想，到后厢房去，那里好下手。我轻身下去后，只见房里冒出肉菜香味儿。贴墙跟溜进屋一看，一丫鬟正在收拾杯盘。我说，你再炒几个菜，王太守要与客人喝酒。自己端了醒酒汤，快步往宴厅走去。厅堂里杯盘狼藉，我快步上前，那太守身后一将见我个子小，正待问。

我忙说，炮楼上风紧。迎前一碗汤端上去，一刀将太守结束了性命。那家将用剑来厮杀，我恐怕人少势单，打了几回合后，立即退出庭院。

我又纵身上房顶，城内敌楼上火光冲天，一片喊杀声。知道城门已被打开了。城外众起义军在王聪儿率领下，杀入城中，占领了颖州。

三天后，清军统帅亲率大军攻颖州。

商议中，王聪儿和叔父要坚守颖州，派我回冷集搬兵。

在冷集，我和三十六名起义头头坐在一起商议时，忽听外边人喊马嘶。

我们被包围了。

混战中，我拼命杀出重围，逃到南阳。听说王聪儿兵败颖州，叔父战死，清军开始追捕白莲教起义队伍。

我只好扮作乞丐，一路要饭。又听灾民们说，黄寨在向外赊饭。这才一路要饭过来。今日见到寨主及救命恩人。

丁账先儿回禀黄婆。

黄婆叫，收下吧，把她当作丫鬟。

从此，黄寨多了一个十三岁的丫鬟。

丁账先儿吩咐下去以后，自己不慌不忙，找了几个跑堂的，还有账房的三十个人，让他们在各处监督。如有打折扣的，或偷懒使巧的，一报到丁账先儿那里便将牌要回。要报予主人知道扣月银，还要撵出黄寨。

一时间，人人卖力去干，忙得丢耙子弄扫帚的。

六天后，都屏气肃立，垂手站着，没一个敢偷懒取乖的。

大伙儿将红灯笼挂起，在树上挂上纱灯笼。黄寨四门大旗高扬，从三里外铺的红毯一直铺到寨内，所有房子被粉刷一新，在桥的两旁又格外放上了一对十米高的石狮子。

在徐庄、谢庄、赵集、王庄这些村子里也搭上戏台，挂上红灯笼，一片明灯蜡烛。

五台戏班子被请来唱戏，光拉戏箱就用了三十辆马车。头牌、彩旦、黑头都来了五个。他们嘻嘻哈哈，唱宛梆的拉起花腔哇——哇——不断，唱蛤蟆嗡的拉四皮弦的尖声高调，唱豫东调的黑头声音高亢嘹亮，如撕云裂帛一般。

小丫鬟在糊纱灯笼，做的宫灯是七仙女下凡——跟活的一样。

造炊的厨房里，厨师正扬着大头勺子，爆炒各样炒菜。正日子还没到来，但已是酒香肉香了。

黄琼从后桑园里出来，领着狮子队、旱船队操练，他也不大露脸，只叫徒弟们忙活，练好八副战拳每一招的第一式。

到时能派上用场。

前、后花厅装饰一新，庆贺翰林探家省亲。

黄婆在等着翰林探家。自从黄旭被点上翰林，颇得皇上龙恩。当翰林院编修，后至军机处上奏慈禧太后。

黄婆想着往事。

黄翰林黄旭是光绪二十三年去京赶考的，他同家人一起启程，走时，盘缠都备得很足。

临行，黄婆曾敬他三杯酒。这满满的三碗土黄酒，代表黄家老老少少一片心，你喝下！

黄旭抱住海碗（大碗）咕咚喝下三碗，这盘子里的黄焖鸡也不撕一块吃，抹抹嘴巴说，等着吧！

上路了，由家人担着行李，与南阳府、信阳府的举人一起走的。

一路确实难走，跋山涉水，盘山路又多又陡，尽走不到头。脚下永远是磕不破的石头。下山过不完的河沟。脱不完的鞋，在山里只好买草鞋，穿着草鞋过河。这天，走到半路上，天降大雨，没个避雨的地方。浑身淋得精湿。几个人连说笑话的兴趣都没有了。晚上，寻了一个寺宇住下。黄旭发起高烧，几天烧不退。其他赶考的举人又怕耽误了考期，撇下他，先走了。幸亏，寺里有位道士是中医高手，很同情他，下了禅堂。把了他的脉，笑道，你此去给黄家争荣耀。我帮你黄家干了些事，日后，你仍与我有缘，进我道门吧！

道士让道童去野地采了点野草，熬了一熬，黄旭喝了下去，第二天早晨就满身大汗。打了几个响亮喷嚏，马上退烧。告别道士又一路绕行夜宿，免不了餐风饮露，急急地来到北京城。

住到客栈以后，命家人打听考试的日子。又将所带之书从头到尾温习一遍。而且，过目不忘，提笔写文章，马上文思如泉涌，立就写成篇目。

他等待家里来信札。家里又派人送来些银两。而且信中说，七个堂（七家）都送了银两，这一切使他最为动心。有举人拿银两去礼部管招考的上下打点，黄旭却不动一下。

他听说，前些年，江南举人曾联络收集银两，派人坐船将银两送到船上——船上有京城礼部招考官员。却不料想，事与愿违，不但行贿者受牵连，连带收银的官员也获斩刑。因此，他即在客栈内潜心读书，闭门谢客。

临考前一天，他背上考试用的能拆卸的箱子，在临近考场处重新住进客栈。而且，吃饱睡足。考试那天，早早地梳洗完毕，吃完早点，背上箱子，步行往考场。早早垂手而立，领取进场证。鼓响三通，锣响三遍后，搜了箱，进场考试。进去坐在一个高凳子上，高凳子拆开晚上能当床。吃、喝都是家童送去的。

他黄旭不知为何，抽开试卷签一看，题目竟和自己以前所做的题目相合，简直就是原题。自己出汗病愈以后，感觉身上三百六十窍都通了。做文章，一挥而就。写完又细细揣摩一番认为万无一失后，才交卷。

之后，在京城游玩，等待放榜。放榜日子，他不知晓，探马流星般报予黄寨，他已中了七十二翰林中的第四名。

黄婆赏了来人。等他回来，庆贺一番。谁知他在京城等待，皇上在勤政殿亲见他。戊戌变法开始，义和团遍布各地，光绪帝召见他，认为他是翰林中最有才干的一名，格外器重。每有大事，必要与他宏论一番。他一直在帝党和后党中生存，苦痛不已。他未回家，却写了家书派人送回。

以后，在翰林院编修候职，一直到被派任四川督抚——也算封疆大吏吧！无法救国，也只好办企办商救国了。

打前站的家人报：翰林离此只有百里了。黄婆慌忙将所有红灯笼点着，红毯铺地，绿席遮天，前后花厅，四个寨门大开，洒扫干净。附近各庄的种地户及庄客听到信后，也立在路两边欢迎。

黄旭早早下了马，改坐纱轿迤逦一路往黄寨而来。二十响冲天炮震天响，路边各处琐呐吹奏连天响，万字头鞭炮齐鸣，响声震天动地。烟雾弥漫，火药味儿呛人鼻子，人们翘首以待。小孩们跑前跑后，黄寨上下沸腾了。

到南寨门，黄旭下了轿，步行，黄婆及黄琼上前拉住手，问长问短，又到后花厅谈话。

黄旭说，早些时候就想告假回来，但是，事情繁多，头三脚难踢。皇上及皇太后见爱，多有事委托我办理，难以脱身。

黄婆说，自你进京赶考，一别几年。皇上的事想球恁些弄啥，不如多弄点油水把咱黄寨弄好。

黄旭说，公事在身，不敢辜负皇太后及皇上重托。如今正值多事之秋。黎民也有倒悬之苦。您岂不听说风声雨声读书声声声入耳，家事国事天下事事事关心的对联吧！

外边的狮子舞起来了，一上一下上下腾挪，随着鼓点，黄琼已一窜窜到七张桌子三丈多高处。双狮对舞，下边的旱船也跑起来了。一晃一晃，大头和尚也边舞扇子边唱。耍九子鞭的仰躺在地上耍，站那儿耍，从裆里耍。耍得只见鞭飞舞不见人影了。

撑旱船的唱着水调门儿，旱调门儿：
南国里来了个杨八姐哎，
来到北国里去探亲咧。
探亲哎，哎亲探哎，
回头望不见汴京城哎！
走进了万岁的门，
上前叫声我的娘亲！

北火南天

叫声君王我哭啊，

我心里有话向谁说呀，依——依——依——

撑旱船的唱一腔，后边及周围的人儿也接一腔，此起彼伏，煞是热闹。围观的人里三层外三层，有些娃儿们上到树杈上观看。

三四台戏开始唱了。黄婆对黄旭说：歇息一下，下午去看戏。

中午，大摆酒宴。请的省官儿，各府知府，一些县官也闻讯赶来看望。有送金银牌子的；有景德镇万历年间的兰花瓷器；有宝鼎花瓶；也有送金送银的。大家寒暄以后，坐下喝酒。上的菜是家乡豫菜，也做四川菜，有烧鸡、八仙贺寿、宫保鸡丁、红烧鲤鱼、仙人献桃、爆炒腰花……一下子摆了二十四盘。在南北花厅、前厅、后厅、西客厅、东客厅，共拉四十八桌。慌得那厨子手舞大头勺子，在熊熊火光中烧菜。幸好有些菜是头天切好，大蒸锅蒸好的。所以红烧肉、梅菜扣肉、粉蒸羊肉……也一一端了出来。

旭弟，久仰久仰，年少得中，我这里敬你一杯，按老家规矩，先喝三盅，再敬你三盅，再碰三盅，说罢，那知府果真喝了三盅，也不夹菜，满满地敬上三盅。

旭弟，喝个一串三，白奶奶醉酒的上楼梯酒，再碰一盅，日后多加关照！

恕我不胜酒力，连日奔波，领了各位的心，只喝一盅，另两盅让我师爷代喝了！

一时间，酒场里，酒气弥漫，猜拳划枚。

另外一张桌上喊着：三桃园哪！四季发财呀！一定升哎！哥俩好啊！

这边一桌也喊着：一个螃蟹八只脚，两只眼睛这么大的壳，六六都不喝，巧呀巧呀你不喝，八呀八呀你得喝。

喝死你，醉死你，美死你，这酒场上名堂花样繁多各使本领。

黄旭还得给其他各桌、各花厅宴上敬酒。也只是点到为止。

在场上只举了举杯子。喊道：给各省督抚、知府、府丞、知县们敬酒了。大家纷纷站起来，举起手中的兰花描金瓷杯喝了下去。

再干一杯！

葡萄美酒夜光杯，请喝下去！

李白斗酒诗百篇，请喝下去！

花厅内外，宴厅里外，黄寨内外，一片喝酒猜拳声，连乞丐们也到祠堂中喝残酒，吃起黄寨的肉菜来。

大伙儿放开量喝，放开肚吃！哈！哈！哈！

三日后,黄翰林因四川那边催促,只到老坟上烧纸磕头就走了,走时,全家人洒泪相别。

八

快叫那才来的丫鬟来！随着声声呼唤，丫鬟走进后花厅，见黄婓正坐在客厅上。丁账先儿也坐一旁问话。他们一看她是十四岁的人了。出落得楚楚动人，一双小辫甩在脑后。

你近来在干什么？

我在前院打扫院落，伺候老爷的内眷。过些时，我跟黄琼太爷学八副战拳。

这也好！用心学拳法，不再干恁多杂活。

是！那？我？

你用心学就是，日后有什么事情即传唤你，自有用场！

从此以后，给你起个名字叫凌燕！

在百亩桑园内，每天，凌燕即跟着黄琼练起了八副战拳。她本来就有一身功夫，这下拳脚刀法更日趋完臻。

寨子又恢复了平静。每日里，天还刚刚睁开惺忪的眼睛，天空中那一抹玫瑰色像是造物主在调色板上画了一笔。

黄婓起来了，他把吸的水烟袋装上烟丝，便呼噜呼噜地提起气来。好像肚子里要装满水火充实才行。随着呼噜噜的声音，他噔噔噔的脚步声便在每家门口奏响。地皮也随着闪啊闪的。接着，便咳嗽两声。声不大，轻轻的，但院里的人们也吱呀一声唱响。接着便露出人身子。或男或女，说一声，老太爷早！老太爷早！如果哪家两口子晚上嬉戏，致使早晨起不来床，那就要倒霉了。这些年来，人们都在他起来咳嗽时，早早起来，迎接新一日劳动。即使是新婚宴尔也不敢睡过了头，而成为日后寨里庄稼人茶余饭后的笑柄。

当！当！那棵百年老槐树下的钟敲起来,这是撞开饭钟的信号——召集各大门户去祠堂议事也撞大钟,只不过撞的次数多一些,声音绵长一些。那么,一保堂,二同堂,三艺堂,四治堂,五福堂……主人们便来此议事。神色严峻而不苟言笑。

吃饭的大钟只撞了两下,各家先后拿着饭罐和瓦盆走来了。做饭的早就将笼盖子掀开,将盘卧在笼格子的馍一个个掰松,那面案上发好的面也在面案上盘好。一大堆散发甜醇气味的面团上沾满面粉,如一群白白胖胖的娃儿们躺在那里。

先给我剁三节馍,三碗苞谷糁!

来二节杠子馍!

盛一盆稀饭!

人们纷纷把篮子或罐递上,剁好了馍,咚!一勺玉米糁稀饭盛在罐子里。

回去,吃饱了好下地锄麦子!你尝尝三叔们这手艺,这发酵老白虚,吃吃能活百岁,没老婆的能想来个老婆,有老婆的能抱个白胖娃!好咧!

一个三艺堂的小伙儿,手里提了馍正要走,还要给弄点小磨油带回家放菜里。他要弄一个酒瓶灌一点,凑巧,让厨师掌面案的看见了,回手抓一把面,照他脸上头上身上抹了一身,似开了个花脸,又似一个白头翁鸟。鼻子里,嘴巴里都是面粉。他边呸呸地吐着,边说,你明儿添个娃儿没有屁眼的。

哈!哈!哈!厨房的十来间房子里溢满了笑声。在黄寨的内外撒泼打滚。

三百口人的黄寨,外表犹如一个大蜂巢,一百多户人家各自在自己的蜂房里生活,完全是个整体。

一会儿便开完了饭。打完饭后,各自在自己小灶上,再炒上自己菜园子拔的菜。端上来,娃儿们便爬到大人怀里,吃着饭菜。

等打完饭,清了锅,厨师们及伙计们就开始擀面片。在一个大的面案上,把和好的面团放在案上,对面各站一个面案师傅,同时,用胳膊粗细的铁擀杖,分开两边对压擀。同时喊:起!就提起两片。猛地一压,再撒些面粉,然后再压,再擀。然后,每人重新换个角度站好。慢慢擀薄,展开,再推压。咚!咣!咣!挺有节奏。用二尺长的大菜刀横切下去,叠好的面层切成了一片一片,摊在一个又一个的大笸箩里,撒上面粉……

中午,在地里锄完地收工回来的人们便吃了糊汤面片。有的叫"鲤鱼钻沙",有的叫"元鱼疙瘩"。吃得吧唧吧唧的,有滋有味的。

黄琼吃过早饭,在大桑园里又练了一会儿八副战拳,一会儿"童子拜观音",一会儿"白蛇吐信儿", 会儿"海底捞明月",一招一式,徒弟们看得目瞪口呆。一会儿,飞身上树,站在桑树梢上,身子轻飘飘欲飞的样子。小凌燕喊着:师父,你把这些招式都教给我们吧!我们太想学了。

啥!哈!想学,要夏练三伏,冬练三九,一口吃不了个胖子,性急喝不了热稀饭,得有个韧劲、灵性劲。要不然,学不成,即使学也学不出个名堂。明日里,我要出去一段时间,你们自己用心钻研,回来考你们。

第二天,黄琼骑马去北酒坊,有百里远。那酒坊很怪乎,酿的是黄酒,有五百年历史。他们喝大碗酒,吃生肉。

黄琼在酒坊里,跟那里人一样。脱下衣服,赤着臂将那里的包子扛来。他身体很轻巧。按他的八副战拳功夫,一点也不在乎。把谷子装成包,然后轻轻地使个关公撩袍。一肩一个百多斤的麻包,两个腋下各夹一个。北酒坊里的伙计们、小掌柜的一看傻了眼。

太爷,这不是你干的活儿,你在你们那里也干这个吗?

没事儿,我闲着不是闲着吗?干点活儿,熟悉熟悉这酒是咋酿成的。

你要想喝酒,这儿有的是黄酒,陈年黄酒。

不喝!不喝!干活累了再喝!

那你给我们说说这酒的历史吧!

好啊!夏的五代孙叫杜康,有五十年了。白酒只一千年。糟坊嘛!咱这酒是玉米、小麦、酒谷子酿成的。

好了!好了!甭说恁多,咱这酒咋蒸的?

你看,酒谷到酒坊的第一道工序,先把酒谷放在几个牛拉的大碾盘上,然后碾,碾碾再扫上去。多次碾轧,才碾一碾盘,把米糠簸出来。纷纷扬扬的米糠随着簸箕一上一下簸去,露出金黄酒米。

他和伙计们又将酒米放在十几口大缸里淘净,水面漂出一些细糠,用大竹筛子捞出来。然后,在几十口大锅下燃上熊熊大火,再加上水,将黄金小米放大锅里蒸一蒸,锅上加一个大铁盖子。停一下,用铲搅一搅,等锅里冒着热气,发出咕嘟咕嘟的气泡声,要不停地搅起来。蒸熟了,用铲子将粥铲出来,晾在十几张笸箩里。用棍搅,一直到快凉了。将泡好的小曲和大曲放里边散开,搅匀。

到最后,黄琼轻轻将几百口大缸运上气功,用手轻转到大屋子中,将这些黏糊糊的黄小米装进大缸里。每缸顶一顶大帽子——尖顶大竹笠,盖上,用布蒙上。

只等二十天后，缸里酒发酵，散发出那甜甜的、香香的气味来。

黄琼每日里与酒坊伙计干这些活儿。但对于他来讲，却是一种新的练功及运作。

他的口很紧，外人也不知他以前干啥的。

有谁知太后追查八副战拳头领是那样严，杀身及灭九族。

酒醇香可口。南到汉口，北到开封、洛阳，西至西安，入川再到成都，东到济南，各处的人流源源不断来买北酒坊的酒。后来，因黄琼学会了酿酒，黄寨也开始酿黄酒。这些黄酒又装成瓮，装成坛坐船输向四方。各地收的银子也源源不断进了黄寨及北酒坊。光翰林考中那年，北酒坊进的银子也有几万两。

那天，刚刚下起雨，北酒坊黍子装进了酒缸里。酒坊的一个伙计从大缸里扒窝撒了几盆黄酒。提了几只鸡杀了做菜，又到大水塘里扎猛子摸了几条鲤鱼、鲇鱼，炸成红烧鱼，做成清蒸鱼，用几个盆子端了上来。

吃吧，太爷，你来这些日子没喝酒。这种酒叫"十全还童酒"，那一种叫"宫廷玉液"。

喝酒那天，坊主敬了酒王爷，然后喊：开酒了！开酒了——放了两串万字头鞭，对着酒王爷磕了几个响头。然后用大盆开了封，撒了几盆黄酒，放到锅里煮开了。

那酒传开了，在千里平原上传开了。汉子们都能喝酒，一家伙要喝三盆子才罢休。

先上几盘菜，接着放上一溜几十个大黑碗。每碗盛上一大碗百年陈酒。

喝！喝！喝！大碗往空中一举，咕咚——下肚了。手抓起鸡肉就往嘴里填，或把鱼块夹一块吃到嘴里。

太爷，这酒坊也是座部族的大庄园，你们有事也该让俺们知道，甭跟离核桃一样。

黄琼喝了一碗黄酒，脸像泼了血一样，说，好吧！俺们大事儿跟你们通报一下。

黄琼来酒坊，也就是为了联系他们，把这股劲儿拧到一块儿。一旦日后出了什么事，两下联合起来，谁知事与愿违，这是后话。

九

　　黄婴孙子说，黄婴儿子是黄家唯一根苗——他有五个姐姐。他儿子娶媳妇，还有一段故事。你知道吗？我给你讲讲，这是真事。

　　那是一个初夏，槐花正盛开，襄阳王单保乾的闺女坐车到襄阳时，几十条街上人山人海，等人坐上轿由汉水直上，一路上光放的鞭炮就有几马车。炸啊！响啊！扯成绳不断头。轿从汉水上岸来，一路迤逦而来。她坐着轿，就是不下轿，等通天炮放了三通后，仍在轿里坐着。人们等急了，满座的客人都急得团团转，只好叫新郎掀开轿门，拉新娘子下轿。

　　新郎在掀开轿门时，吓了一跳，那时兴三寸金莲，而新娘的脚与彪形汉的一般大。这且不说，还是满脸黑麻的丑八怪。但事到如今，只好请下轿，谁知道，那双大脚刚着地——红毯子上，新娘却要方便方便——她当众说要屙屎，有头有脸的绅士们掩鼻窃笑："黄家接了个傻媳妇。"而祖父黄婴却十分有经验——他忙不迭地喊仆人快把芦席拿来，遮住新娘，让新娘方便方便，又叫人端来一个描金的黑盘子，这真叫人忍俊不禁。果然，新娘子方便后被搀进洞房，而留下的两疙瘩屎即叫仆人扫入漆盘内。不出两年，新娘子身怀六甲生下双胞胎男孩，又一坐坡先后生下五个男孩。先生的双胞胎男孩，后来，双双考上进士，这叫"一门两进士"。

　　黄寨后花庭院里有三棵古槐，树干有碾盘那么粗，枝叶把半个院子都遮严了，有时会从树上掉下红绣鞋，总之，树上很热闹。早些日子，院子里总有两尺高的精肚娃在玩耍，饿了会要馍吃。这天，等到送嫁妆队伍到院门口，有两位好事者，用枪朝树上猛扫了一梭子，树叶哗哗落下来。树干上竟淌下血来。后来有人就听到树上有哭的声音："俺要搬家，搬家，这儿住不成了。"自从枪击那树后，中午，摆了百十桌宴席。席间刚端上来的盘子肉菜慢慢朝桌子中间转——转到半天空中。菜、肉都没有了。人们眼巴巴地吃不成饭了，刚端上来的馍也像雨一样满天飞。

饭刚上桌就成空碗了。光碗表层一筷头面条，底下全是谷秆草……一时，又飞沙走石。房屋被揭，瓦砾石块飞入半空又掷下来，十分吓人。天昏地暗，像半夜一样。这时候，听见树上隐隐有哭泣声，酒场变成了屠场。

等了一个时辰，风将大树折断后，天晴，风静，人们战战兢兢。出来时，一切都搬走了，像没发生啥事一样。

那天，道士和道童唱着走来："你们伤了仙家，这宅子可出了大人物了。"

黄婆让丁账先儿将凌燕唤出，他上下打量一下她。然后笑笑说："你已十五岁了。这两年出落得怪晃眼啊！你是俺们养大的，好看的花朵儿呀！"

凌燕在玩弄着辫梢，两只脚不住地互相搓着说："老太爷叫我来，就说这些吗？"

"不！不！有件事让你办一下！"

"啥事儿？快说，我还有事儿！"

"你武功练得咋样？有一批中药材，运往云南，云南王那儿有点黑货要运回来，让你干，人小，不扎眼啊！你黄琼爷是追捕犯不敢露面，这担子搭你肩上，咋样？小娘儿们！"

"好吧！什么时间动身？"

"后天，这是黄道吉日，押运货物出门。"

第三天，一个车队在山间行驶着。这个车队是清一色的手推车——小独轮车。

领头的是位二十多岁的精瘦短个汉子。他用那双鹰隼般的眼在巡视一切，骑一匹红马，那马火一般燃烧着，蹽开四蹄，敲得山路嘚儿嘚儿响。押车的是位十五岁的少女。骑一匹黑马，穿一身黑衣服戴一方黑纱巾。小车上推的都是中药材——元胡、山药、枸杞、熟地……一包一包的中药散出药香来。

女子系一条子弹带，左边小盒内插一柄左轮手枪。右肩挎一柄德国造的冲锋枪。女子看所有的小车夫都想趁擦汗时，扭头望一望她。

望她那灵秀美丽的大眼睛，细腰窄肩。女子打了声长长的呼哨。一条黑狗从草丛中蹿出来，狂吠着。又箭一般尾随着黑马奔去。女子清了清嗓子唱道：

  天上的白云朵朵飘哟，

  地上的人心个个焦哟，

北火南天

山上花开艳又艳哪,

想摘花朵你可难上难哟……

那声音真清亮,在山道上传得很远很远。山上一层层石头,这石头像馒头一样,隆起圆圆的。巨石中间丛生一些杂树、藤蔓、马尾松,从石缝里流下来一泓清泉,不大,却哗哗冲着石头,咬出一些小窝。小石潭有两间房那么大,清得见底。凌燕跳下马,掬起水喝着。

她朝天空望了望。这盘山道已进入巴蜀地界了。山谷岚气一股一股地从山底卷起,又漫卷起向山顶飘去,形成白云。人如在云中,一只苍鹰在盘旋着飞翔,随后又停滞不动了。小推车吱吱扭扭地唱着歌,给山道又添了些风景。常说:推小车不作难,只要屁股扭得圆。

突然,前面传来吆喝声:什么人?她飞身上马,一勒缰绳,黑马箭一般奔向山的拐弯处。只见山道中一个卡子上,有一个排的兵,都端着枪:站住!干什么的?留下买路钱。小车队停住了,战战兢兢地问:你们是哪个部队的?

少啰唆,老子是蔡锷部下的。

蔡锷?凌燕心里打了小鼓:蔡松坡听调不听宣,不听袁世凯皇帝的诏令,创办"讲武堂",其志不小。想到这里,她在马上说,你们蔡将军和我是熟人,要不要见他一下?她口气威严,竟使那三十多个兵呆着不动了。其中一个头儿模样的人说,谁认得你?快走!

那兵士被这突然出现的美人儿所惊呆。凌燕一看,走到前面地方是个大官儿。那排长说是王团长。凌燕一看王团长——瘦小个,三角眼,蒜头鼻子。凌燕坐下后,拱拱手说,我们有四川督抚黄旭的一批货,要运到咱昆明卖掉。路过贵地,还望贵军放行。那团长咧着大黄牙,好!好!只要说是督抚的货物,你先等着,我随后请示即放行。凌燕一直等了两天,还没见人来放行。凌燕怕事久生变故,手不离枪,让小推车队头目们枪上膛。大概电话打到了蔡锷处。喂!我是蔡松坡!放行!只听团长说,好——好——我这就照办。但他仍说前边在打仗,得住下。

凌燕双眉一竖:你是放行?还是不放行?请你给弟兄们吩咐一下。

凌燕取出一百钢洋,交给王团长一行人。

小推车又吱吱扭扭地唱起来。

在昆明,她去滇池、大观楼一带看了风景。

游了一天,将中药材全部出手,又将"黑货"分装在袋子里,另外一些"黑货"则装在刚买的一副棺材里。由来时的小车队扮成吊丧队，一路哭嚎着向家进发。

回来的路上，天空翻滚着乌云，似大海波涛汹涌而来。凌燕把枪包好。去的人都是从"八副战拳"训练队里选拔出来的，人人身怀绝技。

穿过峡谷，又转过一个山头，那风像刀子一样割脸。一阵冰雹下来，打得马儿狂奔，前蹄腾空，嘶叫着。这里是四川、湖北、陕西交界处，听说前面有一个营的兵力把守。凌燕紧皱双眉，交代手下注意后，她将一条黑丝方巾系在脖子里，带领两人要闯过去。

她让拉棺材那一队从河的上游用船渡过去。凌燕把左轮手枪握着，另一只手打开冲锋枪的机关。双腿一夹那马肚子，马就前蹄腾空，嘶叫一声，又打了个响鼻，似一个黑色的幽灵，冲到桥头，桥头在一个突兀的巨石下。那些士兵们听说有人从云南走"黑货"，持枪守着。突然，他们看见一个少女，一个美丽的少女，像从天上降下来一样，策马飞跃。正要开枪，那马已飞跃过去。桥北头的卫兵急忙开枪，子弹在马背上飞过，而那女人已和马浑然一体，马肚子快挨住地皮，女人镫里藏身，左轮手枪只响三下，三个士兵就应声而倒。两个随从也策马过桥。

拉棺材的逢关过卡，呜呜咽咽哭个不停，没人处也行走很快，渐渐地离家近了。

大约有五个多月时间，他们回来将烟土一一交给黄婴。

随后，抬棺材那一队人马也到了家。将棺材打开，里面装的全是"黑货"。黄婴将此货全部出手，发了一笔大财。

此后，他越发对凌燕另眼相看了。

嘿嘿！想不到"丑小鸭"变成"白天鹅"了。他自言自语地说。

刚吃过晚饭，凌燕来到后花厅的后门，从这里出去，就能到百亩大桑园。这里每一棵桑树她都熟悉。练拳时，她和其他弟子一样，在桑树间腾、挪、闪、跳，每一拳下去是那么狠。黄琼让点穴位，点住"天汇穴""睛明穴""哑穴"，都是要命的穴位。这样点死穴位，不教"点活穴"，总叫人有空虚感。

师父啊？你在哪里？她喊着黄琼。

黄琼刚把一件衣服搭在绳上晾着，扎煞着两只湿漉漉的手，听到喊声，急忙走出去。

他看到凌燕今天神色有点不对，忙说，在这儿哩！慌啥子哟？

凌燕说，寨主让我到后花厅伺候他们，也到灶上帮一帮忙，我舍不得你们，才找你！

那么，寨主已经定了？

定了。

我也不想叫你走。你刚学会些套路，又出门五个月，拳脚功夫怕是忘了，再好好练习练习。凭你的机灵劲儿，很快就成有希望的武术功夫的人，可你又半途而废，咋不叫人叹息？

我闲了就来跟你学吧。

唉！事情可没那么简单哪！

那我不去前头打杂了。

你是高升了，这次去云南有功了。

凌燕说着就想跪下，她流泪了。黄琼忙上前搀起她。他搓了搓手说，凌燕，说实在的，我是义和团拳匪头目，又是通缉的犯人，你甭跟着我，到花厅里去侍候老太爷多好啊！

凌燕眼泪流出来了。她在这儿练武功多专职了。黄琼教给她，那一招一式都教得很到位。她要是累了，他还让她好好休息休息，到寨河里去逮鱼。她一点也不觉得累。看见他的身影，她就心动，一会儿不见他，心里就着急。如今，虽然还在一个寨子里，但往后，她毕竟属于黄婆管的人了，就不能随便跑后边来玩了。

但她总忘不了练拳脚，一点也不偷懒。

等到初夏，她开始给老太爷沏茶，端水、端饭，打扫宅院、客厅，或者到厨房帮一帮灶。

灶上很忙，有管红案的，有管面案的。拉开十几口锅，蒸馍一蒸都是几十笼格。那些在地里干了活儿的伙计们都喜欢到灶上去喝茶，炒菜时帮帮灶，抓把菜，或是用刀割点肉拿回家在小灶上炒一炒。

从西厢房通往厨房要经过长长的一段路，这段路很静。两旁又长满冬青树呀，栀子树呀，桂花树呀，在长长的路两旁还有打更的耳房。

凌燕在这长长的路上走，嘴里哼着小调。约莫是傍晚的时候，有个人影晃动，接着给了她个扫堂脚。她一个旱地拔葱跳起来，骂道，这是啥玩意儿，大白天闹鬼了。

哈！哈！哈！是小燕哪，你咋恁轻巧，我等候你多时了。凌燕看那大高个子的是黄然，外号"老神仙"。

你等姑奶奶干啥？谁没见过你那鳖样？

黄然也是个"爷"字牌的，排行老十，叫十爷。

他喜欢玩一玩大刀之类的，不过是粗玩一玩，说不上会武艺。每天干活下地，歇下时，把锄、镢，场里的杈、木锨……当作武器，在手里耍一耍，累了就躺在地上，仰八叉，捏腔拿调唱着：

高翠莲我下了绣楼棚，

再不见夫君哪里行！

这哪里是唱，简直是学羊儿怀春哩！

她仍不理他，仍旧一溜烟地飘去。这使他更加懊恼：这个女子是不是猫不怀春？我就不信这羊娃不吃麦苗儿！

你等着瞧吧！假装正经！哼！他冲她的背影骂了一句。

"老神仙"从此以后，悠悠闲闲，也不领着伙计们下地干活，一顿能吃八个杠子馍。那馍有鞋底那么大，他手拿蘸着蒜汁的馍往大嘴里一塞，脖子一仰，就咽下去了。再分开一大块馍，正要蘸蒜汁时，黄婆慢步踱过来，弯腰瞅一瞅他的蒜汁碗，看他碗里辣子蒜汁倒香油多一点儿，马上熊了他一顿，就你馋，想吃香的喝辣的。

"老神仙"笑笑，全仗这发财的呀！我多放一点香油能吃穷你吗？

我是恐怕你做饭多放香油，人多，都吃香油可不是个小数啊！

"老神仙"吃饱了肚皮，然后走出寨门。跑到田野里，手搭凉棚望一望天空的流云，看那云彩像座小山，骨骨堆堆的；看那云彩像一群绵羊，领头羊跑多欢，后边的羊一个赛一个地跑；看那云彩像湖泊，湖里的水多清澈；湖边还有小岗丘，小树林；看那云彩像一头巨兽在捕食一群小羊羔……

看美了，再哼唱一句：小二姐昨晚做了一个梦！右手往左胳膊窝里乓乓乓乓地打起"铁"来，打得山响，还挺有节奏呢！人们望着他的背影连说，这老小孩，活不老，长不老……

这一天，他骑着一匹红马，这红马是五百块现大洋买的，从一位从北口外（张家口）贩马人手里买的。骑马在大道上奔跑着，从寨南往东的路上奔去。马一颠一颠的，颠得他浑身是汗，他就是这样喜欢跑，吃了饭以后就转悠，马也跑累了。马踏着小碎步子向家走来。他双目多么惬意呀！他心爱的马儿！

不久，他参加了一次老绵羊抵仗的会，叫"羊抵仗赛事"。

三月十八，正逢庙会。各村各乡的庄稼人正是农闲时候，也要购置一些干农活的家什——权、耙、扫帚、牛笼嘴等。卖花稀糖的，卖膏药的，耍猴的，抽签的，算命的，担挑的，卖唱的，补锅的，卖浆的……都到黄寨东门外马集上。只听一个卖膏药的正脱光膀子大叫道：你这腰疼、腿疼、坐骨神经疼、头疼、偏头疼、皮肤汗斑、狼斑、浑身筋骨痛，都来买我这"万源骨痛膏"。我这一招鲜，吃遍天。我手头只有二十个号，从一到二十，不多卖一个号，你会看了看个门道，不会看了只看个热闹。平日里你请也请不来我，今儿算你病好了，号发给你了。你要怕老婆，不能报销，请把号退了。你是五尺高的汉子，又走南闯北，见多识广。一定能试试我这"膏药王"。父老乡亲，兄弟姐妹，我这给你鞠个躬。你这三分钟就会，五分钟就出师。

　　不看不知道，一看你吓一跳。我姓王，我这"膏药王"不灵，一分钱不要。你还提着我王姓人老三辈骂我，谁要号谁举手。

　　人们骚动起来，举起了手。你举得晚了就不发了！这位老兄磨磨蹭蹭的，不敢当家。往人群后退，不当家，我白发你一张号。二十张票发完了，人们按票交钱发了膏药，一个个伸手要钱。

　　黄然从这群人旁骑着红马跑过去。他只瞥了一眼，然后在赛羊处一勒马，跳下来，将红马拴在树上，静心看赛羊。

　　从各条乡间路上，玩羊人都牵着绵羊走来。这些人都笑呵呵的。今天，像要将羊嫁出一样，早把绵羊都牵在坑塘里洗得干干净净，又在羊笼头上系上自己精心编制的红麻绳——还给个红花儿。羊的皮项圈上系着一个又一个铜铃。铜铃有小茶盅大。羊们抬起头，挺着胸，跟在主人身边，逞着英雄会武的姿态。

　　一个赛羊的羊主喊着，让一让，让一让，大家捧场看赛羊。打出一个大场子来，场内不准有人——以免羊抵仗时，将人抵伤。然后，宣布羊抵仗开始。不准人乱动。给抵仗获胜的羊呐喊，请获胜的主人连喝三碗黄酒，以表示对他的奖励。

　　黄然也喜欢"羊决斗"。他认为和人的决斗一样，挺过瘾。他自己聘请了一位羊把式，那羊把式每日里只管驯羊，不干其他活儿。他每年年底发给他一定的聘金，但要求他驯的羊在"决斗"中取得好的名次。他所驯的羊在历次"决斗"中曾一一获胜。为这，"老神仙"曾几次请羊把式喝酒，并且，年底加了五斗谷子。今天，"老神仙"也曾让他的羊把式将"黑花脸"绵羊牵来，以显示实力并"参战"。

今天，"老神仙"下了马，站在场子外，人们恭敬地喊他：十爷来了！他"啊"了一声后，将他油光可鉴的长辫子往头上盘了盘，然后耐心等待他的羊把式小跑进入场子——确切地说是被羊牵着。那羊一进入这个环境就找到了"决斗"的感觉。他吩咐将头号拴在一棵榆树上。赛羊的经纪人宣布"决斗"开始。也没宣布几号羊，只是喊"小黑脸""大尾巴""簸箕角"这些外号以代替几号羊。

一个大尾巴羊与一个黄脸羊开始"决斗"。只见双方的赛主将羊笼头解开，然后，人头挨着羊头亲热一番，最后，将羊头扳低，另一只手将羊尾巴狠拍了一下，算是下命令让羊使劲抵。喊声"黄脸"，上——或"大尾巴"上！被扳了头的羊们似是着了魔，往后退几步，将它的头低低地迎着前方——这样会保护自己面部免遭沉重一击，更具有杀伤力。十二丈的奔跑距离，羊们已感觉到对方冲来的风了，也就拼命把尾巴朝上一翘。双方的羊角——确切的是羊脑袋咚地撞击在一起，接着发出了一阵咚咚的撞击声。声音低而沉闷，很响，围观的人们会发出"好好"的欢呼声。有时，羊角会低一点抵住对方的前裆——抵伤了羊腿。偏高了，会抵伤了自己的嘴脸。

当主人将羊们拉开架时，发现羊头上抵出了血，就急忙将羊角扳住，然后用烟袋里的烟末撒一点抹上，再将自己的腰带撕一块给羊们包扎伤口。羊们对望着，发出一声低哑的鸣叫，这场景绝不亚于古罗马的决斗场，咱们为什么要拼命？

抵上三五个回合后，黄脸羊将大尾巴羊抵得满场子转——临阵脱逃了。

黄脸羊胜了。羊们昂起了头，将前腿高兴地扬了扬。心想，这老伙计这么不经抵？抵一下就败阵了。主人将羊的小环角扳住，绕决斗场一周，好像运动员得了冠军一样，也算对自己的训练有功的肯定。人们的欢呼声一浪高过一浪，绝不亚于运动会场。嘴里也不停地赞叹羊的本领和英勇。

另一个小簸箕角羊进场。它和主人一起要来和黄脸羊决斗一番。黄脸羊正沉浸在胜利的喜悦中，对新来的又小又瘦的小簸箕角羊不屑一顾——它仍迈着骄傲的慢步走着，傲慢的眼光只瞥了来敌一眼。

小簸箕角羊只好以温和的眼光回敬了一下敌人——身大力不亏，需要智取才是。小个子的簸箕角羊在主人的呵护下勇猛对阵了。双方在主人"上——"的口令声中，后退了几步，都互相选好决斗的角度。而小簸箕角羊则选准对方的眼部及嘴部。围观的人群发出了排山倒海的声音："上——"小簸箕角羊正对准黄脸羊的眼部和嘴巴,侧了一下角,在双方羊角接触时它侧了一下角,这一下羊角尖恰巧对准了黄脸羊的眼角。只听"咩——"的一声惨叫,血光四溅。黄脸羊立刻眼冒金花,接着前腿也跪下去了。这使周围的人发出了惊叹,想不到这只小个子怎能抵,把人家大角羊眼抵出了血,那羊是废了。羊主人慌忙拉开了羊,将自己的羊拉上悄悄退场了。——这是主人的一个羞耻。

黄然令自己的羊把式将黑花脸羊牵来,要它与小簸箕角羊决斗一番。他想,这时,要是自己的羊抵胜了的话,那将使自己在玩艺场上风光一番。败了再说,他不相信自己的"无敌牌"羊能抵败。

双方对阵。只一个回合——抵一次。自己的羊虽然也低下角抵,但这一下抵个正着。双方脑袋发出极响的一声后,自己的羊感到角根部火烧火燎不是对手,它在圈子里跑了。跑得很欢实,黄然感到败了。

黄然接见了那羊的主人后,旁边人介绍这是黄寨十爷。

他要将自己的羊换对方的羊,另加五两银子。但对方坚决不同意——我岂是为这区区五两银子,我要的是面子加大利。

黄然感到第一次没了面子。既然羊抵败了,那干脆将羊送给对方算了。对方仍不愿白白要他的羊,这谁知是不是陷阱,黄寨的爷字牌会白白赔一只决斗羊吗?

黄然最后把那羊主人叫到跟前:"我决定把我这匹心爱的走马,换你那只小簸箕羊咋样?你知道不知道我这匹快马的身价?我黄寨来客后,我派人骑马去穰县城买菜,来回百华里,这边烧锅,等锅里水滚开后,我仆人骑着马就将菜买回来了,只有半个钟头。有人愿意出五百两银子,买我的火焰驹,但我不卖给他,我太爱我的火焰驹了。"

小簸箕角的主人看对方态度诚恳,并是不恫吓自己,也不是骗自己,就高兴地将手中的羊缰绳递到黄然手中。黄爷如果喜欢,我就送给你算了。还敢要您心里喜爱的快马?

黄然说,不对,君子一言,驷马难追,我这就将火焰驹送给你换回你的小羊。

双方交换缰绳,周围的人发出呼哨,有人大叫,哈!哈!黄爷真是个败家子儿。

他去时骑的火焰驹,回来只牵一只小羊。

黄然回到家中,精心驯自己心爱的小簸箕角羊,吃了饭就和羊把式驯羊,找几个羊把式牵自己的决斗羊去斗。几年之后，他发现自己的羊王确实厉害极了。别的羊在决斗时，几个回合便败下来了。有的决斗羊只一个回合，便再也不照头了。

黄然经常牵着自己心爱的小簸箕角羊到处决斗。那羊也有意炫耀，主人走一步，羊便紧跟一步，雄赳赳，气昂昂，傲视天下的雄姿。

三月后的一天，已到秋高气爽的日子。忽接一帖，上写：鄙人近获一决斗羊，样子甚劣，愿意奉陪您的羊王一场，请陪决斗一场。定于后日上午，在斗羊场。

第三天一早，黄然到灶上抓了两个馍，喝了一瓢水就回身去牵他的小簸箕角羊。来到斗羊场时，已经有不少人在等候。正在黄然等得不耐烦时，一位三十多岁的农妇牵了一只羊进场了，一只山羊！他想：这是和我的羊王决斗的？他怀疑自己的眼睛。哪有雌的斗羊呢？而且，这羊是只山羊。常言道："女人不上阵，母马不出征。"黄然轻蔑地说，你回去吧！我再也找不到一个对手了？妇女轻轻地笑笑，只斗一次吧！我也是从老远来的。听着她近乎哀求的话，黄然朝地上吐了口唾沫说，好吧！

随着人群中喊：上——那只小巧的五花颜色的山羊飞快地朝前抵去，它的两只羊角像一对装麦车的禾杈，尖利的角朝天空张扬着。它被羊王抵得摔倒在地，连续六个回合，显然，那只山羊架不住羊王的进攻，在决斗场内兜起了圈子。黄然的羊王追逐着五花山羊，要是追上它，保准会再将它抵败。突然，小山羊翻转了身子，羊眼睛似乎红了，退了几步后，开始进攻了。这一下，山羊低下了头，恰巧将羊角抵在了羊王的嘴上，将嘴豁开一条长长的血口。羊王显然受了伤，却仍然后退要发起新的进攻。它和小五花山羊又抵了三个回合，黄然没想到他的羊王会败给一只小山羊，在偌大的场内跑了三圈。黄然气急败坏地将羊王换小山羊。妇女笑笑，我的羊叫羊王吧！好，我要了你的小簸箕角羊。咱们一羊换一羊，两清了。说罢，牵着绵羊扬长而去。

黄然只好悻悻地拉着小山羊回到黄寨。见到他的人没有一个不笑话他的，但他却感到很坦然，不管咋样，自己换来了一只真正的羊王。

他牵着他的小山羊准备到田野去溜达，迎面碰到了凌燕。凌燕手里拿一把扫帚，正在清扫后院空场的落叶，见到黄然，朝他说句，十爷，你的走马呢？你的羊王呢？哈哈！弄了个小山羊！

他却不以为然地说，我喜欢的东西我会得到的，得到了也决不后悔。

凌燕脸色陡然冷起来,他原来是这样一个人,他想得到什么?他什么也别想得到。

凌燕挥舞着扫帚来了个八副战拳动作,哗地扫过去,黄然笑着喊他的小山羊,我的心肝宝贝儿!

凌燕也不理他,径往前花厅里去了。

十

两个月后,黄然到南魏庄、五里桥一带闲逛,在南魏庄,见村旁的麦场里围了一些人。原来,正是斗鹌鹑。真是瞌睡遇见枕头,黄然忙将小山羊拴在槐树上,向围着的人群走去。大家正看鹌鹑叨架,谁也没注意他。两只鹌鹑正被放在一大箩圈里,里面还撒了一把谷子。两只鹌鹑在箩圈里先叨谷子吃,后来就叨起架来。你一嘴我一嘴互相叨,叨着叨着,鹌鹑的羽毛飘落下来。一会儿,都腾跳起来,用爪子抓对方的胸脯,用喙叨对方的眼睛。都乍开翅膀扑棱着。黄然忍不住喊了声:"好!好!"众人才看见他也来了。

又过了一袋烟的工夫,一只鹌鹑眼看招架不住,扑棱着跳出了箩圈外,它被叨败了。叨胜了的鹌鹑就唧唧地叫着,张着翅,似乎在宣布自己叨胜了。黄然看得很高兴,忙问,这是谁的鹌鹑?蹲着的庄稼人说,是我的。

那你卖不卖?对方说只要十爷要,我送给您算了。

哪能要你心爱的东西,我家里比你强。

哪行呢?爷要我的脑袋,我还敢不给吗?

脑袋我不敢要,看中了你的红嘴灰羽的鹌鹑,它竟能叨几千嘴。

爷,你看它那铁腿,你再看它的铁嘴,这红嘴铁腿鹌鹑是纳贡的稀罕物件哩!明朝万历年间,它与景德镇瓷器、钧州瓷器、铁观音茶、邓州冠军片烟,都是向皇上进贡的佳品。

听你这样说来,我就把我的花脸小山羊——这可是我一匹快走马换来的,换给你吧!

哟!这我更不敢换了,这不是夺爷心中所爱吗?小人斗胆!斗胆!

你换不换？我这是抬举你。要不，我说一声，来几个人夺也夺走了。

换！换！我刚才说了，只要爷喜欢，我就换。说罢，他偷偷瞅了瞅黄然的脸色。这脸色不是恼怒，而是喜欢，他心里说。

说罢，黄然从他手提布笼子里把鹌鹑提了过来。我们两清了！我将花脸小羊交给你，即从树上解下来交给那人。

黄然将鹌鹑在手中把着。这把鹌鹑有讲究——中指必须卡它肚子，食指与大拇指必须卡它脑袋；无名指与小拇指则端住它胸脯、尾巴。

黄然回寨后脸色带喜，眼中放光。又重金聘请了一位玩鹌鹑场中的老把式，日夜替他把玩，调教鹌鹑。他让老把式鹌鹑不离身，寨门上增加门岗，以防土匪、地痞、盗贼……明抢暗偷。因为他听人说有为了鹌鹑，遭到枪击暗杀的，因此更加小心，也偷偷地与黄琼交流信息，派出八位战拳弟子携武器严加防范。

半年后，鹌鹑也调教得差不多了。他行走哼着板头曲子：申黄、申黄，申黄申——见人先笑后说话。有人在背后骂道，这个神经蛋，乐啥哩！鹌鹑是他老婆，晚上抱着睡？恁美？

有一日，从襄阳府过来一位玩鹌鹑的少爷，身后跟了一帮打手。这少年素日里总打听哪处有好鹌鹑，然后去会一会。在十三个州府江湖上玩耍后，叨败了不少"鹌鹑斗士"，他的鹌鹑无人能敌，号称"天下第一鹑"。这少爷据说是满人王爷后代，此时，八旗已显败败现象，也只能玩玩而已。他已打听到此地有一"玩家儿"。

某日，黄然接到一请柬：定于二月后到春迎茶馆比试"鹌鹑"。消息不胫而走，两月后，春迎茶馆已是里三层外三层的人。那襄阳少爷已在茶馆门前的石板桌前坐下，静等黄然的到来。黄然一到，那襄阳少爷即迎上前，要在茶馆内喝茶。今天，所有来的人的茶钱我这里开支了。黄然说着，拱起双手作了一圈揖。然后，掏出一把铜钱往茶馆主人面前当啷一排，人们都笑起来，还是黄寨的爷大方，见过世面。

然后，双方站好。用一个锣圈套在里面，外边也套了一个大箩圈围起来。襄阳少爷与黄然双手一抱拳说声，请了！双方即让把式把鹌鹑掏出来"发一发"。把式口中含一个"杏核"磨制的口哨，嘴里发出尖利古怪的声响。两只鹌鹑在手中听见古怪声响后，马上羽毛竖立，双腿乱弹。他们各自将鹌鹑放入箩圈。对方把式口中发出一声极响的哨音来。那只小精灵着了魔似的，向这只"红眼铁腿"鹌鹑扑去。双方混战，各自向对方的眼上、脑袋上啄去，互不相让。有时,竟用爪向对方蹬去,周围的观众被眼前的景象所吸引,大呼:好!好!

有人打起了呼哨。黄然眼看自己辛苦得来的"鹌鹑王"越斗越勇,禁不住像着魔一样,大叫一声"上——",把式也将什么含在嘴里,发出一声尖利哨音,"红嘴铁腿"兴奋至极,竟然跳起来飞到对方的脑袋顶上用爪子乱抓。这时,襄阳少爷的鹌鹑则背朝地上,弹起两爪来相迎。这叫"铁爪功"。这一翻蹬后,又翻身用紫褐色的喙来啄。

这一下,黄然的鹌鹑终于筋疲力尽,它把身子一缩,全身的羽毛似刺猬般竖起来,在箩圈内滚起来。襄阳少爷的鸟儿看看"红嘴铁腿"快要败下阵来,为迎合主人欢心,又狠啄了一下对方后背。黄然的"红嘴铁腿"就地一滚,滚到大箩圈外边去了。惊得看客们一个个张大了嘴巴。

黄然命把式收回鹌鹑。只听他们一声口哨,双方的鸟儿立即停止进攻,飞回主人手中。

黄然的眼泪溢出,对天长叹一声,把手一挥,走!也不管襄阳少爷留住喝茶。茶馆主人也不敢再说什么,只把五个指头一合,作了个揖。众人散去,少数人坐下评论,都说,这一辈子没见过这么好的鹌鹑。那黄然的鸟儿虽败犹荣,败是败,但临死球朝上,精神可嘉。

黄然和把式走出茶馆,到那无人的高粱地。高粱秆齐刷刷的,叶子剑一般锐利。他接过鹌鹑袋儿,掏出鹌鹑,喊声红嘴啊!红嘴!我放你去吧!去那快活的地方吧!说罢,双手托掌内的鸟儿向蓝天上一送,那鸟儿飞上三圈,又落在他肩上唧唧地叫了几声,停了吃顿饭的工夫,终于飞向广阔的红高粱地……

十一

黄然回到寨中，一蹶不振。卧床几个月，凌燕在院里忙活，听说后，即去东厢房院内去见他。

她刚掀开帘子，见他正睡在床上长叹短吁，手掩口笑着说，哎哟！这大爷儿们好端端的，不做庄稼，却像挺尸一样，饭不想吃，不害臊吗？

黄然又翻个身，朝里睡去。凌燕嘿嘿一笑说，你做生意啦！大生意嘛！黄寨往后可是要大发大旺的。听说你发了大财，倒了几手生意，你倒说是还不是？你说话呀！咋哑巴了哩？

黄然索性用被子蒙了头，也不说话。凌燕说，咱们的大爷儿们又会做生意，又会吸鸦片，往后有好日子过哩！

谁知他黄然一连睡了一个月，长卧不起。丁账先儿知道了忙报给黄婆。

黄婆来看他，打趣道，听说你蛮精神的，外号"神仙"嘛！"神仙"吃吃玩玩，挺自在的，咋会病了？

唉！天有不测风云，人有旦夕祸福啊！

他坐起来，让仆人倒上茶水，自己也想坐起来。

黄婆摆摆手说，算了，躺那儿吧！往后有什么事可先给我说一说。咱这家经不起折腾，折腾得多了，也完了。叫你二叔来给你看看病。

说罢，他带上账先儿掀帘而去。

仆人喊，二爷来了。二爷黄火青从竹影那里闪进门帘，轻快走到黄然床前，没听说你病了，咋就说躺可躺那儿了，我没来得及看你。

黄然将手伸去让他把脉。二爷黄火青微闭着眼，分寸、关、尺三脉把定。

停了一会儿对黄然冷冷说，从你这脉上看，你心火上攻，头疼，头晕，身子沉困。不思茶饭，太动肝火了。肝火上行，连及心脾，你不要思虑过度，慢慢调理一下就好了。这时，有人报，观音冢老道士来了。

二爷离去，黄然静心调养。二爷黄火青少时即喜背《伤寒论》《金匮要略》《脉诀》《药性赋》，老师在堂上讲《论语》，他却在课堂下看他的《伤寒论》，但每次考试分数仍在全班头三名。老师有时用教鞭打他的头，他把头一偏，用手抓住教鞭，大叫："人各有志，岂能强逼？"全教室儿童都吃惊不小。他小小年纪，竟敢顶撞老师？有时，老师将他药书收去。他很伤心，中午回去连饭都不吃，晚上放学，他才蹭到老师住室。连说："老师，快把书还我！我考试又不差，你为啥收我的书？"

你那是闲书，能不收你？

什么闲书？人人都吃五谷杂粮，谁都不能用个铁箍把头箍住！快给我！

老师看他小个子说起话来有骨头有榫的，也忙将书还他。交代往后注意身体，甭弄坏了身体。

从此以后，二爷黄火青药理大进。十三岁即出诊看病，看一个好一个。那次，着点风寒，他有点烧。又背上书包去上学，到课堂上，他迷迷糊糊地想睡觉，大喊大叫："病在腠理，不可发散太过。"孩子们笑他，报告老师。老师急去教室，见他烧得过分了。但他背的是医书上的内容。

老师没说什么，让他回去。随后医生开了"大柴胡汤"，他服后即好了。

观音冢老道士请他去，也是一个缘分。老道士轻易不来，来就给黄寨办一些事情。

每隔些日子，他们到一起谈古论今，谈些医道。

这会儿仆人已备好驴子，二爷即去观音冢。黄婆及祖上喜欢积德。那日，来一老道化缘。日前，黄寨主做了一梦，梦见老道士点石成金。他家里金满山银满山。待他致谢时，老道士即化一阵清风而去。第二天，正像他梦中的道士及道童来了，他请黄施主布施。

黄寨主说，你要多少金银都可给你。道士笑笑说，我什么金银都不要，我就要你正东园地。

多大一块地方？

即要我身上道袍包的那么一块。

那好办！明日来。

第二天，道士及道童又来到黄寨。道士说，好！请施主施舍道袍大小一块地

北火南天

做道观。

　　道士脱下道袍，口中念动真言。那道袍即飞起来，把阳光遮住一块阴影。那阴影在地面上越来越大，罩住一山一湖还在扩大。直到道士说好了才停下，那道袍遮的地盘足有百十亩，黄寨主只好给他。

　　这么大一块地方足够他盖道观了。

　　因此，黄寨与观音冢也是辈辈相传，往来已久，庙上香火不断，烧香之人络绎不绝。

　　在他来之前，正好一位知府的夫人有病，知府派兵丁及轿马车在外候着道士。黄火青一到，那道士却请他到住持禅堂叙话。

　　哈！可将你盼来了，你还怪忙哩！

　　不忙，正在研习天文，我预测明年将有一场大的灾难到来，因此不敢懈怠。

　　明年有何灾难？

　　天机不可泄露啊！你门外轿车是谁等你去治病？

　　管他哩，还是咱们说一说话吧！俩人谈了有两顿饭工夫。

　　俩人边吃着菜，边谈论天文地理。那边有小姐来请道士治病，道士哈哈一笑。

　　小弟今日还是不能尽兴谈啊！

　　知府在家等您去给夫人治病。

　　你咋不早说呢？既然知府夫人有病，你就早点去治病。

　　岂不知世上知音有几人哪！他那是小事，来日我到府上拜访。我去治病。

　　黄火青即告辞回寨。

　　道士请那夫人下车到禅堂上把脉，略有吃碗饭工夫，脉都把完。即说，这病好了。知府夫人说，我去过许多医馆，连名医都求遍还是治不好这疮，你咋说好了。

　　道士即在纸上写一药：千人土，醋及童便为引。知府夫人说，什么是千人土？

　　道士微微一笑，你们到古道上将那灰土捧几捧，回去用箩筛一筛。用童便和醋一和涂在疮上就好了。

　　他看知府夫人将信将疑，忙说，这是你酒肉用得多，又受了热雨淋透，热毒攻心，到腿上成疮。这千人脚土，乃是"涌泉"穴下踏过，水能克火。

　　知府夫人回府后，令人如方炮制，两次即好了。为此，知府命人送来白银五百两，但道士分文未收。

黄寨这一带的烟叶是出了名的。一日，黄婆叫来黄琼，他说，我准备把烟叶从襄江运往汉口，再从汉口运往四川的巴东、万县一带。路上税警把得很严，你看咋办？

我看黄翰林在那一带，那是不是他管辖的范围？

你不知道从明年起，翰林调回京城任翰林院的编修了吗？

升了？"明升暗降"——皇上已不行了。袁世凯掌大权，革命党人已宣布独立，仗打得很厉害，人人要剪去长辫子哩！

好吧！咱派徒弟们押船。另外，派凌燕跑一趟，她跑过的！

好吧！三天后，发货，让他们准备。

三天后，黄琼嘱咐凌燕，船到襄阳府，码头很复杂，税警头儿叫刘斌，你见机行事，不行，准备点现大洋。

凌燕笑笑，这又不是上花轿，你说多一点儿，算了，咱看着办吧！

风顺船快，十天船到襄阳，凌燕也无心欣赏城市风光。船一靠码头，验货，开通行票，码头上人山人海，加上装、卸货物的人多，稍有疏忽都不行。

凌燕带着随行的八副战拳徒弟去税总队拜访刘斌。

刘斌一看来的是个女人，也小看她。问她拉的什么货？多少货？运往哪里？她一一做了回答。刘斌派一连弟兄去码头看货物。凌燕立即从布袋里取出满把叮当响的现大洋，刘斌嫌少不收，嘴里说，上司规定，过往船只，严格盘查。因汉口战事紧张，所以，烟叶船只一律不得运往。

凌燕一听，明明是敲诈，就一面在襄阳码头边等候，一面又派徒弟回来再带点现大洋。三天后，又将所带现大洋，如数送上。这一次，凌燕精心打扮一番，又说我老太爷是黄翰林，心想，这个面子总该给吧！放行吧！

刘斌想，人情不如早做。令部下税警们将船只全部放行，终于顺利过关。沿路长江风光十分美丽，水波、山影、险滩，两岸猿鸣、鸟叫，使凌燕大为开心。心想，等货物出手后，再跟你刘斌算账。

这一走就整半年。回来走的原路，船轻快。但车到襄阳停了下来。凌燕叫师兄们准备一番，然后打听刘斌的税警队枪支人员和来往走的路线。两天后，便全部弄清楚了。一日，刘斌骑马率领二十多支枪从江边回队去，刚走过鹿角门，埋伏在南北两侧的凌燕队伍闪电般出现。手脚麻利，没响一枪，就全部将二十多支枪揽收在手。

刘斌一看是凌燕的人马，自认倒霉——因他知道方圆几百里没人胜过"怪拳队"的。

凌燕一行人义搂到黄寨送来的战马，就快马疾驰，不分昼夜地回到黄寨。这一回，现大洋也赚了，枪也到手了。

她去后花厅见了黄婆和黄琼。

他俩先是笑笑说，回来了，一路上辛苦，受惊，今日就摆酒洗尘。

然后，黄婆说，闯祸了，你跟那个小子打仗了，这是背纤的拾个鳖——外赚了。

事过三个月，邻近庄子上种地户送来了重要信息，刘斌的妈和老婆、闺女从襄阳府往方城去走亲戚，要路过新野，从黄寨东面去。那是一位牛把式说的。他说这话时，神色紧张，说刘斌老婆坐的轿车，红被子里装的全是现大洋。

听完，凌燕说，这下送到嘴边的肥肉不能不吃，而且吃要吃得利索。

黄婆听后说，不能得寸进尺了。那刘斌也不是善茬吧！甭胡球整，逮不住黄鼠狼惹一屁股臊，祸不远了。

他们也是发的"国难财"，咱不收拾他，总有人会收拾他。

于是，黄婆让十个人守候在新野往方城的大道旁。那是个大坟园，阴森的柏树伸着铜柯般的手臂。十支枪口正悄悄对准大道。

约莫晌午偏一点，只见几辆轿车出现在大道上，十支枪一齐开火，一会儿就将骑在马上的护兵打死了。几乎同时，十几个人都冲向了那几辆轿车，将两车现大洋弄到手。三个女人吓得早瘫了，说，要钱给钱，甭伤性命。

两辆轿车、现大洋和三个女人被押到黄寨。

刘斌听说后，痛哭，我的妈呀！我女人可以不要，女儿可以不要，能再生一个，我的母亲只有一个，一定要救她回来。

事隔不久，说来也巧，黄婆有个孙女许给上河楼村，两家来往亲密。上河楼来报喜，担来了黑糖封子、挂面、两吊猪肉。人常说的十二天报喜呀！小姑子添了个千金。中午，黄寨设宴款待一番，算一算满月后，黄寨要送月礼——免不了鸡蛋、挂面、老公鸡……丁账先儿请示黄婆。

黄婆一听，将头摇了摇，如今兵荒马乱，咱外头还有政敌，路远，半道上出了事，就麻烦了。不要老母鸡卧在门槛上，里外丢蛋。

那咱多去几支枪，保护严一点。丁账先儿说。

黄婆仍是摇摇头。

丁账先儿说，咱寨上以仁义待人，也无强人之难一说。不如咱们来回路上，把人分作两路。其中一路由少夫人参与，以防万一。

黄婆想了想，挥了挥手，去吧！不过……欲言又止。

孙媳到后庭院，急匆匆要问个究竟。一看黄婆如此答复，便近前一步跪下说，还是让我去吧！只派一个拳队徒弟跟上便行。

第二天，两路轿车分头出现在往东南路上，路过张庄——也是黄寨庄园。庄头炮楼上的庄丁忙放下吊桥来，一看是黄婆的小媳妇黄少夫人，后跟一位拳师，就寒暄了几句。

中午，到小河楼。庄上人接着，安排好的酒宴，都要拥到小姑房中看小孩，抱到堂屋大家逗乐逗乐。有人说大富大贵，有人说，定能攀上一个官道上人。

厨子正在灶上炒菜。拿到一只青瓷花碗在锅上铲菜裂开两半，倒吸一口凉气，也没敢声张。

酒后，坐下饮茶。少夫人说，我说没事吧！这"平安"二字值千金啊！

回来，众人送别，车马一路迤逦走来。刚刚走到三道岗上，两旁的草木葱茏，又是刚雨过天晴，大道辙深有泥浆。车在颠簸中，左晃右摆。车上的人都想吐。后边，骑马的拳师喊，大伙儿留点神，这处儿临近炮楼又是个多事处儿。话刚落音，只听见"砰——"一声枪响。有人高喊，不要放走了黄寨的女人。情急之中，大伙儿弃车奔跑，但两旁道狭草木深，加上又是雨后路黏，慌得大伙儿气喘吁吁。

两旁枪声大作，少夫人喊，拳师保护大伙儿，拳师保护！拳师立刻从身上拔出一长一短两支枪，朝对方打去。又喊，你们是什么人？土匪？民团？国军？对方边射击边说，明人不做暗事，不要忘了上回做了襄阳府税警的活儿，鸡娃子！

少夫人急中生智，想起炮楼子张庄就在眼前，忙扔掉鞋哈着腰奔向炮楼。

张庄炮楼听到枪响，又见少夫人披头散发奔来，急忙接其入炮楼，将一行人全接入炮楼，收回吊桥。

刘斌一伙税警将炮楼团团围住。炮楼上的枪与楼下的枪互相对击。但因炮楼太高，四周又有壕沟，没有炸药攻不进去，只好对射一会儿。

停了一会儿，不行了我下去。少夫人说。

不行，你下去会送命。

那我不能连累你们。

等天黑，攻不克他们会走了。咱们再……

到了后半晌，税警们命联保主任将麦场上麦秸，又从各村运来枯木朽枝，把炮楼周围用树木干草堆起来。

炮楼上哭声连天，大人骂，小孩哭，挨千刀的要烧死咱！

冤有头，债有主，甭连累穷人。

少夫人吼声，我出去！一人做事一人当！他们冲我来的。

炮楼下喊，黄寨女人听着，你一个人出来，我们不伤你性命。不然，我们点火。你黄寨把俺们三个人换你一个吧！哈！哈！

炮楼下浓烟滚滚，火光冲天。

炮楼上用绳子坠下一个女人来。少夫人乖乖跟税警们去了。

第二天，双方交人，地点选在黄寨南五里地。刘斌一看他妈、女人、女儿好好的，抱头痛哭了一通。少夫人也高兴地回家了。一个换仨。

咚！咚！也不知是谁放了榆木喷炮，极响。

这一次，凌燕一跳老高地喊：一比三，输了，要让我去，一梭子扫他三五个，看他还牛不牛？

黄琼说，甭添乱了好吧！你行！你有本事，你上鞋不用锥子——真（针）中，行吧？

凌燕说，本来嘛！没多少厉害！咱咋敢跟堂堂的……说到半句她怕泄密，不说了。

她近来对黄琼特别好，俩人说说笑笑，一天也离不了。

把她三奶接过来，接的那天，冲天炮放得震天响，周围的庄子上种地户们来看热闹。啧！啧！黄寨真的富贵呀！看人家接新媳妇还抬几顶轿，一帮马队，真不得了。

人家那男女"合八字"。请的阴阳先生说八字要是比人家大了，不行，你要是龙，人家一定是老虎。

只见那对方也是县长的闺女。护兵马队拖好几里，食箩箱、描金柜、梳妆台，嫁妆陪送是土地二十亩，骡马六十匹，贴身的丫鬟……这队伍拉了足有四五里。唢呐冲天响，嘀嘀嗒嗒，好不热闹。这一天，黄寨防范很严，加上对方也是有头有脸的大户，跟的护兵也多，很早又在沿路一带请了人站岗，撒上岗哨，所以一路顺利到达。

花轿刚一落地，三声震天炮响起。黄寨及附近村子里的孩子们蜂拥而上，有近门的娃儿扒了新娘的鞋，要她光着脚在芦席上走，有娃儿从口袋里掏钱。新娘子头顶红盖头，身穿大红夹袄，下穿绿色绣金宽裤，三寸金莲，纹丝不动。这时，有人过来护新娘，甭掏口袋。说着将一些铜钱朝天上撒去，在地上叮叮当当乱滚，再拿一些带锡纸五色糖果子成盘子往下撒，撒到娃儿们嘴里填的，手里抓的，布袋里装的……满满当当，一些鞭炮在黄寨树上挂着垂下来丈把高，放起来，声特大。鞭炮在娃儿们、妇女们头上炸响，他们也顾不得烧了头发，烧了衣服，只顾在地上抢钱抢没燃着的爆竹。

接食笋箱送亲的人们接住抬往西厢房。照客的忙接那些护兵们、送亲的坐在后花厅。有照客的高喊，这是南阳府的赵老爷……

礼单桌上也格外忙碌，南徐家、北魏庄、西冀寨……所有庄户人家都来送礼，以期来年还能种地，少交点粮食。有个什么事情还让黄寨在衙门走动，能说着话儿。

新娘子刚在娘家唱了《离娘歌》，歌声还在耳畔响着：

我的妈呀我的娘，

莫要悲来莫要伤。

天长日久哟，

山高水也长哎，我的亲娘嘞——

如今，她还想唱，但唱不出口，听着屋里屋外的喧闹声，实在太大。正想着，丫鬟搀着她进了新房，主婚人还在讲，还请他们拜天地，拜爹娘，夫妻对拜；她只是机械地走着，任人摆弄。然后，入了洞房，头上的红盖头被人取了下来。呀！怎么不是心里想的那个人，这就要跟这人过一辈子啦！她偷偷地啜泣。这大喜日子，还不兴哭的，但泪水仍悄悄地流出来。闹房的人拥挤，摸金豆的，吃吊苹果的……

外边传来客厅里猜枚划拳声。巧啊！巧啊！一定升啊！八仙庆啊！滴一滴罚三盅。来得晚，罚你三大碗。碰杯声，猜拳声，劝酒声……

慢慢地酒席散了。送亲的和主人家饮茶讲话。醉倒之人，道旁都是。就连今天打莲花落的，那些吃赊饭，丐帮的人们，三个一群，五个一起，也送上三文五文钱。黄嫂交代丁账先儿，要派专人招待这些丐帮人，让他们吃酒吃肉，他们也忘不了在大布袋里抓上一些蒸馍、油条、糖果之类，然后到祠堂里去吃上几天。

就在三奶上回满月回门的日子里，她都忘不了刚结婚时那惊心动魄的一幕。

三天后回门，按老规矩是得回去的。

是回还是不回？为这，展开争论。黄嫂说三天回门，暂免了，不行，等过一两个月再悄悄地回。这一次刘斌的事惊动大，弄不好要出乱子。

二爷也被请来了。平日里他看病，不出大门。他吸着大烟袋。滋儿——滋儿——滋儿地响。但他就听大家说，不吭声。

三天回门挡住了，咱黄寨的招牌他敢摸不敢？二爷最后说，面子得顾，三天门得回，看怎么回？不如这样吧……二爷提出了一个建议。

第三天上午，三奶的娘家人拉的轿车要将她接去。一条路走的空轿，在另一条路上真正的新娘子坐的轿由拳师徒弟两个护卫着，十五匹马组成的护兵队，谁知去时一路没事，中午就到了，在那里饮酒吃饭，又停了五天，黄寨去接新娘回来。一队走原来的路，另一队走另一条草大路，又是十五匹马队。车过新野，走到一处岗洼处，忽听枪声大作。两位拳师急忙跳下车抓马匹骑上。一勒缰绳，那马似飞箭般冲向高丘陵上。两人一个打左，一个打右，他们枪法又准，马又快，很快就将对方的队伍打散了，还打死打伤几人。只听队里喊，刘队长，伤了几个弟兄。

继续打，用小炮轰！

轰！轰！那门小炮轰了两炮后，恰将轿车炸毁，幸喜轿里没人，只那十五匹战马被轰得乱窜乱跑。

拳师们朝后边射击，当！当！又打死两人。

轰！轰！又两炮，这两下将十五匹马中的两匹马炸死，人炸伤。另一些马撒开蹄跑起来。

弟兄们，杀呀！刘斌亲自指挥，还请了一排兵助阵，有九匹马被抢，还有人被捉。

拳师一看大势已去，大叫，撤！撤！其余几匹马奔向黄寨，紧闭了五个寨门。

第二天，刘斌送来帖子名牌一张：请送钢洋五千块赎人。三奶看见帖子欲哭无泪。

黄婆大惊，想不到惹下祸端，种下仇恨的种子。自己一路两次遭劫，丢了黄寨的人，还要这么多现大洋，真是剜了我的心，胡球整啊！

丐帮中有人唱：赔了夫人又折兵啊——

让二同堂这一门去送现大洋。黄婆狠狠地说。三爷在四川当了一任知县，将南阳和河口一带产的芝麻、棉布、玉器、烟草贩往四川。又将四川的火纸、茶叶、丝绸运回，也赚了些钢洋。

三爷从四川回来后，如今已卸任在家做生意，他拿出五千块钢洋，放在方桌上说，失算了，救人。

仁义堂派人将钢洋拿去才赎了人回来。

丐帮们传出莲花落：

黄寨门真不强，

折了枪支赔现洋。

两次被劫真够惨，

一来二去赔个光。

黄婆说，当初三天回门我就不让去，弄球个鸡飞蛋打，赔本生意。看，财空啦！

二爷黄火青抱着烟袋吸着说，算路不从算路来，天意不可扭啊！

黄婆又想归罪于凌燕，又一想，到底是小娃娃，她懂个啥！当她的丫鬟吧！

十二

黄婆说，人算不如天算！也可知天意不可扭。你们听听黄寨当初之事！

黄琼也凑巧进来要和黄婆商量事。这正好，人心都是肉长的，娃子们听听吧，黄婆吸着水烟袋说。

二爷抱着大烟袋磕了磕灰说，又是盘古开天辟地吧！

不！那是自山西大槐树下搬来。咱祖上崇祯年拜陕豫总兵，领兵剿李自成，驻扎在今黄寨一带。黄一龙手下四员大将——靳太元、胡可受、窦贤、穆龙。眼看，大明江山危险了，李自成兵围北京，崇祯帝在煤山上吊而死，吴三桂勾结满兵多尔衮，兵进山海关，黄一龙率兵退守南方，渡江往福建一带，并钻进山沟屯兵，以便再战。但仍留一些官兵留守黄寨一带。

清兵入主中原后，顺治二年，明朝所封唐王朱聿键也携家眷向南方逃奔到了福建。

后打听到山中屯兵的黄一龙，派人和他联手。黄一龙部下急报一龙。一龙正想明亡没有皇帝怎么办——国不可一日无君啊！恰巧，忠臣遇故君。当即二人在军帐内抱头痛哭。黄一龙说，主公，天将坠，赖以您为柱支撑大明的天！

唐王朱聿键听说后，心中很高兴，说天意不亡大明江山吧！黄一龙思虑再三，你与我同扶大明江山吧！黄一龙想，这是大事，待我与另一友臣郑芝龙商量后再说。

三天后，黄一龙到福建总兵南安伯王辕门拜访。于中军帐坐定后，郑芝龙问黄，今都督自北方来此有何重要事情啊？

黄一龙直接说，今主遭到不幸，清人已占领北方，天意要复大明江山，但我也是独力难支。现在唐王朱聿键已从北方到此，你有意和我同扶起明朝的江山社稷吗？

黄婆讲到这里，吸了一下水烟袋，然后将烟丝倒掉，又换上一撮新烟丝。

他打着火又吸了一口烟说，郑芝龙表面上答应黄一龙说，好吧！咱再合计合计，立他为皇帝吧！

黄一龙辞别郑芝龙回到军中。与四将商量，大家都为这感到高兴。

如何尊帝呢？于是召来军中谋士商量，准备尊朱聿键为隆武皇帝！

然后，派将骑马往郑芝龙的南安伯殿中去，共同尊朱聿键改唐王为隆武皇帝。选定吉日，在黄一龙所驻军的平坦处筑台设坛。传令所有南方的明遗大臣到此尊拜朱聿键为隆武皇帝。

那天，各路都督、元帅去的不少。大家到齐后，击鼓三声，响钟九下，净鞭以后，在台上由前翰林学士宣读庆文。大意是天下不亡明朝。今特赐给良机，唐王朱聿键即日为隆武皇帝，希各位大臣共同保隆武皇帝。然后，在军中设宴。隆武皇帝在台上封郑芝龙为候将其统率军马，为兵部左侍郎，让同跟父亲去的郑成功为御营中军都督。郑成功感动得直流泪，心中却想，父候多日，暗与满清鞑虏往来。这真不知父亲葫芦里卖的什么药！

当即感谢了隆武皇帝，军中大宴三天，庆祝新的皇帝即位。即位不久，南方即发生了强烈地震，山崩地裂，天降暴雨，淹死人无数。海也发生海啸，水头高达十丈那么高。黄一龙与隆武帝正在商量军国大事，叹息说，这是惹老天爷生气了吗？当即用猪、牛、羊三牲祭祀，长跪不起。

郑芝龙与郑成功之间矛盾越来越大。郑成功反对父亲暗中与满清勾结，出卖隆武皇帝。郑芝龙说他年幼不知时局。崇祯皇帝自缢身亡，明代已经完了，这是垂死挣扎。满清兵强马壮，人马众多，所向无敌。

隆武二年，郑芝龙认为满清是龙基龙业，不再当朱聿键的兵部左侍郎，而听从顺治的诏书，当上满清的闽粤总督，他也决心当清朝的官儿。郑成功一向和父亲不和，为此事，两人大吵一场，郑成功不愿随父去当清朝的官。他多次阻拦父亲无效，自己脱去儒巾蓝衫，放火烧掉，移居到黄一龙军中居住。

这样，父子俩各走各的道儿。郑成功愤懑至极，拿起笔在宣纸上写楷书"背父救国"四个大字，挂在中军帐内，以表心迹。

黄一龙见这个情况，心中很高兴。明朝灭不了啦！出了郑成功这样的忠臣，这是老天长眼哪！后来就与郑成功吃在一块，住在一块，招募兵丁，双方人马发展到九万人，在福建一带声势大震。

当时，郑成功拥兵驻扎在厦门沿海一带，与台湾岛隔海相望。兵马操练时，黄一龙与郑成功望着浩渺的大海，海波一浪又一浪推向天边，金门岛、大陈岛、小陈岛，一个又一个岛屿如颗颗明珠，串在南海岸一带。江山不易呀！说啥也不能让鞑虏强占了去！

黄一龙睡不着觉，步出中军观月色。只见水天一色，雾海茫茫，心事沉重。满清又来势凶猛，已逼杀了几个拥立的皇帝。明朝将领纷纷投降满清，怎么办呢？他突然心头一亮，那海中的渔火如他心头的火把一样越燃越旺！

他急步取出身上佩剑，在海边的月光下舞了一阵后，趁兴来到郑成功的中军帐中，郑成功正在看兵书。他望着进来的黄一龙说，都督为何没睡？黄一龙说，我有一重要的事，想跟您商量一下。

什么事？

我一直在想一件事。

快说吧，都督。

我想如今天下繁纷，鞑虏已如此猖狂。你父亲是明朝重臣都降了满清，咱也要早找出路。智谋家说，在中国，必须是"内乱进湾，外乱进川"。台湾岛气候热，物产丰富。百姓已盼明代皇帝多年了，虽然荷兰人强夺了台湾，已有三十年历史了。但咱中国人一定把它再夺回来，天下人心归明啊！

你年少英才，又饱读兵书，战术韬略无所不精，且指挥过水军作战，又熟悉治军。不如，咱们抢在满清前，先取台湾。你领一支水军从厦门渡海，攻占台湾。让台湾百姓当好内应，驱逐荷兰海盗。我与隆武帝西去广西、云南。

我们可把云南作为扶明大本营，到时候只要联系天下反清义士，大局即可定！万一云南站不住脚，那么也可绕路去台湾。最后，到台湾登陆作战为兵马大元帅，赶走荷兰海盗，不知你意下怎样？

郑成功思虑一下时刻说，兵分两路也可，我率水军先攻台湾，攻下后，驱逐荷兰贼，再迎接你和隆武皇帝。事不宜迟，待准备好淡水干粮，枪弹火药后，就登坛率师出发。

一月后，双方准备妥当。隆武皇帝坐在坛台上，各路军马拜了又拜，喝酒壮行。对天盟誓,誓杀海贼,扶明灭清,恢复中华!

即日,郑成功与黄一龙碰了一下酒碗。说声,台湾岛上见,生当作人杰,死亦为鬼雄!喝完酒郑成功即日出海,隆武帝与黄一龙领兵西进。

十三

郑成功率领水军战船一万多艘,顺风航行,经金门、马祖、大陈岛、小陈岛……一路势如破竹,很快就打到台湾。先派军士扮作渔民混在台湾打鱼人内,然后与当地义军百姓联系做好内应。

趁东北方向的海风,一举攻上海岛。岛上义军也从后追杀荷兰人。一下子就击败了荷兰军,并让荷兰总督在投降仪式上签了字,答应台湾岛回归中国,投降郑成功。这样,郑字大旗在台湾岛上飘扬。台湾人民又迎接了从岛上迁去的许多百姓,在那里开垦荒地,开矿山,训练水军。

黄婴一顿,说口渴了,咱搞点茶喝喝!仆人慌忙摆上碧螺春茶叶,冲上开水,茶在紫砂壶内散发清香。

黄婴喝口茶说,另一路兵马由厦门福州到延平符县(今南平市),八月再起兵,打到汀州(即长汀县)。后面探马报,清兵军马已追到福州,前行人马离此不远了。

又几天,清兵追来,黄一龙与手下四将,拼死保护隆武皇帝,与清军死战,血染征袍。

清兵一批又一批似潮水一样。黄一龙见情况危急,遂命胡、窦、靳、穆快领兵去找郑成功,自己和诸将保护隆武帝而去。但那四将死也不愿走,说,要走咱一块走,死也要死在一块。

到处都是清兵,已是混战,兵不认官,官不认兵。又三日,突见黄一龙浑身血污骑马奔来,大叫,皇帝被清兵俘虏,尔等将我首级带回河南黄寨,来生再见。说罢,自刎而死。四将下马痛哭一场,将黄一龙首级用锦缎包好,由胡可受将军背上，然后，上马准备去台湾投奔郑成功。

拼杀了一重又一重，清兵如蚂蚁般拥来，他们要夺回隆武皇帝，但听说皇帝在押往福州的途中已被杀害了。四人血葫芦一样下马坐在山石上商量，说，如今大势已去，倒不如去台湾。但清军已将海岸控制。谁还有一口气，就将黄都督的委托带回河南老家。那里有三百名留守军士。

正说着，一队清兵又追来了。他们匆忙上马杀过去。窦、穆二将也身上多次受重伤。他们驰马追近了胡可受、靳太元二将，大叫，贼极多，今世杀不完，待来世杀。拜托二位兄弟将我们头颅送回河南。喊罢，也自刎了。

胡、靳二将大哭，各自收了头颅背上。然后领了兵丁，化装成樵夫，沿山路偷偷回到河南。这几个首级现在何处？不清楚，我们要时时纪念。

至今，咱黄寨盖的"一龙庙"内塑有五尊神像。在焦林南有胡可受的衣冠冢墓上书，"昭武将军正三品之墓"。靳太元将军隐名埋姓，以至于后来当了道士隐居，就是观音冢道士。下属兵将皆在麦仁店隐居，人们在观音冢常见一老道闭目养神，有时，他会抡起一柄百多斤的大刀舞动。一直没人知道，后来，靳太元也是自刎而死，首级已有人保存，现在麦仁店是衣冠冢。

如今，观音冢道士也敬一老道。

台湾那边，郑成功没见大陆信息。忽一日，狂风大作，将辕门外大旗折断。郑成功见状大哭，口吐鲜血，昏迷在地，痛不欲生。连说，隆武帝完了，黄一龙及兵将完了。天哪，你为何不扶明灭清？

从此，郑成功就病了。而且，种下病根。要是没有黄一龙合谋，他能跟他爹唱反调吗？没有黄一龙合谋，他能去台湾吗？这都是历史，那将永远是一个"谜"！

黄嫛说到这里，停住了。整个议事大厅里没一点声响，只有窗外风吹竹叶的声响。黄琼说，咋不宰了那个郑芝龙呢？

丁账先儿说，咱们把这些墓再立一次碑，再重修一次庙宇。

二爷说，观音冢的老道士有一次跟我说，他祖上是正三品胡将军，还说祖传下来过五个陶瓷罐，只是没说出由来。

十四

禀老太爷,翰林爷病重,现已奏请皇上恩准回乡养病。丁账先儿给黄娭说。

人呢?现到何处?

人已经到了许昌,很快就会到南阳府。

知道了,快,布置好养心斋,让他安心养病,另派车辆去南阳府迎接。

黄娭长叹一声,感到无可奈何。翰林上任八年勤勤恳恳,如今正是为国出力的时候,却病了,还病得不轻,皇恩浩荡,不过回乡静养,也是不错的啊!

黄娭随着车马轿行南阳府迎接。

黄旭说,沿途官员都相送,这里过了开封,一直送到这里,与那些州官县官一一相见了。

回到黄寨,安排到养心斋后,黄娭见翰林连连发喘,头上直冒汗,虽两颊红潮,但肢体肥胖。

不知你吃了什么药?眼下咋样?

吃的"柏子养心汤",只是这些日子身子沉困,心跳快,头晕,皇上也派御医来看过,哪知病时轻时重。

咱家里一切都有,还有中药铺,多吃点药调理调理就好了。

不知是否是大限将近,治也无济于事,翰林说着流下眼泪来。

不一会儿,二爷赶来,寒暄后,急号了脉,沉吟半天说,大人操劳过度,劳心了。加上官场应酬,饮酒过量,食肥腻食物太多,夜间盗汗,食不知味,四肢沉困,心跳太快。你既然养病,只专心静养,国家的事,就别操心了!随后与大家一一问安,不提其他事。

几日后，黄翰林静心养病，加上药物治疗，病体稍好。他偶尔会到中花厅转悠，还命侍从将宣纸和笔墨拿来，在一张长檀木桌上，铺纸命笔。他心事重重，想到将不久于人世，遂饱蘸浓墨，写下了：

常将勤补拙，

勿以苟为勇。

十个颜体楷书又肥大又厚重。

一些仆人齐拥来迭声喊 好！好！这字写得赶上颜真卿了。

这一张送给太爷吧！黄婆忙双手接过，脸色恭谦至极。命人将它装裱贴在客厅墙上。

翰林又将笔蘸好，思索再三，欣然命笔：

碧纱窗外绿柳条，

怎肯静坐空寂寥。

小春醉爱未知路，

轻踏幽径上九霄。

他这诗写得空中云石滚下一般，很似他的个性。

装裱吧，这作为我的一个留念。黄婆和丁账先儿站那儿很长时间，看着诗，似懂非懂地苦笑了一会儿。

又过了月余，天气转凉，黄翰林望着庄园里偶尔落下的秋叶，突然，身上十分沉困，头晕，眼冒金星。喘息一会儿，侍从问他哪个地方不舒服？他回答，不惊动寨主，请喊一顶小轿，我坐上要将这黄寨外围游一游，然后再看一看那道自东北向西去的岭。侍从赶紧喊来小轿。

轿自西门出来，过了桥，沿着寨河缓缓行走着。走一段，翰林下轿来观一观，他看得很仔细。树木、草丛、游鱼、石头，倒映水中的蓝天、白云，漂浮在河水上的落叶，他都一一细看着。他想着自己回到童年的样子。他特意在自己当年玩耍的井旁伫立，用一根细细的绳子——拔两棵野麻，剥掉皮，把麻皮接成一根长绳子，把麻叶叠成一个"小水桶"。麻叶旁用一块砖头拴住，往井里汲一"小桶"清泉水，慢慢地喝下去。小时候同窗们都坐那里打水喝。小顽童上到柳树上去折下柳枝，正是暮春时分，用小手折成的柳笛是那样的美。他们把各人的柳笛都分一分，再在柳笛上开几个小眼。在笛子一头用指甲把外粗皮轻轻刮掉。每人放在口中，"呜呜呀呀——"好听极了。翰林在那口井旁站立了很长时间。

轿最后在寨南的丘陵处停下了。翰林站在冈顶上，一步一步地走着，丈量着。看那数不清的白鹤鸟自脚下飞翔着,展开双翅,夕阳的黄色余晖给鸟儿们镀上一层颜色,鸟儿们面对着又红又大的太阳,缓缓向西飞去!他看到脚下的丘陵在颤动,接着黄翰林说了句,日后,这个地方是我归上天堂的地方。

他又坐上轿缓缓地回去,进南寨门,经过他幼年读书的屋子。轿内一声落轿!轿夫们落下轿。侍从扶他入书房看他当年读书的地方。桌、凳、笔、砚台都仍在原处。

回到住处,他要侍从去拿压书宝剑。侍从去后回来说,怎么不见了?可能放错地方了,又找一找,就是找不着。侍从慌忙禀报,昨天晚上在床头挂着,为什么不见了,真是不翼而飞了?

随行的十来人都去找,但到处都没有。翰林长叹一声说,不用找了!

第二天,家人报告,有一道士及道童来访。黄婴急忙让仆人去请。俩人敲着木鱼,穿着道袍翩翩而入。

俩人来弄啥?黄婴急忙打拱。

哈!哈!哈!我们寻他寻了四十八年,今日可寻到他了。

道长这是哪里话,疯疯癫癫的?

他原来是我道庙里一个道童,忽然偷偷来到尘世四十八年,如今可寻到他了。好啊!好啊!

黄婴让茶,他们不喝,只坐在那里傻笑。

二爷从外地回来,看见了这个情况,马上施礼,道长来到小寨,我们有失远迎啊!

道士及道童都不说话,闭目养神,后停半晌,只说:

是自何方出,

还归何处去。

道是飞红无数。

天涯芳草无觅处,

正是断肠处。

二爷流泪了。他说,你们也让他多享些福。

道士及道童也不答话,径自来到黄翰林住处。随后对黄婴说,找了四十八年,让他跟我们去吧!又说声,徒儿,收你了,走吧!

黄翰林大叫一声,双眼放光,随即闭目养神。

二爷见状急忙闯进屋给黄翰林号脉,足足一小时,开了处方,无非是些人参、黄芪之类的药。另外,暗地里嘱咐丁账先儿,再把那白麝香用上二两,慢慢调。

二爷又长叹一声，再好的大夫，治的了病，救不了命啊！

这时，黄翰林床前的一盏灯，忽忽悠悠地半明半灭。只见那道士道童又来了，大叫，快跟我们走吧！还顾恋红尘什么？

黄翰林大叫一声，摔下床来。众人都来看时，黄翰林已经气绝身亡了。

在祠堂外，灵堂搭得很大，左、右放满了挽联。黄婪让二爷、丁账先儿分头去接待来的宾客。

这时的北京，袁世凯当了大总统，特派使者吊丧。按清代二品封疆大吏悼念。黄翰林一生为大清尽职尽责，得厚葬。北京城报马来了一拨又一拨。

黄家祠堂的丐帮们也三五文的凑钱给黄翰林买纸钱。

人们坐着轿车去灵堂吊丧，从黄寨至祠堂，五里路两旁全是祭奠的人。庄户人多在大道两旁看热闹。人挨人，人叠人，大家都掉下泪。

黄婪坐在第一辆骡车上，两旁还有黄琼、凌燕，他们都是凝重神色，一言不发。

第二辆车上是二爷、丁账先儿和十爷黄然，他们只是让车跟上。

车子在灵堂前停下，依次按顺序祭奠。拉灵的队伍拖了一里多长，白色的灵布每个人都拽着，哭声震天。黄翰林的儿子在灵前跪下，有哀乐队伍祭奠时即行跪拜礼。唢呐鼓乐队一个劲儿在敲在吹，声音哀而伤。一会儿吹《高山流水》，一会儿吹《百鸟朝凤》，一会儿又吹《打雁》《和番》。

黄琼因是朝廷通缉的拳首，不便露面，祭后即藏在离这儿八十里的观音冢里了。他和精通医道的老道长有一面交往，很想谈一谈。

京城来的几位督抚、巡抚，还有京巡城司的一些官员在丁账先儿照应下，读完祭文，引到中花厅饮茶叙话。

一班道士正在闭目作道场，超度亡灵。他们敲着木鱼，念着经文。身披黄色或红色道袍在道场中绕围走，口中唱着什么。武道士则在场中把钹和铙朝天上扔去，扔到半空中铮铮作响。落下来时，道人即接住，晚上仍作道场。让亡灵超度，放一些爆竹，冲天炮响彻天空。各种焰火也即放起来。穷人们带着孩子都来围着看。

凌燕抽空往祠堂里走去，她好久没见十爷了。黄然将那宝马换了鹌鹑后便卧床不起。

那时，黄然正和一个小道姑在玩耍。这儿很僻静，离祠堂有十里多路，是过去一个学堂，学堂都放假了。黄然拖住那道姑要亲嘴，被凌燕撞着了。凌燕骂了声，呸！这正作祭奠，你倒安得好心，急转身就走。黄然忙拦住，你饶了我吧！就这一次。凌燕不理他，呸了一口唾沫。那道姑即挣脱了身，急忙一溜烟跑了。黄然自觉没趣，也走了。

客人们都陆续骑马坐轿散去，原来热闹的场面逐渐冷落下来。报庙日子，只有黄琼领黄寨一班弟子去十字路口。夜间，洒上薄饭，口喊着黄翰林的名字，一路上火把明亮。众孝子都身穿孝服，哭声震天。

道场一共作了七天，每天开些斋饭，让作法事的人吃，多给他们散些银元、铜钱作罢。之后，黄道士选定日子，将黄翰林灵柩送上坟去。

送坟那天，有二十多个人轮流抬棺，那棺是油柏树做的，十分沉重。将翰林连同皇上赐给的龙袍、官帽、书籍、字画……都装进棺内。一行人拽着里把长的白绫，哭天恸地，哀乐齐吹，唢呐队伍在前。他的儿子披重孝怀抱灵牌，扛着幡。左右有人搀扶着。后面是黄寨的人送坟，拄着哀杖棍；再后面是各省、州、县亲朋好友及官员；队伍最后是在各地的黄姓家族代表吊唁的。

送葬队伍一路迤逦至南方墓地。抬棺的人绕墓三圈，而且呕号大叫，摔钻过眼的老盆。领队的在筐中抓些纸钱，散在空中，又扔些元宝馍，让娃儿们抢。那纸钱随风在空中缓缓飘动，这也是亡灵在阴间的货币，是对之人最大的安顿。

坟前，由著名书法家胡铁海写上墓志铭，刻在碑上。碑前则写"御封二品大员，翰林学士黄旭之墓"。

十五

　　昨晚，二爷巡更时间长些，一些庄丁竟敢在局子里（武装、枪支集中地）睡懒觉。还有人喝酒，赌钱。他见了，很恼火，大吼，这样下去，人家刀架在你们脖子上也不知道，罚你们二吊钱，从这月银里扣除。往后看见，罚站，自己打自己嘴巴。那一伙人磕头说，二爷，俺们再也不敢了，看见了您就吊起来打吧！

　　每户人家都轮流值更，手拿执更牌。没牌子的，就算外人，要抓住问清。二爷又吩咐道。

　　二爷黄火青睁开眼，屋子里很亮，光柱子自屋顶的亮瓦射入，闪闪烁烁，一些细灰在飘浮着，给人一种温馨感。他急忙步入大灶上看一看。灶上红案、面案上师傅们正从笼格上往下抬馍。馍的甜香味儿扑鼻，水蒸气在灶屋里散向窗外。红案上的师傅正把切好的肉菜倒向锅里，锅里的油烧煎了，撞发出刺刺啦啦的声音。葱、姜的香味钻入鼻内直冲天汇穴位。

　　记住，往后灶房里的人要发牌子，不准外来人进入。凭牌进来，不三不四的，这是茶馆、酒馆，谁想进就进，想出就出？水缸得盖好，水井得保护好，饭菜弄得干净！不是说你们不干净，是说要防着大病进来，几百口人呢！

　　铛！铛！铛！那口古钟响了。人们三三两两提罐端盆，挎篮提筐打饭吃了，整个黄寨又沐浴在吃饭的阳光中。

　　黄火青匆匆吃碗稀饭，拿块馍边吃边走。他今天坐堂就诊，所以没时间吃饭，一位五十多岁的汉子，正蹲在门口等他。他佝偻着腰，见黄火青便慢慢站起来。

　　坐定，病人将手伸向桌面的一捆草纸上，二爷闭目把脉，换手又把脉，看看你的疮！那人将上衣脱下，露出背上的疮来。二爷看那疮不青不红，只在疮口处隐隐有点发紫。

二爷愣了神,来的病人还在等他开药方。他忙缓过神来,摇摇头说,你快走吧!走得晚了,会死在半道的。

那人大惊,但又抬头怀疑地看看医生脸色。见二爷没一点开玩笑的样子,连说,当真?当真?我这么背势?大清早的,你不是诅咒我?

二爷连连挥手,示意快走。

那人去后,第三天却又来找他。他上来就要砸了他的"同仁堂"匾额。都还说你名医,你算哪门子名医?砸了算了。二爷说,莫不是又活了?大家拉住他。二爷笑笑说,你半道上吃喝什么没有?

那人嘴巴张了半天没合住。一拍脑门,想起来了,想起来了。

前天,他急匆匆地向家里跑,路上想,这一辈子也没干啥亏心事,那咋命那么短,我还欠西庄一点铜钱,亲戚家还欠我一些银两,这都来不及要了。另外,儿子才说个媳妇,我还没给他接过来。这咋弄的呀?房子积攒了一些木料,砖瓦还不够,这房子咋起来啊?他也顾不得多想了,反正要死了,一了百了。

他跑得又热又渴,爬过一道岗后,又要蹚过一条小河。河水银子般晃着光。他急忙扒去了衣服,跳进小河水里洗个澡,越洗越美。一声癞蛤蟆叫声吸引了他。循声望去,有一条花红水蛇从草丛中游过来。他心里又渴又饿,抓住水蛇就红着眼从头咬起,咔嚓咔嚓地咬起来,三下两下,把一条二尺多长的水蛇吃光了。又连喝了一捧水,心里舒坦极了。他用双手从胸口往下捋,捋着捋着,他昏过去了,倒在水边草滩里。那只癞蛤蟆却蹦在他的肚皮上呱呱地叫着。不知何时,他醒了,伸一伸胳膊和腿,挺得劲的。好了吗?身上也不疼了。他就醉汉般晃晃悠悠又转回去了。

他连说,吃了!吃了!吃了水长虫啦!

哈哈!你瞒不了我。你得的是毒疔疮——叫疔撵猴,治不好的急病,十个有十个死去。所以我叫你快回,甭半道上死去。

那汉子说,你真神医呀!

正说着话,突然外边打了个炸雷。下起了暴雨,暴雨如注,扑扑嗒嗒的雨点将房顶及树木敲得极响。暴雨一会儿停了。

有人喊:龙吊挂了!大家都出来看。只见西边在上一条乌龙自天而降。在天上张牙舞爪,扭动身子,龙尾巴离地面极低。有箩筐那么粗细,并飞快地向高空云中钻去。那龙爪很大,粗粗黑黑的,人们还似乎闻见了龙的腥味儿。

二爷说了声，灾难将要来了，就回屋内继续给人看病了。

第二天，铺天盖地的蜻蜓一下子不知从何处钻出来，在空中飞来飞去，把天空都遮住了。有红色的、绿色的，还有麻子蜻蜓，叫人看了真炫目。孩子们用扫帚舞，用蜘蛛网粘。一拍就拍掉几只，一粘就粘好多。越拍越多，越粘越多。道路旁、坑塘旁、麦场上，到处都有。

几天后，树梢晃动了，先起了小风。大堆大堆的云开始在天空中积起来。人们感觉到凉风吹起来了，风越刮越大。把一些草房顶掀掉。有些风从屋里闯进去鼓了整个草房顶，把树枝刮断。椿树、榆树、刺槐全部被连根拔掉，又被扔在路旁。几天前的那次雷击，还击穿了几棵大柏树，人们看见一只大蜘蛛逃进一个大坟园里，吐丝将所有的树冠都网住，吐的丝有井绳那么粗。雷打那么凶，就是要抓它。雷就在那个大柏树坟园上头炸响。咔嚓嚓！像要把天劈开一样。后来，就把那些柏树抓了。树身上抓的龙爪还在，很长，抓得很深，是黑色的。把蛛丝全部烧焦，大概抓住了蜘蛛精。又一天晚上，传说一个看西瓜老头在瓜园里睡着了，忽听见床底下发出呼哧呼哧的喘息声，吓得不敢吭声，后来，借着闪电的光亮，老头儿看见一只像水牛那么大的家伙堵住门口了，当时就被吓死了。

大雨接着就来了，扯天扯地的，把整个原野都罩得雾茫茫一片。白亮亮的雨点砸了下来，在地上起泡儿。风借雨势，雨挟风力，压向了大地，也压向宇宙。天地之间一片雨声。哗！哗！哗！响成了一片，风吹过时，房顶上的雨变成了小水珠，又成了水帘，一道又一道的，从屋顶落到地面。地面上马上汇成小溪，又汇成了小河，汹涌澎湃地冲刷掉一切。树叶、树枝、青草，全随小溪流进小河小沟里，再冲刷过无数的石头，流进大河里。轰轰隆隆，雨笼罩着整个山顶，这个精灵把天地都融进去。给干涸的土地以滋养，给大河、大江以涓涓细流，汇成汹涌巨浪。无数条小溪在山间狂奔。

无数支箭头自天上射向地面，无数个石头被冲刷跑动，咕咕噜噜地滚向河床，滚向大河，滚向天边。

接着，天裂开了大口，看似要把整个大地吞噬了。它伸出手，推倒了一切，包括树木啦，庄稼啦，山坡啦，房屋啦，这大手一拨拉，河流裂开了口子，大堤（坝）成段成段地溃垮，黄黄的河水奔涌出来，任意地冲向四方，淹没了一切。

这时，湍河、白河、襄水，整个汉水并汇成一片汪洋大海。老天爷有时会让自然恢复到它原来的样子——这里也是混沌初开,盘古开天辟地之乡啊！

远古时期，洪水肆虐，人为鱼鳖。人们被洪水淹死，九个太阳照射，也没白天，也没黑夜，都是太阳当空照。

后来，出了一个后羿，他背了箭，射落太阳。他追太阳，天天赶路，累得要死，渴得很。最后，渴死上道旁，化为林，叫邓林。

洪水过后，一切都被淹了。地上摊了一层厚厚的泥巴，被阳光照射干裂了，成了一块块瓦状的泥卷。庄稼被淹没了，绿色的叶片上沾上厚厚的泥。河堤、江堤，被冲得一段一段，整个都变得平坦了。

被洪水吞没的牲畜——牛啦、马啦、驴啦、羊啦、狗啦，也包括人的尸体经水泡后发胀，在阳光暴晒下，发出臭味，弥漫在空气中，整个洪荒一片尸体的海洋。

北方的鄢陵、扶沟、卢氏、洛阳、开封、许昌、长葛、平顶山、襄县、方城一带的农民携儿带女，逃荒要饭，远奔远方。

这一年，在灾难没来到之前，二爷就说了那句话。这时，黄寨及听到他说话的人才猛想到二爷的预见性。

二爷出诊来了，都到南寨门门楼底下候诊。锣声响后，一个苍老的嗓音飘逸着，一些重病号都被车子拉来看病。也有年轻的，自己步行来看病的。

天刚亮，二爷黄火青坐在一张大桌子后，摊开他的线装药书，切脉、望诊、问诊、听诊。人们蚂蚁般拥来，躺在寨外的桥上或古道边，躺在树荫下，排几里长的队伍。

瘟疫，像人类的影子，时时跟着，在每次洪水之后，整个中原都笼罩在瘟疫的阴影中。

瘟疫在吞噬着无数条生命，不论是军人、达官贵人，还是平民百姓，整户整户的人家身亡。一个村庄一个村庄地吞没，死的尸体都没有埋。成群的狗们为争吃尸体而撕咬着。

二爷黄火青注视每个病人的面孔。烧得红红的脸，皮肤发烫。

你病得不轻！舌头伸出来瞅瞅！来！抓点煎药吃吃就好了。对差不多的病人二爷都这样讲。

他知道，若这人病已入了"太阳经"，就开白虎汤，而且多加了石膏、知母。吃他三剂药后，都会好起来。他一直能忙到点上灯还在诊病。三顿饭都是送到病桌前的。他胡乱扒上两口，他知道这瘟疫一害就传染一家人。月亮升起来了，照着黄寨，也照着无数个村庄，照着那瘟疫肆虐的大地。月光下，看不到人影，听不到孩子笑声，看不到炊烟、归来的耕牛、荷锄的汉子们，一切都没有了。月光似在窥视人们的痛苦,月光,照过多少欢乐,又照出多少忧愁,又照出多少悲哀……

二爷想着这样不行,每一张愁苦的脸,在死亡阴影中挣扎的面孔。他们是一个个鲜活的生命,要拯救他们!豆豉汤,一大锅一大锅地熬,让病人喝后出汗,个别病入厥阴的病人再用别的汤头。

第二天,他和黄嫂、黄琼商量后,就让丁账先儿、黄然、凌燕领黄寨一些人去办这事。各村垒上几口大灶锅。由黄寨健壮的人熬豆豉汤,熬好后,每一家都舀着喝,谁舀都行,不好的再来看。

凌燕高兴极了。忙跑西庄喊些能活动的人垒了灶,也有现成的锅,带上草药,柴草在燃烧,凌燕亲自加水,又倒入豆豉等草药。熬到一定程度,她喊,都来哟,喝药的——她的声音清脆极了。人们还认为是哪儿来的仙子在熬药,还真认为是上天差来的仙姑呢。

都用黑大碗,舀一勺子晾凉了喝。周围的村庄都这样,县里县官听说后,用轿来请二爷,二爷谢绝了。他认为救穷人要紧。

黄琼一直隐居着,如今看风声不太紧了,也出来了。他戴个大草帽扣住眼睛。他又用一条手巾搭在头顶——遮住了半边脸。他采用八副战拳的气功——推拿气功,一指禅点住涌泉穴位、三阴交穴位。这虽是辅助疗法,但效果也不错。慢慢地,病人都好起来了。

慢慢地,人们站立起来了,不呕不泻了,能吃饭了。各村里又炊烟袅袅了。

二爷骑上驴,带上药褡子、大烟袋,又慢慢地行走在各村道上,给一些重病人治病。又逐渐到稍远一些村庄去行医,分文不收。人们就接他,送他。他依然骑驴,踽踽地走在中原小路上。

他又吩咐黄寨人把小米、红枣、姜合在一起熬稀米粥。让每人开始只喝半碗,说喝这药会发汗的,等出汗出得汗津津的,病就好了。黄寨做饭时用的大锅还在。他就派人熬米来,冒起了炊烟,烧红了锅膛,又照红了人们的脸。

二爷说,这天灾洪水,是老天爷发怒了。

这些年,树木被砍了当柴烧,加上天旱又旱死些树,一些小树又让放羊娃折掉,被连根拔掉了。

前年闹旱灾,花花天牛飞得满天都是。这只天牛咬着那只天牛的触须,结连成群,小群几百只,大群几万只,嗡嗡地飞,撞在树上,连树冠、树皮全啃光。那声大得很,也把树啃吃不少。天大旱,这次又出涝灾,淹死人和牲口无数。又接连出了瘟疫这个魔鬼，所以，要栽树。

二爷黄火青说，好！等上冬天来挖好窝，每人五十棵，谁种算谁的。真的种上杨树、榆树、槐树、椿树……黄寨的人也栽树。连乞丐们都用手扒树窝栽上刺槐树。岗丘、水洼、路边、河边、沟边都长出了幼树苗，风吹点头摇身微笑哩！

你看三年是苗，三年后是碗粗，再三年都成了荫凉。二爷说。

十六

凌燕！你咋不过来拾掇拾掇床铺？黄然吃过午饭即喊了丫鬟来。他有睡午觉的习惯。凌燕虽然去云南贩烟土有功，但在襄阳税警刘斌一事上，黄娿对她有看法。凌燕后来又在四乡八保帮助治瘟疫病，赊施豆豉汤，救活了不少人，但她在黄寨的身份仍是丫鬟，只不过是个上等丫鬟。

不过那些小姐们，谁想使唤她就能使唤她吗？她也不是那么好使唤的丫鬟。

你这个当头的人，用不着了就把人往崖里推，谁出恁大力弄啥？丫鬟多的是，非喊我？

凌燕一边在后院里收拾床铺，一边又吼着。

黄然走过来笑一笑，大爷我离不开你这个美人嘛！

你拾掇得干净利索，大爷我心里美。凌燕一边在踏板上站着掸灰，一边狠狠地铺开床铺，一边又将床单展开。

只见黄然缓缓走过来，伸出肥厚的手慢慢地沿着她美丽的臀部自下而上地摸去，摸到突出的部位又停了手。凌燕感到那双手又朝自己上部摸来，心突突地跳得厉害。这么多年，自卖艺、被追、行乞到黄寨来后，至今已三年了。不容她想什么，那双手已触到了女人敏感的部位。她突然站起身子，她有几分爱他的豪放不羁，但看他是个手拿木权的家伙，他会把家业像劈柴一样全豁走，只剩下一片茫茫大地——真干净。

她啐了一口，用手将他手"啪——"地击一下，这一手叫"顺手牵羊"。险些将黄然往左摔个嘴啃泥。

黄然做梦都在想着她，但这个丫鬟恁厉害。她不就是个丫鬟吗？但她又不是一个一般的丫鬟。老太爷喜欢着她呢！她最终是我手里的一个白馍。想吃就吃，不想吃就扔掉。

等他爬起来看时，凌燕已一阵风般地走了。只在门口留下一句：这爷字牌也得自重自珍。

黄然落个懊悔不已。心想，还当自己玩绵羊和鹌鹑一样，抒抒顺顺的，掌上之物，想玩就玩，不想这小东西就跟饿人喝胡辣汤一样，又辣又麻又烫人。

凌燕走后，出寨去东门散心。路过祠堂，看见一些族人还在祠堂里烧香磕头。有时，黄姓的外庄人也来这儿敬牌位，念一念家谱，特别是阴历十来一，还有腊月，正月，来修家谱的人真多，拜祖、祭祀，人头攒动。腊月族人们还要磕头烧香拜祖先，供上三牲供品。

她不再看祠堂了。只似一阵风轻轻地吹过，从那片阴森森的古建筑处吹过，从那片柏树、松树林中吹过。她走出东寨门，谁也不看，谁也不理，独自一人，她的眼泪想涌出来。她想，父亲死得冤，只剩自己孤单一人，成为人家丫鬟。经过的战争不少，但还不是黄家的人，只是跟牲口一样替人家出力，往后的路咋走？路还长得很呢！黄然叫"老神仙"，是个散尽家财的人，他还想像玩东西一样玩我？她想到这里，吐了一口唾沫。

一只长嘴绿羽毛的鸟儿从身前飞过，落在一根树枝上叫着。自己还不如一只鸟儿啊！它多自由，想去哪儿飞哪儿，不由地落下泪来。

一会儿，她就漫步在东门外的草路上，看两旁的玉米哗哗地絮语。玉米顶花散落出片片花须来，如轻施粉黛的少女。玉米穗儿顶着满头红的，黄的，白的，多飘逸多漂亮！红色的高粱们都舞着绿色的佩剑，在那里狂舞，唰啦！唰啦！脸似喝醉了的汉子，鼓泛着高粱米的酒刺儿，多雄壮啊！

她索性停下来，折了根树枝，在地下画一些图形，月亮呀，太阳呀，飞鸟呀，鱼呀，还想画一匹骏马，可惜不会画，画了一个马头成了个四不像。

她又往南走，打算走南大门回去。这时，太阳已偏西了。平射过来的光线照到她身上，在绿色的草丛、庄稼中，给她涂上了一圈金色的光环。

这时，她竟莫名其妙地跟在一队结亲的队后面，这儿离王府山不远。有这样一个规矩，结亲队必须是在下午或晚上出发，而不是上午，这习俗相传已久。明代时，这儿封了一个藩王——赵建允。他荒淫无度，如有过路的结亲民女花轿，必然先派兵将新娘抢来先由他享用些日子，然后才放回去。这样一来，弄得路断人稀，良民们谁还敢白天结婚呢？让藩王抢上王府山去成亲！后来，良民们想了个主意，都是晚上悄悄地从这儿经过。果然可以逃过这一劫。这样就形成了民俗。直到花桥后边抬嫁妆的人从凌燕身边走过，她这才看见，前边的锣鼓队、唢呐队正在吹吹打打，什么《百鸟朝凤》啦，《喜丰收》啦，《闹元宵》啦，《苏武牧羊》啦，她从来没听过这么动听的民间乐曲。简直陶醉了，只觉得忽而高兴，忽而又难受！

后来，她就又拐了回去，怕寨里有事儿。这时候，忽听人喊，你这瞎跑的啥，甭把路走迷了。

她抬头一看，原来是黄琼自外面回来。凌燕说，人家这么大了，会走失吗？就走失一个丫鬟有啥呢？

哎！你可不能走失啦！遗失了你这个"大活宝"，黄寨上下可不得了啊！我都要哭三天三夜哩！

你该高兴的哟！可去了一个包袱。

快别说傻话，我真的离不开你！

瞎话篓子，指指天吧！

好！明天，我要去石桥收租子，到时候，咱一个点去好吗？

那……得让老太爷同意啊。

好啊！你只要点点头，我给老太爷说。

第二天，黄琼、凌燕就下乡了，骑马去了石桥。

这庄上果然不一样。

过惯了那封闭的寨子生活，突然到了一个新天地，他们觉得新鲜极了。刚锄罢两遍秋，庄户人家看他们来了，迎到了仓房门口，这庄子由十多户人家组成。庄上人低喊，爷儿们来了，俺们盼着爷们来。咋着，能叫爷们瞅空闲时间来这儿啊！

快！屋里坐，烧鸡蛋茶！

边说边用脏手巾擦了又擦屋里仅有的几张歪板凳。哎，甭慌，咱们看看今年收成咋样？

爷们哪！今年收成惨极了，你看那麦穗长得瘦不拉几的，涨了一场大水，快没把俺淹死了。这后来，又害瘟疫病，亏了吃了爷儿们的药，才留了条命。

一个小女孩，双手把荷包蛋分在两个碗里，粗黑的瓦碗上浮了一层灰，荷包蛋雪白雪白的，露出金黄金黄的蛋黄来。

凌燕用筷子扒开荷包蛋，她咋着也吃不下去。心想，咱小时候，跟她一样，也还要过饭哩！现在能过上点好日子，还不跟庄稼人一样吗？她把荷包蛋又拨到另一个大黑碗里。嘴里说着，哎！我最不敢吃这玩意儿，一吃就想吐。

小妹妹，你快吃吧！

黄琼也吃不下去，吃惯了好饭菜——虽说不是山珍海味，但也不错，白馍、炒菜，至少也煮个咸鸭蛋，再加上萝卜丝、辣子、豆豉、浮着油的蒜汁。

来！你们也甭恁孝敬，我吃一个，不亏你们的心，剩下的你们吃吧！

中午了，我们自带有厨师做吃的，不麻烦你们了。

爷儿们能来，抬举俺们了。那小头小脑的庄户人，弯腰躬背地说。

今年的租子也就免了。回去我给寨主讲，穷人种地难，碰上灾年就更难了。那一家人感激涕零。

这仓房高大雄壮，他们走过前仓房，左、右厢房，穿过走廊，到后大仓，打开仓门，看里面的小麦、谷子、芝麻、红白豇豆都是陈年的。黄琼说，这些东西陈了，仓库满了没处儿堆了，不如救济给穷人吧！

凌燕说，就等着你们开腔，给了穷人，还积点德，攒那干啥？你说呀，老太爷不听你的听谁的？

后仓房左右有两个耳房。穿过耳房，便到了最后一排供人歇脚的房。听到后仓房大锁咣当一声，黄琼进了屋，就立刻凑到了凌燕身旁，用眼睛飞快地瞄了她一眼说，你快给我打点水，把屋子打扫一下，我今儿又高兴又累。

屋里的光线半明半暗，长久没人住，有一股子霉气冲出来。几束阳光从窗格子直泻下来，又一阵微风吹来，有一股子农村气息了。他趁她弯腰拿木桶的时候，用两个指头轻轻抠了一下她的腰。她"哎哟"一声，觉着似乎点着了穴位。浑身一麻，她脸红了，身子一扭，气哼哼地说，你们黄家竟出些啥人儿？吸大烟的吸大烟，玩绵羊的玩绵羊。说得黄琼哈哈一笑，还有我这打过八国联军走京师的坏货是不是？嗯！你呀你！

凌燕故意扭动腰肢，屁股一扭一扭地走出去。乐得黄琼往床上猛地一躺，双手叉到脑后，把床压得吱吱叫了一阵。

井台上，凌燕拴好桶，把辘轴轻轻地往井下放。她另一只手按在辘轴上，生怕放得快了。正要把桶打满，轻摇辘轴时，头发痛了一下，回头看是黄琼用手揪了自己一根头发。

他嘻嘻地笑，我看这头发有多长，跟你辫子一样二尺长？

凌燕也不理他，哗哗地把水桶提上井台来。

他急忙要去提水,她用手打了一下,轻飘飘地走过去,水珠溅着,洒在她淡绿色的裤子上。

她哗地将水倒进盆里。黄琼赶上前去,说,你先避一下,我洗一洗。

她在外边用一根长竹竿去打枣树上的青枣。七月十五花红枣。她这样说。

一片片枣叶落在她头上,她仰着脸好容易打了一颗青枣子下来。捡起来用袖子擦拭了一下,丢进口中嘎嘣脆生怕咽进肚里。

一会儿,门开了。黄琼把木盆里的脏水哗地倒出来。哎!你是爷字牌的,倒水的事儿还是我来吧!

黄琼只是"噗——"地吹一下脸上流下的水,没说话。

她望着那赤裸的上身,身上暴起的肌肉,浑身滚动的水珠,她的脸更红了。眼光似闪电一样,掠过黄琼的脸。黄琼也就电击一般接受了那目光。

不一会儿,凌燕要去做饭。黄琼说,那是厨子的事儿,但凌燕坚持要做。她挎了个小竹筐跑到前边一庄户人家菜园里拔了点小葱、灰灰菜、青辣椒端回来到井边洗。黄琼也赶到井边,忙去择那小竹筐里的菜。他用手轻轻地碰了她的手,感觉到这是一双玉手,但有点粗糙,因为她经常干活儿,不像几个小姐的手那么红嫩。她一动也没动,他攥住了那双玉手。那手细皮有点儿茧子。她低下头,脸一下红到脖子根。

她将菜放到厨房里——过去的一间闲房。然后去洗案板,又打了一盆清水,用一个丝瓜瓢子擦拭这些东西。

黄琼蹲下来把灶捅一捅,用烧火棍乱搅,灶间的灰飞了出来。

凌燕嚷着,你笨不笨?灰都飞到头上了。黄琼急忙解下自己的汗巾搭在她肩头。甭给俺燕子身上弄脏了!她脸红着,也没有取下来,反而说,你有多少?都给我!

黄琼本来在京师一带闯荡时,已练就得什么苦都能吃。所以,也就把火镰打开,取出纸和火石,打了几下即把火点着,鼓着腮轻轻地一吹,火燃着了。把火塞向灶膛,浓烟从烟囱里冒出,也从灶间冒出轻烟,呛得他咳嗽着跑出来。她只好弯腰烧火。这黄琼又进屋来,弯腰抱住她的脸蛋亲了几口。多甜!多美!她任凭他亲去。

她站起来,把洗净的菜在锅里炒一炒。菜很快变了颜色,由浅绿变为深绿。随着刺啦刺啦的油爆声,油烟呛得她眼泪都出来了。她闭上了眼,任凭他的手去抚摸。

北火南天

突然，她站起来，跑向刚才的屋子，一下子躺在床上，胸部急剧地起伏着，似大海的波涛。黄琼也三步并作两步，急急地赶过来，推开门，三下两下就奔向床前，轻轻地解开她的衣裳……

　　等有一个时辰，门开了，两人脸上都有红晕。中午，饭是厨子做的，做的绿豆面条。用石臼捣了点青辣椒，上面一层小麻油珠儿。他高兴地吃起来，而她，连一口也吃不下去，高兴得要掉下泪来。

十七

　　黄然提着一个八哥笼子，从南寨门进来。跃过桥时，又看看水里自己的影子。手里的笼子是圆圆的，二十四根柱子，上面缠满金丝，这八哥是花三百块钢洋买的，八哥在叫着，太爷，快走！快走！这些日子，他心里很闷，几次找凌燕，凌燕都不理他。让他怪窝火，不就是一个丫鬟吗？但她倔强，人又美，几个爷儿们都喜欢她。她又会八副战拳，跑了次昆明，生意上得手，大瘟疫时又得了老太爷的欢心——赈济了穷人。他几次下手都不能得手，她也太那个些了。黄然一路走一路想骂娘。跑得口干舌燥肚子饥，就往东西十字街上走来。街上来来往往的人真多，平时没有那么多人。只因为这八副战拳名声响得厉害，拳打三省四府，狮子旱船闯过几十个县。路上谁的生意遭劫，一问是黄寨的，就乖乖又奉还人和东西。只要说是黄寨的人，连土匪、劫路的也不敢抢劫。实在是窗户纸上挂喇叭——名声在外了，周围百十里的穷人被土匪绑票，急了都纷纷投靠黄寨，黄寨比以前更牛了，人口也多起来。一到半晌，庄稼汉们拉上粮食、贵重物，坐上妇女、小孩，都把黄寨当圆心，辐射半径三十公里。黄寨成了一个街市，十字街中心，自然会有一些酒馆、牛羊猪肉锅店、饭馆、茶馆、当铺、染坊、油坊；那些玩杂耍的、玩猴的、卖膏药的，应有尽有。

　　黄然来到牛肉汤锅店，把八哥笼子挂在门口。八哥喊，肚子饿了，爷儿们吃肉！黄然笑一笑，你这小家伙。肉锅上泛着黄亮亮的油珠子，还漂着一层白色泡沫，肉在锅中心滚沸着。肉香味儿早已钻入鼻孔。一个黑油锅上并排放着十几块才熬熟的牛肉，散着热气。黄然看着那牛肉熟透。店里人忙问，十爷想吃肥的还是瘦的？人们都赔着笑脸。

肥瘦都要些，黄然说。

黄然心想，这些狐朋狗友多跟他混得厮熟。只因他是江湖上人儿，喜欢跟江湖上人扎堆儿，也没端个啥架子，所以他也很快活。天马行空，独来独往，有钱就花，有酒就喝，从不攒堆儿，也不讲穿戴什么。所以，下九流也都喜欢和他交往。

这时，酒店主人也让人送过来一坛三顾春酒，一坛绞股蓝黄酒，并说让爷儿们先喝。这酒一开坛，满香扑鼻，整条街上飘着这酒香和肉香。肉锅上给他切了几盘五花牛肉。用小麻油、蒜汁、油红辣子盖了头。十爷儿，先吃，随后再切。

黄然瞅了瞅，即抄起筷子来乱吃一通，大块大块牛肉嚼着。仰脖咕咚又喝了一气，三顾春酒气自肠内又回荡冲上脑门。这真叫酒好肉香啊！他忍不住叫了一声。门外几个平时游荡的人也围来想吃。爷儿们发财了！这几个人边说边蜂拥而上，黄然推过两个盘子，用嘴一努那酒说，自己倒着喝。这几个游荡人上前用手抓肉吃，用粗黑碗倒了黄酒喝。

正喝到兴头上，忽听见街上有一群人正在打一个骨瘦如柴的人，说，你偷了人家的钢洋，快还人家。那人趿拉着烂鞋，一边捂着头，一边说，没偷！没偷！有人说，抓住他，搜一搜！也就把他按倒在地，从身上扒出两块钢洋来。打！打！那群人上去就打。一位客商说，算了，钱还我就是了，甭打了。

黄然离开肉锅座位来到街上，扶起那人，大家都躬身施礼。黄然一看这人，骨瘦如柴，佝偻着腰。分明是乞丐。就问为什么偷人家的钱。他说，我外号叫"粗腰"。因这些日子没钱花，也饿得慌，正要找几个钱弄点饭吃。把那位做生意人的一点钱摸了，不巧，被逮住了。反正，我把钱还人家了。

黄然微微一笑，你饿了先吃点喝点，管你吃饱喝足，钢洋我付了。"粗腰"感激不尽，连喝三碗黄酒，又吃了七八块牛肉。大口大口地撕着嚼着。弄得双手油乎乎的，就在身上擦了擦。一会儿，将酒肉风卷残云般吃喝一光。黄然开了饭钱，提着八哥笼子，一路小跑回去了。"粗腰"也就外出混日子去了。

他前脚走，后边的街坊说，黄寨人有钱。这"粗腰"是个飞贼，咋能救他，还让他吃喝？那一次，在社旗县城内，街上有一个山西会馆，会馆内有个春秋楼。有说法说"社旗有个春秋楼，半截还在天里头"，那有多高啊！山陕二西的客商们来社旗做生意，身上带的银票很多。这晚上，有几位客商吃完饭，睡在顶楼上赏月亮。在春秋楼上看月亮是人生的一大开心事。半夜里睡时，将门窗关好，然后睡觉。等第二天一大早起来，不知咋弄的，那门窗好好的，客商们银子却丢了百十两。细看看，只在窗户顶格处有个小洞是刀子剜的。向社旗县县太爷报案，班头去一看也不知是咋弄丢的。这小洞人是进不去的。几年后，"粗腰"悄悄在酒馆喝酒时对人说了。这人是个"酒迷瞪"，只要有酒，他啥都干。

三天后，在汲滩街开了个大庙会。汲滩在白河的上游与湍河交汇，是水旱码头，商贾林立，顺流而上，可到内乡、西峡口，然后到陕西的商南、商州。往南坐船可到襄阳府，直下汉口。

南来的，北往的，担挑的，卖浆的，钉锅的，卖蒜的……都来我这儿吃饭！会上，唱陕西秦腔的，河南宛梆的，河南大调曲的，河南锣卷戏，几对大戏对着唱；玩猴子的，卖藏药的，卖膏药的，云集此处。玩大马戏的在汲滩街搭起了几个大帐篷。周围用布幔和绳子围住，里面锣鼓喧天，高高的刀山架子上有一面小红旗在飘动。山西、四川、河南的各样山货在卖。

一卖馍的正在卖馍，吆喝着，蒸馍热的，羊肉包子、豆沙馅包，刚炸的菜角子，小麦面提的，清香油炸的，韭菜鸡蛋馅哟！声音此起彼伏，抑扬顿挫般绵长，最后还有个高八度上滑音。

来了个瘦得像芦柴棒的人，穿着破烂的衣裳。

称三斤蒸馍！卖馍的赶紧称了热馍给他。他大口大口地吞着，不到一袋烟工夫，他将三斤蒸馍吞下肚去，起来就走。卖馍主人拦住他说，唉，客官还没给馍钱。谁吃你馍了？

你刚吃三斤馍！好！当着这么多赶会的人，称称我有没有三斤重，要有三斤，我给你馍钱，要没有三斤，你得给我赔礼。

好！在大秤下称着一个被绳子拴的人。一看秤，还没三两重。再看看，还是没有三两重。哎！再借一杆秤再称称，还是不足三两。围观的人笑起来，这么大个人还没三两？

卖馍主人只好连连拱手，对不起，有眼不识金镶玉，又称了五斤馍相送他。他会轻功。

他背着这五斤蒸馍，敞开怀，哈！哈！笑起来了。

上刀山的马戏锣鼓吸引了他。他佝偻着腰，慢慢地蹒跚着走过去，拍出了三文大钱买张票扬长而进。马戏正玩到高潮，是草上飞的马戏团。那位凌空而飞的"女草上飞"，正爬上了刀山尖。高高的软绳上全是刀。上去后她必须要一个脚站在刀尖上，然后旋转三百六十度。她正像大雁般在迎风展翅时，不知是她有意识地轻生，还是偶然失足，后听人说是失恋。马戏团的一位拿大顶的后生前日离她而去。反正，决定生死的一瞬间，她从高高的刀山尖上摔了下来。只听她"啊"了一声，人们的眼光随着她惊恐的喊叫自高向低。但，就在她坠地的一刹那，却被一个乞丐般的瘦个子给接在怀里。而且还轻轻地叫了声,乖乖！甭吓着了，乖乖！

周围观众才松口气。老板忙出来致谢，并赠他钢洋。他哈哈一笑，不要钱！不要钱！谁稀罕钱。

那你要啥？

我要刚才那个耍把戏的。

你想得倒美，那是我的台柱子。

好吧！你不愿意也就算了。说完，便拱一拱手，在人们尊敬的目光下离开了戏场。走时，还回头望一望刀山尖上那面红旗。

第二天一早，马戏团老板发觉自己马戏场里刀山尖上的小红旗不见了，大惊失色，这一定是出了能人啦！

丢了马戏团的标志，在这儿还能站住脚吗？赶快离场儿吧！卷行李走人。

"粗腰"回到黄寨后，马上赶到黄酒馆，将此酒坊酿的干榨黄酒，一个人买了一坛——十斤，自斟自饮。要了两盘牛蹄筋下酒，喝了个烂醉。回到祠堂夫和丐帮们一起睡了个美觉。

不久，就到了八月十五中秋节。众人都在忙过节，襄阳府的知府大人一家在后花园里赏月，吃西瓜月饼。夫人及小姐在扇扇子纳凉。夜已子时，月光如水，有点凉了。这时，知府大人饮酒多了，醉眼惺忪，已离开花园走了，夫人和小姐正在赏月，忽听月光下花墙边有什么猫叫春的声音。立刻又见花影中有什么影子闪了几闪，她们匆匆离开回去。三更时分，小姐正在酣睡，不知是什么把胸口上的手蜇了一下，痒痒的。她只觉是蚊子叮了一口呢。手挥一下又酣睡了。但第二天一早，发现贴身穿的红兜兜不见了。羞于出口自己一丝不挂地躺在床上，但又不敢惊动夫人，就感到惊异。只是闷闷不乐，暗自抽泣。事后只将此事向贴身丫鬟讲了。事隔半月后，丫鬟又偷偷把这件事向夫人讲了，夫人听后又气又惊，详问女儿情况。是不是恍惚了？女儿说记得清清的。

又隔些日子，小姐就要将这件不愉快的事忘掉了。无意中夫人讲给知府大人知道了。他很是生气，一定要"外松里紧"，暗暗派出手下快班的人四处打听。

"粗腰"喜欢和下九流厮混在一起。那些日子，穰县城内生意红火，一街两边，京货铺、干货店、当铺、山货铺里布匹百货、衣服鞋袜，应有尽有。西京长安的山货，山西的煤炭、钢铁，汉口的茶叶、火纸，江浙一带的丝绸，都在这里落脚。各路商贾多在这里盖起了陕西会馆、湖北会馆、湖南会馆，这些做生意人常在这里聚会、饮酒、歇脚，谈论生意，打听信息……

那一天，山西客人来这儿不久。他带的银票很多，还跟着镖局里的保镖。谁知当晚三十万两银票被盗。被盗现场仍和以前的个案一样。门窗照样是关得严丝合缝的，只有窗户纸被撕破个小洞——那令人不可思议的洞只有茶杯粗细的窗格子大，此案报到南阳府。

"粗腰"一直往黄寨奔去。到了十字街，又在肉锅店吃了些牛肉，喝了些黄酒，回到祠堂内的左耳房内，就要脱去衣服睡，那些乞丐们忙过来讨钱，吃点什么。他手指沾了几张银票给他们，嘴里还说着醉话，再没有了，再没有了，他就和衣而睡。那些乞丐们等他睡着了即去衣服兜里掏，一掏，又掏出些银票，都乱纷纷地抓起来。一会儿，将三十万两银票全部抓完，乞丐们即去南阳城内去兑换银两，又有些随着四处要饭到一些当铺去当掉。河南总兵和南阳府派出兵丁、捕快、衙门班头四处缉拿。正好拿住一个乞丐，将他绑住过堂，拷打。他才说出缘由来，这即缉拿"粗腰"。

第三天，他醒后，见没了银票。这能到南阳、老河口、襄阳、汉口、西安等处兑现银两、现洋的银票。如今没了，这可不是件小事情，即连忙找到黄然。

黄然一行人也多次接到县、府、州、省官府人的询问，都被他一一搪塞过去。这一日，黄然见到"粗腰"要求避难。黄然沉吟半天，你化装一下，当作仆人，但不要离开黄寨半步。确切地说，不能离开我黄然住的地方。不然的话，被逮走了，你可甭想活了。

"粗腰"换上仆人衣帽，就在后花厅里及院后边一处百亩大桑园里玩耍。有时看他们练八副战拳，也免不了动动胳膊腿。

这一日，南阳府班头押来乞丐，那乞丐都招了。黄婆叫来黄然，黄然说，我不认识这个要饭吃的，你说你认得"粗腰"，让你搜一搜，搜不出来，这话就不好听了。那些人岂敢得罪黄寨的人，只把这个替死鬼给斩首示众了。但仍在提防着黄寨，湖广襄阳府那边也放出风来——黄寨，等着瞧！如今与大盗有瓜葛。

事情似乎风平浪静了。"粗腰"偷偷从黄寨跑出来，出了南寨门，过了小石桥，往东北而去。快到襄阳县才停下，有一青楼卖唱的，与他相好。他好似有了鸦片烟瘾一样，隔一段时间不抽上一口着急。快到西城门，忽然，发现身后有人影跟着，但他没在意。

　　他上了青楼，准备往前厅会一会那女子。刚坐下，泡的茶还没顾上喝一口，只见院子外有一个人正探头探脑地朝里面看。他一个机灵跃起，从前厅穿过正厅，又上了二花楼，一跃上了房坡，然后顺房坡向东而去。正在房坡上行走如飞，只见街心已经戒严。黑压压一群人正持枪朝他射来，枪弹密集，正是人们赶集的时候。人们惶惶恐恐奔跑回家或躲入店内。他朝西顺街房顶上飞跑，西边那条街口也有枪弹朝他射来。他一时只好蹲在房顶，又就势一跃，飞身向南边房顶。这一纵身，两旁街道房距三丈宽，离地面街心有四丈高。这边又朝他射来，子弹如雨。他仰天长叹一声，我"粗腰"难道就要死在这里不成？他又朝东边跑去，东边又朝他开枪。一时双方两头都朝他开火。就这样，从西房坡顺街跑，又飞身向街北房顶。

　　显然，他飞跑的速度有点慢了，如稍有不慎一颗子弹就会将他送上西天。正在这时，只见一个黑衣人——全身裹紧黑衣，只露两眼，扑向他，将他往身上一背，犹如背一束稻草。噌——噌——噌——几下工夫便消失得无影无踪。

　　等跑上几十里以外无人之处，停了下来。那人才解开头巾——哦！原来是黄寨"八副战拳"大师兄来救他了，是黄然让来的。"粗腰"蹲在玉米地旁，双手作揖，磕了三个响头。我自远走高飞，日后定有再见之日，说罢，扬长而去，浪迹天涯。

十八

太爷！太爷！"粗腰"不见了。挂在房檐下的那只八哥又开腔了。黄然瞪了它一眼。然后仍喝自己的闷酒。近来，他的酒量大得惊人，光原汁黄酒一次就喝一小坛——喝三顾春白酒一次三瓶。

"粗腰"惹的麻烦够多了。他把酒杯狠狠地蹾在桌面上。他心里又飘过一丝不悦，凌燕几次都不应他要求。有时，见面说句话，就匆匆走了。他觉得，连个说话的缘分都没有了。他太生气了，自己也奔三十岁的人了。古人云，三十而立，看样子是立不起来了，这还没成亲。

这天上午。唉！十爷，有人见你？

谁？北酒坊的人！

来人见了黄然，高兴地说，十爷，您的婚事透了。怎么透了？

俺姑妈有一个女儿，姑家表妹，今年二十岁了，在这一方也是好人才，愿意说与您结为姻缘。怎么样？

行不行，三两瓶。今天中午，十爷您可要设上一场宴招待了。

小事一桩，行不行，三天后，黄道吉日，你将你表妹送来，我们见上一面。

中午，黄寨设宴款待了北酒坊人。

您是十爷吧！我今天到贵府瞧一瞧。黄然一看，那位姑娘果然风姿绰约，走路轻飘飘的，仙女下凡一般，说话声音又甜又美。一见，他的三魂早上九天了。他这富家子弟，早已筋骨酥软了。

他高兴地说，小姐，想我黄寨乃翰林之家，在外当县长、将官学校校长的就有多人，还有皇帝封的慈善之家的牌子，这方圆几百里没有人不知我们黄寨。你要嫁过来吗？你早一点吧。那姑娘含羞带笑地跟媒人走了。

黄然把两家结亲的事与黄嫂和黄琼讲了一下。他们说，那好啊，北酒坊跟咱们总是对着干，这下好了。

十月，天气转凉，树叶飘旋零落。日子定好，让媒人过来换罢大帖。属相也合，黄然是属兔的，自然要比女方大一点。

八顶花轿抬进黄寨。一时唢呐声震天，北酒坊光嫁妆赠送队伍就拉了一里长。"三新"绸缎被子啦，"三新"褥子啦，梳妆台啦，柜子啦，大、小衣柜啦，马匹啦，丫鬟啦，婆子啦……长长的队伍，全黄寨方圆十里地的人都来看热闹。花轿后有抬食箩的，送饭的……

中午，前、后花厅，左、右厢房都摆满了酒桌。今天，黄然，这个阔十爷，头顶礼帽，帽插红花，身穿长袍，胸前戴朵大红花，挂上十字披红绶带，春风满面。

他挨桌敬酒，人们自然夸他们是一对儿。每桌黄然也沾点嘴唇，沾得不多，但双颊早已绯红。新娘子也沾了点酒，加上凤冠霞帔，脸上更是红晕，楚楚动人。

晚上，闹房的人已离去。他才有点醉眼惺忪，去和新娘子说话。两人早就心驰神往。

不过只过了五个月，黄然夫人就要临盆了，这让黄然大惑不解。不知为什么，放着那么多的黄花姑娘我不要，却要了一个带羔的，他摸了摸女的肚皮，果然是鼓鼓胀胀，像个大皮球。

他真想一拳砸下去，砸在这肚皮上。呀！那样会砸出个什么结果？造成早流产，女人和娃儿都会有生命危险。无奈，他叹口气，墙上挂的八哥说话了，连生带年下，好福气，好福气。他气愤地将笼子扔了。

你说，这个肚里的娃儿是谁的种？不说，我打死你。那女的就是不开口，至死也不吐真情。

女人说，是谁的倒不重要，重要的是你喜欢不喜欢我。

喜欢你妈那个×，老子要个带羔的，谁知道这娃儿是谁种下的。是谁烧的窑货。你这窑是"青窑"还是"红窑"？

但他最后还是泄了气。一个放荡不羁的人，一个滚灰堆的人，一个在江湖上逛荡的人，一个欠了多少风月债的人还在乎这吗？所以，他心中的怒火渐渐就熄灭了。

孩子生下来了，是个男孩。

他给了他起了个名字叫黄星儿。渐渐，星儿三岁了。

　　星儿！给我拿个烟袋来。星儿！给我抓抓痒来。这个小家伙也挺机灵，大人一叫，马上就做。嘴巴还甜，喊爹长爹短的。他有空了，总是领上黄星儿到十字街口转一转。转腻了，再到黄寨的外边田野里转一转。慢慢地，这黄星儿就到了上学的年龄。

　　在黄寨的北边三十八里地，原有一个子母寺，那寺是明代时盖的。黄翰林生前也去那儿拜佛。寺里的长老、和尚，等黄寨有什么白事也来念念经，超度亡灵。隔一段时间也来黄寨念一念经，或送些《金刚经》给他们，以祝长寿。老和尚积善高寿，黄婴有空也到子母寺读书。

　　后来，长老圆寂了。小和尚也云游他寺，空空的子母寺，雄壮的大殿、偏殿、经房、方丈室，高低错落，巍峨雄壮。

　　北酒坊也看中子母寺这个风水宝地，他们想吃掉黄寨，要建立一个培养人才的摇篮——学校。子母寺正好做学校。

　　黄婴只好邀请北酒坊的人，商量子母寺的事。

　　北酒坊急切想向南发展，把子母寺作为一个跳板。

　　还有一块三百亩的地是子母寺的产业。

　　子母寺是块宝地，三百亩地算一笔财产。大伙看咋处理？大家你一言，我一语地乱嚷开了。黄寨的人说，子母寺办好一个学堂，我们的子女都要上学。孙中山先生的三民主义提倡男女平等，都识字。

　　好，办学堂，派人把三百亩地种起来，一年收入全用在办学上。

　　那学堂的校长从哪产生，北酒坊应该有这个权力。

　　你们捣蛋，北酒坊人有球多大能耐，还管学堂？黄婴脸皮涨红，显然是气的。

　　人能耐小，就不能选当校长了。

　　黄寨人多，识字人多，还有翰林、知府、县长……这人才多，信息灵，办个小学校是没问题的。二爷说。

　　北酒坊的代表愤怒地站起来。

　　二爷用大烟袋装了一锅烟，吸着。冒出缕青烟，又用手示意他们坐下。

　　咱们可以征求意见，校长是黄寨的，副校长是北酒坊的。

　　北酒坊代表表示沉默，也没说不行，也没说行。

　　好，就这样，定下来了，收拾一下，九月初就开学。

　　北酒坊人悻悻地走了。

黄然送儿子去子母寺上学。教师都是聘请的。一个个男、女教师都文质彬彬，走路挺胸抬头又神气。

黄星儿，你上讲台上背书。女教师娇滴滴地说。

人之初，性本善，越打老子越不干。

什么？谁教给你的？女教师温柔的话，被娃儿们一阵哄笑盖住了。

你坏！女教师气噎喉咙，也不理他。

继续读。女教师命令着。娃儿们仰着脸，摇头晃脑地读。

不知什么原因，有人从小书包里飞出了一只麻雀，还带黄嘴角儿。飞到梁上，把梁上的灰扑腾得到处都是，纷纷落下来。

大家一看，还是黄星儿的书包。我要麻雀，它飞了。黄星儿拼命叫嚷。

课堂一乱，女教师脸红一阵白一阵。

他竟然从书包里掏出个弹弓，朝梁上瞄准，石子"嗖"一下砸在屋顶檩上。那只麻雀要从窗户飞出去，石子又从屋顶上弹落下来，石子刚好砸在一个胖墩儿的肩上。胖墩儿"哇"的一声哭了，他是北酒坊人的孩子。

黄星儿笑了，全班娃儿们都笑了。

女教师哄胖墩，轻轻冷笑一声，黄星儿，可不管你爹是个啥官儿！

放学了。女教师把这件事报告给校长。校长是黄寨的，一听，是黄寨的娃儿。忙问，是谁的娃儿？都不知道。在场的副校长说，查一查，先教育，看往后啥样？

黄星儿回家得意地把这些事说给了父亲。黄然一口黏痰"呸"地一吐，正吐在门框上。啥事？娃子出风头了，哈！我的乖儿子哟！

黄星儿被宠着，捧着。自然是心高气傲。没把一切放在眼里。

他到学校，也不断弄些小摩擦。

女教师特气，这个娃儿，整天闹学校。

过了一段时间，好像风平浪静了。人们不再提起这个黄星儿。

这天，第二节是国语课，女教师温柔地说，把课本翻到第十六页。

子曰，贤哉，回也！

黄星儿拎起书包要走，回家呀，现在，孔子说的。女教师刚要发作，突然，从她的教坛上的教课桌子抽屉里钻出来一条蛇来，有二尺长。

那蛇昂着头，突然蹿到桌面上，吐着口里的芯子。面对这突然蹿出来的蛇，吓得女教师尖叫起来，哎哟，我的妈呀！

全班学生也纷纷逃离，有的站在课桌上，有的跑了出去。

她分明是吓极了，跌坐在教坛上，那个胖墩娃儿上前扶起女教师，并挥舞着拳头，黄星儿，你这样干，你凭谁？你要挨揍的。

女教师站起来，忙去寻那条蛇。蛇蜿蜒着从门口溜出去，飞快地爬进草丛中。

女教师平静了。她咬着薄薄的嘴唇，用手把发卡取下，又理了理头发，重新戴上。

黄星儿——黄星儿——那黄星儿已经提着书包，跑回家去，胖墩儿在教室门口喊着。

都回来！回来！但娃儿们都害怕极了，散开了。

女教师快步走到子母寺的大门口，给每一个逃离的孩子们说，娃儿们，没关系，老师对不住你们，明天还来！

娃儿们望着自己的班主任，都点了点头。

黄星儿回家得到了黄然的表扬，而不是一顿棍棒，高兴得很，他的恶作剧越演越烈。

女教师把这件事又报告给了校长。胖墩儿也给北酒坊叔父讲了。

校长和副校长之间有一场争论。校长说，这事全是娃儿们的事儿，班主任管一管就得了。

副校长说，学校办成啥样？往后要出点人物，不能弄成一锅糟，争论得激烈，结果不欢而散，两人的矛盾越来越激化。

为这，黄娎到学校弹压过一次，开了次校务会，但没有什么结果。

这天，女教师正常上课。这一课开始，学生把毛笔、砚池、大仿本、描红本都拿出来，女教师脆脆的声音说，第九课，大家跟着我读。从前，在小河上架一座独木桥，一只黑羊和一只白羊都要相对过河。白羊说，你退回去，黑羊说，你退回去……

这时，黄星儿站起来说，老师，我要是黑羊，我就不退回去。

女教师说，我正在读，你好好读，啊！

黄星儿哪里读得下去，他用毛笔在另一个睡觉的小男孩脸上画了个大大的眼镜。正画完，那娃儿醒了，就用手在砚池里蘸了一下，把满手的墨汁抹到黄星儿脸上，黄星儿成了花脸。

立刻，几十个娃儿不读书了，都瞅着他俩笑。

黄星儿跳过来揪住他领口，那眼镜娃儿也不示弱，用书包砸过来，一时间，教室里一团糟。

北火南天

女教师"嗖——"的一声从教桌抽屉里抽出来一根又柔又结实的竹鞭来，几下走到教坛下。不由分说，按倒黄星儿就是几竹鞭，打得他屁股上起了红印子，他杀猪般地号叫着。老师打人了！老师打人了！被画眼镜那娃儿急忙跪倒在地。老师，我错了，但不怨我，他起的头。

女教师说，你俩跪这讲坛上。头顶书本给我背书。背《黑羊白羊》。背过来，起来；背不过来，就跪那儿，也不准回家吃饭。眼镜儿一会儿便背过来了。女教师眼一瞪，活罪难免。自己脱了裤子，打你十竹鞭。扒了裤子，她狠狠地抽了十下，直抽得他妈呀妈呀直叫才放了。

黄星儿一心想着要等放学了，去寨河里洗澡，再去摸几个螃蟹放盆里玩。高低背不过来，老师就让他跪那儿背书，背会了仍要抽竹鞭，他有点惊怕了，要站起来跑。被女教师一脚踹倒，训他，就你这模样儿，还坏哩，竹鞭侍候。

别的娃儿都放学了。他仍跪着。

黄然听说了。她不就是个教学小妞吗？多的是。急忙让人抬轿去了子母寺。校长见一顶大轿来了，马上迎上前，见是黄然，十爷，怎敢惊动您？黄然没好气地说，我认识认识那个女孩子，带回我的儿子。

黄然刚走到教室门口，黄星儿长号起来。

黄然说，他犯啥法了，不让起来，长跪那儿？

女教师说，他犯了学规，以学规处罚。

黄然指着说，你还想教不想教了？

女教师说，我教不教你管不着，也无所谓，重要的是你这个儿子往后能不能自立。

黄然听后，半晌说不出话来。过了一会儿，他把火镰打着，点着烟袋，狠狠地吸了几口。说，哎，你这个妞儿，伶牙俐齿的，你也甭教什么学了。跟我上黄寨去吧！享享清福去。你不知道，家有三斗粮，不当孩子王吗？

女教师鼻子哼了一声，扔下黄然，去找校长。并说，把我这几个月的工薪清了，我立即就走人。

她将行李一捆，立即背上就走。有几个走到半道上的学生喊着，老师，你别走！

她还是走了。

北酒坊的卖酒生意做大了，钱多起来。钢洋码得满箱子，也兑换成银票在全国通用。他们决心瞅机会南下一次，用武力征服黄寨。就经常买张家口外的蒙古马，请来武教头训练，建立一支百十人的骑兵队。

那件事以后，副校长也告知黄婴，自己不再当副校长了。黄寨与北酒坊的仇慢慢加深了。

子母寺的钟声绵长而又悠扬，寺里的108座金刚和72座罗汉的塑像还在。观音菩萨正闭目念经，保佑这大千世界芸芸众生的平安！

为了摸清情况，黄琼第二次去北酒坊转悠。北酒坊酿造的黄酒越来越醇香。他看见人们正把地里成熟的谷穗挑回来——用一根薄竹片，大拇指一压，谷穗头就断到箩筐里了。跟头红啦，黄金发啦，紫金锭啦，一个一个翻跟头似的进入箩筐。

男人们正用一根粗扁担往屋里担。他试了试，用双臂就提起两大箩筐，还行走如飞。女人们把那些谷穗，捋了以后放到谷场里晒干，一层层，一圈圈正向外发出酒谷的醇香，很快又套上八匹骡子，在一个又一个大碾盘上圆圈地转着，转着。碾脐正发出吱吱呀呀的歌唱，女人们用簸箕扑啊扑地向上扬着，簸着。

米在一口口大缸里淘着，泛着红色的泡沫，被捞在一个又一个大米筛子里。

男人们腾开手，劈柴加火，火光把男人们的脸照成古铜色、紫红色……

锅里的煮米正咕嘟咕嘟发出呐喊的声音。这声音苍凉而又悲壮，煮熟的米散发出诱人的绵香味儿……

早有醇百年的老黄酒，人们正浑身燃烧着酒的火焰。

黄琼喊了一声，来两碗！八仙桌上摆上了大瓦盆子，北酒坊的人用勺子把发酵酿蒸的酒舀在瓦盆里，里面的黄酒带着原创的汁米。他仰脖喝了一瓦盆子，好啊！好啊！只见大地在蒸腾。

北酒坊的人也放下手中活计，舀着喝。

第二瓦盆酒进肚后，他感觉到血液在燃烧，似无数只蚯蚓在周身血液里蠕动。

第三瓦盆酒喝肚子里后，他感到天地之间的精华在周身发酵。黄河、长江在周身奔腾，似盘古在召唤，似炎黄二帝在呼喊……

打谷场上，摆满了方桌，男人们、女人们都舀着喝。酒的醇劲烧红了他们的脸，浸透了他们的身子。一个又一个禁不住在麦场里扭动着身子，退一退，走一走，晃一晃。

醉了？没醉！醉了！

黄琼说，我喝完了，算赔不是。黄寨和北酒坊是兄弟，同盟，往后谁

北火南天

也不欺负谁。

不说醉话！谷场上酒气蒸腾，氤氲着。

北酒坊人说，咱一年销酒十万斤。他们还在襄阳、河口、汉口、巴东、巫县、岳阳……设有庄子，店铺生意越做越大。

北酒坊买枪了，要做老大，要占领黄寨地盘。

十九

　　黄然的儿子不上学了。整天游游晃晃，原先跟着黄然一起玩耍，遛八哥，看鹌鹑斗仗，打牌儿。后来，黄星儿嫌跟着他腻得慌，有时候，黄然还照儿子脖子来一巴掌，打得他眼冒金星，加上小孩子好玩耍，上树捉知了，下河捞螃蟹，捉蜻蜓、蝴蝶，野得似个小马驹……黄然开始玩牌九，四个人对阵。这是清一色的骨头磨制的牌。他起了牌，手常抖着，手上的青筋胀得老高，像一棵老松树的根在隆起。又结为虬节。美丽的手，从来没接触过粗制劳动工具的手。打一圈他赢了，又打一圈他又输了。

　　他的心提得老高，虽然嘴里说没事，但周围来牌的人都在天门、地门押上了成倍的钱。他起了一个天对儿，又要起"猴王爷"（牌九名），但那个"猴王爷"总起不到手。他把两个骰子朝盘中一丢，那玩意儿滴溜溜地转。"三点"！"三点"！偏偏是个"巧七"。他嘴里喊着，天、地、人、鹅、长、文、杂、猴子下山一起拿。这一次都押，都押！押好了没有？不准动了啊！好！他两个手指使劲拧动那骰子。滴溜溜一转，却出现了五。

　　他起了一个杂九，一个天对。都亮，都亮，弟兄俩比点子。我出牌了，杂九！嗐，天门是长六，输了。东门赢，西门输。我后边一对是天对儿。压你们一圈子。天门你也输，只赔了东门，其余三门都扫过来。说罢，用右手臂做了个包围的姿态，把钱儿叮叮当当全兜过来，又将东门的钱赔上来。

　　他的脸色镇定自若，甚至带点微笑。他内心恐慌，但绝不让人看出来。周围又堆满了现洋钱、铜钱。这一次他背势了，头把牌起个比十，这是牌九里最臭的牌，后一对也是个两点。周围的人看他脸色不变，以为又起了个好牌。都押的钱少些，都亮牌，都亮！他最后把牌一亮，说声，谁不赢打谁。三六夹只鹅，想活也救不活，全赔了。

至此，他的手气越来越坏，牌起得越来越臭。儿子在后边渐渐学会了，也就不吭声溜之大吉，找一帮小孩子们去玩牌九了。

由小到大，越来越大。家里钱输光了，本来黄然就是个大玩家，把一匹宝马良驹最后换成一个斗仗的鹌鹑。鹌鹑斗脱了以后将它也放生了。自此以后，家景渐渐显出悲凉来。

他儿子赌，他也赌。

他抽大烟，街上有个大烟馆。黄嫂曾告诉他，"老神仙"，你这货，你可不敢胡球来啊！这大烟葫芦里是个无底深潭啊，你要学会抽那玩意儿，早晚会把你一家装进烟葫芦里。

不抽！不抽！学那玩意儿干啥？

但他已经学会抽大烟，偷偷学的。那是一天晚上，他打完了牌，已经是月亮偏西了。瞌睡像一根绳子在系着他的神经，身上也沉甸甸的。一伙儿来牌的兄弟，喊他去耍一耍。咋着，玩女人，咱不干那玩意儿。那群人拉着他，去了肉锅店。我们几个哥们儿出钱，您只管吃。切了几大盆牛蹄筋，瘦牛肉，打了几大黑瓦碗酒。都轮着你喝一喝再往下传。他哑巴一嘴又往下传，每人又劝他喝一碗。用手抓着牛肉块，大口大口地嚼着。又是喝，又是吃，一个风卷残云，吃美喝足之后，就到了隔壁一家烟馆。

黄十爷，您来了，有上好的泡儿！不吸！那请躺那休息休息。不一会儿，有两个娇滴滴的姑娘给他捶捶背，又晃晃腿儿。身上的穴位都揉过了，那伙人吸得乌烟瘴气，一个个像虾米一样佝偻着身子。吞上一口，吸进肚里，像上了九天云雾，在天空中转悠了一圈又吐出来。一霎时，只觉得美妙无比。百骨百节都似吃了人参果，没有一孔不痛快，没有一孔不轻松。一个瘦小个子说，十爷，您只是沾一点点呢，保准也上不了瘾。怕啥？甭吸肚里，吸溜到嘴里再吐出来，您老也当一回神仙吧！

黄然在这风月场上也逛过不少，从不沾染这玩意儿。他有一个底线，再玩，玩绵羊，只是几个钱，玩牌九，输几个。哈哈一乐，讨兄弟们乐趣。但要吸大烟，自己的夫人，小星儿，这不完了，所以旁人再说他都不吸。

那瘦小个子停了一会儿又凑上来，十爷，这人生一世，没品过这神仙的味儿，也真是白活一场。我保证您不会上瘾，怕嫂夫人？我会替您求情的。甭怕，跪那儿吗？我给你扶起来。只来一口，来来来，老板，你亲自侍候，这是咱堂堂的黄十爷。一席话，说得他动了心，只吸一口。

他只吸一口，就觉得到了天上，奇妙无比。还仿佛听到了仙乐，见到了天上仙女成群结队地在云上舞香袖哩！身上飘飘然。

至此以后，他上了贼船，必吸无疑。

他开始卖地，先卖自己的地，因为他是一个门头啊！只需跟黄婆打个招呼。

后来，他一咬牙，找着一些土地经纪人。卖！把我那南河坡使死龙王爷的地头也卖了。

他圪蹴到自己即将卖掉的地头，直流眼泪。这咋着也不能再干对不起子孙的事儿。

但他已上贼船，烟瘾一上来，他就变成一个魔鬼，还要吸。

女人笑吟吟地对他说，欠北酒坊的债，你慢慢地还。我来时，给你一个孩子。那孩子是谁的倒不重要，重要的是你这份家产由谁来继承。

好！你走吧！黄然说。

女人回了北酒坊，再也不回来了，她完成了夺取黄寨的任务。

他倒吸了一口凉气。到今天才知道"偷梁换柱"的厉害，北酒坊要的是"说了算"。

他卖地，北酒坊就买他的地。周瑜打黄盖，一个愿打，一个愿挨。他的地越来越少，北酒坊的地越来越多。北酒坊又买了马匹、枪支。

那一天，打四手。打的牌九也该他"手气顺"，连连赢。坐在天门的也是一位大来家儿。只见天门的牌越来越臭，满把的钢洋叮叮当当进了他的腰包。

几十圈下来，他赢了不少钱。加上又混熟了，他说，我请这位朋友喝酒。

十爷请喝酒，哪有不赏脸的，喝！

两人找一个清静的去处。坐到楼上，唤师傅炒了几个如意菜，两人坐到桌前，你一盅我一盅对酌起来。

喝到正酣，那人压低声音说，咱俩交个朋友，有什么难处，弟兄们两肋插刀，老大晚点想见你。

好吧！我是到处游荡的人。

很快，那位老人见着了他。给他带来了三十两大烟土，还有钢洋一百块。要他多照顾，想到黄寨做点活儿。

他寻思，这下发财了。有烟吸了，那老大要进来，除非把寨门开一个。

老人派人来，把黄寨里里外外看个清清楚楚。又画卜图，看有枪支、生铁炮，寨河有六丈宽，寨河水深四丈，黑绿黑绿。寨墙高三丈，上面又架着铁丝网，上结倒钩刺，刺上有铜铃，挂住刺就会响铃。寨墙上有敌楼四座，每座有护寨庄丁三十人。领班的是"八副战拳"徒弟，还安有榆木喷炮啦，罐炮啦，山哈巴狗炮啦，杨木杆炮啦……来探路的人也禁不住倒吸了一口凉气。

黄然见了黄嫂说，咱这黄寨年年平安。但四门闭塞，进出又不方便，听阴阳先生看后说，西门开，圣人出。不如把西门扒开算啦！

黄嫂说，这四个寨门，是耳眼鼻孔，乃是祖宗建下的基业，固若金汤，不能扒！你成天弄些掰屁股招风的事。

黄琼也闻讯赶来说，扒什么门的，你是快活腻了吧！扒了西门，元气大损，加上不再保险，如今兵荒马乱，寨子里有上万人是四处的百姓逃难来的，不能扒！

那没事，看咱黄寨有"八副战拳"保住，还有三百名寨勇，抬炮、榆木喷炮，看他那个贼头儿有几个脑袋。

黄嫂说，你是哪壶不开提哪壶。黄寨自古以来人气挺旺，你往西走不是顺得很吗？咱只开南门，不能扒西门，那叫胡球整！

黄琼说，圣人说"中庸之道，和为贵"，你与一些杂乱之人往来，世道之乱，万一有个不测之事，谁能担当得起？

黄然正为凌燕先与自己好，又被黄琼引跑的事心中窝着火，我担当！啥事？人家说，女人是祸水。

黄琼说，要为寨中的上万人想一想，一旦出事，生灵涂炭，怎向列祖列宗交代？

黄嫂说，还是不扒得好。要想方便，你可在西寨门修一个吊桥，出时放下，平时吊起来。这不也是脱裤子放屁——格外费事。

黄嫂折中了一下，想着也无碍大事。你一人方便算了。黄嫂只想折中一下，不想得罪人。

一位拳师首领去世，黄琼去吊丧。趁黄琼外出的日子，黄然命人修了吊桥。

西门吊桥一修，人们从西寨门走动，出外做生意。

不久，一个傍晚，有两人自西门入，连夜又潜到黄然家中。黄然一见，其中一个是以前见到的四麦娃，两人从包袱里取出钢洋一堆。将灯熄灭，又悄悄说了番话，趁夜色朦胧，匆匆又溜走了。

黄寨照常热闹。十字街口的当铺、杂货铺、染坊、皮货店里人来人往。西门吊桥照常关闭，并不在意这点小事。

这天，从四面八方的乡间小路走过来一股股的人，都头戴草帽，身穿长布衫，有的挑着柴草。

约有一千多人齐齐地伏在黄寨四周。太阳落山了，在离西寨门不远的几家农舍前，有几个头戴草帽的人向西寨门张望。

四麦娃指挥土匪们连续攻打，北酒坊也派人参加作战。

黄婆喊声，祸事来了，忙布置人马去防守寨墙。枪声密集，"八副战拳"的徒弟们各自领着几十杆枪，自寨墙上巡看土匪，双方枪击。

黄寨的枪弹不虚发，"八副战拳"的神枪手，都能双手使盒子炮。夜间能看一里外的景况，将一些小匪头目打死。土匪们顿时乱了阵，又打了一阵，后半夜了，清风吹来，有些凉意。

这已是八月间天气，还是炎热无比。土匪们断了黄寨水路，不准人们外出挑水。寨河的水原来很清，由于枪击一些土匪，他们蹚河往上爬，被打死在寨河里。所以，尸体一胀，发出臭味，人们再也不吃寨河里的水了。

二爷说，把井护好，不能断水。他制作一些治枪伤的药给一些伤员包扎治疗。

生意字号关门了，十字街冷冷清清的。攻了几天，土匪也奈何不得黄寨。北酒坊派出骑兵来助战，想夺下吊桥冲进寨里。寨内传出一些谣言，这一回四麦娃要灭了黄寨，黄寨的金银多得很，有五个宝瓷罐啊，十三层金香炉啊！

三天后，不知为何，寨内井里被扔了一些死狗、死羊、死鸡……人们大惊，断了水路，人们将要渴死。

第四天，人们打上来的水黑绿黑绿，还有一股臭气。

寨的西边是一个大水塘。人们往往拿上枪、桶，偷偷地去大水塘里取水。被四麦娃的土匪发现了枪击，打死了一些人，人们惊恐地往回跑。虽取了一些水，但还不够喝。

二爷说，我拼制了一些"救急丹"，给庄丁们服。再用滑石、甘草、白矾来净化水，解水毒。众人分些"救急丹"，也照说的弄点药放进水里，水很快净化了，解毒了，人心也踏实了些。

黄婆睡不着觉，急得在屋里院子里转悠。心中纳闷。西门没扒开，也只修个吊桥，这土匪咋这么多，再加上北酒坊的兵？坏良心啦！这井水咋也坏了！

上天报应我黄寨啊！要是有人能解围多好啊！

第八天，寨内已经严重缺水。来！分点碘角水给大家喝，大人闭住眼还能喝一点，小孩们直喊：难喝！水味儿又臭又咸。

双方动了炮。寨上的榆木喷、抬炮、山哈巴狗炮、罐炮一齐发作，打过去"嗡——嗡——嗡——"响，一道曳光，一声闷响，在土匪群里开了花，土匪们抱头鼠窜。

打到后半夜，突然听到西寨门处，杀声一片，喊声震天。里面有人将西寨门打开，土匪们顺着那桥，又架了几棵树干，一拥上了寨墙。同守西门的庄丁混杀成一片，一颗流弹飞来，将正挥刀杀土匪的"八副战拳"徒弟打死。土匪趁机抢劫店铺，掳走了女人。人们炸了堆，四下里跑，大喊大哭。孩子们哭爹喊娘，声音凄惨，有三十多人被杀。他们正往十字街冲去，有的脱去上衣露半边膀子，大吼大叫，抢金劫银。

正在这时，后寨里一骑，一袭黑衣，率三十多骑兵。喊了声跟我一起冲。双枪齐发，从北寨门冲出，绕个包围圈，似一道飓风，似一黑色闪电。三十余骑，都一长一短，双向开枪。枪去处，弹无虚发。打得土匪像麦子一样，纷纷倒下。领头的只露两只眼睛。借着下弦月，朝那指挥的匪首杀去。匪首趴在暗处一棵小树丛中，正在指挥开枪。忽听脑后一阵风声刮来，刚回头看时，一个黑人骑一匹黑马，疾风般刮来。只觉得冷飕飕的一个刀光，不！是一道闪电，就头身分家。

匪首一死，土匪们就群龙无首。刚才还嗷嗷叫着往寨里冲去，抢金银，抢女人，抢货物的土匪们扔掉了枪、刀，转身逃走。但仍有二架（副手）吼着，抢女人！冲上去赏大烟土十两。话音刚落，那匹黑马却已冲到身后，一阵短枪点射，二架也呜呼了。土匪们似潮水般向前涌去。

黄寨的几十门大炮一齐向匪群里开枪。咣——咙——咚……轰了几十炮。这些土匪们又抱头往回窜了。

黑马上的黑衣人风驰电掣般飞奔，左右开弓的短枪对着土匪们的心脏穿去。有的成了血葫芦，有的抢的东西刚跑不远，就被击毙。寨里和寨外双方合击，打得土匪们一个个逃窜。

北酒坊人马一看大势已去，打一声呼哨，向北撤退，逃回北酒坊。

这一仗打到天亮，东方的太阳似血样红。

无数的乌鸦在上空盘旋。

收拢尸体，在寨南边将死者掩埋。这一次，大伙放鞭炮祭祀，唢呐声声啼泣,那穿一袭黑衣骑黑马的正是凌燕,她刚巧有病在床。后来听到枪炮声,也顾不得什么,率军引骑兵杀去,血战了一场。她让所有的"八副战拳"弟兄和持枪庄丁,举枪向天空射击三十响,这三十响,标志着对三十个亡灵的祭奠。

二十

你们头是谁？黄琼刚回来对被逮住的两个土匪说。小土匪开始还狂喊着，要杀就杀，少啰唆，再过二十年，爷儿们又是一条好汉。后"八副战拳"的师父来审问，就跪在地上痛哭流涕。黄琼说，拉到寨南老坟上杀掉，祭奠死去的亡灵，就将那俩土匪押去砍了头。

事后，黄婴整天纳闷，夜里辗转反侧。他寻思，在黄寨当一家之主，富八方百姓。但别人不让你安生，那些人在暗处琢磨你，想你的金银，想你的财富。想剜你的心疙瘩。一切都想，不给人家就抢，就夺，就杀。世道乱球了，害货们一个个都成精了。唉！我也是阎王爷招了手的人。要是不把事情弄好，将来黄寨会吃大亏的。那个北酒坊也不是盏省油的灯，总跟咱唱对台戏。想着想着睡着了，梦见大风刮起来。炸雷一个接一个地炸响。一只恶狼向自己扑来。幸亏黄琼一脚踢过去，才将那恶狼踢死，自己啊的一声醒了。

一早起来，他急忙将黄琼、二爷黄火青、丁账先儿喊来。说昨晚做的噩梦。

黄琼说，梦是心头想嘛，不想也甭放在心上了。这也是黄寨内部出了坏人，扒了西寨门。

二爷把长杆烟袋上烟，用火镰打着了纸煤，才按上满满的一锅烟丝吸了起来。股股青烟在后花厅的外侧小房间里逸出来，他慢吞吞地说，啥事情要有个紧慢板。姜子牙还前算八百（年）后算八百（年）哩！依我看，不如跟省国民革命军司令联系好，都北伐胜利了，人家拔根汗毛比咱腰都粗啊！

丁账先儿说，古来都讲战略联合，咱跟人家省里革命军联系，那还不是笼上拿馍——手到拿来嘛!

二爷又磕了磕烟灰说,对,太爷,您家不是有宣统皇帝封过的"二品顶戴督抚大人"的官衔儿吗?这样,您把原来的朝服穿上,去见一见省里国民革命军司令。

黄嫛说,不知那些还有球用没有?反正见一见不知人家抬举不?

事不宜迟。第二天,立即让打点些东西,带上丁账先儿,又带上礼物沿南阳府,一路赶往开封。

他们终于见到了国民革命军司令。他在开封一个最有名的御京饭店请了司令,然后,双方交换了名片。司令对他这个乡绅原不在意。后递上名片有二品顶戴督抚才认真对待。最后,黄嫛要把他的小女与司令的儿子结亲。起初,司令不答应,最后,司令让副官和四十八师师长当媒人,并让下次去时把女儿也带来。

双方一谈妥,很快,黄嫛与小女儿还有两个保镖去了开封,与那司令儿子一见面,八字也合,很快订了婚,打算到来年让儿女们完婚。双方来年完了婚,队伍开拔,向北方去打仗。女儿也跟上队伍,一直向北。

到了秋末,繁霜满地,黄叶飘零,黄寨又笼罩在一片宁静馨和的氛围中,因为和省里国民革命军司令的联姻,使得他的地位和实力巩固充实了。他自己在桑园踱步时,高兴地哼了一段戏文:伍子胥我离了界牌关,想起当年事一端……

正在树丛中走动,树叶簌簌地落下。那边的黄琼教的一帮徒弟练"八副战拳"正得劲儿。清朝皇帝一退去,追杀义和团拳匪首的皇令也慢慢淡了。黄琼一个"倒挂金钩"从树枝间跳下来,喘了口气。寨主,你倒高兴得很哪!

不!心里塞了个石头,才到桑树园中晃晃。行啊,把桑叶喂蚕,抽丝,再纺织卖丝绸不也很好嘛。黄嫛说。

这么多年,咱走的路就是弄钱,要养活这么多人也不容易。想弄点球钱也不容易,要连上大官儿。再说,养兵千日,用兵一时,咱们也要多练一练拳脚。你要能再到国民革命军里学些打仗的事,那咱们身子骨不是更硬了吗?

黄琼用手抹了抹脸上汗水说,前几天,我的一位义和团兄弟来信说,他在保定军官学校当教官,那是孙中山先生办的学校。我愿去的话,人家推荐我,再报名考试,考上后,当教官也行啊!那儿有将官班,家里有事有人招呼,改改名字，我去见识见识，也好保护咱们庄园。

黄嫈说，早去早回，当个教官，也多学点打仗的大事儿，多联系点军界朋友也好。手里掂住枪，厉害球哩！

黄琼忙见凌燕，说明原因。凌燕眼里含着泪水说，你作为大丈夫报国的志向好啊！你知道咱俩在一起恩爱。你这一去，也不知何年何月才能与你见面？黄琼替她擦了擦泪水说，快了一年，慢了三年，咱们又见面了，来日方长，两人洒泪相别。

第三天，一匹快马，坐着一位威武的乡下人，疾驰向保定方向。马蹄下，卷起一阵阵尘土。

黄嫈送走黄琼后，回到自己居住的小庭院里。厨子熬好了当归童子鸡汤，又做了八宝甲鱼汤，端上他家里的小饭厅去。黄嫈一见做这么好的饭菜，不吃白不吃，他是上心做的，倒说吃了吧，这真是可惜了呀！这么好的东西，兵荒马乱，百姓们都饿着，寨上祠堂的耳房里住了那么多乞丐。

他身旁的妻子一见，忙用小瓷碗，舀了多半碗汤，一块甲鱼。

去！吩咐厨子，我只喝这点汤，保养怎球好弄啥？其余的菜兑点苞谷糁、南瓜，全部煮煮挑给叫花子们吃了。

他刚喝了两口，丁账先儿走进来小声说，太爷，刚才我在寨南门，见庄丁们扣留了一行人？啥人？

大清早，从东西长蝉庵过来二三十个推小车的人。为首的一个人，走路腿有点瘸。小车上装的货物也真不少，我见事情不一样。忙去拦住，听口音像是鲁山、临颍、许昌一带的人。他们匆匆忙忙要走，庄丁们叫站住。我听到吵闹，忙去一看，那为首的不是一般人，气宇轩昂，两眼放光。他回答是北乡人，要借路去西安做生意。我说我认得你，你姓孙，白郎是你大哥。可有此事？他说，没有此事。我上前将他裤腿往上一拽，露出那块大刀伤疤来。我笑笑说，孙大人别后无恙啊！他脸上先是一惊，然后，哈哈大笑。今天，你认出了人，要杀要剐随便吧。我十三岁时，随父跟着白郎揭竿子，拉队伍，骑马打仗一天行军几百里。

我没吭声，心里琢磨着怎么办？这白郎虽被清廷杀了，队伍也散了。他们做得对呀，小车上有手枪二百支，烟土一千两。

黄嫈拿起水烟袋，有仆人按上烟丝，又递上纸煤，燃着烟，吧嗒吧嗒地吸了几口，然后大声咳嗽两声清了清嗓音。小声吩咐，将小车全部放行，车上拉的枪支和大烟土也送出境外。告诉西峡县长，就说我讲的，不准截留，一路放行。请孙大人到庄上，这事要机密，不能往外泄露。白郎是穷人出身，揭竿子还不是穷得没地种，没饭吃？

两人见后，黄娿请他在小宴厅吃点饭。并要他改换衣服，赠现大洋。饭后，送他一匹马，千嘱万托，一路小心。并让丁账先儿骑马相送，走一小道过丹江自荆紫关入四川而去。

二十一

　　二爷吸着烟袋,慢慢吐着雾,叫来仆人去镇上,给那货们准备六口棺材。

　　这里有一条小河,叫严陵河。河水清澈透底,小河边长满了蒲草和芦苇。数不清的水鸟在这里盘旋、戏水、啄鱼虾。小河盘旋了一个圈呈W形,恰巧把一个小集镇给紧紧地围在里边。只有东边一个青石小桥,桥面断裂,苔痕斑驳。自东向西错落高低地排列着两行乌青瓦房,瓦房的墙都是烟熏火燎色;瓦楞上长出一些狗尾巴草来。街上的路高低不平,坑坑洼洼的。天晴时,坑窝里的黑灰土就被旋风旋着直冲青天,中间还夹杂着一些杂草和树叶子,待落下时,行人的头发上,衣物上都沾满了造物主的恩泽。

　　刮风下雨时,房檐下自然哗哗地往下流。汇合到街面上的坑坑凹凹里的泥水,浑浊地往下冲刷而去。东高西低,水自然曲曲弯弯地流到街西头,又顺着两旁的小水沟叮叮咚咚地流到严陵河里去了。

　　春暖花开时,街东到街西自然是一番春色。小河旁的桃树林的桃花夹杂着数株杏花把一个小镇点缀得如妖娆的少妇。那么含情,那么浓妆,那么天生丽质,那么热烈。镇西头有个妓女叫桃红,从小从山西卖到这里入了院,她又会弹琵琶,又会唱三弦书,大调曲子。调教得好,也就引得一方人士如蜂赶花儿。

　　这里与临近两县交界,离县城远。春天,这里又有赶庙会的习俗。三月三,正是庙会的第一天,周围的村庄和县城的墙上,早贴出了三月三庙会,头牌演唱者,小桃红——艺名,人们如久旱的天气,盼望下雨。街头巷尾,村中茶馆里也说得沸沸扬扬,好不热闹。这桃红虽沦落风尘,但并不图财,只图有一天被人救出风尘从良。

大清早，四乡八保的人，从县城小路上赶来。推小车的，手提肩担的，坐牛车的，坐轿的，坐骡马车的……都迤逦而来，把一条条乡道搅得尘土飞扬，热热闹闹。吱吱扭扭，咕咕咚咚，那些玩猴的，吹糖塑的，捏泥人的，玩木偶的，吹喇叭的，卖花布的，卖水果的，都从街东头延续到街西头。两旁摆满了杂货摊，还有在西岗坡岗顶一块平坦的地方，扎下了大营。那平坦处有一座尼姑庵，有三五个尼姑在内念经吃斋，人们也在尼姑庵前搭开了杂货摊。

　　一声声叫喊直冲天空：南来的，北往的，东走的，西闯的，挑挑的，担担的，做酒的、卖饭的……都来哟！

　　太阳已快到头顶时，才从东边乡间大道上驰来一队人马。马队嘚嘚嘚的马蹄声，让那些赶集上店的百姓们，小贩们心里发怵，唯恐来不及躲。在后面慢慢骑马驰来的胖子，不知是想到了得意之处，狠狠地抽了马一鞭，那马便长嘶一声，腾空在原地转起圈来。

　　妈的×，这龙驹子也不想走了？是不是有啥好喜事在等着我们？

　　他一想到小桃红，脸上便露出了春色。想到保安队长有请，更是扬扬得意，将手中的鞭绳狠狠一勒。双腿使劲一夹马肚子，并拍了拍腰中的盒子炮，那马便四蹄生风，马肚子趴下，一阵狂风般向镇中驰去。

　　到了严陵河上，本来一纵跳便可飞驰过河，但马仍前蹄腾空，哝哝哝地抽着鼻子。在原地后腿立起来，险些儿将他掀下马去。哎，妈那个巴子，你今儿想让爷儿们好看是不是？说罢，又狠狠抽了马几鞭。那马并不买账，只往后退，并不过河。这时，一队报丧的孝子从街中自小桥上面过。孝子们哭声连天，一具黑色棺材由八人抬着，打幡的勾着脑袋痛哭。

　　不如不去了吧！妈的×，今儿这么晦气，光碰见些不顺心事儿。不行，既然人家治安联队的头儿请咱，咱也不能丢了面子，看看前面的七个弟兄已过了河，他不由得又摸了摸身上的盒子枪，老子这玩意儿也是不吃素的。又抽了一鞭，那马沿着河面的水波一纵身便跃过来。

　　他想：真他妈的龙驹子，赛如三国时的的卢马，马跃檀溪嘛！但那不好，刘备险些丢了命。正胡思乱想，马蹄已敲打着街上的乱礓石和黑土块。

　　一行马队闯进了庙会会场。还未等下马，保安大队的大队长上来迎接他。四爷，有失远迎，万望恕罪呀！那一伙穿戴整齐，全副武装的人接过他们的马缰绳，拴在会场边缘的杨树上。并令一护兵看护。

　　他们被请去戏台下左侧，那里有两排椅子，正好够他们坐那儿看戏了。这是一台宛梆戏，唱的是《失街亭》。戏台上的四批弦尖尖地婉唱着，小鼓在脆脆地敲着，大锣在介皇地打战着，梆子在高亢地点击着，这一切都很优美。马谡兵败，损兵折将，街亭已失。诸葛亮在中军帐中喝声："绑了！"推出辕门斩首。为首的匪首打了个寒战。

心里骂了句，妈的那巴子，谁点的这出戏？背势八百年。算了！算了！管他妈的一千多年前的事。是戏嘛！戏台子底下围满了里三层外三层的人，人们都伸长脖子，瞪着眼珠子看着戏台子。戏台子的花腔一个接一个地唱。

黑胖子觉得戏台子的戏文哭哭啼啼的，怪难受，又是杀人，又是打了败仗，他妈的也是算路不打算路来。人算不如天算嘛！他喊着：大队长，咱换个口味吧！四爷不想看了。那咱去小桃红那儿去，倒要听听她的大调曲子，听听她的古筝吧！

这是一个典雅的院落，临近大街马路。楼门是个古色古香的飞檐建筑。院子很深，进得院来，墙上爬满了绿叶子的爬山虎。黑胖子看见已有几辆骡马车停门外，他悄悄地对手下人说了几句话。街上留一个弟兄，楼门底下坐一个弟兄。他让街上人接应，楼门底下的人既可以往里攻，又可以向外拉。他走进屋里，宽敞的大客厅，已坐了不少人。

在客厅里有桃红，她迎上来说，哟，是啥风把四爷您给吹来了。庙会上的戏唱得太孬了，也正好到这儿来轻松轻松。照顾不周，四爷你多包涵吧！小寒舍也窄房矮屋的，不过管吃果子茶点。

一会儿，自有几个姑娘身穿旗袍，捧着盘子放下茶水、糕点。黑胖子对身旁兄弟努努嘴伸两个指头，就又留下两个弟兄。

大队长对他说，咱们到里边玩一玩。进门挑帘见几个人正在床上蜷曲着抽大烟，他贴身的马弁有两个。一个站在他身旁，手端盒子枪。另一个弟兄站在离他五尺远处，两手中端着两支盒子枪。这是他最得意的兄弟，枪法又准。

床上的人往旁边移了移。他也将腰中的枪取下，挂在墙上。他看屋内烟雾缭绕，一个一个眯缝着眼，全神贯注地正在吸烟。那几个人倒也年轻。只有一个女的，十八九岁年龄，丫鬟模样，正在给一个绅士点烟泡。他寻思，这女人长得怪俏！弄回去玩玩倒不错。但不知是谁家碧玉。

他脱了鞋，上了床。手在盘子里拿出玉石嘴乌木烟枪。手下人点着烟泡。用烟签扎着往大烟葫芦里放。他用力往肚里深深地吸上一口，那气味令他四千八百个毛孔都舒服。仿佛升到天宫中，在白云缭绕中飘起来。他又轻轻地吸溜几口，云天雾地地抽了起来。

吸完了一个烟泡，又点着一个泡。吸了两口，烟气才缓缓从鼻孔中飘出来。

黑胖子猛地听到街上一声枪响，那街上的弟兄见有人持枪进来，急忙将盒子枪对准来的人，正要扣扳机，却被一枪击中手腕，手中的枪掉了下来。又一枪，他扑倒在地，脑袋成了血葫芦。

楼门下的弟兄一见街上失利，急将脚一拧，想上院墙，却被一个点击中，也倒在血泊中了。

院子里的两个对准来人射去，未中，但他们自己却被打中。死去一个，另一个从院子里跳上房坡，却不料一阵轻机枪，将他浑身打得如筛子眼一般。

黑胖子身旁的马弁，见床上吸烟的人动了一下，枪子从身子后射出来，他跑已来不及了，很快就中弹身亡。另一个护兵，急忙推开花窗，噌地一下越过花窗，越过后院墙跑了。身旁的护兵急忙保护黑胖子，准备开枪，但身旁那个少女一抬手将他击毙。黑胖子急忙去摘墙上的枪，却不料一个膀大腰圆的汉子贴墙拦住他，那少女又一点射，他就晃了一下，笑着说，想不到……没说完就倒在床上了。

小桃红正在弹古筝。弹着《苏武牧羊》的曲子，听到枪响，屋里，院内外人们全炸了锅，一窝蜂哭叫着向外拥去。

少女轻轻一笑，去！将那六口准备好的棺材都给他们放进去。一报还一报，打我黄寨的人绝没好果子吃。

人们才知道，这位女子是黄寨的凌燕，她领了班八副战拳徒弟，在此打了四麦娃手下的土匪的窝。将他的土匪根子连根拔了，消灭了黄寨的一支劲敌。

街上赶庙会的人，看到了六具棺材里装了尸体。

人们还指指点点地说，甭看那位小姑娘，打枪可利索得很啊。

小桃红从此离开此街，去了观音冢当了道姑。

黄婆骂道，坏货败家子，私开了西寨门，抓球起来关进屋里，饿他鳖娃。因此，黄然被塞进牢里了。

二十二

到底看谁说了算。北酒坊的掌门人怒气冲冲。人家寨子上跟知府,省里司令部关系硬着哩!咱往上没人家腿粗。不行,咱得想个方法。

北酒坊的人开始骚动起来。这酒业越来越兴旺,外县、外省来拉酒的牛车、小平头车,多极了。本处的各杂货铺、饭馆……都用北酒坊的酒。现大洋、红箍票……流水一样流进了北酒坊的钱柜里。有了钱,咱也能买通官府,他们黄寨自己倒出些败家子,把西寨门扒开,和土匪拉扯了关系,又卖了几十亩地。那次打开寨伤亡三十个人。咱只要心里拧成一股绳,我们一定能超过它,当上老大。

正是年初三,在北酒坊的酒会上,他们年年要开这个会。还有,底下有人也站起来说,这子母寺学校的校长咱也能干,培养娃儿们往后干大事,不认字不沾弦。孙中山还办黄埔军校哩,都叫他们去学。咱娃儿们不能去,也不愿去。往后都成了睁眼瞎,那样,人家不打咱,咱们都自己灭亡了。

自端了土匪的窝,击毙匪首后,黄寨是一派歌舞升平,人们走路都是一溜子梆子腔。那些乞丐们,有些积攒些钱财,租黄寨些地,开始成了种地户。有些自己去当烤烟户,赚点钱;有些钉个锅、钉鞋、编草帽、草鞋、筐箩、馍筐、蒸馍锅盖……赚点钱,在附近集镇上落脚,倒也自在。剩余的乞丐,黄寨做赊饭,发给点粮食,让他们开荒种菜。乞丐们打着莲花落,口中唱着:

哥哥站那儿好稀奇,
窗户上卧个老公鸡。

妈的X,光唱些臊的,没饿死你鳖娃。

寨中间有一眼菊花井,那井里水打一桶有一朵白菊花。为这,黄婆让人在井旁立一个碑,碑上刻上"菊花井"三个字。这井里水又甜又凉,夏天,打上来的井水可以把鸡蛋冲成"鸡蛋花"。不过,这井是祖上打的,不准外人来打水吃,但外边一些老百姓也来打点水回去烧茶喝。

寨后的桑园有些树有一搂多粗,高入云端。一些乌鸦鸟雀成群在桑园中飞翔。

在桑园的后面,有一片梅子林,夏秋交替季节,满树的梅子红了,黄了。枝枝丫丫压得树枝向下弯腰。有的梅子熟透了,还掉到林边的寨沟里。梅树枝疏影横斜水清浅,通过河水能见到那红红的果枝浮在水面上。偶尔,风吹动,梅枝便在河面上划出一片倩影。

那天,天还是这么美。殷红的早霞涂在蓝天的笑脸上。把门的庄丁睡大觉时,几个拿着桶的人鬼头鬼脑地潜入黄寨内。他们在菊花井上打水,并把一包粉末洒到井里。随后,他们又到厨房里把掌面案喊醒,并塞给他一包钢洋,悄悄地咕哝几句,便离开了厨房,各自提着满桶水,急急地赶出南寨门。

黄嫛有点烦闷,只顾吸水烟袋。有时套上骡子,向各庄户走一走,看看农户收成咋样。厨子手艺好,给他做好了银鱼汤,他也不喝。早饭喝点稀饭,又吸烟了。

这些天,黄琼去保定军校也没来信。黄然自上次打开西寨门之事,被关在里屋,饿得他心慌意乱。还是二爷后来关照,才说服黄嫛把他放出来,已有三个月了。

黄嫛急忙向丁账先儿交代,到各寨门巡更放哨,加强对寨子的护卫。谁出了差错,杀谁的头。对一些有生人出入要把好。丁账先儿说,老太爷放心,这些天,没松劲。自从十爷将西门扒开,引土匪进来杀死三十多人后,弄得寨子元气大损。今儿我满打满算,咱还有土地九百顷。汉口的店铺,新野、襄阳、老河口的店铺加上,还是有盈余。老太爷,有时间,你多去看一看。

凌燕去昆明做生意,两次平灭土匪有功于咱家。虽说是出身贫寒,但跟你亲孙女一样。

丁账先儿看丫鬟淑兰走起路来如风似柳,是个材料。很快淑兰被叫到凌燕的房内。黄嫛让丁账先儿告诉丫鬟淑兰以后侍候凌燕。凌燕高兴地拉住她的手说,妹妹,往后咱可在一块儿玩耍的。

丁账先儿吩咐五个中年人,两个年轻人,你们多去去地里,种种庄稼,犁地、耙地、拉车、扬场,都得学会才行。往后,指望你们领着把庄稼种好,学点本领,是个做生意的料了再去做做生意。

天气炎热，加上天旱，太阳要将大地烤化烤煳一般。灰蒙蒙的雾一样东西浮在空中，黏黏的，沉沉的。使阳光如化开的糖稀，粘在房上，树上，粘在人的皮肤上。这几个人要好好地耍一耍。两位中年人先在灶上吸了两袋烟。同厨子们说说笑笑，抠屁股摸腰的。他们一看案板上放一盆做好的凉粉，盆子里还有油醋蒜汁，就拿过刀来，每人切了一大碗。用勺子在盆子里舀了油醋蒜汁浇在雪白的凉粉上。用筷子扒在口中大嚼起来。吃完，说才吃半饱，吃些咸东西，一会儿又渴了。正在这时，一群年轻人也嘻嘻哈哈来到灶上。凌燕让淑兰去厨房让厨子做点酸梅汤。都嚷着口渴，但没见烧茶水。淑兰说，咱们去菊花井里打点凉水喝，又快又解渴。

几个人笑着跑到菊花井上，打一桶井水，桶里便绽开了朵朵的白菊花。

大家你一碗，我一碗地喝井水，丫鬟淑兰舀了半碗喝了一气，都打起了饱嗝。

大伙儿直喊热，到梅子园去，又一阵风似跑到了梅子园。见园门大开，守护梅园的老头正在棚下乘凉睡觉。他们也不打招呼，就去摘那树上疙疙瘩瘩的红梅子来。人人口中早流出口水来，淑兰和中年人在树下拾。几个小伙子早猴上了树，将其摘来。在树枝上还大呼小叫，用力晃着梅树，树上便落下"梅雨"来。吧嗒吧嗒的，满地乱滚。

走，拿到寨河沟里洗洗吃去。大家一窝蜂地到了北寨河边，边洗边吃，又坐在树荫下，吃着笑着。

还没吃完，几个年轻人看见了河里的游鱼，一条条地在水面上游水。头都露出来。嘴巴一张一张的，扎着胡子的是鲇鱼、圆嘴巴的是鲤鱼。几尾鲢鱼从水中跃出老高，"啪——"的一声又钻入水中。几个年轻人便带衣服跃入水中捉鱼，淑兰看得呆了，捂住嘴在笑："大的，逮那个大黑头的……"

一会儿便扔上岸五六条鱼，鱼在岸上乱蹦乱跳。几个岸上人便逮住，折了几根葛条，穿在鱼腮中，便腾地一阵风往厨房里用油炸鱼。

厨子们慌忙烧着火，添半锅油。又忙刮鳞甲，剜苦腮，用剪刀剪开鱼肚，掏出五脏来。等收拾干净，炸鱼块。厨房内外充溢着鱼肉香味，炸得黄焦焦的鱼块扔到竹筛子里。这几个人便大吃起来，快吃到后来的时候，只觉得肚里咕噜，又隐隐有点痛，几个人都喊肚子痛。

各自回家去，捂住剧烈疼痛的肚子。躺在床上，两个中年人都口吐白沫。

二爷正在钻研《濒湖脉学》一书。他听到喊声，急忙拿上眼镜、药褡子出门，便觉得裤裆里一阵热——拉出稀屎来。

先到两位中年人家里，见口吐白沫，已不能讲话。一号脉，他大惊失色，是谁引这些老少爷儿们去的，人已中毒。

抢救！用最好的中药，祛毒清内热。

但已无济于事了。

怎么会中毒了呢？天知道。

淑兰躺在床上，奄奄一息。

她含泪看了看凌燕，嘴张了两下，姐！姐！我……

二爷把脉后就说淑兰还有口气，就开了几服中药。几个年轻人都口吐白沫相继死去。

一位仆人被喊去，交代他买棺材的事。他连忙起身去买棺材。他到襄县棺材铺里买上最好的棺材——要柏木的，要四五六的，当天运回。

他运上棺材回来后，躺在病床上，大喝一声，啊！也死去了。

这一下慌了黄婆，他伏在那些尸体上，号啕大哭，我们的人哪！天哪！苍天！老天爷要收我的魂！哪个挨球的人干下这缺德的事儿哪！

人们将他搀回屋里休息。

当晚，喊来剪幡的一位老先生。他拿来一叠白纸，套剪后，数得清清楚楚是六张。一剪，把那幡拉开时，一数，怎么变成了七张，多了一张。在场的人不敢吭声，第二天，有人报信，那个剪幡的老人死在家里。

这事情，丁账先儿禀报了二爷。二爷吸上一口烟，长长的烟杆在手中抖着。又长长地从鼻孔中将一缕青烟徐徐地吐出来。

他意味深长地说，天意难卜呀！

七口黑棺材，并排放在寨东门外的麦场上。

凌燕给死者梳了梳头，哭着说，去吧！去吧！好人哪！你们到天堂里等我。只有丫鬟淑兰被救活了，她挣扎着要给死者送葬。

第三天午时下棺，天空中降下雪粒来。那天，天上出现一朵朵红色云彩。这云彩慢慢地映红了天，也映红了地，映红了每一个人。雪粒沙沙沙地下着。在地上化成一摊又一摊的水，一会儿，两道彩虹在天空横跨着。明显地在东方显出赤、橙、黄、绿、青、蓝、紫的七彩色来。

凌燕指了指天空说，他们升天了。

天空中隐隐地传来了仙乐。

唢呐声声呜咽，哭出了人们心声。

在黄寨的每一棵树上都挂上了白花。黄婆吩咐将尸体拉到了子母寺门前的操场上。

操场上搭起了灵棚,用红纸扎的纸马、纸轿,纸糊的童男童女,还有几个丫鬟婆子。各有挂甲的武士在纸屋子门前守护。

丁账先儿在迎接客人,各县里、南阳知府,省国民革命军也派人来吊丧。

桌子、板凳、椅子,摆满了一大场。唢呐、乐鼓手摆了三摊子。还请了蛤蟆戏、蹦蹦戏、锣卷戏三台戏对唱,让死去的亡灵超度。

又请来道士们做道场。道士、道姑们身穿红色或黑色道袍,头戴着黑色硬边的道士帽子。一个个肃容满面,闭目不语。

做道场的白天和晚上,先有一帮乐器队在唱,打鼓点,敲锣,打铙,拉弦子。老道士在闭目念经,并敲打着铙和钹。

一会儿,道士道姑们便唱起来,念起经来,走起来。绕一个圆圈,每个步子都按照《道德经》书上去走动。老道士在闭目念做一会儿,便高声大唱。升天了,升天了,人间富贵享尽了!接着便将一个铙响亮了一下,就抛在半天空中,只听见半空中响亮无比。那铙在空气中微微震动着发出了咝咝的颤音。等到铙快落下来,道士便腾空而起,用右手的下铙去接住那半空中的铙。两只铙便发出了震耳欲聋的一声响来。人们的目光随着老道士的动作,一会儿腾空,一会儿又落到地平线上来。

那道士又一个急转身,口中又念着《道德经》向上一蹿,蹿到了三张垒起来的桌面上。在桌面上,放一个蒲团。他们闭目坐在蒲团上,自此,北酒坊的人暗庆三天,偷偷喝酒。

他们心中窃喜。

二十三

天刚蒙蒙亮,五个骑兵疾驰而来。在黄寨的南门下马,其中一个小官模样的喊道,开开门,我们奉命有要事进寨!守寨门的庄丁伸了伸懒腰,刚要问,谁这么早喊老子的。话还没出口,就被对方一顿臭骂,只好慢慢地把门打开。挨了两个耳光后,才看清眼前站的是几位军人。

老子是七十六师部的,快禀报你们黄寨主。庄丁快跑去到后宅院内,喊醒了黄嫂,黄嫂忙穿衣整齐去会客厅见那些人。

黄嫂说,不知贵军到来,有失远迎,失敬!我这厢赔礼了。

五个军汉说,不扯旁的,我们这事是为了我们七十六师,师长岳维峻,开拔南方,路过此地没有粮饷了,请你们弄些银两、粮食送给岳师长,要不然,嘿嘿!你们看着办吧!

黄嫂让他们稍候,商议之后即给他们答复。

先让仆人安顿茶点。丁账先儿和黄嫂也急唤黄然、二爷来一起商议。

丁账先儿说,不如给他们一些吧!不然是不行的。

黄然说,上回四奶奶孩子满月回娘家的事,我给你们跪下磕头,不让去。你们去了,被人家弄去二十杆枪,那么多烟土,还有元宝金银。

二爷说,拖一拖看,能不给就不给。

说罢,他吸了两袋烟,烟雾把屋里弄得呛人。

黄然又说,这一次是黄鼠狼给鸡拜年,来者不善啊!咱惹不起。人家是有枪炮的大部队呀!趁早,问个码子,给人家。咱也得想想这上万口子人(连逃难进来的人)哪!干这事得对得起列祖列宗啊!

黄婴拿起水烟袋点燃上，吧嗒吧嗒地吸了一袋。

他说，这几个家伙，咱先收拾了他，看他们还敲诈不敲诈！咱这八副战拳队也不是吃素的，要是黄琼在家多好啊！保证给他个底朝天！

丁账先儿说，先给人家安排酒饭，再送些银两，打发老灶爷上天吧！

黄然说，我再给你跪一次，我这双膝盖，跪天跪地跪父母，婴叔，我给你下跪了！

他扑通一声跪下磕了三个响头，一声不吭了。

黄婴说，那样吧，先下了他们的枪，训一顿。

事情这么定了，丁账先儿也不敢吭。黄然摇了摇头说，我要上观音冢去当道士了。

黄婴来到客厅说，岳师部的老总，我黄寨地少人稀，没什么银两、粮食，请你们吃顿饭吧！

岳维峻部的人一看这样说，把枪哗啦抽出来说，对不起，交是不交？

黄婴说，动恁大肝火干啥？你不是为的荆州吗？

刚一收起枪，黄婴使个眼色，手下人即到门口，摆一下手，从外噌地进来两个人，使童子拜观音，全用铁腿把他们扫在地。缴了五支枪。又一人一掌，打得他们木木愣愣的，站在那里呆若木鸡。这叫八副战拳法，点住了穴位。

也不打他们，放他们回去了。

其中一人，又用一个指头照穴位点了一下，又恢复原样，遂骂道，饶你们一条狗命，回去给小峻娃捎个信儿，再胡球来，要他小命，平灭他队伍。

二爷说，祸事来了，给他们一部分粮食、金银吧！黄婴不听。把巴掌拍得山响，这群货吃硬不吃软，没打他个苦接梨都对得起他了。

那五人仓皇逃窜，骑上马一溜烟跑了。

黄寨人上上下下人心惶惶。要出大事了，闯大祸了！

黄婴亲自巡夜。布置三百支枪，日夜守候。

不准偷懒，不准睡觉，另将八副战拳的师兄弟唤来，盼咐大干一场。

五个军汉跑回七十六师去，向岳维峻报告了黄寨的事情经过。岳听后大怒，叫传令兵传令，吹号兵吹集合号，攻打黄寨。

嘀嘀嗒嗒的军号声在军营上空盘旋。七十六师的两个团，一个骑兵营，一个炮兵连，马上开赴黄寨。

中午时分，两个团的机枪、步兵全部在黄寨四周围了个水泄不通。炮兵连的榴弹炮、火炮的炮口脱去了炮衣对准黄寨的每一寸土地。骑兵营的骑兵旋风般在寨周围奔驰。后来都伏卧在周围的小树林里，田坎旁，不修工事。只等一声令下，这几百匹马上的马刀便会砍向黄寨的人头。

黄寨内外静悄悄的,天空连鸟儿也不飞了。往日的狗吠一片,如今,狗也不吠一声,只有树叶在微风中沙沙絮语。白云在天宇下流动着、变幻着。周围的老百姓有上万人都携儿带女进了黄寨,以求平安,这下成了枯水中的鱼儿。

军队里的鼓响了一会儿，不响了。战前的寂静真叫人感到太长，太长。

太阳火辣辣地炙烤着大地。让久旱缺雨的黄寨更是雪上加霜,树叶子都蔫了,耷拉着脑袋。寨河水也浅了,泛着绿色的沫,散发着水草的腥味儿,几只蝴蝶还不知恐怖地翻飞几下。

二爷黄火青出现在寨墙上，他看了一周，感到汗如雨下，掩盖不住内心的恐怖。黄然也随后打着口哨上寨墙，到炮楼上，但看到四个寨门时，一个比一个险恶，那大炮像要对准他心口一样。骑兵的刀和步兵的刺刀在阳光下闪着寒光。这刺刀像对准他的胸膛，也像刺向几百口黄寨人，上万口四方逃难人的心口，更像对准婴儿的心口，对准妇女们，老人们的心口。

他泪水流出来了，在寨墙上，也不顾众目睽睽，跪在寨墙上朝天磕了几个头，拜了几拜。

他们走下寨墙，去了后花厅，跟黄婴说，老太爷，你上寨墙看看。

黄婴打起精神，连忙走上寨墙，墙很宽，是可以并排拉下两辆牛车，有三四丈高。上面站满了庄丁，自己的罐炮、榆木喷炮、山哈巴狗炮、杨木杆炮，也有二十多门排列着对准寨下。

他一看部队里阵营雄壮，各种大炮又多，整整几千人，黑压压的一片，要是攻打起来，光大炮就要把我黄寨夷为平地呀，我不能对不起祖先，这一万多生灵，这么多老祖先留下的文化人物。这要变为灰烬啊!我黄婴罪恶滔天啊!我一个人死倒也没啥，我已是年近花甲的人啦。

这时，一阵飞机的引擎声隐隐传来。由北边天外慢慢出现一个黑点，随即声音越来越大。飞机由高度降到低度，正向黄寨飞来，压过来，更压在每个人头上。人们都害怕地跪在那儿磕头，有的吓得藏在屋里床下。

黄婴看飞机呼啸着俯冲下来，把一些大树都刮得乱动。

外边副官走到寨门前喊，限你二十四小时把东西交出来，不然，把黄寨灭了。

娃儿们成群出来，站到寨墙上，打头的打着莲花落唱着：

老乡见老乡,
两眼泪汪汪,
你是大炮队,
俺是机关枪。
你们一天两顿饭,
俺们黑了不喝汤(指不吃饭)。
你们打俺们为的啥?
咱们是一根秧上的瓜。

底下一军官喊,打他鳖娃们。兵们说,这都是精肚娃唱的。团长说,撵下去,不准唱。

一颗绿色信号弹升上了黄寨上空,这是进攻的信号。

黄娶急忙跪到寨门前,他大声对众人说,我一个算什么,只要为了黄寨的百姓,周围村子的百姓,他能咬了我,杀了我,还有黄寨人。二爷随后跟到说,让我去?

不行!岳师长指名要黄娶去。

黄娶从容地走出来,向副官鞠了三躬说,我跟你们见岳师长后,不交银子。随后,由丁账先儿护着他,坐上轿车。由七十六师的一连步兵押解去了岳维峻驻南阳的师部。

这次兵围迅速地解了。

不交金银、粮食,军队要杀人的。人们猜测着。

二十四

黄婴被关在南阳府衙的后花园里,派有三个连的兵士把守。不经岳维峻批准,任何人不得入内。黄婴见了岳维峻说,要杀要剐由你,但不能伤害百姓,驴日的,光刮百姓。然后就不吭声了。

黄婴被押解走后,黄寨慌了。当家被抓,咱们还过个啥?人们抱头痛哭。

凌燕因去保定见黄琼去了,没在家。她一回来,见状大吃一惊,这岂不是天塌下来了吗?

她马上写封信,交给八副战拳的师弟,骑快马一匹,日夜兼程,务必找到黄琼,交给他。

她又见到黄然,黄然虽说是气她跟了黄琼,但过去还是有点丝丝缕缕的感情的。

在将官班教学的黄琼,向校方请了假,与去人骑马带两个护兵火速赶回黄寨。

二爷黄火青、黄琼、凌燕、丁账先儿还有一些拳师都来了。他们聚集在后花厅里坐下。

会抽烟的都打着火镰,燃着纸煤,吸着旱烟袋,烟在屋里萦绕着。化作一圈圈的丝状网,屋外的蝉潮阵阵袭来,搅得人极不安宁。

凌燕开始讲,我在外时,有件大事,本不该我管,但我是黄寨人,想听听众位寨主对这件事咋安排!

黄琼连忙站起来,以他军人笔直标准姿态说,孙中山的北伐军打到了北京,冯玉祥逼宣统退位了。我在保定军校马上要毕业,要上战场。这次岳维峻被北伐军撵到河南地盘来,他日子不好过。

他如今抓起了老太爷，要的是钢洋、粮食，咱不给一点也不行，那人吃软不吃硬的。我已通过冯玉祥的秘书长给他写了封信，就是不要杀人，东西能少要一点不能？信明天带去。

黄然吸了一口烟说，救人要紧，先把钢洋、金银、粮食运去一些。

丁账先儿说，咱先找些有头脸的人去说情再说。

二爷黄火青用烟袋锅敲着桌面说，先由国民革命军——咱黄家儿女亲家去说说情，然后，由黄琼带上信说一说。再让黄翰林的一些老同窗、朋友们、晚辈们也说说情吧！

主意一定，大家分头行动。说情的说情，定下数目后，准备的准备，金银、钢洋、各庄主仓库打开拉粮食。

这些都在有条不紊中进行着。

黄琼起得早，把军服穿上，扎上皮带，蹬上马靴，俨然一副将军气派。在学校他已是将官军衔了。对着穿衣镜，他又扣紧了风纪扣。他记得军校影墙上写着：想当官的，想发财的，别进来！这四万万同胞要合起心来，甭说八国联军，就是九国联军也不害怕。

他带上几个侍从，就要上马。二爷拎着长烟袋来了，黄琼啊，你也是爷字牌的！这次干系重大。要把人救回来，金银、粮食咱可以多缓点。

黄琼点点头，然后双脚立正。给二爷敬了一个军礼，放心吧，我会尽力去做！他又一挥手，侍人们也上了马。他腿一夹，又勒紧了马缰绳，马似旋风般向南阳驰去。

到了府台衙门，见周围全是岳维峻的军队把守。他递给岗哨一名片，门岗进去后出来，敬了个礼打了一个请的姿势。黄琼和侍人大踏步上了台阶，又整了整帽子、风纪扣。见岳维峻迎了出来，黄教官在军校那么忙，是什么风把你吹来了。嗯！有失远迎啊！

黄琼一看，这就是老滑头军混子，忙敬礼后手拉手进入大堂。坐下后，黄琼将帽子摘下交给侍人。然后双手按膝，哈哈一笑说，岳师长！不知贵军到南阳地界，我今天有事相求，望你赐教。

什么事？能有劳教官来这小地方啊？岳维峻明知故问打哈哈哩！

黄琼忙从公文袋里把一大牛皮纸信封双手交给岳维峻。信封上写，面呈岳师长惠顾。落款是国民革命军西北行政长官秘书处。

岳维峻打开一看，倒吸了一口凉气。

写信的是自己原来老上司黄显声，自己是一名团长时，黄显声已是西北军司令部副官总长了。他眉头一皱，原来是为了黄寨黄婆及九个少爷的事儿，真令他吃惊。是，黄琼这也是个难缠的货，出身又曲折，这黄婆又是一方的绅士。与各地上层官僚一荣皆荣，一辱皆辱，不敢忽视。

我家老太爷和几位小少爷，不知犯了何法，将他们押解到师部来。黄琼问道。

这个，黄教官，河南国民军张司令和你们是个亲戚。他已经召见了我，我驳了他的面子，我拿什么给弟兄们吃，拿什么给他们关饷？这次我师行到南阳，他们也不来犒劳我师，也不供给粮草、军饷。我部下请他来师做客，以礼相待，请黄教官放心。

哼！有这么相请做客的吗？你军自有蒋中正关军饷，怎能让我黄寨关军饷。黄琼站起来，显得有点激动。

哈哈！坐！坐！十万钢洋，二十万斤粮食对于黄寨来说，也不算什么！你说呢？岳维峻说着，把烟斗按满了烟丝，然后用红头火柴点燃了烟丝。咝咝地抽起来。

不！师座！党国人应"天下为公，联俄、联共、扶助农工"，你要扶助黄寨一万多百姓才是，咋又要他们关粮饷。你为天下百姓，天下百姓才拥护你。水可载舟，亦可覆舟，请师座明鉴，黄琼声调平静地讲。

难道我糊涂了吗，古人说，聪明难，糊涂难，由聪明到糊涂更难。我岳某自北伐以来，历经大小战百余，置枪林弹雨而不顾，也是为国为民。今天，当兵打仗，为国卖命，还饿肚子，又几个月没饷可关。我看黄寨富甲一方，破费点财也不算啥！也算支援国民革命了。

连年旱灾，地里收获极少，加上岗田薄地，种的粮食够吃，拿什么送给贵军？黄琼说道。他心里马上又想，这也是人为砧板，我为鱼肉，随时有被人吃掉的可能。

黄教官，你替我在黄秘书校长前说几句好话吧！这样吧！我可以和诸位商议商议，电请蒋司令批准再说。能减少的，我尽量减少。今午，留你吃饭，设便宴为你接风，不知咋样？

黄琼双手打拱说，甭客气，我还要在军队中干下去，将来都有个互相招呼。请您高抬贵手吧！公务繁忙，我就不打扰你了，告辞了。他边说边行走，仆从急忙将军帽给他戴上。送出师部大门，黄琼一行骑马风驰电掣般奔回。

走回黄寨，进后花厅第一句话就是，宰了这个老滑头，娘的。

他坐下后，凌燕、黄然、丁账先儿、二爷都到了跟前。

他长叹一声，军阀一日不除，国无宁日啊！又说了经过。河南国民革命军总司令已拜见他了。

几个人都很气愤，大家心里更加紧急。要是用武力去抗击，一个师的兵力是强大的，再加上他和石友三等军阀关系不错，随时可调兵力来，所以只能暂待一时。

眼下，老太爷几个人生命有保障，这可让那几个有关系、有背景的说说情再看情况。

厨子、保镖不离左右。他在南阳有厨子做一些好吃的饭菜送去。又有侍候的人专门侍候，可防着岳在那里下毒手。

派一些人去南阳打探消息，命人往南阳拉金银。成车成车的金银，叮叮当当的银子成箱子装满后，再去拉元宝、金子、银子。各家哭声连天，拉粮食的车把麦包震动。大车一辆接一辆。这车还在黄寨，头车已过了潦河。车老板扬了扬鞭子开口唱：

走了一村又一村哎，

村村都是白骨森森哪。

走了一庄又一庄啊，

庄庄都是好凄凉啊。

拿枪的，打炮的，

金银装进荷包里哟！驾——

打探的人回来说，老太爷及几个少爷保养得也不错，翰林的一些老同窗下辈及一些同事，仍在干着阔事。廖仲恺先生都派人拿着信函去说情，岳维峻没吐个囫囵话来。仍要钢洋五万，要粮食八万斤，别的也说不下去了。岳维峻发话了，如果，钱粮不快送来，不要怪他不讲情面。上峰在催他到南方打仗。

正说着话，门外吵吵的。有侍人来报，不好了，又有一队军马冲过来了。

话刚落音，只见为首的一位军官模样，领着一帮骑兵风卷过来。到寨中跳下马，直奔西花厅去。黄寨的人关系着四方百姓，乞丐都恐惧地望着。有人认得，哎！这不是那位山西汉子，原来吃赊饭的吗？

那军爷闯将进去，双脚一碰马刺，端端正正地向黄琼行了一个军礼说，大校团长李仗义今日回黄寨复命。黄琼及厅中人定睛一看，才认出这是十年前的山西人李仗义。

大伙儿哈哈一笑，气氛极为欢乐。黄琼连忙上前拉住李仗义的手说，这么些年了，你也不给家里一个信儿，不知你流落到何方去了。

"水随山转，水到渠成"嘛！我李仗义从小当乞丐，要不是咱黄寨收留了我，我咋能长成人！古人说，知恩不报非君子，饮水常思掘井人。如今，我在陈炯明手下一一四团当团长。后来，陈炯明武装叛变，我跟了孙中山先生的部队，后随北伐军叶挺，我现在二军的李富春手下任团长。1926年，我和叶挺领导的独立团攻下安仁，后攻占醴陵，我们第四军攻占长沙，又攻打平江，突破敌方的汨罗江防线，进入湖北境内，攻破了号称武汉天险门户的汀泗桥、贺胜桥，打败了吴佩孚亲自指挥的主力。接着，又参加围攻武昌的战斗，俘获守敌湖北督军陈嘉谟、守城总司令，又打败了北洋军阀吴佩孚，武汉的人很高兴。把在汉阳兵工厂特制的一面铁盾赠给我们。铁盾正面铸有"铁军"二字。背面是：烈士之血，主义之花，四军伟绩，威震遐迩，能守纪律，能毋怠夸，能爱百姓，能解救国家，摧锋讨阵，如铁之坚，革命担负，如铁之肩，功用若铁，人民倚焉，愿寿如铁，垂亿万年。人们说四军能打仗，都叫铁军。现在，我们在河南的信阳、上蔡一带驻扎。而洪桥跟奉系张作霖军阀的十一军大战。把他们打垮了，追击到逍遥津。张学良部队率部增援，进到临颖县，我们攻打临颖县。从东、西两个方向进攻，前赴后继。发起总攻，敢死队在前面砍杀，将奉系张学良军击溃，但我们伤亡也很大。人们称为"铁军"，庆贺这一战役的胜利。因此，我在部队休整时，乘空儿带几名弟兄回黄寨看一看。

来！来！你看，光顾谈话，忘了饮酒了。黄琼惊喜的脸上现出了刚毅的神色。

不一会儿，酒席拉开，大家分宾主坐下。让李仗义坐在上位。他坚持不坐。但黄琼非让他坐不可，你坐，你坐，咱们是多年不遇，再一个给你升高官、连战连胜贺酒，你又是铁军的主力团长，你定坐下。

坐定后，大碗里斟上了刘集的热黄酒，又摆上几个凉菜。李仗义等分宴主坐好后问，咋没见黄寨主呢？大家默不作声。

黄琼陪坐。他说，你算回家来了，也不把你当外人。黄寨主晚点能见，你不知岳维峻原是奉系军阀部下，被击溃后现驻守南阳。他如何如何抓了黄寨主，要金银、钢洋、粮食……扣作人质，我们和河南国民革命军去说人情都不行，西北军秘书长说情都不买账，我们正为这事儿苦恼着哩！

李仗义沉吟了半天，脸上的笑容消失了。随之布满了严肃的阴云，他将桌子一拍，立起身来，指着北方骂道，小小的军阀底下走狗，这么凶，这么残。中原人吃的苦还少吗？哪一仗不像拉锯一样，被锯来锯去，残害死多少。你有多少现大洋，多少粮食够他们要。我把四军、十一军的一些团弟兄拉过来，揍他个什么岳维峻。管他什么葫芦？什么药（岳）？

这席话说得大家惊喜交加，黄琼说，没错，你是铁军的队伍，俺们保定军校将来也多出几个铁军将领，那啥也不怕了，来！喝！

李仗义说，慢，银子、钢洋、粮食送去没有？黄琼说，送去一些，还有一大部分没送去。要等待时机变化看看再说的，你有什么高招？

李仗义说，停！停！一钱金银也甭送了，一粒粮食也甭送了。我吃过饭即去南阳交涉。他这个老浑蛋比吴佩孚、张学良还厉害？

黄琼站起来，给李团长敬三杯，你打仗勇敢。"良禽择木而栖，忠臣择主而事"。成为赫赫有名的铁军中主力团长，从奴隶到将军。将来，前程不可限量，干，我先喝三杯为敬。

黄琼连喝三小碗黄酒，满满地又给李仗义敬上三碗黄酒，李仗义一饮而尽。

吃菜，吃菜，这是辣子鸡，这是红烧大虾，这是红烧猪肉……

二爷敬酒，忙站起身说，古人说，人遇知己千杯少，来喝一杯。为国为民，为咱黄寨。

凌燕站起来说，要说论我人微言轻，又是女流红妆，原先也是吃赊饭的卖艺难民。如今见到你，俺敬上酒，看不上面子你就不喝，看起俺了喝这三杯。

李仗义说，男女平等。这是北伐军第一提倡的纲领，妹妹保好家园吧。说罢，一仰脖子咕咚喝完。

好，到此为止。我军务在身，马上去南阳解救老太爷为要务。

马上相别，挥手上马，与几位军人纵马扬尘而去。半路上，派几位兄弟骑马火速往泌阳请十一军二旅驻军大队来南阳。

到了南阳府衙岳师部处下马。让传令兵往内传报，北伐军七十三团大校团长李仗义拜见岳师长。岳维峻正在床上睡觉——昨晚交杯碰盏喝得多了。听禀报后马上洗刷，穿上笔挺军装，到大厅外下阶迎接。他寻思：这铁军不好惹，叶剑英、张发奎的部下。一团团长叶挺更是厉害。这七十三团也是打硬仗的茬儿，都不敢得罪。连奉系张学良、皖系吴佩孚都被他们打得落花流水，死伤惨重，我岳某遇见克星了。还是为那事。

他嘴里喊着，快请大校李团长，快请！快请！李仗义大步流星上前，把马靴"咔"的一声立正，举手施了军礼。

岳师长驾座南阳，恕弟不知，探望来迟！

岳维峻上前一把拉住李仗义的手说，哪里！哪里！我军务在身，还未远迎，见谅！

两人一齐跨进师部大厅，都坐下后，李仗义说，这南阳是我的老家，你到我家乡驻防，可得多多关照！

哦！李团长家住南阳，何不早说呢？

我这次回来，没别的事情，专请岳师长去会会张发奎军长，叶剑英副军长。他们命我打前锋报个到，请你去泌阳会面。

真的吗？嗯，这个……

一会儿，有两个军人进来报告，我们是铁军五十六团团长，十八团团长。张军长快到这里视察军情。

岳维峻这才相信。令，快备马匹，带一个警卫排，去泌阳处迎接张军长。

他们一行骑马东去。刚到桐柏，快到唐河时，七十三团、七十五团骑兵团一路奔来，烟尘蔽天。驰过来几十骑马，将岳的警卫排包围缴械，大叫，岳维峻军变，张军长令拿下！一会儿来了，李仗义一骑马将岳维峻的枪早摘掉，岳维峻还蒙在鼓里，只当是张发奎派来的警卫部队，忽看时，却是铁军的部队。

那边黄琼、凌燕及一帮子八副战拳师兄弟，由黄琼以保定军官学校的身份，进师部与警卫人员见面，拿上金银礼品。其他人都翻墙越院，偷偷背起黄婆及几个少爷娃儿。"粗腰"驾起飞毛腿，眨眼便不见了。黄琼把这些人都放在马上，一路护送去了荆紫关，投商州而去。后安排到陕西商州一些黄家字号去藏起来了。

李仗义说，到南阳还需些时间。我们七十三团、七十五团、五十六团、四十八团铁军张军长命你岳维峻将黄婆等人放了，这是军令，我们将回师汉口，有新的军事变动。日后，再与岳师长相见。他想，去南阳又要与岳师一场恶仗，倒不如就此罢休。早些时与黄琼商量停当了，想必黄琼已得手了。

岳维峻脸红脖子粗，连说，你们早点说，我早点就送他回老家了。

李仗义与铁军其他团长，骑兵连、警卫连骑上马奔上蔡县而去。

岳维峻又接到上峰军令，命他火速带兵去南方，后来就参加了罪恶的"围剿"红军战役，被活捉。

黄婆等岳维峻走后，仍回黄寨生活。

黄琼与凌燕度过那几天的幸福生活。他们在商州字号里住着，沿着山坡走下来，是滔滔的丹江水，水清澈见底。两人并肩走着，凌燕说，琼，我也想参军，你在保定军校几年，往后总要到军队去。我啥时也到部队里锻炼，使我学的这一身武艺也有个地方施展出来。

你先在寨上守住故乡，将来有机会会接你！两人的目光在一处燃烧。手拉手，亲昵地走在一起，晚上，就住进了卖山货铺的一间小房间里去了。

将黄婴安排回到黄寨，黄琼难分难舍地离开黄寨，骑马飞奔保定方向大道而去。"粗腰"喘息后住在黄寨。他闷闷不乐地说，我多想玩一玩枪，不想待在这儿，云游四方多美啊！

二十五

甭干了,歇歇再说,长工们一到地里头都吸烟。口里喊着,吃罢饭有个饭时瘫,半晌哩有个热老腱(痢疾),长工活,慢慢磨,干得多了划不着。都睡到地头草路上,把鞋脱了当枕头。

哎!你听见寨里大门里头一保堂屋里有哭声,没听见?我听见隐隐约约有哭声。

哈!那一保堂的事多稠。黄寨主还想纳个小妾,你猜要谁?要凌燕丫头。

她愿意吗?

她不愿意呀!人家原跟黄琼好着哩!上回都要完婚,只因老太爷被岳维峻逮住关押在南阳,只顾解救,也没成亲,人家两人是天生一对。

她只是个收了房的丫鬟。黄然也想要她,不是找了一个北酒坊的结了婚。又添了个娃娃,也早离去了。女大当嫁呀,她不嫁出去,迟早也不沾啊!

起来!吸一袋,吸一袋。人家吸的是好膏子,咱弄点好"柳叶尖"烟叶吸一吸也好啊!我今年特偷偷刷的"柳叶尖"晒的,吸一口香半天啊!

村寨里又传出了哭声,干到小半晌。这长工们把锄一扛也就回到屋里去歇息了。

一保堂,黄婓家传出哭声,令二爷十分懊恼。黄婓的小女子长了个蛇疸疮。二爷治一治也就好多了,谁知她不留心,又吃了狗肉,又喝白酒,热毒上攻,收到了心上,一下子治不好了,死了。

黄婓长吁短叹,虽说有五个女儿,但也是心肝肉啊!

黄婓哭得死去活来。丫鬟、仆人满院子转,还请来了巫婆安葬。

巫婆来了后，坐在一个蒲团上，闭目养神，口里叽里叭啦说个不停。一会儿，她蹲起来，披头散发，一会儿，她又跌坐在神桌上，手里拿一个桃木剑，大喊，不要怕不要惊，我是南海菩萨神，下界拿你狐狸精……

一会儿，口吐白沫，不省人世。

醒后，烧了三炷香，每烧一炷香，看香灰头烧的灰长不长！三炷香后，她嘴里自言自语，快来人，我已拿住妖精，现在必须有童男配合她，两人结成姻缘，才能转世到阳间成为夫妻，托生再世。

黄婆叫来了丁账先儿，安排找一男方，必须是死后的，安排灶上两个厨子来。

丁账先儿把一切安排停当了。

打听到南河营有一个儿子十六岁去世已一年了，现在要重新合葬。

厨子们从灶上忙了几天，在子母寺小学操场上操办。

厨子住在子母寺的西偏殿里。夜里看那金刚罗汉们一个个瞪着眼，把胳膊支在膝盖上。

油灯里的灯芯在熊熊燃着，"啪——"的一声发出轻微的爆裂声，结了个双灯花。

睡吧！明早起来还有好多活儿干的。

已是初冬时分，外面草上、树上、地面上、房坡上都结了一层霜。两人哈着手，吹着气开始忙碌起来。月亮在西边天上发出惨淡的白光。

一些丫鬟、婆子、仆人都早早地缩着头。袖着手来了，在井上打了水，倒在几个大木盆里、木桶里。女人们开始把菜调理出来，把芹菜叶子择掉，把猪肉、羊肉、牛肉分别泡在大盆里洗干净，把血水倒掉。把葱、蒜、萝卜、白菜都择洗干净，放在筛子里淋水。

厨子两人开始忙红案，他们把洗净的猪头、牛头，用斧头在案子上砍开。然后，放在熬锅里咕咕嘟嘟地熬着。锅底下架起了硬柴火，火熊熊燃烧着，舔着锅底，舔着锅外的锅盖。

他们把肥肉、瘦肉分开。切条子肉做粉蒸，剩的下锅做红烧肉。

瘦肉切丝做炒肉丝，也可勾上粉面下锅炸了以后做酥肉，也可垫上萝卜条做蒸瘦肉；剁碎的瘦肉勾上粉面也可以炸肉丸子，然后上蒸锅蒸扣碗。他们乒乓地切、剁，把牛肉剁碎切好，做成蒸碗上蒸锅。把牛、羊肝子切成条炒成醋溜牛、羊肝；杂碎兑上红白萝卜做成汤；连剩下的牛蹄筋、牛百叶、心肺……都煮好，做成烧百叶，心肺汤，凉拌牛蹄筋。

蒸锅已经蒸上，热气从锅上冒出来。笼格子里冒出来一层层细密的亮晶的水珠儿，似一串串的水晶珠儿。已经闻见格子里冒出来的肉香味儿。

等把这些蒸好，就下油锅了。他们把笼格子抬下来，热气弥漫整个临时灶间。

仆人们的手都冻得红通通的，他们把洗好了的肉从水里拿出来。滴干了水，再放到肉案子上让厨子们去切。

接着，他们又把豇豆、绿豆在大木盆里淘洗干净。再拿一个大笊篱从水中捞出来，倒在一个大竹箩里。把萝卜洗净后放在菜案上用刀切片煮熟后，再在案子上剁碎。

她们把豇豆、绿豆放在两口大锅里煮，锅里的豆一会儿就煮熟了。然后又把洗净的枣儿放在锅里煮，煮熟后放在箩筐里凉着。

凉了以后在木盆里用手捏碎。再把熟枣核掏出来，也捏碎，做成一疙瘩一疙瘩的豇豆沙、绿豆沙、枣泥沙。

厨子们开始在面案上忙活起来了，他们把发开的面团在案上使劲儿地揉。一会儿揉圆，一会儿又揉长，如搬着一个又一个的胖娃娃儿。揉好的发酵面团，再放在案子上再醒一会儿，让它们发起福来。一直发到身体胖得裂开了小口儿，扒一下露出马蜂窝来。

随着梆梆的剁面团声，一节一节面团切好了，再用双手把它们拢一拢，拢成圆形，摆到笼格子上整整齐齐，白白的，胖乎乎的，就抬到冒着水汽的蒸锅上了。

厨子开始包豆沙包。他们用双手把面团拍成个片儿，又很熟练地把豆沙挖一点放在面团片上。双手掬起来，用右手捏起面片，似抓耳朵一样，提到豆沙包到顶部又旋了一个旋花儿，再用五个指头捏一下印上指印。菜包也是如法炮制，捏好一个让它蹲到笼格子上去，格子上蹲满了胖胖的豆包子。

很快，蒸馍锅就上汽了。蒸汽在屋里弥漫。

水缸里水满了，溢在了砖地上，弯弯曲曲爬起来如蚯蚓。

锅底的劈柴发出了噼啪的爆火星儿声响，火红红的。又隆隆地似龙一样将龙头探向了烟囱深处，忽儿又探出脑袋来向灶外瞅一瞅。

厨子们双手油乎乎的，又冻得红通通的。只有中午时候才暖和一点，太阳懒洋洋地在天上转。人们忙忙碌碌的，七手八脚地干着倒水、洗锅、抬笼格子、淘洗菜的一些杂活。劈柴的正用斧子狠狠地砍向一段木头。木头在斧头下，很快分成两片。跳舞般地蹦在地上，碎屑一下子会跳在半空中，跳在树杈间，又落下来，静静地躺在地上。

　　天晚了，厨子们用铁钩子、铁笊篱在熬肉锅里扒着。肉锅上浮起白肉沫，翻了翻肉再用筷子扎进去，仔细地看有没有血丝。有的只能熬个八成熟，再打蒸锅，下油锅；有的待熬熟后，切成了片，泼上姜汁儿、蒜汁儿，麻油做成的凉拌肉片，上面再把一个紫心萝卜用小刀雕刻成一只展翅的凤凰，放在盘子上。

　　肉锅发出了扑哧扑哧的响声来。又咕嘟咕嘟地冒热气。

　　还有下油锅的事，有的鱼洗好，去鳞，去内脏，装上葱丝、姜丝、茴香做成清蒸鱼。

　　那些大鲤鱼切成块，盐渍了，加佐料勾上粉面，炸成黄亮亮的鱼块。两三斤的草鱼，斤把重的鲤鱼要做成黄焖鱼、清蒸鱼。炸鱼时，他们先在鱼身上用刀划成十字口子，鱼肚里装上佐料，再在口子上撒上盐渍，等上两个时辰再在滚油上炸。用手提着鱼头，用滚油浇上，再提住尾，再浇上油。然后放在滚油中炸熟、炸黄。再翻个个儿再炸黄。八成熟后，再放在搌一点油的锅上添水盖锅蒸一会儿，放上糖和醋。

　　几百个盘子都放好了。

　　十几个蒸锅都蒸好了。

　　凉盘都拼好了。

　　热盘等到客人坐好需上菜时，再炒也来得及，只是要同时开六个油锅，每个菜只几分钟就好了。

　　睡吧！晚了。

　　两个厨子才在锅灶旁，摊开了铺盖睡觉。

　　是什么喜事？黄寨铺这么大的摊子？是喜事,给谁结婚？

　　球，咱们还是要饭吃抱着棍子睡，谁知道人家又结婚哩！

　　第二天一大早，他们起床，忙起来，燃着劈柴。帮灶的人来给水缸担满水，放凉的蒸碗重新蒸，人们把洗好的碗碟子摆在案子上，开始把凉盘拼好，把馒头包子也重新放在蒸锅上蒸。

　　客人们陆续都来了。他们都喜滋滋的，递上礼单。操场里，各个侧殿都放好桌子，人们陆续入席。热盘子也开始炒起来，爆炒的葱、姜丝味钻入人们鼻孔。

　　鞭炮声震天动地，一阵隐隐的鼓乐声由远而近。一顶轿抬到了子母寺的广场里，人们看那轿落地，掀开红布绸子，露出用纸糊的一个小伙来，抱着他的牌位,上写着生辰八字。

　　黄寨那边也出来一骑马，马上坐一个纸扎人，抱着牌位写好的生辰八字。

　　双方合在了一起，抬入后殿里。

　　中午，两座坟合在了一起。

　　球！这是结阴婚，咱活人还没结婚！

　　两个厨子在人们的猜枚划拳中，默默地上着菜，等最后一个热盘子上完后。人们正喝在兴头上，只吃得满头大汗。

　　有人让主家给厨子封红包时，发现两个人不知什么时候已经走了。

　　那座新坟上有白幡的灵纸在风中飘动。

二十六

自从岳维峻一折腾，黄寨送了些金银元宝粮食之类，连年旱涝灾害，使黄寨渐渐地显出了经济下滑的景象。

冬日短，夜长。风抽着树条子，发出野兽般呜呜咽咽的吼声。黄寨除去敌楼上的灯光，巡夜打更的人在寨墙上巡逻后，便钻到大棚子，钻到被子里暖和身子，偶尔还能听见巡夜的锣声。

八个门户头的人都睡了，一盏香油灯抛出晕晕的光来。

他爹，咱们不如早点分家吧！趁这个家没败完，咱分了家，还能分些地、房屋、金银元宝。老祖宗的一些家产都分一点算了，不能这样拖下去！

对方没吭声。睡死你了，光知道睡！睡！男人咳嗽一声坐起来，把被窝里的手炉拿出来，双手在上烤一下，用手在手炉里挖点柴草屑往上拱了拱，露出红火来，伸手把旱烟袋从床头抽出来，把烟荷包里剜出烟丝来，按在手炉上鼓着嘴猛吸几口，烟徐徐地从牙缝里吐出来。

分家？谁知道老太爷咋想的？

那么多的金银、钢洋、元宝都给人家了。就算保住了命，可咱这家算败了。再过几年，不一定会穷成啥样，咱可成了小水坑的鱼。谁想撒网谁就撒几网，谁想逮谁就逮谁？

甭腊月萝卜闲操心了，天塌压大家，不能分家，咱还是慢慢过吧。

灯芯在黑铁香油灯里忽闪几下熄灭了。从窗口破洞里旋来一股寒风，两人把头蒙进被子里睡去。

1936年冬，寒风如咆哮的狮子，在中国北部奔腾狂吼。张大了嘴巴，用利爪抓掉了树枝，晃动了树干，一股股灰尘在空中打旋。阵阵吼声久久地震撼在中原百姓的心头，也震颤着黄寨人的心灵。

天上的乌云滚滚而来，挟天裹地的寒流顺往长江、顺往黄河，肆虐在大地上。

人们觉得天格外冷，但不知是何原因比往年冷。

北酒坊的酒，今年卖得格外俏。一坛又一坛的绞股蓝黄酒蒙上红红的布，运往襄阳、老河口、汉口、长沙、岳阳……

北酒坊的人们手里有了大把票子。认为就可以一逞雄风了，他们要当老大，要超过黄寨。不能再让他们跟省、府的官员们来来往往。他们啥事说了算数，他们打那几次大仗也没怎大腰劲儿。他们的金银元宝、粮食也拉往南阳了。那么，子母寺学校也该咱北酒坊管理了，不能让他们当校长。光培养他们娃儿们，咱也该当校长，买了几百匹马，他们要一展雄风，扩展一下地盘了。

这些话在黄寨上上下下议论的很多。

这天，刚吃过早饭。一骑马十三人飞驰黄寨，马到黄寨，一勒缰绳，咴的一声马儿长嘶，守南寨门的庄丁在炮楼上看见，干什么的？

这骑马人高呼，我们是刘汝明部和张司令部下，有要事面见黄寨主！

不一会儿，丁账先儿出现在炮楼上细细地观看，以防是土匪来骗开寨门，滥杀无辜。

又问，你们先进来一人，不带武器，然后放你们全进来。只见一个军官模样的人纵马来到门前，庄丁开了寨门。军官和他一起向后边走去，到了前花厅。即下马拉了马，步行来到里边。

黄嫘和黄然、丁账先儿都坐在椅子上，见这情况，便马上站起，请坐，你们是哪儿的军队？

我们是东北军刘汝明部下，河南省主席张轸派有副官一起来，现在寨外静候。

黄嫘说，快请老总们进来。不一会儿那伙人也进来了，坐下后，一位年长的说，我们刘军长和张轸三十一军军长都写有手令，要你们按土地亩数交出粮食、现大洋，每亩按十斤麦子征收，少一个粮籽也不行。军令如山嘛！

黄嫘皱起眉连连说，去年，我们给了岳维峻师长八万斤粮食，现大洋五万块，现在很难筹呀！

你还有五个瓷罐和一个十三层的元宝塔。我们要征集去给军部观赏观赏。

这个断然没有，全是人们谣传的。

你知道吗？你县有个姓戴的民团团长，还想抗粮不交。军部命令宛西司令就地消灭！

黄婴头上沁满了汗珠，虽然是穿着皮袄，仍感到有点冷了。那次岳部对他的打击也够大了。被逮进去月余，做了囚犯，不能动弹，虽说仍有仆人和厨子端水倒茶，顿饭有肉，但不自由，更可怕的是找了那么多人说情都不行。白白又赔了那么多粮食，庄子上粮库的粮食十成拉三成，还有那么多的现大洋。要不是黄琼和李仗义他们有枪杆子，那我和少爷娃儿们的小命就没了。这个家真难当啊！又来这起货，就更难缠了。

那位年长的说，黄寨主，你给是不给？也该给个囫囵话儿，不能胡搅蛮缠，军令难违啊！

就在这时，从厅外慌慌张张跑来一个人来。他刚从庄子上巡看今年粮食保管情况，一听这事，一下子闯将进来。人们说，十五爷请坐！他就是十五爷黄飞龙。他不坐那儿，又住腰厉声说，什么军长啥长的，石头缝里又长不出庄稼，韭菜还没长出来一茬又一茬地割，咋弄的啊？

黄婴连忙喝住，是的呀！这是五十一军、三十一军的军爷们，又来要钱粮的，不要无礼。

那让我们商议一下。丁账先儿请几个军人，先到后花厅宴席厅排酒洗尘。

他们一伙到了桑树园旁边的小屋里，急忙商议对策。

十五爷黄飞龙说，先把这几个人宰了，然后再兵对兵打他个狗日的。他们算啥球东西，人家革命军比他们官大，有人给我们撑腰，怕个球？

黄然一下子跪倒在地上说，现在黄寨气数都快尽了，经不住一点折腾了。他们要每亩十斤麦子、现大洋，你算算得给他多少？

黄婴说，你甭激动，他们这伙人坏球得很，得狠揍。常言说："三十六计，走为上计，打得赢就打，打不赢就走，哪黑哪住店。"

二爷黄火青说，谋事在人，成事在天。若天不灭黄，我自能渡过这一关。真是不行，咱先安排好退路再说。

黄然说，这次比不得过五关斩六将，这次是夜走麦城。你不能毁了这个家。你不能把几百口人的性命当儿戏，出了事情咋向祖先交代！

黄婴说，咱先稳住他，捉鳖不在水深浅，只要遇到跟前，来硬的不行就来软的。

那十五爷黄飞龙却跑到宴会厅上大叫，我先给大伙敬杯酒啊！

他倒酒，那些军官们不喝。他自己一口喝光，把杯子一砸桌面说，想死想活你们看着办，俺黄寨也不是尿泥窝儿，想捏扁的是扁的，捏圆的是圆的。什么张军长、李军长，今天我以礼相待，要再不识抬举，咱也刀兵相见，咱盒子枪可不长眼。

一会儿，又来了二三十个拳师兄弟。黄飞龙对那几个军人挥挥手说，回去先告诉你们军长，咱交个朋友，不要枪口对准老百姓。

那伙军官愤愤地站起来，想掏枪。黄飞龙使个眼色，一下子缴了来人的枪支。那些军汉站起来，骂骂咧咧地往外走。黄婆听见后急忙赶来，诸位军爷们，来来都坐下！你们要的太多了，我哪球恁多粮食给你们？你们见军长多美言美言！

那伙军汉哪里听他聒噪，一纵身，跳上马，扬鞭而去。回头骂句，想找死的，你们这伙土财主。

原来，当年在子母寺当过副校长的小伙子一怒之下，辞去副校长职务，他拿上北酒坊老家里给的钢洋五百块，一路风尘仆仆到了西安，投了东北军部下当了一名连长。他叫张东梁，凭着他有文化、机灵、吃苦。他到了班里就扫地、洒水。给团长打铺盖，买东西。团长早晨起床，他已把洗脸水打好，又把牙膏挤好，放在刷牙缸上。团长太太要买菜，他赶快去买好，买的菜团长十分满意。夜晚还给他们掂夜壶，生火取暖。他眼里出彩，上早操、劈刀、打拳、擒拿、格斗，这些在家时，就偷偷在子母寺跟黄寨人学了。团长看中了这个兵坯子，马上提他当了连长。几个月后，又荣升营长。每次荣升，他都把钱看得淡，买通上上下下，在西安市的五凤酒楼上包桌，不把弟兄们喝得醉醺醺的不罢休。大家都称赞他够哥们儿。

不久，师长来视察，他营里的兵训练得好，师长遇见了他。那个团长与师长是同乡，团长又在师长面前推荐他，还让手下人表演了一套少林拳、武当拳。露这一手的兵，都是张东梁教的。师长上车前还拍着他的肩，让他好好干，锦绣前程在招手哩！

半年后，他又晋升为中校团长，这在军界里引起了不少人眼红。

这支部队归刘汝明管。又半年，队伍开拔往灵宝一带设防。

张东梁心想，灵宝离卢氏县不远。卢氏县翻过去老界岭就到了西峡，卢氏县有自己的一个连在那里，如能带队伍移防到卢氏县，就什么都好办了。我要这次搬搬黄寨的老虎牙。听说黄婆处有五口瓷罐，内藏什么，谁人也不得知，连黄寨底下的人都不知道。还有十三层金元宝塔，大的直径二尺二，重五十斤，小的直径一尺六，重三十二斤，组成一个宝塔，异常精美。在黄寨里（老大家）主盒内保存。

他夜里又睡不着，翻来覆去地想啊！第二天，他去见刘汝明，讲明了黄寨很富,有宝瓷罐五个,金元宝塔十三层,是稀世珍宝。历年来,积攒的金银财宝,粮食布匹,还有做生意赚的银子无数。有当过巡抚督抚的,有当过州官道台的,有当过县长的。搜刮银子也多,曾挂过慈善之家牌子。

  刘汝明经他一烧底火,便问他咋办?他说,我移师卢氏县,带步兵翻过伏牛山老界岭,你再派骑兵经临颖、汝州、灵宝、南阳,咱们合起来三个团的兵力,派飞机轰炸,不愁攻不克黄寨。那次,他们沾了一个叫黄琼的光。此人在保定军校将校班当教官,结交不少军官。这次,请军校校长蒋孝先将事务缠住他,不让他脱身,再封闭消息,切断联系,定能将黄寨攻克。

  这年腊月十八日,娃儿们放了冬学,正在玩陀螺,在冻的厚冰面上玩儿。有些孩子正在放鞭炮玩,有些孩子正在唱戏。二十四扫房子;二十五蒸馍篓;二十六磨豆腐……三十儿捏鼻(包饺子),初一拱脊。娃儿们不知大人们的忧愁。

  而东北军此举,张东梁禀报军长,一定要拿下黄寨。

  黄娶急忙派人到东北军打听,到开封打听,一面又打电话又写信给保定军校的黄琼。但黄琼正在一师考核兵士的进攻能力演习,当时他没在保定。

  天刚黑,派出的探子由北酒坊回来,气喘吁吁地说,老太爷,事儿糟了,北酒坊的张东梁悄悄回来了,昨天来的刘汝明部下都是他使的劲儿。他们正在关住门,不知在密谋啥?

  黄娶又打了个机灵,忙唤丁账先儿、二爷、黄然出来议事。

  黄娶咕噜了一阵水烟袋后,说了情况紧急,估计就这三五天,军阀部队会来偷袭黄寨,如何做好对策?

  二爷又开始吸烟,他从来不慌不忙,不着急表态。

  黄然说,他刘汝明算个啥,还不跟岳维峻一样,那一次要收拾也把他收拾了。把八副战拳的师兄弟们弄好,每个人领一支三十人的庄丁队,加上咱的榆木喷、山哈巴狗、杨木杆……一起往外轰。

  黄娶摇摇头说,打,是肯定打,咱手也不是端豆腐的,但只有如此如此……才行。

  黄娶说,喊凌燕来,请她参议参议,这女子心眼儿稠哩!

  不一会儿,凌燕从从容容地飘然而至。

  二爷磕了磕大烟袋,又用一根细篾子扎进烟嘴里捋烟屎。却干捋捋不出来,急得用脚踩住篾子头儿,才将整根篾子拉出来。

  黄娶慢吞吞地说,咱打得赢就打,打不赢就走。我还是那句老话,你们说对不对?他环视了小屋内所有的人又说,先把家眷安排好。人无远虑,必有近忧。来咱这儿队伍不能少了,又是正规军队,机枪、大炮都会有,咱得准备好。从现在起,要日夜守寨,以寨门为重点,一点也不能马虎大意,大意失荆州。

咱还要做最坏的打算,万一打不过敌人,那不白白送了几百条性命?今天商量后,就找几个秘密处,各门户的亲戚,让他们疏散一些人,保住人才,把小娃子们都秘密送往亲戚家。咱不能断了香火,把那茬人保存好。

黄婆把水烟袋放在桌子上说,我已通知领兵的头儿,马上擦拭打仗的家伙,领子弹,分发枪支。没有金刚钻揽不了瓷器活,这次要先退后攻,揍他个狗日的。晚上除去固定的哨位,还要在北寨门方向增加流动巡逻哨。

二爷说得对呀,咱今晚都收拾贵重物品,半夜启程,把老弱儿童先疏散到秘密安全地带,打起仗来没包袱,狠整他一棍子。

二爷又说,我看,咱们都不能到各自的至亲家去,北酒坊知道咱的底细,人家容易找到。可在秘密远处留下根苗,多带些金银钢洋,保存实力,日后也好报仇哇!

腊月十九那天半夜,朔风吹,那雪扯棉搓絮一般,下得正紧。老天悄无声息地堆起半尺厚的大雪。大厅外,房廊上,树木上,天地之间似扯开一片银幕,雪还在簌簌地下着,填满了山川、沟渠、河流、湖泊。

三更天,黄婆让其他三个寨门开开,老人、儿童、体弱者把细软、衣服、食品……搬上了牛车、马车。所有的马匹、骡子、驴,也全部驮上人、物。从三个门悄悄地出去。雪地上,留下了一行行车辙印子。

弱势群体们回头看一看安静的黄寨,不觉心头一阵热泪滚了下来。大人捂住了娃儿们的嘴,让他们去睡。后头坐着个小孩,他就是黄然的儿子黄星儿。日后,他在老河口做大了生意,也逐步掌握了黄寨的大权。

众人一路往湖北老河口避难,投奔会丰商行的董事长。这位董事长早在辛亥革命前,在四川巴东县干过两任知县,打官司包揽诉词,各商行、各联保主任、各区、乡长、各校校长都向他送银两。又管了几场人命官司,家里的银两渐渐多了起来。后来卸任前,让管家在湖北老河口的汉江边上买了一块地皮,坐北朝南,一溜三十多间瓦房。靠码头临水,倒也是个好的去处。把商行起名叫会丰商行,收汉江上游陕西、四川的火纸,又收桐油、土漆、木耳、干山货……

汉江上行的船和四川境内下行来的船上靠岸,先拜访他。他又将湖北、河南生产的丝绸、烟草、棉花、黄牛,贩往江南各省、四川各码头。他当时成了有名的大商家。每日里,坐房廊下,大厅内推窗临江而望,见帆船片片,上下号子一片山响。正在品茶，仆人来报，河南老家黄寨一行车马已经到此。商行董事长慌忙起身，去花巷街一带迎接。命车驾入宅，细问了情况后，将老小安顿家中，又见一个十五六岁的孩子，问他叫什么？他回答叫黄星儿，父亲叫黄然。哦！你是十爷的儿子？往后你就住这儿吧。这黄星儿上学不行，但绝顶聪明。他在河口每日里游逛街头，串茶馆、酒肆、勾栏之处。

另一路经桐柏山区，也有黄家一个做生意的人。他在军队干过军需，退伍即去桐柏一个拜把子弟兄处开起了干果行。另在那里干起慈善事业，拜了淮源洞、水帘洞，四处香火不断。这里接住黄寨的人以后，安顿在山里一个小镇上，住得很安静，吃喝不愁。

腊月二十二日晚，彤云密布，雪停了，但沟沟坑坑都是白雪。从卢氏县经仗牛山的步兵连翻山越岭，还迷了路，在山里转悠一天，才到西峡县，与内乡的民团们合在一起。由洛阳、汝阳、宝丰、南阳一路来的张轸部下，也无斗志，早不想走了，磨磨蹭蹭的，三四天才到南阳，从南阳直扑黄寨。

两个团的步兵，一个骑兵连，都由张东梁领路。

这黄寨总体是方形，东西门和南北门之间相距都有五华里。南北两门居中，东门稍微偏南，西门明显偏北。黄婆移住在寨的西南角，宅子呈东西窄，南北长的状态。虽说是石寨，寨有四丈高，上边有女墙可作掩体，里面既可睡人，又可走路。四门四个炮楼，都是高挑屋脊重檐式。内有一个排的兵力，配有榆木喷、山哈巴狗、轻机枪、步枪。石寨外有一道一人多高的掩体，叫拦坝墙。四周环形，都有四五丈宽的寨河，两三丈深的水。寨河两岸种有各种枳实、刺槐密不透风，连只麻雀也休想飞过。四道寨门是两层石头门楼，东门叫迎旭门，西门叫西成门，北门叫拱辰门，南门叫天保寨，寨门上写"耕读传家"，东门上横写"皇封翰林之家"六个仿宋体字。寨门的钉是铜的，有大碗大小，门由一层厚的铁叶包起来。有时吊桥能吊起来，寨门两边各有一道三丈高的八字石墙伸向水面。另外，西门内北不远处有三层高的砖炮楼。黄婆家的南北两端，也各有一座三层石炮楼。寨墙不远处都有炮楼，相互呼应。这些地方居高临下，凭借几把机关枪，扇子面一样，能将寨外的敌人置于死地。

夜色更深了。持枪庄丁能凭借雪光去盯防目标，但要从几百米外去看清人群，显然是很困难的。

张东梁做向导，两团兵士（一排骑兵）将黄寨围住。他们在远处的避风处，借着手电筒光，在雪地上画了一个圆圈图。兵力突破点在西寨门，只要攻破西寨门，便可直捣黄婆家里。擒贼先擒王，只要捉住黄婆，这个寨子就算破了。

这时，寨墙上偶尔射来一颗冷弹，划破夜的寂静。又传来"谁？干什么的"的呵斥声。显然是寨中庄丁，为了壮胆在胡乱喊叫。

快，尖刀排向里运动！团长命令道。

尖刀排携着一长一短枪支，向寨内悄悄跑去。

张东梁带人从西门寨河下水，偷袭黄寨。

我去！随着小声说话，一个大个子身影便悄悄下到冰冷的寨河里。他没携带任何武器，只是想先过寨河去摸一个"舌头"出来。

这个黑影从水中泅出不远，就冻得浑身发麻，他用手指使劲地摸到两个凸出的石头棱，将身子扒上石寨墙，又折断灌木刺架，钻过刺架围墙。他想，就凭自己人高马大、手脚灵活，在多次战斗中立过头功。这次要抓个活"舌头"，再去打开西寨门，就算立一大功。恰在这时，负责守西门的十五爷黄龙飞刚巡逻完局子（集合兵的地方），刚分配完兵力，让他们各自去自己哨位时，他扛一杆德国造的毛瑟枪，脚下高一脚、低一脚，嘴里还在低声唱着：

好冷的天啊，大雪弥漫哎

二姑娘思夫啊

忽见那月移花影上了栏杆哎

忽见前面有人影晃动，妈那个×，这不是弟兄们样子，是个生人！他心里说着，便一个箭步上前，大声喝道，谁？一边问，一边疾速地把枪口对准对方，并马上要扣扳机。

这时，那赵大个子人高马大，一个旋风脚便踢上来，没能踢动。又使个"双龙探海"，抓住黄龙飞的枪管。

十五爷自知遇见了劲敌，喊道，放手！放手！赵大个子单脚踢去，使个黑虎掏心，一下照十五爷的心脏处挖去。口里喊，缴枪不杀！

十五爷黄飞龙问，你撒手不撒手？

赵大个子心想，眼前对方论个头比自己矮一头，又身单力薄，肯定没劲儿。就鼻孔里哼了一声，又使劲将枪往怀里夺，但夺不动。

他哪知十五爷曾是黄琼的师弟，八副战拳数一数二的高手。

只听十五爷黄飞龙大吼一声，妈那个×，一扣扳机，随着沉闷的枪声。赵大个子被打了个前后穿膛，扑通一声，摔在雪地上，仰面朝天，血往外冒，染红了一片雪堤。十五爷跑步去通知各个寨头目，把紧关口。敌人已经摸上来了，被打死一个。

张东梁与那个团长，正等这边得手后，立即攻进黄婆住处，擒拿黄婆。

但听到一声枪响。糟了！是不是赵大个子出事了？

事情不好！赶快派第二梯队上去！

射击！

寨外的队伍将轻重机枪像刮风一样扫射。寨墙上的石头、那些刺丛树，被子弹打得扑簌簌响个不停，石头也冒出了火花。

张东梁领的步兵，抬着攻城的梯子进攻。工兵准备在寨门下挖洞，放炸药炸寨。但被寨上的密集炮火打得抬不起头，又打死一大片。

带队的头目率队近战。双方一打，他们禁不住机枪扫射。又听"轰！轰！"惊天动地的响。原来北门的张东梁率领尖刀排，用炸弹炸开了一个小口子。石头、建筑物被抛上了半空。

吹冲锋号！张东梁一声大叫，两位团长忙下命令。

嘀！嘀！嘀！嗒！嗒！

军号声响彻云霄，将黑夜掀翻个个儿。

冲呀！冲呀！人马潮水般冲进了北寨门。

北寨门的守兵眼看守不住了，想将人马拉回家中，谁知从西门攻进来的军队，已攻到宅院附近，切断了他们的退路。他们只好率领几十杆枪冲向南寨门，悄悄地隐蔽在南庄（南门外的种地户庄园），有的隐蔽到西边的大桑树坟园里去了。

黄然很纳闷，他仍在牛肉锅店、酒馆里出入，喝醉了酒骂骂咧咧的。妈那个×，你张东梁不就是北酒坊一个混混吗？你得势了？东北军给你个官儿干？操你的八辈祖宗。老子非要你的核桃（脑袋）不行。

二十七

黄然前些天在后花厅议事,他也分啥事。酒醒后,赶紧找人去找"粗腰"。这"粗腰"已在云游四海,上哪儿找他。也该有缘,黄寨人找不着他,跑得口干舌燥,到一茶楼去喝茶。喝完要走时,听见厢房有人说话声像"粗腰",忙探脑袋一看,正是"粗腰"在一个大烟摊子上吸大烟。

你还在这哩!家里出恁大的事儿,你还在吸?

啥事?我咋知道哩!说罢,他又吸一口。

啥事!队伍又来要金银、粮食。

他一蹦从床上跳到地上,枪哩?

我给你带来了!那人说。

他二话没说,驾起飞毛腿,很快就到黄寨西南角,正遇见从寨中被打败退下来的那位头领,问明了情况。他估计从寨门进寨已不可能,周围有轻重机枪,连同两团人的步枪。枪响得厉害,如同年三十的鞭炮。

他喊着,弟兄们,跟我来!说着将衣服脱下,把枪和衣服举到头顶,说声"下"!就第一个扑通跳下冰水。他会轻功,贴住水皮将枪运过寨河。几十个弟兄也跟着他泅水而过。一到寨墙,也不喊门,他使个轻功,一个旱地拔葱,就翻墙上去了。他悄悄进了黄婆的宿舍,让黄婆大吃一惊。

"粗腰"!你从哪儿回来?正是关口。不好了,小军阀要咱的钱粮了,刘汝明军已攻入寨中,要看黄寨人的好看。

"粗腰"说,太爷,我回来晚了,对不起黄寨父老,对不住你们。

咱们现在就打出去,非把他们打出黄寨不可。

黄婴一看，他们个个浑身上下冻成冰碴子，走起来哗哗啦啦，似一个个盔甲武士，便微微一笑说，这咋能行？先烤一下火，换换衣服，再过过瘾也不迟。"粗腰"说，好！听黄寨主的，咱今儿豁上命也值得。

黄婴忙命人抱来柴草，点燃起几堆大火，门口用被子遮严，以防火光招来敌弹。

几十个人又烤火暖了身子，会吸鸦片烟的又吸两口。"粗腰"猛地站起，抡掉上衣，光着脊梁，一手一支盒子枪张着机头，又说声：跟我上！几十个人跟他冲出大门。几十个人双手使枪散成扇子面，背靠着背，朝北方向猛攻。

张东梁正率队往大门里如潮水般涌来，这时，正遇见"粗腰"人人双枪，狂吼大叫，顿时有许多人被击中倒地。

他们见人就射击，点射连射。黄婴又吩咐将榆木喷炮、山哈巴狗炮、杨木杆炮等十几门炮，拉开朝东北方向射击。轰他个狗日的！轰！轰！一下一片火光，打得刘汝明部队哗地死伤一大片。

不一会儿，刘汝明部队死伤大半。这些队伍多半是抓的壮丁，还吸鸦片烟，烟瘾一发没了劲儿。没经过这样战场，已是抵不住火了。

一个团的兵力竟被"粗腰"八十多人打得"窝了"回去，退出了北寨门。"粗腰"骂了一句：狗娘养的，就派人占领了北大门，重兵把守，还运来了五门人炮。

走！到黄婴家商议商议，就撤出了北门战斗。

此时，忽听西寨门处一片"嗷吼"之声，轻重机枪的射击声传来。

原来，是刘汝明的两个加强营冲进来了，边打边喊，活捉黄婴，喊声一片。后续部队不仅有轻重机枪，还携有迫击炮。

"粗腰"看大势不好，又率弟兄们向西寨门猛冲了一阵，将刘汝明部打得"窝回"西门。

随即，在战斗间隙时，"粗腰"又召集一些拳师兄弟，交代此战如不能胜，先撤回黄寨主处商量对策。

他这支队伍撤回了黄婴家。

那边隐藏在寨外南庄及坟园的庄丁，如同惊弓之鸟，一时也不敢轻举妄动。既不敢杀回寨去，又不能将人马远送他方——因四周已被围困。

他们这支队伍悄悄地运动着，到了寨西南角一里多处。这处有一棵桑树，树有五六个人合抱那么粗，枝茂叶盛，叶子哗啦啦地絮语。他们正在底下悄悄等待时,从树上跳下一个人来。这人是十五爷黄飞龙。他把众人吓了一跳,他说,你们咋撤在这儿。

那些人说,我们等待保定军校黄琼派来一团军队援助。谁知队伍过了潦河后,被刘汝明这边的队伍派兵半路打了个"埋仗"。将他们俘虏的俘虏,打死的打死,其余退回到开封方向去了。

十五爷急急地说,待我去偷袭一下他们的团指挥所。他趁着半夜朦胧月光。骑一匹快马,双手使盒子枪,背插大刀,纵马往刘部后面赶去。等赶到距那里部队五百米处,将马卧倒,自己细细观察团指挥部。这有两个团指挥所,相距两公里。电话线如蜘蛛网一样,帐篷里也灯光通明。他趁夜色,纵马快速前进,一把抽出刀来,马快人倒,将两哨兵劈死。又下马来,使一个金钩倒挂在树上。见团长正和两个参谋说话,另一些人在打电话。他轻身伏地,又准备干掉第二个团指挥所。正在这时,见一队黑影骑着马旋风般地向那个团部扑去。

看见那个为首的像是凌燕身影,原来她开了会后,即星夜兼程去了保定,要黄琼借一团兵救黄寨。来去三天三夜,正在岔口上。此时,她已看到黄寨在战火之中,急忙向南寨门运动,等她侦察了很长时间,才摸清了敌团指挥部。这时她骑马率领五十个骑兵,手使盒子枪,冲向团指挥所。

谁知团长刚去一个岗哨处,在东南角寨外的独屋内,吸了鸦片烟,没在指挥所。

凌燕骑马快速运动,马上劈刀,又双手亮枪,冲进团指挥所,向指挥所的人扫射。凌燕又骑马出来。这团长正领了几个人返回指挥所,见一个女人的马像从天上飞下来一般,使的刀劈马术,又非常娴熟。他也是从行伍中干出来的,原跟着张作霖当警卫。他瞄准马上的女人砰的一枪,正中凌燕右臂,当时就血流如注,凌燕跌下马来。团长命令手下警卫班捉拿这个女人时,十五爷黄飞龙马快人急,早一梭子扫过去,使个空中捉小鸡,顺手一捉,将凌燕捉上自己的马,杀开一条血路,快马向远方奔去。十五爷把凌燕受伤给黄嫛讲了,正好黄火青正在让黄嫛早拿主意退出黄寨,保存上万口人的性命。二爷让人急忙烧开水,煮好刀,翻开凌燕右臂上的伤口,用夹子夹出子弹,又上了一些去毒止血的枪伤药面,包扎好。

这时已到了后半夜时辰,风住了,纷纷扬扬的大雪也不下了。真是一个冰雕玉砌世界。上弦月已挂在西边天上,屋脊露出黑黑的影子。月光洒在雪上,如同白昼一般。

　　十五爷黄飞龙平日里会下象棋，弹古筝，吹洞箫。他此时发出幽古之情，拿起身边的洞箫，吹出了呜呜咽咽的《昭君出塞》和《苏武牧羊》的曲子。那曲子顺风吹去，听得那些刘汝明部队的官兵分外悲伤，不想再惨杀老百姓，纷纷有思乡之情，不愿再把仗打下去。

　　他率领几十个拳师弟兄，各操一杆长枪，退守四个炮楼。这些神枪手，两百米之内，弹无虚发，夜打香火，百发百中。

　　他守住黄婆内宅北头的炮楼上，黑灯瞎火的，对方也看不见他。只要刘汝明士兵一露头，他就砰的一枪，将其击毙。这时，他打死一个，用铁丝在炮楼墙上画了一条长道儿，他已经画了五十多道了。停一会儿，他为了麻痹敌军，装作南腔北调地高吼，刘鳖娃的孙子们，有种的把鳖头伸出来，伸出来一个打死一个。但没有敢把头伸出来的。刘汝明军队已丧失斗志了，一团长被十五爷打死。炮楼身上缀满了射击孔。楼内黑黑的，外边有雪光月光，外边敌军瞅不见楼内动静，组织射手向楼里射来，但都打到了墙上。炮楼上能看见外面一切 。

　　这时，只听南边西边一阵枪声猛烈响起。双方喊杀声一潮未平一潮又起。

　　原来是"粗腰"率庄丁抄到了外围，半包围将刘汝明后路截断，正在跟他们进行激烈厮杀。

　　刘汝明部队大乱。"粗腰"一气杀进来，与黄婆又会合了。

　　刘汝明军队想溃退了。他们仍围在寨外的雪地上。

　　这时传来鸡鸣声。但包围的军队仍没撤退的迹象。他们商议等天明，用重炮将黄寨轰平，一个不留，再派骑兵从西门杀进去，来个中心开花。

　　黄婆急得直搓手，不住地将水烟袋吧嗒吧嗒地抽。他想，还能相持多久？能否搬来救兵！凌燕又受了伤。要是天明对方再增加援兵，那情况就不可想象了。寨中的人已死伤了不少，再打下去，会死伤更多。退一步天高水阔，咱将队伍拉出去算了。

　　"粗腰"这时趔趄着瘦身子说，老太爷，我看老天爷调了西南风，我们不如趁此机会，像火烧赤壁一样，利用火攻，从西南角点火，趁着烟雾大势，一直烧到东北方向，点他个彻底红！我们可以趁火烧机会，从两翼侧面包围，给他来个"煮饺子"，将他们赶出黄寨。

　　黄婆思索一会儿，又吸了一袋水烟。慢吞吞地说，万万使不得呀！寨内都是一个黄字分不开。为俺一家，毁掉几百家的房屋财宝，还要烧死多少无辜百姓。这坏良心事，咱们不能干哪？这样干了，咱往后如何做人？有啥面目见乡亲父老？我们惹下的祸患，绝不连累乡亲，绝不能让九泉之下的列祖列宗感到不安哪！

"粗腰"思量，自己也算局外人，并不能左右局势，坏了大事。但真要用火攻，那将一定置刘汝明部队于败地。

二爷黄火青此时噙着旱烟袋站起来，他给凌燕包扎好了伤口，彻夜未眠，心内焦虑不安。他浓浓地吐了一口烟，给这个烟雾笼罩的后宅院又添了些烟雾。

他神情严肃地说，老太爷，这样吧！天快亮了，咱孤军无援，又消耗了不少兵力。即使将拳师队拉出去打，也不一定打得过重武器。我看只有三十六计，走为上计了。保全黄寨老少的性命，破点财是小事，留着青山在，何愁没柴烧？全力拼命突围，跑出去就是胜利。

黄婴仰天长叹：想不到黄家会遭此大难，我对不住列祖列宗啊！早早突围出去多好！没有过不去的槛，啥球刘汝明，他妈那巴子是个妖魔！说罢放声大哭。

二爷忙安慰，只有如此如此，才能突围出去。

十五爷黄飞龙领兵三十多人，各持短枪，由寨北门向外打，并加重火力，把几门炮使上，向外轰起来。他率领的分队左右开弓，双枪射击。北寨门激烈的战斗声、炮击声，火光冲天，浓烟阵阵。刘汝明部及张东梁认为这是黄家寨的反攻，就赶忙调集重兵把守。

同时在东寨门，又响起了激烈的枪声。为首的"粗腰"轻轻地跳过寨河，在刘汝明的屁股后发起了猛烈攻击。另一团兵力也认为这是是黄家寨的突围主攻方向，也急忙分兵包围了。

然而在寨西墙角，恰好是敌军的空隙。天又浓浓地下起了大雪，白白的雪像一群群羊，在黄寨上空、四周滚动着。

快！搬树木，快！抬木板。这些都在悄悄地行动着。前后炮楼和前后各院、各族的族长，带领各族的人，又拿些重要细软应急的被子，金银……其他的物品一概不拿。人们悄悄含着眼泪，知道要暂别这个家了。以后，不知道还能不能回来。有的人在神灵前跪下许愿，保佑我一家平安无事。我回来后为你还愿，唱大戏。同时吩咐，将那五口瓷罐和那十三层元宝塔全部运走。

人们用长木杆子搭在四根木桩上，木桩是悄悄用铁锤夯下去的。

人们抬了木板、门板，并排铺好，"粗腰"等人正在进攻。这边通知凌燕带伤突围。她由众人抬上，先过了浮桥，接着由一支拳师队组成的二十人的护卫队在后面接应，以免敌人发觉后赶来。先有十人护卫队过河向北散开，以防刘汝明部队截击。都是些中青年人，老幼病弱早派遣分送到各秘密点去了。

大家在浓雾中行动迅速，又有浮桥，但争着过河的人多，桥面已入水中四指。大家在浅水中蹚过，湿了鞋袜和裤角。个别人掉入水中，全身湿透，但有护卫队捞起，赶上先头寨民。

雾更浓了。三尺之外，看不见人。

黄嫂过河后，轻声叹口气说，真是天不灭黄啊！

北边的十五爷虚攻一阵后，即从浮桥上撤出。"粗腰"在敌屁股后攻击以后，也悄无声息地蒸发掉了。

黄寨的上空暂时寂然无声，静得出奇。

张东梁和另一团长，还认为黄寨是要彻底投降，被打怕了？还是耍什么花招呢？

又静寂了一个时辰，攻寨队伍运行到黄宅。张东梁身先士卒，他从东北方向点火烧了房子。北边房屋是麦仓，烧焦煳了的麦子味儿飘了出来。哎！粮食粮食！快！灭火把粮食抬走！把麦扒开抬走大部分。东仓房正是黄嫂的枪支弹药库。这一下正点着，乒乓地炸响似过年鞭炮扯天红。中间夹杂着剧烈的响声，又似夏天里天公擂响天鼓震天响，连绵不断，足足响了一晌的时辰，还在断断续续地响。

火着了，起风了。风借火势，火借风威，烧了个彻天彻地的红一片。仓库内弹药很多，子弹箱着火了，子弹炸了起来。刘汝明的部队一片混乱。张东梁见状，认为是设下的伏兵之计。如果四周再有弹药库连在一起，岂不是中了埋伏，被弹药炸死、炸伤，人家也正好趁势围攻。

张东梁连喊，司号兵，吹退兵号！吹撤退号！嘀——嘀——嗒——嗒的退军号声响了起来。

黄嫂率全寨兵民撤退到寨西南五十里地。这里是黄寨的一亲戚家。听见喊门声，家人慌忙起来，细听是熟人声才开门。

忙抱来柴火，点燃让人烤火。忙又将凌燕安顿到了一个僻静的亲戚家养伤。不久，伤即痊愈。

大家正烤火，不知是谁说，咋没见黄然？哎！真的？找一找！人多，看外面？把黄十爷丢了可是大事，黄嫂笑哈哈地说。

果真没见黄然。

那天下午，黄然又多喝了几盅酒。他是"熟醉"，早晨喝，中午喝，不吃饭也喝。站在十字街头杂货店里也不要菜，打上八两酒，咕咚一下喝完。虽说外边乒乒地干上了仗，但他以酒浇愁。胡乱地吃了几盅，窝着头躺在床上，鼾声大作。命寨人撤退时，也忘记告诉他了。认为他是爷字牌的，寨子的安危他有责任，他要指挥作战的。

刘汝明部队攻进了寨门，往后宅院黄婆住处攻去。等乱兵们将门撞开时，见床上躺着一睡着的人，就将他俘虏了，带到了张东梁跟前。

刘汝明部正在抢掠财物——金银珠宝、粮食，也没有顾着看押黄然。看他衣服，认为他是个农民。

把他押解到团部去。手下的兵士将他押解团部附近的一间屋里去了。

这时黄然酒早醒了，发现自己做了俘虏。押解中，他知道黄寨成了一座空寨，人都早突围出去了，就一个人蹲在小屋里发呆。哨兵在雪地上来回走动的咯吱声，除此之外，没有人理他。他觉得自己还活着，又没受伤，探头看看只有一个高个子哨兵。他心里慢慢琢磨跑出去，他在黄寨虽游手好闲，但他游转中，在桑树园也偷看拳师队里一些拳脚，偷偷地学了两招。他就偷偷地在床腿上磨绳子，慢慢把绳子磨断，装成要解手的样子，喊哨兵。先是哨兵不理他。后来，哨兵懒洋洋地进来，这时，黄然突然一个虎跳，一个双峰贯耳，将他击倒在地。又击两拳，哨兵晕死过去。他忙扒去哨兵外衣，脱去自己衣服，换上军衣，拿上长枪，向东溜去。后来，找着亲戚家，才打听到黄寨人去的方向，立即去会合。

张东梁和刘汝明部虽死伤不少，约三百人。但总算占领了一座空黄寨。一面电告刘汝明，一面立即搜刮财物充军饷。

把死人都用汽车运回了卢氏县埋掉，同时在各村镇搜寻黄寨的人。

又将黄寨的好家具、衣物，没运走的粗笨东西，甚至连桌椅板凳、铜夜壶都全部抢走。无意之间，一个兵士在牛屋的干土堆里扒出了一大堆元宝，和一小捆田契。把黄寨赖以剥削发财的"命根子"烧掉！甭慌，留作重用。张东梁吩咐道。他要北酒坊率领骑兵占领黄寨，并占领此地。将黄寨的一些庄园、土地，种地户种的土地，包括黄寨的一些动产——襄阳、河口、汉口的商业店铺。一些烟行、酒行、茶行、丝绸行等都要慢慢收归为北酒坊所有。但他们拿不到字据，没有签订的协定、合约，单方面他们是办不到了。北酒坊胃口大了，他们将有上千万财富，将成为江北的"申万三"。北酒坊扩大自己地盘，将黄寨据为自己的地盘。

张东梁将所掠夺的"胜利品",分一部分给了刘汝明,另一部分归北酒坊所有。

黄婴撤退到淅川县汉水以西避难。一年后,央了重要人物说情,才陆续回到黄寨。但此时,黄寨已满目疮痍了。

整个黄寨连饭都没得吃,就靠亲戚家转借钢洋,去那些经营的店铺里先兑换银元。但设在各庄种地户的粮仓里倒还有不少粮食,还有靠回忆起来的种地户处收的租子。

夏日炎炎,黄寨却一副萧条冷落的样子。

二十八

到了五月端午节，黄媭让摆上薄酒，但家院颓败，荒草长满院落，一些野鸡、野鸭也从草丛中飞走，咯天嘎地的，把仆人们吓了一跳。

这夜，月明风清，刚搭了一些窝棚、房子。驻军已在此挖地三尺，房子全烧成煳脸。墙也倒塌了，没塌的上面布满了弹洞。原来的东西南北花厅，也只剩下四堵有弹洞的墙了，荒草长有人高。一些树木已被枪弹打得枝叶全无。只剩下一根枯树桩在那儿兀立着。连菊花井里也扔满了死猫癞狗，泡得发涨，皮毛发白。

黄寨墙被扒得差不多了，只剩些残墙断垣。蝉在一些残树上鸣着"完了"！"完了"！

端午节应是热闹节日，每年，他们将祖宗牌位摆起来，在寨河里赛龙舟，吃粽子，喝雄黄酒。

今日，黄媭照样将祖宗牌位摆了起来。掉泪说，我家几百年基业算毁了，咋整的，敬了几杯酒。又跪在那里祈祷一番，坐在那儿吸水烟袋。转脸看一看牌位中的祖宗，他们的脸色咋都变了，变成了凄凄苦苦，一筹莫展的样子。

他慌慌忙忙起身，让仆人拿起一炷香，点着，供上了香。

他寻思：这是怎么了？让老祖宗不高兴了？

又忽见屋外的院子荒草里蹿出两只狼，一大一小，叼起祖宗牌位就跑。他立即去追，却无影无踪。又命家里庄丁们持枪去追，开枪打了一阵，没了踪影，却将小东院一个小女孩给打死了。

这晚上，月牙儿才挂在树梢上，他心里很闷，就喊来了二爷、黄然、十五爷黄飞龙一起饮酒。喝的是绞股蓝黄酒。黄然随身带了支长笛,油光油光的。大家说行个酒令,黄婴说,都说个"关"字。说不出来的就得喝酒。把酒斟满后,菜也上齐了。黄婴说,天下第一关,山海关。好!过了。二爷看了看说道:万里长城西部是嘉峪关。好!又过了。黄飞龙说,关山度若飞,有个"关"字。好,又过了。轮你了,黄然。黄然笑笑,我肚里可没墨水。广西有个镇南关。胡说,哪有镇南关?只有一个睦南关、友谊关,你输了,喝酒!喝酒。那我吹一笛吧!

他从背上将那笛拔下,吹了一段《广陵散》,声音凄清而幽长。因为风清月白,笛音传得很远。后边的桑园里传来一阵令人毛骨悚然的声音。有人说像鬼哭。有人说像狼嚎。

甭吹哪!吹段好听的。

他又改吹了一段《高山流水》,听起来令人断肠。好!甭吹了。

大伙儿喝了一会儿酒,就散了。

凌燕的伤慢慢好了。

她慢慢在寨中走动,也不去打扫院子,也不去伺候老爷。

她常闷闷不乐。没人时一人跟鸟儿、花儿说话,因年龄逐年增长,自己与黄琼的事,虽然人们共知,但毕竟还没有正式结婚。孤身一人,在黄寨是举目无亲,她想着想着,走到后面寨河边的大桑园里来了。桑园也有些荒芜了。有几百棵三人合抱粗的桑树,遮天蔽日。鸟雀在上面叽叽喳喳叫个不停,令人心旷神怡。

她倚一棵粗桑树,独自掉下泪来。为了黄寨,她也算出了不少力,流尽汗水,却没有地位,一个没结婚的丫鬟,迟早要被抛弃的。她更想念黄琼。与黄琼见面的机会太少了,见面总是有说不完的话,他也该有家室了。也听他讲,不愿意留在保定军校,却愿去部队里。不如明天偷偷给他写一封信邮去。这些年,她也受熏陶,去子母寺请教老师教了些字,已能写能读一点文字了。

一位丫鬟急急忙忙找来。笑着说,夫人!哦!打嘴!哦,还叫你凌燕姐姐,老太爷要我找你有事。

有什么事?

不知道。

黄婴正在看他挂在屋檐下的鸟儿,那一对八哥鸟儿,一对百灵鸟叫唤得特好听。

黄婪见凌燕来了，忙停止了观鸟，到了内客厅坐下。凌燕显得有些局促不安。丫鬟们给爷儿们泡了茶，都走到外处儿玩耍去了。

黄婪问了她的伤势情况，又嘱咐她要好好养伤！你为黄寨出这么大的力啦，没有你去昆明咋办？没有你打岳维竣咋办？没有你那次打土匪咋办？没有你夜袭刘汝明部咋办？你呀！可是咱爷儿们的一块心肝肝哟！

他又顿了顿，拿起水烟袋想吸又放下。往后黄寨的大权，怕是你掌握的啰！你只要听我的话！甭扭棍别棒地不听话？

黄婪嘿嘿笑笑，我看你是个人才。我这边又缺少一个像你这样的俏美人，领住黄寨往前走。我想将你收房内，你不再当丫鬟，当个小夫人行吗？多少人想，我都不愿，就等着你这个美人儿。哈！哈！我的小乖乖哟！

凌燕的心突突跳得厉害。她怎么也没想到黄婪会这样对待她，你们明明都知道我和黄琼好嘛，为啥要我去做你的小老婆。你都几个老婆了，还不满足？我也报答了黄琼行赊饭救我的恩了。我不能再到你这个人面兽心的人身边，供你玩乐一辈子。

她面装害羞的样子，您老要将我收房，我也不敢当。但我年龄还小，不愿意出嫁，我愿为黄寨再出把力，等晚点再说吧！

黄婪笑笑，你当个堂堂正正的黄寨寨主的夫人，这是多少女人想的事儿，既然你认为年龄小，那么等到晚一点吧！

凌燕说，没别的事儿吧？我告辞了。

她走出了黄婪的内宅大院，身上不觉一阵冷飕飕的感觉。

她回到住宅，倒头便睡到在床上。

黄琼回来了，要你快去。一位丫鬟喊她起来。她连忙起床，又梳理了自己的长发，换了一身宽身的蓝底散花裙子，穿一双藕色布底鞋，急忙去见黄琼。黄琼刚刚到黄寨，身边拴马石上拴着一匹高大的枣红战马。他身穿一身灰色的军装，人显得有点瘦削精干。

他急上前握着她的手，她有点害羞。他刚要张口跟她讲话。她急急地指了指自己的心，啥时间跟你完婚？凌燕急急地问道。黄琼没回答，只是一脸傻笑。

黄老太爷，你的爷在争我。他都七老八十的人了，快进墓坑了，还要把我收房内作妾哩！

那黄琼还是傻笑着，一点儿也不知道她的心情。她是多么失望啊！

正在这时，黄婴走过来，请他们到后花厅喝茶，她低着头哭了。

她醒了，原来是一场梦，泪水将枕头、枕巾、被子都浸湿了一大片。

她仍不起床，翻个侧面，仍躺在那里。

几个丫鬟都跟她很近乎，有什么话都跟她讲，都称她是"燕姐姐"。

她的窗外是一片竹林，粗竹子有杆杖那么粗细。她挣扎着坐起来。望着窗外的竹影子，风在飒飒地刮着。竹林里透过一股股凉气来。一缕缕阳光从竹林缝隙间穿透下来，给人一种朦胧的美感。这阳光太可爱了，给清新的竹林以光明、温馨的氛围。竹林中有许多种叫不出名字的鸟儿在鸣叫，实在令人心醉。竹林叶子似天籁般响着。有的叶侧着，有的叶垂着，有的叶叠交着，有的叶正面挺着，竹节是挺直的，一丝丝，一簇簇，蓬勃向上，生机盎然。

她走出了宅屋，黄家单为她设了闺房，不像其她丫鬟几个人住一间房。侍候爷字牌时，就在外间设一个床。她慢慢地沿着那片竹林中曲曲弯弯的路走着。这些路是小孩们转着玩时，慢慢踩出来的。路旁有低的嫩竹长出来，细细的，有的是粗粗的，但没长高。她用手摸了摸这些竹子。竹子是人们喜爱的东西，它有蓬勃向上的生命力。

她觉得这竹正是自己要学的东西。她用手摩挲着它，第一次感觉离得这么近，这么亲切。

她顺着竹林小径慢慢地走着，她终于走出了竹林。回头看竹林似一朵朵绿云。无数的鸟雀在其间叽叽喳喳叫个不停。各种鸟儿都有，百灵呀、麻雀呀、喜鹊呀、黄鹂呀、翠鸟呀、白头翁呀、布谷鸟呀……多极了，也是一支大合唱队。她像在大自然中淘洗自己心灵。她要把自己也融入进去，寻找出一个新的自我来。

绕过菊花井，又走过天籁轩。她渐渐有点高兴劲儿了。一直出了南寨门，转身向东南的原野上走去。

那里有许多农民——是黄寨庄子里的种地户。他们远远望见一位仙子降临人间来了。等人渐渐走近时，才看清是她——黄寨的一位女拳师。总见她穿着练武衣服，利索得很。听说去昆明，是她带的庄丁，来回上万里，将生意做得活泛。

黄寨遭土匪抢劫，两次军队攻打黄寨，要灭了黄寨，都是这位姑娘救了黄寨的几百口甚至上万人口。

人们说着干着。正是锄二遍玉米时，玉米顶花随风飘着，人们头上身上都是沾满了玉米花蕊，剑般的玉米叶子，轻柔地划进了人们的皮肤，轻轻抚摸后留下浅浅的一道道红痕来。

她走到干活人跟前不走了，人们放下锄头聚拢在地边与她谈起了话。她猛地一下觉得自己仿佛血流得更快了。这岂不是自己的衣食父母、兄弟姐妹？自己原也跟他们一样，祖祖辈辈是个种庄稼的人，如今没有了父亲，这些老者多像父亲。那愁苦多皱的脸，那青筋暴起的胳膊，那干瘦如柴的腿儿……在这里我也可以找到了父亲啊！

大家把她围起来，问她这事、那事，又问那次队伍打得可凶啊！俺们也跑远处她姨家去躲灾了。不是你，俺们还得跑远处躲藏，庄稼荒了。俺们牛也喂不成，秋后拿啥交租？一家人吃风喝沫。

那些年龄稍大的妇女们，更是围在跟前，看着她的衣服，摸摸她的头发。夸她人长得好，穿得好，武艺好。

她心里的泪水没有了。话也开始多起来了。她羡慕他们的自由，在地里干农活，千里风刮着。造物主宠着他们，给他们风，给他们雨，给他们露水、阳光、月光……

我也能做活儿的。凌燕终于挤出了一句话。

她拿起放在地下的锄头，要上玉米地去锄。被人们拦住了。可不能那样，会弄脏你的衣裳，水儿样的一个美人儿，手指头跟葱指儿一样，咋跟土圪瘩打交道啊？折煞俺们了呀！

一位老婆婆正抱个孙娃儿，也拢过来说，明儿个，你不嫌弃了，俺收你当个干闺女咋样？

凌燕忙施个礼说，那可行啊，我当你们女儿，你又多个闺女嘛！

说得可甜啦，惹得众人都笑了。

那老婆婆拉着凌燕的手说，咋生出这么好个姑娘啊！百里挑一，天下少有，他老黄家捡来的福气，要是我呀，半夜里也不定笑醒多少回呢！

往后黄寨还得靠你来保护才行。光知道吃美、喝美、玩美，不知道旁人眼多红啊，光说打鱼还要有晒网的日子哩，你不保它，也难说顶的日子长不长。

北火南天

你来家里去,大娘瞅个好日子,让你认我做个干妈。我收你做个干闺女行不行?

行!行!行!凌燕急促地回答。

正在说话间,一个丫鬟慌慌张张地找来,哎呀,姐姐叫小妹好找啊,原来你躲到这儿,厨子做好了汤,让你喝的,让你回去。

凌燕告别了众位乡亲,向黄寨走去。

原来,厨子做了一盆当归鸡汤,要再补一补凌燕的枪伤。凌燕看看也没咋说,拿起调羹喝了一些,然后又抱住盆子连吃带喝,吃下去大半。

停了几天,也没见黄娶什么动静,也不再提娶她的事儿来。

但在黄娶内宅东边,他让匠人垒起了两堵高墙。

在墙的上边,用铁打成铁蒺藜,用糯米汁灌在墙缝里,院子里的上边用铁网盖上。

一个晚上,黄娶让两个心腹庄丁去请凌燕,请到东边去。凌燕进了一间小屋子,这间小屋子正好在这个新垒的院子里。

黄娶开门见山地说,你不是好跑吗?在这儿挺清净。你也闭门思过一下。想想你早点嫁给我,把你扶为妾。啥时想好了,说一声放你出去,什么时间想不通,就在里面,这儿也不缺你吃喝。说罢,扬长而去。

每天,由厨子做好饭好菜好汤,从一个墙上小洞里递进去。

刚开始,凌燕头轰的一声炸开了。她没料到,黄娶会恩将仇报。她给黄家带来这么大的福气,避开了祸端。结果这个老东西却得寸进尺,有九个老婆,却还想让她做他的小老婆,将自己关起来。

丫鬟们也偷偷趁送饭的机会见她。有些妹妹问她,你也甭死心眼,我们想被收房,人家还不收。你要当了妾,也能享一辈子荣华富贵。

她含着泪对丫鬟们说,我不会听从他的。

丫鬟们见劝不动她,只是每日里来看她。

她也曾想过逃出去,去保定军校找黄琼。但那样不行,黄琼也没说一定要娶自己。去了不一定能找到他,找到他又不一定能结婚。思前想后,就住在这个小屋里,被关了半年多。

转眼到了春天,万物复苏。黄然去汉口烟行里销了一批货,又在汉口的商行里收些银子,顺便将那些在刘汝明攻打黄寨时,送去的老幼都用车辆接了回来。四五月份才回到黄寨。一时间,黄寨又恢复了往年的热闹劲儿,只是有点冷落。

一到黄寨，就有一个丫鬟悄悄去告诉他。

十爷！凌燕被关起来了，已经有八个月了。

什么？谁把她关起来？为什么？

黄然还是那个放荡的样子，丫鬟看左右没人，就悄悄地告诉他原因。

黄然不听罢了，一听怒火烧了起来。他原先也和凌燕接触，是看她人才好，武艺拳脚枪法又好，但自己不敢轻举妄动，只是追求过她多少次。但凌燕一点也瞧不起自己，只是嘲笑自己。这一下子，他黄娶凭一寨之主的身份，要将凌燕搞到手，这也不合情合理。虽说凌燕跟黄琼有点那个，但还是没有结婚，也是远水不解近渴的事儿。

黄然长长出了一口气。当天中午，饭也不吃。却一股劲儿地吸长杆烟袋，下午就喝酒，一个人喝闷酒。喝多了，将碗摔了，还将一家人叫来骂了一顿。

喝醉了，他嘴里舌头胖大，呜呜啦啦讲不清。一个人在床上说话。女人回了北酒坊，也不再回来。多少人劝他再娶一个，但他也没有意中人，东游西荡的，也没有再娶一房。他决心续两房。哪个老爷不是三四个，甚至五六个老婆。自己要娶老婆。正在这时，这件凌燕的事令他兴奋不已，又懊恼十分。

他一直睡到第二天中午，洗脸漱口，又着意穿戴一番起来，径自一人踱到了囚禁凌燕的地方。

他找到拿钥匙的仆人打开了门，并怒气冲冲地骂了仆人几句，球，谁让你把凌燕姑娘锁起来？你有几个脑袋？当心老子把它拧下来当夜壶用。快！把屋子里打扫打扫，给凌燕姑娘送两件好衣服来，没燕姑娘，就没你们的命。

黄然边骂边进了院落。

凌燕，你在哪里？他掀开门帘，一眼瞅见凌燕正脸朝墙侧身躺着。

他"扑通"一声跪下了。我黄然回来晚了。不知你受这样的屈辱。这也是黄寨人的屈辱。我将劝说老太爷收了那心，把您放出这牢笼。

凌燕任他咋说，也没起来拉他，甚至连脸都没扭一下。

他自己拍拍灰站起来说，凌燕，你可得想开一点儿。你得吃点饭啊！您是千金之躯，不能伤了身子骨，坏了大事。往后，黄寨再有大事儿，谁来救黄寨。

凌燕坐起来，在床上吐了一口唾沫说，哼！你们是爷字牌的嘛！想啥就有啥！我也用不着你可怜！黄婆跟你都是寨上的主子，想要谁的命，那还不是现停当？我在这儿倒很清净，用不着你大惊小怪的。

哎！黄寨主把事儿弄得有些过分了，他有几个老婆，还要霸占别人当老婆？天理难容。

你快出去，你们家的事我不管。反正我要清净！出去吧！

黄然唯唯诺诺地出去了。

他又喝了点儿酒。这次没让舌头发胖，便不再喝了，挺着胸脯，大步朝黄婆后宅院走去。

黄婆正盘腿坐在床上吸水烟。有个丫鬟环正给他捶腿和其他部位，他眯着眼吧嗒吧嗒地吸着烟。

老太爷，你为啥把凌燕关起来？她有功于黄寨。你这舒坦日子过泼烦了？往后黄寨要再遇大事咋办？你这个寨主还当不？

黄婆慢慢睁开眼，你又喝酒了不是？一个醉汉也配和我说话？你这货是扶不起来的井绳。来人！拉出去，让他回去清醒清醒。一时，没人动一下。那些拳师和黄然很要好。黄婆发怒了。人都上哪儿去了，拉到寨河边，让他洗个澡。

两位仆人过来，丁账先儿慌忙出来，将黄婆搀回他室内。泡上"碧螺春"茶，让黄然喝茶。丁账先儿说，老太爷正在气头上，谁说他也不听，你最好也甭管这事儿，等他气消了再说。

黄然回到床上，蒙头大睡，睡到了黑，他又掂住酒坛子喝了起来，也没人敢管他。

他这次又东倒西歪地到了黄婆家，手指着黄婆说，你糊涂了，你不该再管这个家了。说罢又把黄婆一对明代汝窑花瓷瓶，狠狠地摔得叮当响，如开了个乐器店，清脆好听。

黄婆一见更加怒火，忙呼八副战拳队！将坏货拖走。我剥他八层皮，看他还憨掺和不？要把他拖到东边祠堂去，问个祖训，扇他几个嘴巴子！你有几个脑袋？还要亲自审问他。听说后，很多人来劝说。就这一次，以后不再犯了。二爷拎着长杆烟袋大步走来说，什么事？闹得一佛出世？一看那情境，坐下来对黄婆说，他一时酒后失态，让他醒醒酒后，再多开导吧。不能去祠堂动用家法，他也是个"爷"字牌。

黄婆消了气，让俩仆人将他搀回，用清茶帮他醒酒，又派两人日夜守在门口，不准外出。

黄然酒醒后，出不得门，心内又焦。等到十天后，守护的人慢慢松懈，也不大管他出入。他就喊一位拳师兄，让他寻找"粗腰"下落。

"粗腰"自打了夜仗，摸到了刘汝明的团部老巢后，帮助黄寨人偷偷突围转移之后，就四处游荡。加上他人缘好，三教九流，认识的多，且他又放荡自由习惯了。他在江南几省游遍后，自信阳府往南阳府一带访友。

那拳师正在南阳衙门前街上一酒馆吃酒。刚落座，忽见一个人影自内往外出，一看正是"粗腰"。忙伸手一把拽住他。喊着："踏破铁鞋无觅处，得来全不费工夫！"他们相见，叫了两个菜，又喝了一壶白酒。拳师将黄然寻他回去之事讲了。两人随即赶回黄寨。

二十九

啥事？这么紧迫！"粗腰"忙问。

黄然显然更瘦削了。他耷拉着眼皮，有气无力将黄婺的事讲了。并说，凌燕现在关着，你不能对任何人讲起，立马起身去保定找着黄琼，让他写一封信。

"粗腰"使起轻功，驾起"飞毛腿"。耳畔风声呼呼响，树木庄稼向身后倒去。过了黄河大桥，到了保定府，见了黄琼。他如此这般讲了一番。

黄琼前些日子正在忙碌。因为当地驻军司令有一爱女，那司令见他长相偶傥，讲话井井有条，又是经过大世面的人，人又忠厚老诚。就要将其女说给黄琼。黄琼推辞几次。只说，我已有一爱人，虽说没正式结婚，但我们心心相印，又指天为盟。别人再说媒，我也不考虑。司令说，我也是个中将。爱女也是北平女子师大毕业，你还是考虑我这儿吧！司令多次派媒人来说，又派一些和黄琼要好的人来说。又许条件，要将他调到驻军八十五师任师部参谋长。黄琼为这大伤脑筋，人也瘦了一圈。

那位小姐也发起了正面"进攻"，她多次邀他去看戏，坐在前排，又给扇扇子，又给他瓜子、糖果。黄琼也觉得这位千金长相美，言谈举止不同一般人，气质高雅。他几次想给黄寨写信，写了又撕，撕了又写。他想到他们在乡下讨租之时，那年夏天的蜜月相会。

他仍想回黄寨去，帮助把寨子治好，与凌燕过一辈子，再生几个娃儿，也是一辈子乐趣。

他左右为难，就以身体有病为由，请了几天病假休息。

"粗腰"感到黄琼有救命之恩，一心想将此事促成，忙说，黄太爷，你放着金山、银山不要,还想回黄寨吗?惹人家司令恼了,重了,一句话要了你的命;轻了,一句话让你回乡干活。你掂掂哪头轻哪头重?

这一句提醒了黄琼。自己还要在队伍里干一番事业,也能使黄寨有个保护。他左右为难,身心俱焚,只是那两个人的面孔交替在脑海重现。

"粗腰"见是时候了。忙说,你写一封信,断绝了联系。

黄琼思虑再三,还是不能写。他知道这一封信交给凌燕,如果凌燕做些不测之事咋办?

到了第三天,他仍写不下去。他问"粗腰",凌燕近日在做什么?"粗腰"将这些情况向他亮了底。黄琼止不住流下了泪水。他知道凌燕的处境了,处在黄婆和黄然之间,又有自己这一层,灵魂快要崩溃了。

但"粗腰"催他写出来,不然夜长梦多。于是,只好写了封信,内容大概是:已互相恩爱,旧情不忘。自己要离开军校,奔赴战场,转战南北,将来枪林弹雨,生死未卜。愿她保重,我会抽空回去看你。"粗腰"在回来路上将信改了一改,模仿黄琼笔迹。加上:请你忘了我吧!再找一个比我好的如意郎君!做一个永远的朋友算了。

写罢,封好。"粗腰"又运轻功,连忙赶回。凌燕心中又喜又悲。喜的是见了心上人信,悲的是不知他是不是有了外遇?

凌燕一见那熟悉的字,拆开一读。骂了声:忘恩负义的东西,将来见着你,撕吃你的肉!又叹声,罢了!罢了!人各有志嘛!

她在囚院内,不吃不喝,几天不起床。

她也想到一死了之。但世上之人,各样各色。她想,也怨不得他。他也许身不由己吧。

黄然恐怕饿坏了凌燕,连忙亲自到灶上,让厨子做了银耳汤、燕窝汤,他亲自端去给凌燕。

凌燕开始把一碗汤打翻在地。

你们黄寨的弟兄们,没一个好东西。要杀要剐随你们便,你还玩什么招?都使出来。

黄然拾起碗,仍一脸赔笑,我们坏,我们不配跟燕姑娘说话。

又说,你要惹我们恼了,动起族规,将你绑到祠堂去放天火烧,或让你骑木驴(坐刀山)叫你死无葬身之地,你可咋办?

凌燕这才感觉自己仍是个丫鬟,仍是人家使唤的奴仆。主子叫奴仆死,奴仆还能活吗?

她想，这要从长计议了。但这个黄然和那个老色鬼一样，都不是好东西。

黄然见到黄婆，装作不再生气的样子，慢慢地对他说，黄寨从弱到强盛，你的功劳是最大了。咱们事业是大事，人是小事。凌燕不就是个小丫鬟吗？你把她关起来，她也会记恨一辈子。眼下正是用人的时候，往后黄寨再有不测的事儿，靠谁来攻城拔寨呢？好女人多得很。往后，俺们保证给你留心瞅一个。

他又帮黄婆点着了水烟袋。黄婆吸着吸着说，我看她有多硬，不杀掉她算抬举她了。

黄然又从那儿出来，寻着了"粗腰"。他俩到了寨外一个小街上，寻着了一个小酒馆。

黄然说，今晚，只有你才能干出这桩事儿。我给你一百块钢洋，你将那"熏香"买来，夜里如此这般。

二更时分，"粗腰"一个黑影扭开院锁，钻入院内小房内，见凌燕一个人正睡在床上，他轻轻地点着了"熏香"。一刻工夫，"粗腰"喊，"燕姑娘！"见她已沉睡，即将随身带的一个袋子，将她轻轻装了，缚在自己身上，翻墙越院，飞越寨河，一道光似地向南方而去。

天明，他已来到襄阳水镜庄上了。黄然早一天骑马到此，在这里安排了个四合院。

背上上厢房，放在一个高塌板牙子板床上。待半晌时分，凌燕慢慢睁开眼来，忙坐起来，惊喊，我这在什么地方？我怎么能来这儿？看到黄然，手指着他说，你安什么心肠？你坏八辈子良心！我还要回到黄寨去，你们没一个好货。

凌燕在黄寨虽是被关起来，没有自由，但还是有饭吃，有水喝。她渐渐清楚了，黄然是想要她，才把她"偷"出来的。

黄然说，你跟了我吧，我娶你做我的原配夫人。你由丫鬟，一下子变成了黄府正式原配夫人，这可是打灯笼也找不来的事啊！

凌燕说，就你那一身的贱处，吃、喝、玩、乐你都占全了，祸家业的害货，卖祖宗的王爷，我跟你？哼……

凌燕哭成泪人一般。她原定以死来表白自己心愿。但一想，人一死，就见不着黄琼了。谁知道黄琼说他结婚的事是真是假。

那边黄婆一看没见凌燕了，而且房门锁被打开，后来又没见了黄然，他知道此事不妙了。他后悔自己不早点把凌燕放出来，以致到了今天这个地步。不如顺水推舟做个人情算了。

凌燕至死不从，闹了几天。黄然没办法，只好坐上骡子轿车回黄寨。

黄婴派人又重新盖了一间小院落，又植上花草树木。凌燕坚决还要住进自己原来的房子。

　　黄婴让黄然坐下，说，以前的事算球拉倒，从今往后，咱们日他八辈，不再想女人的事。你也是球个劲儿没处儿使，就没操正经心。快点把烧的房子整起来，哈哈！富日子当穷日子过吧！得过且过吧！将作战中烧毁的房屋建起来。树木种起来，训练武装，这事儿交给凌燕去办。

　　日子慢慢又平静下来了。

三十

夏日,浓浓的雾似杯子里的糖块,化不开,慢慢地干涸。又似一群山羊,在缓缓滚动着。

凌燕刚起来,黄然就来敲门。

凌燕,听派出的弟兄们急报,白崇禧部二团正向咱这儿运动,怎么办?

你报给黄老太爷知道就行,还能用上我?光你们都有使不完的人!可要过舒坦日子啦!

下午,黄婴让二爷、丁账先儿、黄然、凌燕、十五爷黄龙飞,包括七个各门的族长,坐在一起开会。大伙儿只是吸烟,屋里静得很。好像打过几次仗后,人们的胆量都小了。但这一仗接一仗地打,似人挑担,上气不接下气。

人们都有话说,又说不出来,光吸着闷烟。黄然说,不如把咱寨子扔了,跑远远的。

黄婴摇了摇头说:你胡球扯,拎凉壶,听听大伙儿咋说。

丁账先儿说,这次咱们不能打硬仗。刀硬了都要碰豁子哩!可把咱前几个月挖的地洞使上。

黄婴点了点头。

二爷又把长烟袋在空中挥了个半圆后说:咱兵分两路,一路驻扎在寨外几里地,给各庄子都发枪。他们去年冬闲时就训练过打仗,给他们吆喝起来吧!

黄婴说,行,要利索些。

凌燕一直没吭声,她低着头想心事。

大家把眼光投向了她。但她只挥了一下手,没啥说,保住黄寨。

黄婴说，领兵打仗这一方面，都听凌燕的。

第二天上午，白崇禧先头部队到黄寨门前，一位副官见到黄婴，要两万石小麦，两万石米。

黄婴说，你们都来要，我使球给你们？庄稼旱了，颗粒绝收，谁会屙金尿银？我随后派人收一收，给贵军送去！

副官说，少一颗籽儿要你的脑袋，然后扬长而去。

凌燕听后把桌子拍了一下，顺手将桌子上蓝花汝瓷瓶高高端起，又重重地放下。

黄然搓了搓干瘦的手。说声：那——

凌燕明知事情重大，忙召集八十个庄丁和全体拳师兄弟。

他们铁青的脸掩在旱烟和臭汗中，都上了寨墙，把守四门，另一半兵力已经驻扎到寨外去了！等到仗打响后，运动到敌后边大声喊，边放枪。再加上几十门榆木喷炮、罐炮、山哈巴狗炮、杨木杆炮，齐轰！

老头儿们在墙底下磕着烟灰说着话儿。

揍他个驴日的，毁毁再做做——

雾越来越大，几乎三尺之外就看不见人了。

停了半晌，一切都布置了，各队人马也运动到位。

"叭——"一声枪响，在雾中沉闷而又钝响。

人们开始紧张起来。土铳、榆木喷、杨木杆……都架在了城墙上。

紧接着，轻重机枪刮风般在寨子的上空呼啸，碰在寨墙上的子弹突突地溅起石碴。

喂！你们给不给粮？不给，就扒掉你们的鳖窝子啦！

"叭——"又一声钝响，犹如年三十夜的鞭炮响个不停。

石寨墙厚，周围又有寨河，敌军虽攻了一阵子，还没攻下。雾太大，也攻不克。

寨里，凌燕披着那件黑色斗篷，双手端着德国造盒子枪，叫道，甭慌，瞅清了再放枪，雾大，龟孙子不敢进——

午后，阵阵风吹来。一群一群的"羊"从上往下跑，先是滚动着，接着弥漫散不开。

寨外的士兵们，从挖的壕沟里探出头来。泥巴糊满了脸，几匹马在后面驰骋。军官模样的人正用望远镜看寨里，咋也望不清，雾太大。

墙里的庄丁把榆木喷点上火捻子。导火索刺刺地燃烧，几升铁砂子装了进去。

轰——轰——连响几炮，寨外腾起一片烟雾。骑马的倒下一大片，一些马匹在炮响后惊得直立，脱缰而跑。

傍晚，血红的残阳斜挂在寨墙上，投下一片红影。天上没了星，只有团团乌云在奔。阵阵微风呜咽，一阵又煳又臭的味道。

妈那×，明儿叫你们都尝尝爷儿们的厉害。

晚上，少壮年都脱光了膀子，在寨墙上巡夜。偶尔见一颗流星划过天穹。

天气热得冒烟。

天还未明，一阵机枪响过，咣——咣——几声迫击炮又响起来了。寨中的一些瓦屋被击中，哗哗地倒下了，冒起了狼烟。

原来，白崇禧的第三十八师又新增了大炮、迫击炮。

凌燕，这不得了，炸坏了乡邻们，咱担当不起呀！

凌燕也满脸流汗，大叫，至死不降，也甭想要一粒粮。黄龙飞甩着半边光膀子说，要是寨破呢？

寨破了以血祭天啊！

那是无辜牺牲啊！

凌燕眼都红了。我们咋对得起父老乡亲。

轰——轰——又几发炮弹将寨墙炸了个大坑。

凌燕赶紧跑下寨墙，拿着一张黄寨及周围镇、县的地图。甭看了，咱们快去通知黄媭太爷，从一年前挖好的地道里穿过去，与寨外的庄丁们会合，放弃这座寨，然后，从外往里攻吧！

她远远望去，人们一时炸开了锅。寨内乱哄哄的，数不清的乡亲们哭喊成一片。

有些妇女们把娃儿们的嘴捂住。妇女、小孩都藏在屋里。首先是村上的乌鸦、斑鸠唰地飞向天空，侧棱着翅膀，在黎明的空中忽闪，又呱——呱叫唤几声。

凌燕用双盒子枪点射，又连射，但被身边护兵拉住往后撤。

黄龙飞发火了。凌燕！寨快破了，撤吧！打红眼的凌燕扔下一句，撤？往哪儿撤？这些老人们、娃儿们咋办？

到这时候，走一步算一步吧！

步兵们冲到南寨门，迫击炮、火炮延伸向寨子中心炸开。炮弹把院内一头驴炸飞了，肠子和心肺挂在了树上，贴在墙上。血淌满了院子，驴头还在眨巴着眼睛。

骑兵已开始行动了。

凌燕退到了一个屋内,她头发披散着。人潮水般往这个大院子涌来。那是一个硕大的石磨、磨盘。黄龙飞用力推开磨,正转三下,又倒转一下,石磨开了。磨盘上露出了井般的洞口。

凌燕,从这里下去,走五六里地就是野外,快,快下地道。

什么?十五爷,我能扔下乡亲们逃命吗?

不是,这是为了黄寨将来兴旺,为了乡亲们的血不白流?下洞吧!地道中有阶梯,下去向右转弯,我们随后都下。

龙飞粗大的手臂挥着,你再不听劝,就保不住命了。

显然,凌燕才从战斗中缓过劲儿来。她要拳师队们组织下地道。

凌燕,这每一间屋子,每堵墙都是工事。我已让弟兄们从地道转移出去了,找李仗义部队来帮忙。他们驻在距这二百公里的临颖城。

咱们的兵力加起来才三百多人,要抵抗住这些正规军,难!加上他们都学了"小诸葛"白崇禧的作战谋略,就更厉害了。

鸡蛋也要碰石头,碰他一头黄汤子!

寨里的乡亲们从地道里转移得差不多了。接着就是寨里的一半庄丁,在拳师率领下,也赶紧进入了洞口。

黄龙飞赶紧去接了黄婆、黄然、二爷……他们也都喘着气进了大院,从石磨口进入地道。

凌燕最后一个借着微光,往地道口进去。

黄龙飞把石磨又转到原处,严丝合缝,从外看不出任何痕迹。他们从西寨门一路打着,一路突围出去。

凌燕走了五里地,就到了寨外的庄稼地。人群向黄寨的一些种地户的庄子钻去,借着庄稼棵的隐蔽,到了一些庄户,藏了起来,又向远处逃去。由二爷、黄然领着往南迅速逃去。

凌燕指挥庄丁拳师们,向左、右两方面迂回。寨已成了一座空寨。原先运出去的一些珍宝、钢洋、金条、五宝瓷罐,十三层元宝塔……都还在原处珍藏着——襄阳府、汉口……

白军已攻入寨中,没遇到什么抵抗。他们沿寨墙迅速向前推进。在轻、重机枪的掩护下,一直攻到寨子中心。北寨门攻入的白军,也越过桑园、后花厅、东花厅、西花厅……

当他们发现是座空寨时,感到十分奇怪。怎么夜里还有人抵抗,火力还挺猛,现在怎么就没个人影了?

北火南天

他们什么也没搜着。只有一些家具、衣物，寨墙上扔下几件没来得及转移的土炮。

正在奇怪时，忽然，寨外的榆木喷、山哈巴狗吐出长长的火舌，发出撼天震地的吼声，铁砂子从白军背后、身上散落下来，倒下大片大片的尸体。

四周的轻、重机枪也突突地叫起来。

团长急忙命令向后突击，但为时已晚了。

"咚——"一声炮响。外面早潜伏着的一半兵力及几支骑兵队，像飓风一样刮了过来。为首的是一位女的，双手使盒子枪，从队伍中间冲杀而出。离白部近了时，她抽出大刀，砍瓜一样削去，人头纷纷滚地而去。后面还有两支骑兵队，也半包围地冲过来，同样使用短武器和大刀，砍瓜削菜般冲向了白军。

凌燕率领的庄丁拳师们来得突然。白军的重炮、轻重机枪又来不及施展威力，也无法展开，就把这些大炮及轻重机枪扔下，纷纷向东边逃去，挤上了几辆汽车，向南阳方向逃去。

黄寨庄丁都纷纷打扫战场，捡拾枪支，把那些大炮用马匹拉走，拉到寨内，准备请保定黄琼派来军事教官，训练出一支炮兵连来。黄琼立马派了两名教官，训练他们学会了使用大炮。又将寨内的敌军尸体拉出去埋掉，将在寨内被枪炮炸死的百姓拉到寨南边黄寨老坟上哀悼埋葬，把几位打伤的让二爷用枪伤药面消毒去炎，加紧治疗。派去寻找李仗义的部队的人没寻着，听人讲李仗义升为师长了。

被炸毁的房屋，又重新盖起来了。人们在凌燕原住的被炸开的屋子里，看见断墙残壁的窑窝里，有一个壁厨一样东西，里面有两个精肚男女，男女都搂在一起，但身上扎满钢针。

人们揣测是个坏良心的做的手脚。

人们将这些交给凌燕。她看后哈哈笑三声，弄得好，干得妙！来得快！

她好像悟出了什么，在自己原住处默默地念叨着，上帝呀！你怎么不惩罚那些坏货？他们宰杀这些无辜的羔羊啊！

她想，这究竟是谁干下这缺德的事？他们想叫我死？要不然的话，我或者会为黄琼生下一个孩子来的。

这事情要查起来，会查到谁头上？黄婴？他已有妻小了！黄然？他那时不也想霸占我吗？他和黄琼又有多深的仇？二爷，他不会呀！他一辈子温和行善，光明正大？

老天爷呀！你咋不叫那些坏人下地狱？

她流泪了，比刀子剜心还要难受。

一切都安静了。黄寨恢复到原来的安静。

早晨,照样有炊烟,照样有白鸽子带着鸽哨飞向蓝天,母鸡照样生蛋,咯嗒咯嗒地叫唤。

她向黄婴说,要出去散散心。黄婴说,你又立了大功了。可要歇息歇息。咋又要外出?往哪儿溜达?

不用,我一个大活人还怕什么?我去见见黄琼,有支枪就可以了。

要不要派车送你?你是金贵人,俺不能没有你呀!

我一人可以了,带些银两,带二百块钢洋。

一骑快马,驮上一些钢洋银子,凌燕飞快地朝北骑去,一路上晓行夜宿。

三天后,她到达保定府,歇息在一座驿站。又用钢洋买了一套漂亮的裙子、首饰、项链,又写了名片。然后将马匹拴在驿站,让驿站人喂养。第二天,自己早早地梳洗完毕,雇了一辆骡子车,急急地驶向了保定军校。递上名片后,传达室一看,让她通过,到后边去了。进去以后,在原先黄琼所在教课寓所内,同事们打量着这位摩登女子。

瘦削微黑的脸庞,被夏风吹得有点零乱的头发,走路虽然轻快却很矜持的样子。说话时眼睛闪电一般,嘴角微微地朝下抿着。人们被她高贵的气质所征服了。

黄琼啊!他去了五十四师当副师长去了。

什么?她不敢相信自己的耳朵。头嗡的一声涨大了,险些晕倒在地。

五十四师部在哪儿?

在铁狮子胡同东边一带驻防。有人告诉她。

她出现在黄琼面前时,黄琼全副武装,一身军服,格外刺眼。他刚新婚燕尔后的妻子,正在铁丝绳上晾衣服。

黄琼呆呆地望着她,她从怀里掏出那封信扔到他脸上。黄琼将信拾起来,展开一看,呀,信改过了!有人改过了!我没写不要你了?这是谁改的信?没吭声。随后,他只是口里喃喃地说,算了,一切都过去了。

让到屋里坐下。新婚后的桌、椅、柜、花瓶、大穿衣镜、孙中山的挂像……一片耀眼。

一杯"龙井茶",泛着细末放到她跟前。

黄琼对那位新婚小姐说,这就是我常说的凌燕姑娘啊!

但这一切都晚了,他已结婚了。

凌燕心中滚动着大海般波涛。我不该上当,我早该来这里完婚。天哪!现实怎么这么残酷呢?她一句话也说不出来,小跑儿跑出军营。连身后黄琼喊什么,也听不清楚了。

黄琼迎上来说,你听我说呀!我本来是不想结婚的,但听黄然让粗腰捎信说,你要跟他结婚。

她说,什么都不要说了。你和我都各自走自己的路吧!你当你的官去吧!

她迅速回到驿站,躺在床上,泪水决堤般地奔涌而出。

这是什么命啊!我喜欢上的人竟结婚了。我和他在桑园练武的日日夜夜呀!我那一招一式的八副战拳还是他教会的。在寨子里几乎是形影不离!那年下乡到庄子里收租子,看种地户收成咋样。那两天真是刻骨铭心啊!我们俩要好的,要好一辈子,结为夫妻,白头偕老。如今他当了大官,又结了婚,人家对方是千金小姐呀,咱算个啥?丫鬟。过去是拣了条命,又当了丫鬟,如今还算丫鬟。我还回去吗?回去干什么呢?还想去面对那个每天喝醉酒,把家业豁干净的人吗?还去见黄婆那个老色鬼吗?

不回去又怎么办?流浪去吗?讨饭吃吗?天下受苦人还是多啊。

我要回去,说不定还要被黄然缠住,当个夫人,享受一辈子的福。我仍保护黄寨不受外人的侵略欺辱和掠夺。她翻来覆去地思索,几天几夜没合眼。

她终于把泪水哭干了。她坚决要离开这个地方,她不会祈求黄琼给她一碗饭吃;她也不愿去见黄婆、黄然。她要新生,她渴望要有一个新的生活,到新的世界去。那次,见着李仗义时,他来帮助解黄寨的围攻,救黄婆时,他是铁军的一个少将团长,又升为了副师长。他说过,铁军是国民革命军,是穷人的一支队伍。对,我去找他去。听说在武汉。找不着了,我就去要饭,再也不回黄寨了。

她骑上马,带上银两、钢洋,一路向南,向南!

三十一

　　凌燕骑着马向汉口疾驰。路上的百姓很多,为躲战争灾难。一位瘦得只剩下皮包骨头的妇女,手里抱着一个孩子,另一只手还拉个只剩两只大眼睛的几岁孩子。一个老头饿得倒在路旁,只有出气工夫没有还气工夫。路旁的田地龟裂,麦、稻都枯萎了。炮火炸死的牲畜,骨头架子还在,血肉模糊地散发出冲鼻臭味来。她看树叶都没有了,只剩下干枯的树枝。她脑子里闪过,战争是多么可怕呀!但愿黄寨不再有战争,但你不打人家,人家要打你呀!

　　前面是一条河,河面很宽,只有摆渡的船,可以渡到南岸。

　　老艄公爷孙俩在撑船。她等待船只的返回,有几个男女农民也正在等船。

　　这仗打到啥时是个头儿?

　　蒋介石开始杀共产党人了,凡是通共的全家都要枪毙!

　　听说上海那边杀人杀得厉害,共产党军队拉到南昌起义了。

　　她仍不作声,一会儿问,那铁军第四军呢?

　　他们都摇摇头,谁也说不清楚。

　　马嘶叫着被拉上船。她感到有点跟别人不一样,这身衣服太扎眼,还有这钢洋也太扎眼。人们疑惑不解地望着这个不伦不类的姑娘。

　　船在哗哗的水流中破浪前进。浑浊的河水打着漩涡往下唱去。细碎的浪花溅到她脸上、身上,裤角全湿了。

　　请问老伯,往汉口是咋走啊?凌燕问。

　　前面是云梦县,过了云梦往东南就到了汉口地界了。老艄公的白胡子在风中飘着，瘦削硬朗的身子骨挺着，紧一篙慢一篙地撑着。

老头儿说，你这姑娘单身一人，还骑马什么的，当心坏人，路上不安全的。

凌燕笑一笑，她在快到岸时还在想，遇见强盗劫路的，遇见小股土匪，凭这两把盒子枪，凭这身拳术倒也不怕，但要出现大股的部队，可就不好办了。

上了河对岸，她纵身上马，急急忙忙朝东南大道上奔去。

飞驰在一个两边是山岗，中间是大道的地方时，突然，从左侧一个山岗上，砰的一枪打来，幸好她机灵，一个蹬里藏身，躲过那枪弹。

只见有二十多个土匪，冲下山来叫，捉住她，是个嫩瓜瓜呀，逮回去当压寨夫人。

"嗷——"的一声，那伙人全冲下来了。凌燕从小练就的枪法好，身经不少恶战、硬仗，再加上她会劈刀使剑，近百人也休想近身。所以，她双腿一夹，紧紧地一勒缰绳，那匹追风快马如飓风般卷去。她双手使盒子枪，"砰——砰——"几枪将土匪头和几个土匪撂倒在地，其余的便全吓跑了。

她又向东南方向疾驰。

看看离汉口很近了。她歇在小镇的一家小店里。第二天一边走，一边打听铁军在何处驻防。

听说铁军打了胜仗，上峰奖给战旗，上铁军名册。又听说汉口粤侨联欢社，把在汉阳兵工特制的一面铁盾牌赠给了铁军。

你们咋知道的？

我们这儿村上的小学校都有报纸，报纸上登的。快把报纸拿来。

好！

她照着报纸上说的，铁军四军驻守在武昌东大洪山一带。

第二天一早，她把钢洋十块，给了村里那位老农民，让他买点东西吃。凌燕骑上快马，直奔大洪山、东湖一带。

后来，渡江找到了大洪山的洪山咀和青山的四军军部。

当凌燕找到军部参谋，说明情况后，他们说，李仗义，有这个人，他在十师蔡廷锴部吃粮。

她又骑马往十师驻地。这是一个临江的地方，东边是珞珈山、东湖，西边是洪山。师部设在一小院子里，站岗的卫兵看了看说，你找李仗义师长，他在东边军校操场上练兵的。

她心头猛地一惊，他当上了师长了。天哪！保佑我没找错人！

她将马拴在一棵树上，坐在一块石头上发愣。很久时间，操场上才传来"打倒列强！打倒列强！"的声音。她站起来，在大道旁踟躅。一队队士兵从东往西去了。他们都打着绑腿，很有精神。

李仗义终于走过来了，一起走的还有四五个人。

等他走近时，她犹豫了一会儿。终于，她上前喊了句"仗义——"。李仗义已是师长了，知道他名字的也不少。他站那儿愣了片刻。才问，你是？我是凌燕，从河南黄寨来找你的。

那走吧！嘿！想不到在这儿遇到家乡的乡亲，去我们师部去。

她把马交给他的手下人，并肩走着。他们进了院子，进到东边一间简洁的小屋，坐下后，倒茶水给她喝。她打量着，屋里很整洁，几张桌子上整整齐齐地摆满文件、报纸，墙上挂着军用地图。桌子上有两个电话。

你怎么来的？

我？我骑马来的。她结巴起来，脸红红的。后来，她把在黄寨和去保定的事都说出来了，想来参军，上战场。

李仗义哈哈大笑起来。你呀你，放着那么享福的事儿你不干，你来这动刀动枪动武的地方。你干吗？

我肯定是来找你的哟！你呀！咱们都是要过饭的人嘛！我来投奔你扛枪打仗，你说好吗？

好！好！好！你歇息歇息，等一等。明天，我正好在操场练兵，你把你的武艺亮一亮，亮几个招式，看看能不能考试过关，再说。

我那匹马算赠给队伍上了。算见面礼吧！枪，我有短枪，你看咋样？

歇息两天后，在一阵军号声中，凌燕跟从师部警卫员去了操场。

先是部队一方为守，一方为攻。不是真枪实弹，而是对刺，爬高，跳战壕，跳障碍物，卧倒，劈刀，刺杀，喊杀声震天响。练了一晌后，部队原地休息。

李仗义示意部下，看一看这位女子的作战动作咋样？就让凌燕上操场。

看着这无边无际的人群，凌燕先跳一下，就跳到树枝上。然后，落下就地一滚，来了个"童子拜观音"，又来了个"白猿献桃"，单叉、双叉、劈叉，又来了个"黑虎掏心""单蛇出洞""蛟龙出海"，跑起来如"蜻蜓点水"，个个耍得干净利索。她还只是练了"八副战拳"的一部分，没敢把全部本事使出来，已博得军士们的一片喝彩声。在"好！好！好！"的喊声中，她拿了递过来的一把大刀，闪、跳、腾、挪，将那把刀耍得呼呼直响，只见刀光，不见身影。这才收住刀，立定身子，双手拱手谢意，脸上的气色一点没变。

李仗义很高兴这位女老乡给他挣了面子，当即命令将她编入部队，在女兵连里任大尉连长。

　　女兵连里多了一位女战斗指挥员。

　　在部队里，她渐渐认识了一些人。一位女排长很亲近她，经常给她讲穷人为啥穷、富人为啥富的道理。有一天她才明白，那位排长是连队的女共产党员。她这才知道十师也有共产党。

　　不久，队伍开拔。离开武昌，到了进贤李家渡。这是湖北咸宁地区的一个镇。兵士们说蔡廷锴师长宣布脱离南昌起义军，转入南京政府。一些共产党人被解除了职务。那位女排长就成了一名士兵，但凌燕照常同她友好。

　　部队又开拔，经李家渡到江西东部，又进入福建。

三十二

行军路上,两边全是高山峻岭。队伍在山中运动,整天爬山。凌燕没爬过山,看见那些大山,心里直发怵。脚上起了泡,那位女兵又给她烧热水,烫脚,用一根头发丝串在脚下水泡里,慢慢泡就下去了。

蚊虫很多,被咬得睡不着觉,她和女兵在集镇上买了蚊帐。

她把自己带的剩下的一部分钢洋,分给了更穷苦的女兵们。

不久,队伍行进到潮梅,与张发奎的第八军展开生死激战。双方争夺山头,展开拉锯式的争夺。八军失败了,打死和俘虏的都是八军将士。李仗义看了看这些俘虏,心里直掉泪。原来北伐时,我们都在一个战壕里作战,现在我们却兵刃相见,打得多惨啊!这到底都是为了啥呀?

他下团部检查给养供给,看克扣士兵伙食没有,刚下了马路,碰见了凌燕。

你是连长,带兵咋样?这打仗不如你在寨里美吧?你要吃饭,有人端来,要衣服,别人给你送来穿上,你到这儿……想家不想?想了可以回去。

她说,好几次做梦,都还在河南黄寨,说不想家是瞎说。打仗也行,但咱打仗为的啥呀?铁军打铁军,死的还不是穷人?

李仗义看了看她笑了,没说话。半天,只说,抽空来我这儿坐一坐。

凌燕真想离开部队。

一天,部队行进到一个山村歇营。全师集合,听蔡廷锴讲话。蔡廷锴说,接上峰命令,四军缩编为第三师,改为国民党中央军番号,第三师改为六十师。休整后,到中原去,参加与冯玉祥、阎锡山的作战。

这次挺进中原，部队在临颖、许昌一带打仗。仗打得很凶，她看天空都成了乌黑的。怎么办？偷偷回去？军令如山，逮住要枪毙的。再说我咋能临阵脱逃？仗打了两个月，抬下去的死尸和伤兵很多。

她也拿起挖土的十字镐、铁锨，去吭哧吭哧地挖墓坑，挖了很大的坑。她心里发怵，不一定哪一天，自己也要被埋在这样的墓坑里。

冯玉祥、阎锡山的队伍被打败了。他们沿平汉、陇海铁路逃跑了，向山西绥远一带逃去。

他们被调往江西兴国一带作战。蔡廷锴在部队临出发时，动员大伙去跟红军作战。那次作战，山很陡，雾也很大，对面看不见人。他们作为后续增援部队。队伍行进在大山中，山上的树木郁郁葱葱，倒下来的树，横七竖八。一些七寸蛇在脚下爬行，吓得凌燕把军裤用绳子扎紧，砍了根竹子探路、打蛇。

前面打响了，是八十五师的张辉瓒部队。张辉瓒坐在滑杆上抬着。雾越来越大。队伍在一个窄小的小道上爬行，走走停停，兵士们说，张是黄埔二期学生，是老蒋的亲信部队。

突然，前面狭隘的山道两旁枪声大作，轻、重机枪一齐射击，听到喊杀声震天动地，兵士们都颤颤抖抖的，说八成是中了埋伏。咱往后，可不一定也要当红军的俘虏。

一会儿，几个传令兵跑过来下达命令：队伍前队改后队，后队改前队，向后撤退。张辉瓒被红军活捉了，不知被杀了没有。

队伍后撤。那位原女排长对凌燕说，红军是穷人的队伍，红军优待俘虏。

这个队伍又由六十师改为第十九路军，换汤不换药，还是蔡当军长。

不久，队伍又开拔，开往上海驻防。1937年，"七七卢沟桥事变"发生了。日本鬼子从东三省打到了华北，又开始进攻上海。

驻防上海时，凌燕从没到过大都市。在上海的吴淞口驻扎时，她抽空找到了李仗义。李仗义还是师长。李让她坐下。然后拿出糖果让她吃。她边吃糖果边说，咋没见你的太太呢？说到此处，李仗义说，好多朋友要给我说一个，我都拒绝了，我这个人，马虎蛋一个，打起仗来，啥都忘了。介绍来的女子，我挑来挑去，也没挑中。

凌燕说，我也一直是单独一个人，年龄也慢慢大了，但也找不着一个合适的。

说到这里，她的脸红了。

李仗义看出她的心，但没吭声。半天才长长叹了口气说，等一下，你会找着的，有空去上海的大世界看看吧！

那！咱们俩结婚吧！

结婚！好！只要你答应，就好办了。

第六天，只请了几个师长、副师长，吃了糖果，喝了茅台酒，入了洞房。他俩就算结婚了。

第七天，李仗义穿上将军服，又带上一个勤务兵、一个警卫，和凌燕一起坐汽车去看大世界。

穿过霞飞路，在南京路的大世界处，来游玩的人真多。那是些阔太太搀着一位多金的老头子。小姐们穿着旗袍，脖子里挂着金项链，头上绾着高髻，手上戴着金戒指，牵着一只小哈巴狗。军车随处可见，呼啸着挟着枯枝败叶一晃而过。

你看多"摩登"啊！

凌燕不知道"摩登"是什么意思。

"上海大世界"五个大字，在拱形门下闪闪发光。门外有几个要饭吃的小孩，在伸手向阔人们要钱。那些阔佬们都昂着头，有时会给他们一脚，吼叫"滚——"。凌燕看到李仗义的眼里，闪过一丝不易发觉的火花。凌燕给了乞丐们几个铜板。几个外国水兵在说着醉话，横冲直闯。

凌燕进了门，就看见了自己变得短腿大身子，脸变得阔大阔大的。她哈哈地笑起来。镜里那个女的也笑起来了。李仗义也变成肥胖肥胖的，腿只剩一拃长了。大家都在"哈哈镜"前捧腹大笑起来了。

买了票，进到大世界里，玩刀山的，耍叉的，劈刀的，吞剑的，吞火的，吞长蛇的，骑马钻火圈的，真叫她目不暇接。

一个狮子正在蹬一个大球，那球有一人那么高。狮子边蹬边张开嘴巴。玩狮子的人正用棍儿逗它。

他们一起向中心走去。只见一个大玻璃罩下，一张很大的棕色床。床上一个裸体女子正抱着一条公狗在那睡觉，围着看的人很多。

凌燕往那边看了一下，心跳加剧，头嗡的一声响了起来。她真想呕吐，连说，走！走！我不看了。怎么把女人糟蹋成这个样了。

李仗义也头也不回地走了。一连许多天，那恐怖的"女人与狗"一幕还令她愤怒不堪。

没几天，日本人的飞机就轰炸开了。日本从海上和京沪线一起进军。

飞机盘旋着，扔下一颗又一颗重型炮弹。上海乱作一团。前些天，逃难的人纷纷争着坐车、坐船，向南京方向逃窜，向乡下逃跑。哭喊声响成一片。

警报响了。日本鬼子的飞机俯冲下来，上面的枪弹射向逃难的人群，人们有不少倒在血泊中。

部队奉命与敌人决战。

十九路军坚持血战到底。红色的标语贴得到处都是。

凌燕望着日本人的飞机和呼啸着飞过来的炮弹，眼都气红了。

那位女兵说，咱们不能当亡国奴！对，咱们拼死打他个狗娘养的。

日军的坦克车、装甲车也隆隆地开进了上海郊区。上海的外围战斗打得十分激烈。

凌燕亲眼看到自己的骨肉同胞，被日寇的枪炮打死，被炸弹炸死。

上海的老百姓冒着炮火，送上来馒头、肉菜、茶水，他们对十九路军多亲热啊！

凌燕所在的那个团去吴淞口与日军决战。她看见日本兵端着刺刀冲上来。团长大喊，大刀队哩！敢死队哩，跟我冲啊！人们都脱光了膀子，抡起了大刀砍向鬼子。

凌燕也从身后抽出了大刀，一会儿又用双盒子枪横扫日军。她的枪法又准，打倒了好几个鬼子，又有几个留着仁丹胡子的鬼子冲上来。她的眼睛红了就气运丹田，将"八副战拳"用上了派场。她灵巧地躲过鬼子的正面刺杀，用一个"天女散花"刀法耍开了格式。鬼子的头掉了，身子裂开了，有的腿被砍掉。她听到了身后有风声，就地一蹲，来个"黑狗钻胯"，从身后用刀向上一挑，那个鬼子倒了。这一阵冲杀，杀得她浑身沾满了血迹。一个鬼子用枪瞄准了她，被近处的女兵一个点射，将鬼子击毙。

鬼子的冲锋被打退了。

经过二十三天激战，日本鬼子退出了上海。十九路军的威名大震。

很多慰劳的人们，给他们送来了食物和茶水。士兵们看见他们，都伸出了大拇指，都指着她说，那个女兵真厉害。但她的身上，也有被刺刀刺破的鲜血，翻开是殷红的肉，让她痛得钻心。妇女慰问团的护士们立即给她包扎、上药。

部队连续作战。凌燕感到非常疲乏。有时，腿肿得老粗。那位好心的女兵给她寻一些"鸡骨草""马鞭草"，晚上，在大灶锅上熬成药汤，给她洗熏。腿慢慢地好了。她和女兵好得跟亲姐妹一样。

蔡军长也要反对蒋介石。蒋不抗日,丢掉了东三省。部队要前往江西、湖南一带打红军。到时,咱再想办法吧。

队伍又行进了,前往江西瑞金一带攻打红军。蒋介石说是第二次"围剿"红军。战争打响了。蒋调集二十万军队围红军,将红军围成铁桶一样,而且,十里修一座碉堡,慢慢往中心合围。但是打来打去,总是找不到红军的影子。

凌燕所在的部队,被红军夹击包围了。两旁是连绵不断的高山,前后又给堵住了退路。红军的喊杀声越来越近了。她和女兵们悄悄地商量,咱们把队伍拉过去。你是连长,把枪也全部带过去。

那我去找李仗义师长谈一谈,让他也过去,把十九路军三十九师,全带到那边去。

不行,事情紧急了,来不及了。他去那边行动太大,随后再做工作。他是个大官儿,不同意的话,你的主意不泡汤了吗?

凌燕沉默了。

双方开始交火了,红军那边的喊话都听得很清。十九路军的弟兄们,请过来吧!穷人不打穷人。

女兵说,我是一名共产党员,我命令你,得快点行动。

她俩就在挖的壕沟阵地上,把全连女兵集合起来。她说,咱们都是穷人出身,蒋介石不打老日,却让咱们打红军。咱们都是根里苦,是一家人,姐妹们,咱们把枪带到红军那边去,参加红军去。

大家都笑了。凌燕和那位女共产党员先爬过去一道石埂,又翻过一个小山包,喊着,我们是十九路军,投奔红军。对方静了一会儿,喊道,把枪放下,过来!两人跑去,被领去见一位营长。那营长说,人呢?在那边,说好就过来。他俩握握手,分手了。

好!全部过来,欢迎你们加入红军。

凌燕又折回去,给大家讲了。大家就悄悄跟她爬了过来,把枪全缴了。营长把她们带到师部去,由师长把她重新安排到红一军九团去。

从此,凌燕成了红军中的一名女兵。原来,这支部队也是铁军。红军取得了胜利,老百姓杀猪宰羊慰劳他们。战士们吃着干饭,夹着颤悠悠的红肉块子,唱起了《送郎当红军》的歌曲。

"出发"!一声令下,凌燕她们的行军部队,沿着山路去广东北部东昌县的坪石镇山区，遭遇国民党师长许克祥的追击。大家埋伏的西山上，将许的六个团全部歼灭了。凌燕还擒了许的一个团长，那个团长正在指挥打仗，冷不防从背后的大树上跳下来个女红军，一枪将他的大盖帽打掉。他惊慌极了，那女红军又用短枪顶住他脑门，将他生擒了，押送红四军军部。不久，凌燕和红军一起打日本，被编进一一五师任了营长，又参加了东征。东征胜利后，她随部队开始了二万五千里长征。

三十三

是黄琼吗？你所在的师即将去缅甸对日作战，你早点做好准备。

是，好！我们一定按时远征。

孙立人从军部开会回来，他跳下马，把缰绳交给了警卫员，大步流星走向会议厅。所有团以上的军官都站立起来，立正敬礼。还礼后，孙立人站在军事地图边，摘下了军帽。他传达"东亚军事会议"决定，为了打击日本鬼子，同意英国政府的要求，派出远征军十万人，组成三个军，开入缅甸作战。

黄琼听完会后，准备了要带的东西，衣服、蚊帐、生活用品。他心里翻腾着，要给黄寨老家写封信，告诉自己远征之事。因为他这次是死是活，前途未知。

1942年春，黄琼部队开了一次誓师大会。会上，孙立人做了报告，他一手挥在半空，要全体官兵，一往无前，英勇杀敌，将日本人赶出缅甸，完成建立中央的东方抗法西斯战线的任务。

会后，老百姓代表都来慰问，并演出戏剧《穆桂英挂帅》。晚上，大家列队，师长孙立人自己先喝完一碗白酒。军士们也都喝完一碗酒——壮行酒，黄琼心里痛快，写了一封信，寄往黄寨。信上只简单地谈了远征之事，并将近期一张照片寄上。又和夫人一起回岳母家探了亲。

出征这天，滇缅公路是三百八十八个弯的盘砣路。车一辆接一辆。黄琼和军士们坐上了汽车，在"飞虎队"——美国飞行大队飞机的掩护下，军车缓缓行进在弯弯曲曲的公路上。黄琼回头望去，车如甲虫一样蠕动，有八公里那么长。军士们情绪很高昂，唱着：大刀向鬼子们头上砍去。走到云南省的边境时，路边站满老人、小孩、妇女，都拿着鸡蛋、茶水、馒头，塞进军士们怀里。一个战士手拿竹板边打边唱。

这是自甲午战争以来，中国军队第一次帮助友军到国外作战。

汽车扬起的尘土遮天蔽日。

渐渐地，山势越来越高，河流也越来越多。军士们在汽车的颠簸下昏昏欲睡。一位作战参谋却在抽着烟，烟头在黑夜里一闪一闪。只有两个人在轻声细语地说着话。人们谁也没注意到这两人。黑暗中，只有烟头的火光一闪一灭。

进入缅甸的中国远征军，归英缅战区总司令指挥，由英国海军中将任最高统帅，史迪威将军任副统帅。

日军第十五军司令长官坂田祥二部率领四个精锐师攻入缅甸。

部队进入缅甸的同古后，下车挖工事，看地形。杜聿明带着卫队，一边用望远镜看地形，一边让身边参谋传达命令：让二〇〇师师长戴安澜带兵固守同古。一天之内，构筑完工事。由第五军摩托化骑兵团进入皮尤河一带担任警戒。由五九八团扼守在坦德宾一带。要深沟高垒，坑道串通，广设埋伏，采用奇袭、短距离歼敌之战术，诱敌深入，力求全歼。

是，执行命令。一群参谋及团长跑步前进，各自进入了阵地。

天上布满了日本人的飞机，跟黑老鸦一样，似有一二百架。装甲车、大炮车一齐轰隆隆地开来。

黄琼用望远镜看到这一切，心里很沉着。一场大仗要打响了。

孙立人的右翼是戴安澜的二〇〇师，左翼是新二十二师。

作战参谋骑着马向他报告：日军增援的五十六师团，两次向我猛攻。同古城西南阵地失而复得。但日军两翼部队，也已逼近同古北端，我军有被切断退路的危险。英军已被日军击溃了，要我军援救他们。

知道了，你通知五十五团、五十六团，采取迂回包围战术，消灭这股日本鬼子。

二〇〇师撤出同古。戴安澜命令参谋长，用电报形式传达：五九九团掩护主力撤退后全部撤出。日本鬼子攻进城后，才发觉是一座空城。

孙立人师长伙同黄琼师长，率领一二三团做先头部队，一二二团随后跟进 。

黄琼率领这两个团，向日军发起了猛攻。

这是一条宽阔的河流，河水汹涌滚滚，向山脉那边拐弯流去。河北岸有一个大渡口，沙滩向岸上延伸过去。渡口上有几棵树，叶子早被炮弹打光了。

黄琼立即指挥一一二团、一一三团，用炮火袭击日军。他心想：八国联军时，你们在北京把满清欺负成什么？咋弄都行。如今，你们要从缅甸再入中国烧杀抢劫，想得倒美，但由不得你们，坚决打烂你们建立东亚共荣圈的美梦。

他命令从两翼包围。军士们发起冲锋。军号的号音响彻山谷。日本鬼子被打死很多。他们丢下三百具尸体，抢先上了橡皮船，渡水逃跑了。军士们用枪炮射击他们。巨大的水柱溅起，日军在船上，把被打死的尸体丢入河中。

孙立人和黄琼率领的师部、各团长来到宾河。他们用望远镜仔细看了地形后，立即在一个山包后洼地召开了军事会议。

黄琼到会报告了日军的情况。

日军在仁安沿江一带，构筑了防线。如果我们兵力少，仰攻山头，必陷入被动局面。

孙立人说，黄昏前侦察敌情，明日再进攻日军。

孙立人驱车去了英缅军第一司令部，司令部在一个山洞里。司令说，仁安告急，那里一师已断了两天水粮。

孙立人师长说，如果轻敌攻击，前功尽弃。

这时，一师师长打来电话。

喂！我是司令长官。什么？你的队伍已坚持到最后了。

他放下电话，脸色骤变，脸上露出慌乱眼神。你们必须立即出兵！

黄琼、孙立人脸色坚定平静。孙立人燃着烟斗，吸着烟说，我们的部队我负责。定于明天下午六点钟以前，将贵军一师全部救出。中国军人连我在内，纵使战斗到最后一个人，也要把贵军一师救出。让你看看中国军人的骨气咋样？

清晨，在浓浓的晨雾中，孙立人和黄琼下达了"全线进攻"的命令。

一营少数部队冲锋了。他们只是做个姿态，给日军以错觉。

黄琼率领一一三团主力，在山炮、迫击炮、轻重机枪的掩护下，坐船越过宾河。河水面上罩着团团白雾，让阳光根本照不下来。河面更显得静谧异常。黄琼命令一团向五〇一高地猛攻。二团跟着冲锋。三团加强左翼火力，向日军的后方迂回攻击。

这时，仁安到处是油罐、油管、油桶，在黄琼率各团的炮火轰击下，一炮击中，油管都爆炸了。

轰——轰——到处是爆炸声，火光熊熊，一片火海。他喊一声"冲"，自己提着驳壳枪，冲在前头。警卫连的战士拉住了他，黄师长，危险！部队往山头上冲了三次，三次都被敌军压了下来。

军士们在黄琼带领下，又冲上去。终于占领了五〇一高地。被围住的英军见援军来了，立即强行突围。日本兵受内外夹攻，开始后退。

日本兵伤亡惨重，死尸跟撂麦个儿一样，一个接一个。

英军欢呼中国万岁！

黄琼高兴极了。他的帽子被烧了个洞，黑乎乎的。衣服也被子弹穿了俩洞。

他和官兵们去和英军握手、拥抱……

骑兵侦察员向他报告，击溃日军三十三师团，歼敌一万多人。

不久，孙立人师长收到了上面派特使专程送来的美国总统罗斯福先生授予的奖章——国会勋章。

孙立人双手接过奖章，由特使亲手戴上，熠熠闪着璀璨的光辉。授章使者还念了总统颁发的授奖词。

同时还奖给黄琼师长"四等云麾勋章"，黄琼走上前双手接过勋章，由特使戴在胸前。

颁奖之后，黄琼赶回了部队，他在马上飞快地疾驰着。

他感到仗越来越难打了。在接到各方的电话、电报上，报告的都是些令人不高兴的消息。

他陷入深深的惶惑之中……

他想，首先是英军渡过伊洛瓦底江以后，不顾中英协定和中国军队的安危，全线向印度撤退，要尽快在雨季来临之前，退到印度边境。中国远征军受到日军主力进攻。东、西两翼暴露在日军炮火之下，情况万分紧急。孤军作战。会被英军包饺子似的吃掉。

日军一直攻到怒江边。为了重庆方面的安全，云南省也没有大集团兵力。因此，重庆军事委员会电令宋希濂率军加强云南兵力防守。

为切断日军追击路，又炸断了怒江边的惠通桥，炸桥之时，有四千多人还在桥那边，还有许多战备物资。这些东西都在桥那边。一些妇女和儿童想过怒江，但过不来。被日军的机枪打死在江对岸。至今，留在他脑海中的一位妇女抱着儿子坐在一个大水盆子里，他们死在盆子里。令中国军人涕泣不已。

这时，黄琼感到了从未有过的压力。接下来是粮尽弹绝呀！

滇缅公路因惠通桥被炸断而截断了。中国远征军在日军追击下，一路向中国边境撤退，一路向印度撤退。向中国边境撤退的是二〇〇师。师长戴安澜被敌弹击中，由卫兵们抬回云南。

新三十八师正在准备撤退。杜聿明召开各师级军官会议，他要新三十八师会同第五军翻越野人山，向西转入印度退却。

黄琼立即表示：执行命令，但困难很多。必要时，需要空投物资支援。

开始后撤了。由公路退入山峦重叠的野人山。黄琼抬头看去，浑身直起鸡皮疙瘩。也幸亏他身经很多次战斗，生死处境经历了无数。他看见周围的森林一望无际，连天都遮住了。走百十里路也见不到人影。老天爷又不怜惜，反而下起了瓢泼大雨。走一步，退一步，弄不好还滑到山涧里，难哪！他叹息。

这山横亘在中、印、缅交界处，有高山峻岭，有湍流绝谷，不但原始森林遮天蔽日，还有丛草藤蔓满山遍野。

前边"敢死队"做开路先锋，他们手里拿一把刀，一个斧头，在密不见地皮的丛草中，砍出一条路来。走着走着，人们惊呼，遇见了毒蛇，有碗口粗细。他们赶上前一枪打死。有时，蛇又蜿蜒溜走，钻进草丛藤蔓中。

他们遇见了猴群，大概有三百多只，吱吱呀呀乱叫。这时，人不能打它们，更不能开枪。前面有一条深不见底的涧谷，后边是几百只猴子的猴群，一旦猴群发怒，会把人撕吃掉。

幸亏前面有几个荡秋千架，那是猎人们用藤索拧成的。有一声枪响了，有人用枪射击了猴子。他们更害怕了。大家都荡着秋千越过深涧，黄琼也荡秋千过去了。后边追赶的猴子看着嗖——地一下荡过去的军士，也无可奈何了。有一只猴子抓住了黄琼的后背，但他不敢回头看，那样它会咬断他的喉咙。他抓住藤索嗖地悠过去了。

前边又发现了大象群，黄琼下命令，绕道过去，不要骚扰它们。它恼了，用鼻子一卷，人就完了。

这时，毒蚊子像过飞机一样，叮上一口，全身中毒。

蚂蟥也大得很，晚上宿营，一吸就把人吸死了。

山上居住着尚未开化的掸族人。男女都光着身子，身上长满了毛。他们专门袭击掉队的兵士。一个男兵掉队了，找不着了。他们派出二十人找他，最后在一个山洞里找着了。把他救出来时，他已经断气了。他们也专门袭击那些掉队的女兵。通常是把女兵弄去，由一个掸族首领举行结婚仪式。有些掸族人围着火堆跳舞，行完了婚礼，野人们跑了，那首领就霸占了她。等卫队的人们找到她时，她已吊死在一棵树上了。

路，越来越难走。在一个村落里，黄琼命令全体官兵执行任务：烧掉、砸毁重武器和装备、车辆。徒步进入原始森林，因为前边路更难走。

队伍像蚂蚁一样，一个接一个地前进。师部在后面。孙立人在中间，黄琼领卫队在前面开路。

后来，分散成三三两两的人了。已经断粮半个月了。一些人有藏的食品，兵们拿出来自己吃。后来小官们也拿出藏的东西吃。东西全吃光了，只有靠采野果子、蘑菇来吃。

有些吃了毒蘑菇，全身中毒，发肿，死了。

黄琼也几天没吃东西了。警卫连也分成两班，他们要抬着他，但他硬挺着。一些政治干事都失散了，只有依赖山溪的清水来延续他的生命。一次，一个卫兵不知向何人讨来一点碎饼干，分给黄琼一半。他以感激的心情接过来。嘴里说，这价值远远超过连城璧玉呀！他舍不得大口吃，只一小口一小口地吃。吃了两个半块，把剩余的装进背包，留作延续生命的救命丹吧！

当天晚上，在溪边舀水喝时，政工队的几个女兵，陆续赶来，患难中分别几天，猛一相见恍如隔了一个世纪。她们都病得很重。瘦高个女的那双"解放脚"已肿得像气球一样。但她仍咬紧牙关追上。听说她已几天没东西吃了。人性的本能，使黄琼立即把背包里那点碎饼干全部送给她们。她们笑也笑不动了，大口大口地吞下去。

当晚，他们同宿在一个芭蕉叶搭的棚里。第二天清早，又出发时，瘦高个和那两个女的病情不见轻，黄琼一行人先走了。女人们休息后再走。

三天后，黄琼又爬过两座大山，正坐在树下休息，见华侨队的人赶来，告诉黄琼，三个女的在溪边的芭蕉棚里死了，身边一个政治部的干事和瘦高个女的是同乡。他说：她是小学教师，家境清苦。她的薪水还要养活年迈的母亲和上小学的弟弟。第五军在昆明军政治部成立政工队，招考男女青年，她被录取了。她母亲不同意她去，但她偷偷跟部队跑了。

他说那个女孩早已下定决心，随军远征杀敌报国。她母亲一再劝阻，也改变不了她的决心。

如今，她身葬青山了。母亲、弟弟怎知道她是如何生活的？他们一定还在盼着自己的亲人回来，但咋能盼回来呢？

黄琼听完后，禁不住泪水涌了出来。队伍里的人越来越少，伤员越来越多。能不能走出这个野人山？还是个谜。

雨不停地下着，漫山遍野一片哗哗的雨声。人们整天像泡在雨河里，得病的越来越多。倒下去再也起不来的也多起来。

一天，黄琼和一名卫士在一棵大树下避雨，见华侨队的一个队长头顶白铁锅，浑身湿淋淋地向他们招手，问，有吃的没有？

黄琼说，只在半路上捡到半个生苞谷穗，一直舍不得吃。

那很好，给我吃。见他接过生苞谷，也不烧一烧，连苞谷蕊都吞吃了。当问其他华侨队员时，他长长地叹口气，含着泪说，多半都死了。

大家都默默地低下头，说不出话来。五军军部驻扎在大理的下关时，当地中学的缅甸华侨百十人参军，要担任翻译。如今，他们出师未捷身先死，长使英雄泪满襟。

雨越下越大。山越来越高。路越来越难走。沿途倒毙的尸体随处可见，终日受雨水浸泡，涨得不像人形，生满了蛆，使人看了反胃。这些人多因饥饿，蚊蝇、蚂蟥叮咬中毒而死。有的误食毒水果中毒身亡。那次，河水暴涨，拦住了路，有十二个女的，一个男的先过河。每人给一根长竹竿，慢慢过河，过河前，她们都畅谈自己的理想。有人说要能活下去将来到银行去；有的要当翻译；有的要当教师；有的要当诗人……结果，一个个被洪水卷走了，只有两个过了河。

黄琼感到自己肩上的担子越来越重。他打开电话，电话因为雨淋已经不好使了，开始还传来孙立人电话，黄师长，挺过去！好好地活着回去，到印度见面。后来，电话就失灵了。

黄琼曾看见吃了野菜和野芭蕉的人，全身浮肿而亡。因此，他和卫士都不敢尝试，只得天天用大叶子接些雨水充饥。地上的、溪中的水，因浸泡过腐尸也不敢用。有时，运气不错，在猴子窝里找到一些野果，判断猴子能吃的，人也能吃。大家就分吃了。上午雨停了，政工队、华侨队有十多人赶上来了。大家都很高兴，一落伍就凶多吉少。

午后雨越下越大，拉起了一道雨幕。山道上白茫茫地望不见，黄琼连滚带滑地下山，到山下已近傍晚。远远望见一座芭蕉棚。急忙快步赶去，只见一名队长在里面。黄琼如见亲人般高兴，打招呼。马上将右脚迈进去。那人却手执棍棒不让进，且将他们赶出棚外，他们只得满肚子委屈退了出来。夜幕降临了。前面是一条激流。两人不敢轻易过河。卫士和他都静坐树下。雨哗哗下个不停，脚在水中泡着。

脸上不知是泪水还是雨水。他想得很多，从打八国联军到如今，演电影一样。一想到要将日本鬼子打败，悲愤也平息了，泪水也不流了。不能就此倒下去，走过了多少路啊？从义和团打八国联军到黄寨生活，真是历经沧桑，要永远走下去，不能倒下去……

天亮以后，雨小了。他们找着了两个人。继续在山路上爬行，当沿着一棵粗树干搭成的独木桥过河时，脚下一滑，黄琼失足险掉下河里，幸好一位好心的兵士抓住了他衣服。卫士又牵住他的手慢慢拉上来。他惊呆了，这一掉下去就算完蛋了。

几天后，又到一村落，找到了一个草房的角落里住下来。晚上，卫士向同乡要来半茶缸米汤，分给他一半。缸底还有几粒米。他美美地"饱餐"了一顿。

第二天，又遇见华侨队员，都喜出望外。他们告诉说，那队长和一些人已死在溪那边的芭蕉棚里。他为他们的灵魂祈祷。

穿过高山，蹚过无数条河流。在一间路边小屋里，突然发现一位熟人，正躺在那里。他们喊他，喂！醒醒！黄琼坐起来，他以为再也见不到他的面了。他用一个同事送给他的面粉和糖，做点面糊给黄琼吃。每人分到半茶缸。多日没见粮食，觉得很香甜，很快就吃完了。他又把他的半茶缸分给他们。粘在茶缸底的一层喝不到，就用指头抿着喝。也不管什么礼貌、雅观什么的了。

这时，淋雨导致浑身透湿。身上长了不少虱子，连头发里都长了不少。

第二天，他又做些东西给黄琼吃。吃完，让他们先走，并告诉他们军司令部就在前面。握别时，他说不出话来。黄琼感觉他手心发烫，才知道他病得厉害，这一别，不知还能不能再见面？他脸上淌满了泪水。

经过五天，涉过两条河，又翻过三座山，还没到边境。熟人送的饼，只有在饿得只剩下一口气时才敢动一点。就这样也很快吃光了，只能以清水充饥。

下午，他与卫士走散，直到傍晚还没见他的影子。天渐渐黑下来了。黄琼一人在荒山野径中奔走。四周一片猿声啼。夹杂着一些野兽吼，地上满是尸体。这些，都在战场上看惯了。

不久，听到有隐隐的说话声。走来的是两位军士，他们一见都很惊喜。就手提砍刀砍下芭蕉叶，在附近一个棚架上搭个棚。又寻些树枝忙着生火做饭，做米汤。他们分给他一份。吃罢从背包里取出帆布、雨衣，黄琼蒙蒙胧胧睡着了。又梦见自己在黄寨，同凌燕一块练武的情景。

醒来，天大亮，急忙赶路。又踏上新的征途。下午，翻过一座山头。他老远就看见卫士和师部几位同行坐在树下休息。黄琼高兴极了，用手拍了拍他肩膀，也坐下来歇息。

　　天晚了，刚爬过一座大山，细雨蒙蒙中，发现一间草屋。卫士提议赶紧去那里休息。进屋后天早已昏黑，屋门半开着，屋里已睡满了人。屋内没生火，见只有门后有一席空地。他们不便惊扰，悄悄地过去。坐在那里，太累了，很快睡着了。梦中，面目狰狞的山神用神鞭来赶他们走。

　　一觉醒来，天大亮。心中还在纳闷，这些人怎还不起来？忽然闻到恶臭味儿。一看，原来是一屋子死人，脸手浮肿，臭气冲天，难怪一夜没动静，原来和死人睡了一夜呀！走！

三十四

翻过一座高山后,眼前又横一条河。水流很急。没有桥。走在前面的人,正渡河到中心时被急流卷走了。如此景况,但不涉过这河就等于坐在那儿自杀。卫士先冒险试一试,黄琼是个旱鸭子。卫士先渡,黄琼随后跟。渡到河中心时,水没过胸,感觉憋闷,呼吸紧迫;支持不住,快要被激流卷走时,卫士递过来一根竹竿。黄琼急忙抓住,才慢慢过了河,他长舒了一口气。

到达新平洋,是英军驻扎过的地方。有座高脚营房,他和卫士住在一起。卫士要去找熟人要点食物充饥。营房中生起了火,烤火、烤衣服取暖。卫士拿一大包东西笑眯眯地走来。他遇到了熟人,送他一盒英国部队给的军用饼干。饼干是人家剩下的碎饼干。几天没吃饭,见到食物嘴里流口水,赛如山珍海味。一口气吃完大半。军用饼干特别硬,不易消化。又因过于疲劳,吃完就睡。第二天,他觉得胃部胀痛难忍,听说枪药可助消化。砸了两颗子弹,吃下去,还没奏效,痛得在床上乱滚。幸好第二天,肚子不胀了,好了。

可走了三天,黄琼发起了高热,昏昏沉沉,倒在路旁。半昏迷中听到卫士报告病情。卫士与孙立人师长联系,马上派来医生治疗。服过药后,轮流值班。医生说出点汗就好了。师部的人抬着他。抬了一段路,他下来坚持自己走,这才和卫士们一起步行。

又经过五天五夜路程,到达一个大村落,地势慢慢平坦了。

当天下午,黄琼觉得不舒服。卫士正捡些树枝用鱼干煮稀饭。他躺在床上,待卫士煮好后递来半茶缸,他只喝两口米汤就喝不下去了。

下半夜,他的病情加重,他怕把命留在异乡。身上开始浮肿,先从头肿,然后向下肿。天亮前，他已感觉呼吸紧迫了。又不忍惊动卫士，便悄悄背靠竹壁坐。天亮后浮肿更厉害，双眼已眯缝成一条线了。大家说，快！要肿到胸部人就不中了。

卫士含着泪水，不停地安慰他。黄琼说，阎王爷不能随便喊我走！你放心！

两天两夜，师部知道后，急忙派医生来打针、吃药，经过精心治疗后，他脱离了危险。

又经过三天的爬山后，赶到一个较大村落住宿。军部买到一些稻谷和苞谷，分给大家，黄琼分了两缸子。

回到住处生火烧水，将分到的稻谷煮一煮，又一边烤火一边用手剥谷壳，不由得把生米送到嘴里。吃了二十多粒生米后，黄琼觉得肚子不舒服。大家也都有同样的感觉。卫士找人用稻谷换苞谷。后遇到一位营长，送给每人两个小苞谷。他们立即煮了吃，连水都喝光了，味道鲜美。

终于到了最后一站——仰隆镇，是个收容站。师部派卫士们用担架把黄琼抬走了。到达收容站，又派医生给他体检，让他休息一个月。

黄琼在印度待了三个月，即被军部召回。作战参谋跟他说，第二〇二师在师长戴安澜率领下撤退，夜间经过细包摩谷公路时，遭敌伏击，戴安澜师长胸腹各中一弹。因医药缺少，得不到治疗，由卫队抬着，死了。将尸体抬回云南云龙安葬。

新三十八师撤退，一一二团、二一三团到达亲敦江东岸，正要渡江，正遇日军炮艇、汽艇巡逻，真是前有日军巡逻，后有追兵。师长指挥，立即砍伐竹木，赶扎排筏，选择渡河地点。当晚乘夜幕掩护，全部渡过亲敦江，不到一刻钟，日本兵赶到，一齐开炮放枪，只能算给新三十八师送行吧！

黄琼听后沉默了很久，这真是生死考验啊！

到达印度后，英国东方警备军军团长一行亲自欢迎中国军队。孙立人、黄琼和团以上军官列队欢迎。

那位将军见中国军队军容严肃、装备整齐，高兴地对部下说，要多多向中国军队学习。

黄琼和他握了握手，然后互相拥抱。

黄琼回国后，思虑再三，给妻子、岳父和黄寨各写了一封信。后来，黄琼在解放战争的辽沈战役中，率全师官兵起义参加了中国人民解放军。

三十五

老太爷,我黄龙飞要远走高飞了。十五爷自白崇禧部攻开黄寨后,告诉南阳专署,要捉拿他归案。因他枪杀士兵太多。

黄龙飞带些钢洋,腰里插两把短枪,骑马迤逦投西北军冯玉祥而来。

部队正在下操。他蹲在操场边静静地等待。这支军队纪律也怪严的,下操步子十分整齐。

下操后,连长正在旁边集合训练。他等训完话,慢慢地蹭到连长身旁,递上一根香烟。连长摆摆手。

我要当兵!

你是哪里人?叫什么?

河南南阳人,叫黄龙飞。

明天下操后给你一把大刀,你耍一下,要是耍好了,留下你,耍不好,你还走人!这儿不养活爷!

好!一言为定,明天见。

第二天一早,操场上早列好了队伍。十五爷早就等在那里,士兵都在跳障碍物。连长说,让这位壮士练练大刀。刀来。

递过刀来,他接过大刀,左三右四,上下遮拦,闪、跳、腾、挪,动作轻巧利索。但他只使出一半在黄寨学的拳脚功夫。

连长及士兵们看后都说,好!好!好!便拍拍他肩。你留下当兵,一月十块钢洋。他从此成了冯玉祥手下一名兵士。

九年后,他在打仗中,做了八路军的俘虏。再后来,他当了八路军连长时，他回忆，那是个阴雨天，在湖南一次战斗中，他冲在队伍前边，突然一颗重机枪子弹打在他左肩上，他倒在地上，队伍被红军包围了。他被两个穿灰军装的人逮住了，缴了枪，押到团部后，他投降了，决定留在红军干。后来，成了八路军一一五师三团二营的连长。

那年的冬月天，转移在山东省胶东湾。黄龙飞率部队跟日本人干上了。他的连队掩护三团部队突围。山势很高。日本人一个连队冲上来。他们沉住气，一枪一个鬼子，把鬼子引在棋盘路上转，转到最后，鬼子发觉他们才几十个人，就把他们逼到一面临海的悬崖上。最后，他和二十多个战士，把枪砸了，跳下了悬崖下面的海里。

天亮了。他昏昏沉沉地听到了叽里咕噜的声音和沉闷的马蹄声——日本兵的巡逻艇发现了他。鬼子把他拉上巡逻艇，押上了基地，又坐火车运到东宁县。这是黑龙江尽头的一个边远县。

他一下火车，被押送到这个地狱一样的地方。给日本人挖工事，军事设施、地道。这里到处都是日本兵站岗，手里还牵着狼狗。日本兵的刺刀在阳光下闪闪发光。他知道这一切都完了。日本人里三层外三层的岗哨，还建了不少岗楼。周围围了三米多高的铁丝电网。逃跑是不可能的，也就是要永远累死、饿死，被打死在这里面了。

总之，等待他的就是死亡。他想起那森森白骨，自己将成为一具骷髅。多么可怕呀！这里是一座阎罗殿。

他向东看看延伸向天尽头的绥芬河平原，向南看看绵绵不断的群山。东宁像一个马蹄形，向东方另一片国土敞开着口。这里是兵家必争之地。他似乎知道几年后这里要发生战争。

他站在的地方是一个山的顶点，站在这里向东看，绥芬河平原尽收眼底。那烟云苍茫的地方是苏联（俄罗斯）吧！在一片宁静中看上去吉凶难测。

绥芬河在山脚流过，它紧贴着山崖流淌，年复一年，把山崖切削成悬崖峭壁。裸露的山岩在阳光下反射着白色的光。日本人占据这座山将扼住绥芬河谷的咽喉，在这上面修筑工事将是一夫当关，万夫莫开！

他想，日本人真的要在这里构筑工事吗？分明要征服亚洲，把我国东三省血洗占领了，然后再进攻华北乃至整个中国。

他和其他几千劳工被集合起来。日本人的一个大官儿叫东川次郎的开始训话。他每说一句，旁边的翻译官就翻译一句。意思是，皇军要建立大东亚共荣圈。你们的干活，不能偷懒，也不能逃跑，谁逃跑了就斯拉斯拉地。说到这里，他把战刀抽山来拿在手里挥舞一下，又插入鞘里。身边牵的狼狗吐着舌头，也仗主人的威风在叫唤。

住的是工棚，每个棚子里住四十至五十人，每天吃的是橡子面。那橡子面又苦又酸，就吃那一点，豆饼也只一点。仓库看的很严，发现偷吃仓库的东西要被狼狗咬死。

战争对人真是残酷。但过后，留下来的也只有哭声了。不能说人类健忘，也因为健忘，有些人才糊涂地活下来。而不健忘的人，总是在怀念战争。只有战争才能使他们达到欲望的巅峰。

这里要建一个几千人的兵工厂。

他被编了号，号码是0185。他想：他要是死了，仍有劳工顶这个号码。人人都穿得破烂不堪，很多劳工把装粮食的破麻袋挖了孔，套在身上挡风。劳工们常常被打死。他们又吃不饱，一个大个子劳工在干很重的活儿，扛麻袋、抬木头、搬水泥，大个子饿极了，偷了仓库里一点豆饼，被发现后，罚站在一块豆饼上示众。大冷天，那大个子一丝不挂。旁边一个日本兵持枪看着他。只要他动一动，就开枪打死他。每天都有人死，冻死的、病死的、打死的，一天向外抬几十具尸体。

人在那时候每活一分钟，都是一种痛苦，都是一种煎熬。但仍然要活下去。一线生的希望在支持着他们。他们总会熬过去的，境况总会好起来的。等到工事修好了，就可以回老家了。

但黄龙飞哪里知道，他这是在给自己掘坟墓，也是在给日本人掘坟墓。害人的和被害的，统统没有逃脱在这里被灭亡的命运。

白天扛包，夜里挖坑道。繁重的活累得他喘不过气来。过去，他哪吃过这苦！

他躺在板床上，身旁的劳工都发出了均匀的鼾声。白天，鬼子动用狼狗搜索要逃跑的人。有个烧锅炉的劳工饿极了，偷了不少吃的，准备逃走。

但他能逃出去吗？处处是日本兵，他最后藏匿起来。日本兵到处搜索都找不到他。最后，牵来的狼狗嗅了嗅烧锅炉的地方，嗅到了那个盖着铁盖的地窖。日本人终于将他抓出地窖，送进宪兵队，杀了头。

夜深了。周围的蟋蟀弹着琴声。他想黄寨，想那菊花井，想桑园，想寨河的月光……想凌燕，但他哪里知道，凌燕已走在长征的路上。

死了的人，扔进了"万人坑"。那我的冤魂，将在万人坑周围游荡啊！

黄龙飞在这里挖了六年。六年看到死的人太多了。后来，这里的太君——东川次郎接防到勋山后，他投其所好，很得这个日本人的赏识，就派他干轻活，待遇还好的活,如清理厕所啦、搭床铺啦、修工棚的屋顶啦。所以,在他的同伴都相继死掉后,他还能继续活下去。

他投了东川次郎的一个什么好?

他发觉东川次郎总一个人在摆围棋下,苦心盘腿坐在那儿研究。偶然,找到一个日本兵下棋,但不一会儿,就被他撵出来,并臭骂了一顿。

黄龙飞有意识地露一手,找中国劳工苦力下一下棋。他从小在坡里割草时就占五道方,后来又占七道方、九道方。四角占四个子儿算一方,在地上画了横竖九道直线,代表天与地、阴与阳、黑与白。方占的多就赢了。他后来在黄寨时,附近观里一位道士,下围棋下得好,他就跟老道士学了不少绝招。这个玩意儿一直没有用武之地,不想正遇见这位棋迷。劳工们都知道黄龙飞会下围棋。

东川次郎把他喊去,下棋的有,你的会的,下得好好的!东川次郎就和他摆起了围棋。这一嗜好竟然派上用场了。过去耽误练武功的事儿,谁知道又用上了。

第一棋,他输了。

第二棋,他又输了,他不能先赢。

东川次郎在东京是学土木工程的,还没毕业就被征兵到中国来。家里还有一个老母,两个妹妹。

他的毕业作品就是建筑要塞。

为建好这个要塞,他付出了很大努力。

已经过八年苦战了,要竣工了。

正下着棋,东川次郎说,今天晚上,你的,劳工的,大大奖赏奖赏的。

黄龙飞点着头说,好,好,太君的好。

黄龙飞心里说,下一棋不会叫你赢了。你那个棋,我会赢的。你会赏劳工什么?黄鼠狼给鸡拜年——没安好心!

东川次郎决定晚上让全体劳工吃一顿饱饭,还准备了肉和菜。

这天,东川次郎的心情特别好。黄龙飞下棋到中盘时,他已被黑子占了天元。

黄龙飞想着,竣工了,劳工们往哪儿去干活?自己没有这么美的差事了。另外,这地道里的地道不早就被人泄密了吗?等修好了工事,他们能放我们出去吗?死了这条心吧!那日本兵能叫中国劳工活着出去,这批吃肉不吐骨头的野兽啊!他们能放过我黄龙飞出去、回家?

想着想着,他又输了。像往常一样,每次下完棋,作为奖赏,东川次郎都要从他的糕点盒子里抓六块巧克力糖赏给龙飞。他的糕点盒子里总是装得满满的。六块糕点对于吃麸皮和麸子面的黄龙飞来说好比山珍海味了。东川次郎这一点让黄龙飞很高兴。他即使输了棋也不会不给,而且不会少于六块。

他得到的总是六块。

他两个还在下棋,天即将黑下来了。西边的太阳早躲到山背后了。

山下劳工棚子里,已经开始摆好碗盆准备开饭了。还传来敲碗声,唱戏声……

肉菜的香味儿在这条山谷里飘荡着……

为了便于看管,劳工棚子在谷底,两头都用电网和岗楼阻塞。东川次郎的临时指挥所在半山腰。他已经有一个妻子和一个女儿。他每每接到远在大阪的妻子来信,脸上幸福地笑着。那边寄来了照片,照片上妻子是美丽的,女儿是微笑的。他沉浸在往日幸福中。他骑一匹白马,让妻子和女儿坐在前头,一同在草坪上遛马。多美呀,如今,战争破坏了这个温馨的家庭。

在东川次郎的指挥所向山下劳工棚子看,看得一清二楚。电工在两排工棚间拉一溜大灯泡,照得跟白天一样。

东川次郎像往常一样,飞快地从糕点盒子里抓住六块巧克力糖,扔向黄龙飞。

黄龙飞揣进怀里向山下走去。要开饭了,他要去吃这顿日本的"最后的晚餐"。过去,他是边走边吃六块巧克力糖,接二连三吞进肚里。今天,要有肉菜吃,他省下了,把六块巧克力糖存起来,以后再吃。

这是一条隐藏在草丛里的小道,几乎是他一人踩出来的。向山下走的时候,两旁的榛丛亲人般拉他的裤脚。因为他输了棋,心情很坏。加上他想,就这样竣工了吗,我们往哪去呀!真的放我们回去吗?不可能的。走着走着,他忽然停了下来。他把事情尽量往坏处想。鬼子玩的是什么花招?他们要等劳工干完活后,就把他们统统杀掉吧!因为害怕泄露了机密。他看到了山下那些劳工们高高兴兴的样子,不由得打了个冷战——他们今后往哪里去?他们真的会有那么好的运气?能真的把他们放回家?当年和他一起押到这里的人已经一个不剩了。来得早的一批一批地死去,新的一批又一批运进来。这里总保持千把人左右。死的劳工扔进了"万人坑"。山下和他相识的已经不多了。听到劳工们大喊大叫的声音,他想到中国有句古话人欢无好事。人无远虑,必有近忧啊!

他想着想着在石头上坐下来,也不去赶那顿好酒饭。他就在那里痴痴地坐了大约一个多钟头。

突然,四周的探照灯亮了,一齐射向劳工棚子。

紧接着四周轻、重机枪咔咔地叫起来,似风扫落叶一样。山下正在狂欢的劳工们如同扔在火里的蚂蚱，又蹦又跳。被子弹击中的尖叫声直冲上山来。有的急忙跑进了棚子里，工棚却立刻熊熊燃烧起来。

他从枪声中清醒。逃！逃出这个魔窟！

他掉头往山上跑，从一个岗楼下面逃出了封锁线。岗楼里正在集中精力向山下开火，谁也没注意到这个在他们眼皮子底下逃跑的人。

黄龙飞顺着山往南跑。平时，他注意观察，已经知道勋山方位。他知道只有向南跑才能进入更密的林区，从而逃出要塞。

天将亮了，黄龙飞到达了桑树坪。看看在微明的天光下的那些岗楼，他想，这还没跑出要塞区，鬼子要搜索来的话，还能逮住他。他还将必死无疑。"万人坑"里再多一具白骨。山下是个约二三十户人家的屯子。趁天还没亮，他悄悄地走进村东头一户人家的院子里。上帝保佑我！让我平安地逃出鬼子的魔区，他心里想。

东北的院子——编成一圈儿篱笆。他一纵身跳过去，他见这家开了门，一个男人正在马棚里喂马。那男的盯他一眼，这一眼黄龙飞终生难忘。

他走上前轻轻地喊声："大哥！"那人看见他的衣服，就知道他是逃出来的劳工。他嘴哆嗦着说，你——你快走——小日本……

黄龙飞说，大哥，你让我上哪里去？我都不认识啊？那人说，不行！不行！小鬼子常进村里搜查，搜出来我全家都要被杀。

黄龙飞站着不走，那人只好说，求求你了，快走吧！我给你点吃的，你拿上快走吧！

黄龙飞说，听口音，大哥，你是河南南阳人吧？

那人说是，我是内乡人。

黄龙飞说，我是邓州人，大哥谢谢你了。

就在他拿起煎饼走出院门时，那人忽然叫了声，老乡，你等一等。

黄龙飞站下。那人说，你往哪儿走？这样走不过多远的路，就会让鬼子逮住。黄说，不能连累老乡你呀。我逃不出也得逃。

内乡人一把将黄龙飞拖到马棚里，他把一匹大马套上了马车。

来！你把那身鬼衣服换了，穿我这身衣服。黄换了衣服后，囚衣也忘了烧掉，只顾换穿衣服了。

来！你躺在这儿，躺到这马车后面，千万别动，无论外面发生什么事你都甭管，我把你扣里面，听话。不听话你就活不成。

受俄罗斯影响，东宁县这一带的马车都是用的四只轮子，在后面有一木柜，作为马槽。这个柜子没有底，只用一些绳索联结着，但谁也不会想到这马槽里会倒扣着一个囚犯。

东川次郎第二天早晨起床,忽然想起,杀死这么多劳工,下围棋那小子会不会没下山?他命令反复检验尸体,报告说没有黄龙飞。东川次郎下令全体出动,带着狼狗搜查起来。狼狗的吠声在山谷中震荡。当找到这个三十户桑树坪小村,在村东头一户发现了一件囚衣——劳工衣。东川次郎狰狞地笑了,这是什么?那女人说不知道。搜!结果连地窖都搜了,仍然是没找着黄的踪影。鬼子气得朝天放枪。吼道,你的,跑不了的有?

黄龙飞蜷在马槽下,心里提心吊胆,每走到一个岗楼处,停下,干什么的?我去城里拉点肥料。

鬼子一看车上什么都没有,放行了。一路颠簸,走出了要塞区。又一路向西,到达了二道河,早过了鬼子警戒线。

那人勒住马缰绳,将马槽掀起,往前走吧!安全了。黄龙飞下了马车,跪在那人面前磕了三个响头,谢救命之恩,终生难忘。然后,扬长而去。那人回去听女人说鬼子发现了囚衣,忙将屋里东西一收拾,连夜逃回了内乡。鬼子第二次去家时,已人走屋空。内乡人救了他一命,也成全了这位后来成为解放军师长的梦。

黄龙飞凭着自己的记忆,趴在一棵树墩上画地图。他偷了鬼子的半截铅笔,在地上拾到一张揉皱了的纸,把东勋要塞的每一个岗楼,每一个暗道,站道暗道门、瞭望孔、炸药库、汽油库、粮食库、枪炮库都画得清清楚楚。然后,找到了苏军防御阵地,见了苏军上校,把这张画的地图交给了他。

苏军怎么也不能相信,他是从里面逃出来的劳工。死里逃生的孩子!上帝保佑你。上校用手在胸口划十字。你立了一大功。我们就要把天皇宣布投降后的最后一批日军消灭掉。

日军对面扶桑台的炮弹呼啸而来。炮弹撕裂着大气,在灰白的天幕上划过一道道赤红的光彩。

苏军的炮弹一批接一批地越过河谷飞来。拖曳着火光的炮弹在天空中相会,河谷上空交织着绚丽的火焰。

三百毫米的加重炮,每次发射震得山都颤动。炮口喷出熊熊火焰。炮弹呼啸时带动一股强大气流,如同一股龙卷风撕掳周围树木。有的树被连根拔起,飞向空中。鬼子经营了十几年的东宁要塞被送上了天。

东川次郎知道这是有人泄露了机密,不然苏军的炮弹怎么会那么准确?在这段时间,就恐怕中国人越国境为苏联人送情报。但他怎么也不会想到,这会是他手下的囚犯——那位会下围棋的人做出来的事。

黄龙飞终于找到了解放军。那时，抗日战争刚刚结束，辽沈战役就要开始了。他找到了解放军那支部队，向师部讲了他的身份。他仍拿起枪来，同蒋介石的队伍打仗。他又一次穿上军装了，成为一名士兵。他闲下时会对人说，那一年，在东宁，小日本那个狠！他们要灭了我们中华民族……

三十六

1945年早春,雾气慢慢地散了,遍地都是干旱景象。

禀老太爷,日本人沿京广线南下打过来了,现在已到了南阳。丁账先儿把水烟袋递给了黄嫠。黄嫠边在屋里踱着边吸着水烟。

二爷吸着长烟袋进了后花厅。对黄嫠说,出去看看啥样子?甭光待在寨子里。

一会儿,黄然也来了。

大伙儿不坐车,步行。

走出南寨门往西一走,大为吃惊。黄然说,听说蝗虫在许昌一带,把火车都挡住了,火车开不动。日本鬼子没办法进军,蝗虫能将火车挡住吗?

纯胡扯,那么多的蝗虫?院子里树上都有?

走出去一看,才相信那的确是真的。

也不知它们从哪里来的,几乎就像飞箭一样从天而降。大家发现遍地都是蝗虫。所有的树上、地上、沟渠里、庄稼棵上,全爬满了蝗虫,哗啦哗啦响成一片。飞起来,把天空都遮住了。这些蝗虫把公路田野大道旁的树叶子啃得精光,看着所有的树林、麦叶子、豌豆苗、蚕豆叶子全被啃光,田野一下子又回到了冬天。吃光了树叶以后,它们开始到处乱飞。这些蝗虫遍体是黄的、灰的、花的,五颜六色。老百姓都说:蝗虫成灾也是皇军成灾,他们往后的日子长不了。

他们才相信今年是蝗虫年。

黄然说,混成旅团的日本人沿京汉铁路向南侵犯,在快到临颖城时,火车要爬一个大坡。机车呼哧呼哧地喘着,再也爬不动一步。鬼子的旅团长以为蒸汽不够,亲自到机车头检查,还用军刀背打烂了司炉的脑袋。列车就是加速上不去。下车一看，发现车轮在钢轨上打滑，只能空转，寸步不动。钢轨上爬满了密密麻麻的蝗虫，碾碎的蝗虫像给钢轨打了一层润滑油。旅团长下令，全体官兵下车灭蝗。沿铁道开始人蝗大战。兵官们用树枝、用衣服、鞋底，把爬在路基上的蝗虫清扫下去。但是蝗虫仍滚滚而来，把天空都遮黑了。不断地涌上铁路。打死一批又一批。火车只能一寸一寸地移动。任凭军官们吼叫也不行。蝗虫越来越多。沙！沙！沙！一脚下去能踏死十几个。

黄婴听后，长出一口气，天要灭蝗啊！

二爷说，蝗虫即是皇军。他们国主叫天皇，假鬼子叫"二皇军"。日本国长不了啦！

丁账先儿说，自然！自然！

他们走到南边一个大坑边，看坑里水黑绿黑绿的，有三百亩地那么阔。坑的对面长了郁郁葱葱的苇子。他们又回到了寨中，严令关好寨门。

日本鬼子来了，就揍他们。

不久，一个傍晚，突然"叭"的一声枪响，打破了寂静。从北边村里跑过来一位三十多岁的妇女，后面几十个日本兵在追。八格牙路，站住，斯拉斯拉地有！鬼子在吼叫着。

显然，这是他们在追赶奸淫对象。这个女人坚决不从。

前面是一个大坑，三百亩水面。她"扑通——"一声跳到坑里。但鬼子兵不会泅水，就到黄寨去找会泅水的人。黄寨寨门紧闭。黄寨村黄然正从新野回来。鬼子一见，你的，下去捞的有。

黄然摇摇头，表示不下水。鬼子用刺刀向他捅去。黄然急忙跳到坑里去了。水很深，他一个猛子扎进水里便不见人影了。

鬼子在岸上，干等不见人影。终于找到会水的，只好下去捞那妇女。妇女已喝了不少的水。

黄然从对岸的苇子棵里钻出来，凭借苇子的掩护，趁着幕色苍茫，钻进庄稼棵逃进了黄寨。

日本兵把那个女人拉进了两间屋子里去，从里面传出了哈哈的兽笑声。

女人回去后上吊死了。

北酒坊没有寨墙。但这些年，酒卖了不少钱，就购买些枪支，准备打日本人保护村子。

这天上午，大家正在议论，人家黄寨有寨墙，一时半会儿日本人攻不开，咱可要留心。不行了，把枪用上，打他龟孙。

这天是清明节，家家户户都上了坟，烧了纸。忽然，有人进村说，小日本来了，离这儿不远了。家家拉牛的，抱娃儿的，妇女们把脸上抹锅灰的，一起往黄寨跑去，往亲戚家跑去。"粗腰"正把饺子下锅。人们说，你还不跑，老日来了。

他把饺子盛到碗里说，吃饺子的，安生过清明节，吃罢老子站到黄寨城楼上。鬼子冲进村里，等冲到他院里时，见他把饺子碗放到供桌上敬祖宗哩！

你的良心坏了地。投降皇军，带路。

不！等祖宗们吃碗饺子。鬼子用绳五花八绑，将他吊到门前弯枣树上问，你还敬不敬祖宗？

敬！你们杀了我吧！二十年后，我又是一条汉子。

长官，我给你们磕头啦！他老母从屋里跑出来求情。

你的，鸡子儿的有？老母听不懂他要鸡蛋，鬼子上去摸摸她屁股：鸡子儿？她仍听不懂！鬼子发怒了，将她一脚踢倒。

树上吊的"粗腰"说，你妈的×，你打她干啥！要杀杀我吧！鬼子把绳子放了一下，后退几步，嗷嗷地喊叫着冲上去，但没杀他。

放下来后，把他提到一个半斜坡地边。让他跪下来，他不跪，鬼子用大头皮鞋踢他。两人把他按在地上，他又被往前挪一挪！那是个斜坡地。

另一个鬼子抽出东洋刀。呀——大喊一声，砍了下去。他会轻功，将身子一缩，装着死了。他没有选择逃跑，知道自己跑不过枪子儿。鬼子只劈去半边脖子，头上、脖子里流出了许多血，他倒下了。

鬼子认为他死了，撤退了。

半夜，一阵冷风吹来，他醒了。醒了摸摸头还在，脖子里全是血，骨头碴子都露着。他呻吟了半天，又用一只手托住头，一只手撑住地，一步一步地往家里爬。爬呀！爬呀！他只觉得很长。黄寨有三里地，他硬是爬了三里地，终于赶到了黄寨门口。

他哼啊哼的，呻吟声惊动了黄寨人。点着灯，打开门一看，原来是"粗腰"。忙拖到屋里，全家人都惊呆了。

天亮了，他们在黄寨叫来二爷。二爷是神医，手扶脉一摸，还跳得怪强。没事儿啊！忙从药褡子里摸出针来，缝了十几针，又上了些长药，用干净布包了脖子。

北酒坊的人回来了后说，看！咱们跟黄寨争的啥？为的啥？争狗骨头啃的。老日来了，咱们和黄寨人一起联合抗日吧！快派人与黄寨联系。

鬼子到了西鸭（峡）口，过不去了。你想，鸭子口吃蝗虫吗？犯地名了。对！他来了，咱就打。

那天，天阴沉沉的。一小分队鬼子乘坐装甲车往城里攻击。只有五个鬼子往北酒坊里来。他们一进村就闻到了酒香。

好！米稀米稀的有。

北酒坊的男女老幼都跑光了。

只有酒坊做酒的师傅没来得及跑。一位自称是酒坊"小老板"的人踱了出来，见了鬼子把礼帽摘下来，点头哈腰，皇军，坐！坐！他喊来两个伙计，搬来凳子让鬼子坐。又从里屋端出一盘点心，炸糕、糖豆角……

皇军，米稀！米稀！

鬼子们坐下，就吃起来。

太君！酒的米稀米稀，大大的有。小老板又殷勤起来。

提来一桶热黄酒，盛在大碗里劝鬼子喝。但鬼子不喝，他们怕碗里下有毒药。小老板留一碗，自己咕咚咕咚喝起来。鬼子早就闻见了酒香，禁不住嘴馋了，流下了涎水。小老板端起酒碗，敬了他们每人一碗。五个人喝了一碗又一碗，觉得很甜，很解渴地吃着，喝着。

停了半晌时刻，风一吹，酒性发作。这五个鬼子醉眼蒙眬，小老板见时机已到，就使个眼色，另外三个伙计立马把蒸酒的两个大锅，吊开个盖子。

睡觉的，你们的，睡觉的有！很快，他们把五个鬼子装进大锅里，马上放下大吊盖，使劲加火蒸。很快，锅里的水咕咕嘟嘟开了。那五个醉鬼突然蒸醒了，在里边呀呀乱叫。

这四个酒坊的人，急忙抬来大石头压在上面。还怕不牢固，又用铁丝拧一道箍。

小老板嘻嘻地说，美不美的，你的美美的有。

我的，良心好好的，太君，睡的！睡！

渐渐地，里面的哭喊声没了。又一会儿，从缝里飘出了人肉味儿。

吃蝗虫啦！小老板喊道。

北酒坊的人们听说后回来，把这些"蝗虫"的骨头和肉汤、衣服，都弄到坡里埋了。

第二天，鬼子小队长点名少了五个人。这还了得。

报告！这五个人昨天去了北酒坊。

出发，去北酒坊。

北酒坊忙派黄然的女人去婆家找黄然。女人去后说，北酒坊昨天惹了大祸了，杀了五个鬼子兵。他们要来报仇。黄然你抛弃前嫌，不再计较吧！

黄然说，老婆呀，你不吭声回去十来年，害得我男不男，女不女！儿子也去了老河口，你给我跪下磕三个头，我敢打包票，打日本人就包下了。

老婆说，你嘴一歪，说得多有（劲），我还想叫你跪那儿呢。还喝酒，吸大烟不吸！她上前去拧住黄然的耳朵，疼得他直号叫。

黄然说，通知一下，让拳师队去收拾他们。

准备了榆木喷炮、罐炮、杨木杆炮、九节雷炮，在炮里装上砸碎的犁铧碎铁，一炮轰出，能呼啸着炸满一个麦场。

日军中队长率领五百名日军、"皇协军"，骑兵加步兵，一溜行地开向北酒坊。北酒坊也发有几百支枪。人都跑往黄寨了。他们到北酒坊村边，只听"叭——叭——"几枪后，北酒坊的人都埋伏在村外，又故意引他们去了黄寨，钻进了黄寨寨内。

南寨门、西寨门一齐开火，打得日军趴在地上。一会儿，日军小分队长命令，把三挺机枪架上砖窑，朝黄寨内打起来。子弹如飞蝗一样咔——咔——叫唤，火力压得守寨庄丁抬不起头。小队长又命令，迫击炮，放！日本兵把小旗一挥，"轰——"炮弹在南寨门楼上，炸死炸伤了几个人。南寨门枪声稀了。日本小分队长挥着战刀喊：八格牙路！斯拉斯拉的！日军攻向南寨门。

二爷挥着大烟袋，拳师队，冲，分散进攻，攻背后。一句话提醒了黄婆。

狗日的日本人要是进了黄寨，会鸡犬不留的。整他个王八糕子。黄婆说。

拳师队一共几十个人。二爷说，再找些，组织五十个人，从地道里出去，从背后揍他们。

拳师队一行三十人，又跟了一组，全是短枪、长枪、大刀片。

这洞仍然在，他们钻进地洞。以前用过两次，从洞那头的庄稼地里钻出来，分成两支队伍，鸣枪为号。

日军正攻南大门，冷不防，背后响起了密集枪声，顿时大乱，于是纷纷中弹死亡。

他们将架在砖窑上的机枪打"哑巴"了。寨内的庄丁一听枪声，知道拳师队得手了，冲出开寨门向日军扑去。日军腹背挨枪，纷纷逃跑，又有榆木喷、九节雷一齐向日军群开炮，日本鬼子被炸死大半，纷纷逃跑。有的把枪扔下，拳师们动作神速，喊声"上——"，用盒子枪射击近处的，等冲到跟前，即抽出大刀，劈向日军。日军小队长招架不住，骑着洋马逃回据点去了。

拳师队押着日本俘虏，背着缴获的枪支，嘻嘻哈哈地进了寨门。

黄婴说，日本人不会就此完结，大家准备一下，找一找"粗腰"，让他也回来干一场。另外，把北酒坊的队伍也组织起来，合起来干。

人们赶紧下乡回去找。原来"粗腰"受伤治好后，又云游他乡去了。

二爷用烟袋敲着桌子说，这次，咱先将家小疏散出去。再在地道那头埋伏好，等小日本攻进来后，咱往里打。

黄然也说，把北酒坊的几百支枪也合起来，会叫鬼子上天去呀！

这次，将面对更多的日本兵，还有机枪、大炮，流血、死人的事是会有的。二爷说。

丁账先儿说，咱把十几门炮使上，轰他舅子！再跟南阳、西峡、内乡等县联系一下吧！

第二天，"粗腰"被找回来了。他表示要给黄寨出把力。寨中人都趁夜色掩护，把村里人撤出村子，并把寨中的细软、财物都疏散到亲戚家。

第三天黄昏，在日本中队长坂垣少佐的率领下，八百多名日伪军把黄寨团团围住。

寨上的九节雷、榆木喷装上药后，开炮了。"轰——轰——"一炮又一炮，炮手们射出的炮弹在敌阵中开花了。日本兵被迫分散开来了。

日军架起了迫击炮。轰——炸垮了南寨门的半边墙。又轰——在寨墙上的敌楼上开花了。庄丁们死伤了十几个。

乖乖！这小鬼子炮真准啊！倒是厉害哟！

支那的，斯拉斯拉的！日中队长坂垣挥着指挥刀喊。

日军在沉沉的夜幕中，冲进了西门的土地庙。庄丁们怒火满腔。用九节雷轰他狗日的！黄然说。一炮轰去，将土地庙的影壁墙轰倒了，把冲进去的日伪军封在土地庙里，切断了他们继续冲进寨门的道路。

南寨门已被轰倒半边，日军又占据了寨外种地户的村庄。在寨中，已听到民房中敌人挖射击孔的声音，连敌人叫骂声也听见了。这真叫人急啊！

八格牙路！八格牙路！

听到日军的号叫声，庄丁们都心里嘀咕着，寨子若被日军攻破，这些野兽会血洗黄寨，没跑出去的，必将统统杀掉。只有与寨子共存亡，即使战死，也是死有所得。

这时，黄婴和二爷让人把两匹战马杀了，把肉做成肉面。挑到寨墙上让大家吃。又送一些到地道那头，让大家吃饱。

如何打退寨门外种地户村里的鬼子、皇协军呢？用火攻。二爷吸着烟袋说。

对!"粗腰"说,我先去点火,点完火,我还有个节目。

黄然说,"粗腰"你放心大胆地干,怕球,没个老婆娃子的,死了给你立个碑。人们给你当娃的多着呢?

"粗腰"运起轻功,嗖地蹿出寨河,又轻轻地嗖嗖一阵风去了。他用扫帚缠住棉花蘸了枪药,连连点着了几座民房,正刮西北风,顿时烈焰冲天。乒乒乓乓,鬼子、皇协军被烧得号叫着跑出屋门。十几尊九节雷、榆木喷、山哈巴狗连连开炮。

日军少佐发了狂,指挥迫击炮又炸开了南寨门。日军、皇协军一窝蜂往里冲。日军少佐手持着指挥刀,正站在一个土坎上指挥。忽然,脑后一个黑影一闪,他没看清,只当是日本兵呢!谁知道大刀一闪,取了他的脑袋,身子扑通倒地死了。

嘿嘿!你还支那不支那!传来了"粗腰"的笑声。

地道那头的拳师们从背后冲出井口,迂回包围朝里打。寨里庄丁往外打。日军不如有多少人。村子里的铁桶装上鞭炮,也响起来了。日军全乱了,死的死,逃的逃。

杀呀!杀!拳师们怒吼着,两下夹攻。鬼子们号叫着四处奔逃。他们发现少佐死了,更是乱成一窝蜂。但却不投降,即使只有一个鬼子,他们还要战斗。

日军终于退了,退向南阳。

"粗腰"拎着日军少佐的脑袋进寨来。

人们打扫寨子内外,收拾枪支。等待准备一场更大的战斗。

这年的八月十四日,日军天皇已宣布投降了,日军退回国土去了。

三十七

咱们各当各的家吧！这个家经四五回打仗折腾,死的死了,外出的外出了。凌燕、黄琼、黄龙飞至今没个信儿,也不知是死是活。这日子一年不如一年,地也少了。钱、房屋也少了。黄媭坐在后花厅说。

黄然说,分就分。我也吊儿郎当惯了。玩个斗鸡呀,斗鹌鹑呀,也没人管,你有女人管。

二爷说,家是越分越穷。咱这是个大家庭,过去是凑在一起的,不能分。我也不是想当这个家。要真分的话,你们就分。

"粗腰"说,我也是没家没业的人,咋着都行！

找个"看地先生",让他择个好日子。阴阳先生搬出万年历说,金能克木,后天是个好日子。

第二天,做了肉馅,那一保堂、二艺堂……七个堂的家族都分到了馅,各家又领了面粉。自己和面,自己包。

算吃一个分家饭吧！黄媭在大家领馅时说。

第三天,刚吃过早饭,天气是阴沉沉的。

人们的心情是沉重的。毕竟经过一个多世纪的风风雨雨,这是一个大家族。

他们一行人先到祠堂里,祭告天地、列祖列宗。祠堂里的乞丐,因为打仗都跑了,有些得到了黄寨的周济,都转成了种地户。

大家都先后跪下,由黄媭上了三炷香,祷告说,列祖列宗在天之灵,不肖子孙都祷告在上。家运将衰,没办法,把家田分开,各家都操点心,上复苍天,希列祖列宗助晚辈发财。

黄婴、二爷、黄然，丁账先儿都一一磕了头。

从祠堂回来，在后花厅将一保堂、二幼堂、三艺堂、四治堂、五福堂、六庆堂、七贤堂的族长都叫到后花厅。

黄婴吧嗒着水烟袋后，清了清嗓子，咱这黄寨历经三百年，树大分枝，家要分。经几次战争，财产损失太多。分是分了。但往后照常如旧，还是一家人。有大事都商量着办，没有过不去的坎啊！

他咳嗽几声说，怨我这个寨主当得不好。田地少了，分时，好地算好地，孬地算孬地，好孬地搭配。坟园地留一百亩，作为黄寨基业，敬祖、祭祖庆典开支。子母寺学校留三十亩，房屋留下三个花厅，其余房子好的、坏的搭着配分。牛、马、驴、车分掉，庄丁、厨子、骡把式，愿留下留下来养活，不愿留下的发大洋三百块另择明主。地和财产、房屋，都抓阄。拳师队留下，枪支、大炮留下，以保护寨子。现在占卜。

屋里静得出奇。

占卜开始了。

先在大厅里吊一张箩，在桌子上铺上红毡布。在红毡布上撒些草木灰，在箩里放上祖宗的牌位。请占卜师占位。把这些族人都请出了大厅。占卜师祷告一番，舞一会儿剑，嘴里不停地哼啊哼的。大约一个时辰过去了。

红毡上的草木灰显出了奇形怪状的甲骨文。

黄婴请二爷看了看，二爷说，祖上显灵，这家是要分的，但要和和睦睦地分，不准胡闹，更不能动刀动枪的。

抓阄开始，因事先说好的土地、房屋、牛驴车马都是好坏搭配。

丁账先儿拿算盘，把抓的阄儿记在账本上。那些纸蛋蛋放在一个箩筐里。人们笑着说，凭手指头挣啊！抓一个纸蛋蛋啊！

折腾开时，黄婴说，甭慌，抓的阄儿记在账上，咱还有一件事办。

这十三层元宝塔，留我这儿，辈辈传给长子，这是无价之宝。

五个瓷罐，明日去黄寨西南，在老坟附近盖起一座大庙。庙里把五牌位供那儿，把瓷罐打开，看里边是啥。

庙很快盖起了，内放五个主牌位。

庙盖好，庙前安五座坟。坟挖好。将瓷罐打开，让众人看时，原是五颗骷髅头，五具战袍，那是明末唐王五员大将的头颅。他们从祖上保唐王与郑成功分手后，与清兵死战，后在战场自刎，又被背回邓州的。祖上把一个瓷罐装了这些头颅。五座坟前都燃起袅袅香火。

人们涕泣不已，放鞭炮纪念。

然后，黄寨的田地、房屋、牛、驴、马、车都和睦地分了。

家透出秋天景象来。

从老河口往邓州的路上，急急驰来一辆汽车，是黄星儿。他听说分家了，赶回来的。他在老河口已是数一数二的富户，那些茶庄、商行、酒行、烟草行、粮行、茶行……生意做得很大，遍布全国十几个省的大城市。

他回来第一件事，是拜见爹娘。

另外一件事，他宣布要重振黄寨雄风。最好让黄婆让贤，他也在老河口经商，要坐寨中的第一把交椅。

这些事，他都办了，很体面。

黄婆说，你娃子毛嫩着，老爷子我给你撑个门面，实际你来干吧，但不能胡整。

这天早晨，仆人禀报太爷，有一人求见。

让他进来。

进来的人说自己是"红枪会"的人。

红枪会是干什么的？

红枪会是庄稼人的一个组织，专跟官府老财作对，最近由八路军指挥。

黄婆想，最近黄琼、凌燕来信，一个在八路军，一个在红军，都是好人。

你想做什么，说吧！

我们红枪会要经费，请你给大洋三百块。

黄婆咂了咂嘴，因为刚分了家，家庭是越分越薄，这事咋办？

你到底是不是红枪会的？

是的！绝对是的。

请你等一等，三天后，我派人把大洋送去。

送到哪儿？送到都司朱洼村。

黄婆就到各家，收齐了三百块大洋。

三天后，两个人推着小车，上边装些豌豆盖着，推向朱洼村。路过一片竹林的何营，"噌"地从林中跑出来几个土匪，拿着枪，叫"站住"。小车只得停了下来。

你们推的什么？

没推啥，长官，推点豌豆送给亲戚家。

胡扯！叫我搜搜！那几个人摸了摸，果然是豌豆，又给这两人身上搜了搜，也没搜出什么，就放行了。

刚走不远，这两人又追上来。再搜搜，刚才没搜清。

这次，他们把小车翻过来，还敲了敲小车帮及下部件，敲得声音很闷，大洋在夹层里。

哈哈！再滑的泥鳅也能扒出洞来。

他们把装在小车底部的三百块大洋全部拿走。那两位说，大爷，少给留一点吧。

滚！他们笑着走回何营。

他俩回到黄寨跟黄娿一说。二爷在场，吸着烟袋说，你们叫一个拳师跟上不就没事了？你们去朱洼村，跟"红枪会"说清楚，就说是何营的土匪把钢洋劫了。

他们绕路去朱洼村，把这事一五一十告诉了红枪会的头目。

第二天，临近襄阳的魏集有一个庙会。两省的把戏、地方戏有好几台在魏集上演。一大早，有一个老头撅个粪撮箕到何营，去到劫钢洋的土匪家，送上一封信。信是县商会会长亲笔写的，要何营这二位去魏集庙会赴宴。他俩一看信很高兴，当即答应明日赴宴。

第二天，他们俩人揣上短枪，去黄集赴宴。商会会长的秘书迎接他们。庙会很热闹。上刀山的，唱曲子的，唱梆子戏的，玩猴的……

看戏的人很多。会长请他俩先坐在台子前边看戏，中午再进入宴会。

他们正坐在那儿看宛梆戏《捉放曹》，正在热闹中，忽见身后有人越过几排椅子来，"砰——砰——"几枪将两人中一人打死，一人受伤跑了。

会场大乱。

红枪会的人说，这可出出气了。

何营将死者尸体埋了，治了另一个人伤。

一年后，黄娿正和二爷、黄然走出寨门观看，有一骑马送来一封信，信上写二〇〇师长黄琼近日要探家，队伍驻在襄阳。

这时，何营村来了叫索金娃的土匪头儿及随从，他和何家是亲戚，坐下喝茶时，问他姑母，我老表没在家？

金娃子啊，你只顾当官儿哩！你老表叫人打死了，你要报仇啊！

谁打死的？快说，算他活过月了。索金娃说。

黄寨人打的呀！死得惨哪！

索金娃站起来说，好啊！骑上马与随从一阵风走了。

第二天傍晚，索金娃带一千土匪将黄寨团团围住。守寨门的庄丁少了，拳师们有两个去了镖局，咋弄成这个样子？办了好事也成这样子啦！

黄婆听报告后，很是吃惊，自己没打死何营的土匪，却招来这祸。

土匪们一个连的骑兵围住了西寨门，寨内一片混乱，少数拳师及庄丁急忙用轻、重机枪扫射。

又用从日本兵那儿缴来的迫击炮轰，"轰——"炸开一片，土匪死了不少，又轰了几十炮，土匪们后退了一些。

重机枪架在南寨门上，嗒嗒嗒地扫起来。

但土匪如蝗虫一样，越来越多。

黄婆站在寨墙敌楼上高喊，索金娃，我黄寨与你无怨无仇，为啥要攻打我寨。

叭的一枪，将黄婆的右臂打伤了。

娘的屁，你们干的你们知道，杀人偿命。

二爷急忙喊来庄丁扶住黄婆，黄然等人急忙钻入地道。

土匪的枪弹越来越密。在火把中，见贼人越来越多。

土匪们冲进西寨门，各家儿都想拥进地道。但已来不及了，地道口用石磨封住了。

各家都被几支枪逼住，拉往何营姓何的坟前，这中间有三十多里地。

从东边大道上疾驰过几百匹马来，为首的正是黄琼——他已升任二〇〇师师长。因军务忙，晚来一步，到黄寨时，只见火光中，土匪正把人押走要杀掉。

黄琼高喊，刀下留人，谁是主子？没人答应。

我是二〇〇师师长，请头目过来讲话。

对方仍沉默。"叭——叭——"子弹仍在呼啸着。

冲——黄琼命令。这几百骑兵龙卷风一样冲向土匪群，马刀闪亮，长枪、短枪齐发。

杀开了一个口子。土匪们纷纷逃窜，扔掉抓的百姓。索金娃骑马上前。你是谁？

索金娃，收编的民团团长。

我是黄琼，二〇〇师师长。我命令你，赶快将黄寨百姓全部送还黄寨。索金娃想，咋也不敢跟师长斗哇！

正在这时，从地道出口钻出来的黄婆、黄然、二爷也到了黄琼面前。

索金娃说，放掉所有的老百姓，往后撤。

土匪们哗的一下全撤了。

打伤的被抬上，二爷又用药包扎了黄婴。

进寨里，黄婴说，天哪！缘分啊！亏你回来的是时候，咱黄寨谁也没干过亏心事哇，咋能叫黄寨吃大亏。

黄琼讲了出去缅甸作战一事，然后满怀激情地到寨中转了转，看了看当年大桑园练武处。

众人各自修盖房子，清理战场。

两人各谈了些话。几日后，黄琼与骑兵回到襄阳城驻防。淮海战役中与黄飞龙解放军旅长一场生死搏斗，又起义参加了解放军，在刘伯承元帅麾下当了一名师长。

阴阳先生看了黄寨祖坟的下边，子孙兴盛，放了罗盘，更是头枕八百里伏牛山，脚蹬数千里汉江水，也是天罡、地罡全占了。

没几天，仆人报，过队伍了。咋办？

二爷正在吸烟，忙说，是什么队伍？是要打寨，还是路过。

路上，黄尘滚滚，步兵、骑兵、炮兵，一溜一行，滚滚洪流。二爷和黄然赶紧上寨墙上一看。听人打听是邓小平的队伍。刘邓大军越过平汉路，向西千里挺进大别山，又向西经伏牛山、武当山进入四川。

队伍停下了，正在附近村庄驻扎，号房子，安置锅灶。

二爷喊，丁账先儿，快派人开寨门。我们去迎接邓政委、刘司令员。这是穷人的队伍。

南寨门、西寨门大开，二爷、黄然、丁账先儿亲自出来，去问了司令部在哪里，找着了邓小平、刘伯承。

把队伍让到寨中，司令部就设在十字街口东北角的磨角楼瓦房院子里。

他们命铁匠炉开炉打铁，打大刀，打子弹头做子弹，送给解放军。

他们见这位邓政委和蔼可亲，穿着灰军装，打着绑腿。老乡长老乡短地同他们说话。

院子里升起了一面五星红旗。

其他一些屋子住上了参谋人员、后勤人员，黄寨像过年一样，杀牛宰羊，送给解放军。他们把仓库里以及各庄子上粮仓的粮食用牛车拉来，送给了邓政委的队伍。队伍帮他们打水，扫院子，下地干活。拳师队的一群三十人来了，找着了邓小平的司令部，他们都要求参加解放军。陈赓笑笑说，为啥要当兵？拳师队师兄说，这是穷人的队伍，俺们跟定了。简直亲如一家人。有黄寨的小伙子也报名加入队伍，妇女们赶做军鞋送给队伍上穿。

两天后，远处传来隆隆的炮声，国民党军队追来了。他们的旅长是李仗义。

邓政委率队伍要告别向西，施行千里牵牛战略计划。

走有二十里地，过一条河，河水很急。敌人的炮又"轰——轰——轰"在部队周围炸开了。

战士们卧倒，河上没有桥，也没摆渡船。这时，黄寨动员男女老少齐上阵，拉来木头、木板，用铁匠们打的抓钉钉牢，然后用铁锤打桩，上边铺上木板。一天，木桥就修起了。

滚滚铁流从桥上流过去，部队动员扔掉一些笨重东西，轻装"千里牵牛"。

两个孩子追来看热闹。

你叫什么名字？哪庄的？上学吗？

穷人家的孩子哟！给你八块钢洋，上学吧？

邓小平把小娃子举在半空中，和蔼地笑着。

工兵在检查桥的性能。

邓小平、刘伯承和他们的队伍向西，向西——而后，刘邓又将司令部转向方城……

炮声越来越近了。

邓政委还在挥手，乡亲们在道旁送茶水、鸡蛋。含着眼泪送别亲人。

三十八

一轮朝日东升,在黄寨的树木花草间,点缀了千万朵金花,晃动着变幻着各种图形。黄婆刚把水烟袋点着火,丁管家的急急忙忙哆嗦,爷!听说刘邓大军过来黄河,沿京汉线以西奔来,刚走的刘邓大官们,眼见往西去了。追来的是老蒋派来的李铁牛哇!刘邓大军可厉害了,从南召县往镇平去了,听说是一个叫陈赓的军长率领的。

黄婆吧嗒吧嗒地吸着水烟,青青的烟在后花厅弥漫开来。

看解放军恶,还是老蒋坏,哈哈!我用粮食安天下,球,夜观天象,老蒋气数要尽了。

大爷高明,看得远啊!

你去十字街口和铁匠炉交代一下,多打些子弹来,咱有的是铁、铜、火药。

他又磕了磕水烟袋,把烟袋挂在黑漆龙背椅上,在厅内踱了踱步,继续说,去镇平的轻机枪厂、西峡的内山造步枪厂联系一下,买一千支步枪,二百支轻机枪,注意用牛车装好,上面盖上柴枝、荒草,拉回来,等机会秘密送给刘、邓、陈的部队。再打听黄龙飞的队伍是不是回来了?他早已干成大官了。

丁管家忙点着头答应去办,我叫二爷他也去办。

十字街的铁匠铺烧得炉火正红,几个赤着身的铁匠们正忙活着,乒乒乓乓地打得火星四溅。

又过几天。

二爷骑着一头驴子,正在往内乡大道上颠着,忽听枪炮如炒豆般响亮,炮火轰的一声将眼前的一段山梁炸开,又将一棵大树炸飞了。他吓了一跳,急跳下驴子,蹲在一个低洼处。那边一阵炮火后,有股部队涌了过来。他探头探脑地瞅了瞅,被这群兵发现,将他连人带驴拉到一处。

他擦了擦头上的汗,双手把药褡子往肩上掂了掂。他由几个当兵的拉着驴,去了不远的一个山半坡。那里聚集了一群当兵的,电线拉得蜘蛛网似的。

在一个帐篷里坐着一个当官的。那当兵的说,抓住了一个看病的老乡。

别怕,我们是解放军,我们问一点事情,你知不知道南召县离镇平县还有多远?抄小路有多远?南召县有国民党蒋匪的兵吗?

这些二爷都知道,都一一做了答复。

你们真是解放军吗?是的。

你们知道有个叫黄龙飞的人吗?

黄龙飞?有这个人,他现在当师长啦,不过不在这里,他在鲁山县。你要找他吗?

哦!他是我家的人,早晚给他捎个信儿。

二爷给他们指了去石佛寺的路,和当兵的在一起吃了顿饭,又骑上驴子,匆匆地赶往镇平的轻机枪厂去了。

丁管家的上了去内乡的马山口和鱼关的路,代买枪支去了。

十几天后,他们先后回到了黄寨。

一辆牛车上,装满了柴草,为防止国民党兵匪的袭击,他们晚上连夜赶车,白天停下隐蔽在山村里,尽走一些偏僻小路。总算把一千支步枪和二百支机枪拉回了黄寨。

黄婴到寨门西北角枪弹仓库,查看了这些枪支。他高兴地抚摸着这些机枪,乖乖儿,这是现大洋买的真家伙,你看黑不溜秋的,还发亮呢!好哇!二爷,丁管家的,辛苦了,歇息几天,咱们瞅机会送给解放军。

你们听说是什么部队了吗?

听说是陈谢首长的部队。

好!咱就把枪炮献给陈谢首长。

傍晚,一群群鸟雀喳喳地叫着飞向村寨中,落在了浓树荫中了。

黄婴、黄然、"粗腰"、二爷、丁管家的、黄星儿一起走出寨门,向东走去。远望北边的南召牛头山,牛身与秦岭相接,向西逶迤八百里,四座青鸟样的山脉向四周绵延而去,宛如四只牛蹄向东奔去。这就是吃南阳屙陕西的古神话吗?他们都用眼罩向远处望去,这就是当年王莽追刘秀的伏牛山吗?时间是1947

年6月13日,他们不知道这一天,有一条电波将"中央突破、两翼牵制、三军配合"的电令送到了刘邓大军中。

二爷挥着长烟袋,也不顾十余天的劳累,喷着唾沫说,伏牛山可不简单,它北连太行山,南看荆州襄江,东边靠住江淮平原,西出八百里关中要塞之地,可谓是虎步龙骧,兵家必争之地哟!

黄然凄然一笑,啥球好地害地,吃饱了三顿饭不饿了。

"粗腰"哼了一声,要是有二两大烟吸吸才好哩!一架飞机轰轰地掠过西边天空,打破了傍晚的静谧。轰!轰!炮声隐隐地传过来。

第二天早上,一队队的军队、炮车、马车、骑兵……向西浩浩荡荡地开过去。尘土飞扬,冷兵器在阳光下闪亮,战士们背包上插满了树枝。黄寨的庄兵们报给了黄娞、二爷,他们赶紧商量好,把黄寨各家收集起来的粮食,装上牛车。把十字街上打的上万发子弹装进麻袋里,也由骡子装了,把步枪、机枪也都装好。

黄娞、二爷、丁账先儿一齐打开寨门,拉上车去迎接由西向东去的刘、邓大军。在寨门口,他们见兵们就问,你们的营长、团长在哪里?这时,恰巧,陈赓骑马赶来,跳下马,微笑着和黄娞、二爷、丁账先儿搭话。

老乡们,辛苦了!我们是解放军,是毛泽东、朱德的部队。你们要送给我们的子弹、枪支,我们收下,全收下。老蒋的算盘靠我们去拨弄。老乡们!我们就是要打垮老蒋、解放老百姓。

请长官把我们的枪支、弹药全收下吧!这也是我们黄寨人的心意。

这时,从寨门口闯出来二三十人,这些人口里嚷着:我们要参军,我们要参军,我们是拳师队的。

拳师队?那你们练一练拳,比一比武?行不行?陈赓微笑着说。

这些拳师队十几名队员扑下身子,都打了一套八副战拳、小洪拳、武当拳,大家个个叫好。当兵的伸长了脖子,蹲在路边,看了个傻眼。连树上那些小孩子们都看迷了,一时间,人群挤拥不动。

陈赓看了,喝了一碗送来的水,把嘴一抹说,收下啦全收下!分到一二三团吧!团长高兴极了,赶忙让后勤股长扛来了几十套军装,让他们都穿上,马上都精神焕发了。又给每人发了一支步枪,一把长砍刀。拳师队员们同黄寨的老老少少、家里的父老妻子一一告别。

黄寨的南大门外大道旁聚满了人群。黄寨人抬着杀的猪羊,送给陈谢大军。几十辆大车拉了粮食,牛铃铛响成一片,掌大鞭的手中的鞭子在微风中飘着,在天空划着美丽的弧线。黄娞和二爷在门前一拱手,娃儿们哪,去部队好好干啊！干好了都吃个白蒸馍。

陈司令纵身上马，在马上一抱拳，各位父老乡亲，我陈赓打了胜仗，宰了牛（李铁牛），再回来庆贺，感谢各位了！出发！

队伍浩浩荡荡地向前去了，走向伏牛山深处。

三十九

八架飞机从山后俯冲下来，嗒嗒嗒的子弹向下射着，几颗重磅炸弹炸得山梁坍塌下去，溅起了一股股粉尘石碴。黄龙飞胯下的蒙古马惊得甩了蹶子。

他从东林要塞的炮台工事中跑了出来，协助苏俄红军用重炮端掉了东林要塞，让那个苦心经营了十几年的东林要塞成为一片废墟。要塞里的炮弹和给养，包括一些日本武士道官兵们都被封在了要塞中，以至于几十年后，有居民挖出了洞口，从里面看到各种姿势的日本兵，有一个还举着东洋刀，一见风就倒地成灰了。

谁知这一蹶子不打紧，把他从马上撂下来，跌了个鼻青脸肿。黄龙飞个子不很高，却生得精干。一头硬得如锥子的头发，五官似铁匠打出来的，丢进炉子里烧红，再一样样砸在活力精神的方脸上，一副兵马俑中的武士形象。他披着一件厚厚的美式大衣，穿一条又破又脏的卡其布宽裆马裤。灰色八角帽斜扣在大脑门上，腰间斜吊着一支德国式的瓦尔特式手枪。他从健壮的蒙古马上摔下来，摔起一股逼人的尘土，把丢掉了主人的蒙古马烫得蹄子一紧，跳到一旁去了。

两名身上挂满了快慢机、望远镜、牛皮公文包的警卫员和参谋，一起从马上跳下，手忙脚乱地抢上前去，在尘土和热浪中抢回黄龙飞。黄龙飞不让搀，瞥一眼警卫、参谋，嘟着嘴，一边嘴里吐着尘土，一边说，刚才干什么去了，都摔过了，还搀个啥？

师长，你也不心疼下俺们，谁也不想你摔倒哇！参谋说，只等于俺们没看见，让你摔下去，摔舒坦了，摔得零件都散了，再去搀你吧！

黄龙飞是咋样掉下去，又是咋样爬起来的？大家却没看清，站起来不时地摸着左胳膊，喊声好！咔嚓一声，将脱臼的胳膊又复了位。

黄龙飞又翻身上马，冲着那些参谋、警卫们喊，还愣着干啥，又没人请你们吃猪头肥肉，快点往前走，宰牛去呀！

他又冲着站山坡旁栗树林里的几个电话兵喊，甭站那儿了，嘴张恁大干啥？不怕老鸦屙屎屙到嘴里吗？打起精神来，一会儿攻克了县城，不怕人们把你抬到半天云里去？他把右手先扶了后脑勺的帽子，铸剑似的往西北一指，给我听令，齐步走！

黄龙飞在马背上颠着，又搭了凉棚看四周，正是小麦拔穗时节，麦田里青黄分明，有几株野花火焰似地燃烧。那些生机勃勃抽穗的麦子，个个精气神似地往上蹿，山风刮来，推起了一阵又一阵旋涡，如东海里的浪头从天边堆过来，一层一层，铺天盖地，哗啦啦哗啦啦！条条山道上，成千上万的年轻士兵昂着灰灰的脑袋，背着卡宾枪和汤姆式冲锋枪，兴冲冲地往前跑，脱了漆皮的水壶和鼓鼓囊囊的手榴弹袋，打着年轻而富有弹性的屁股，他们的脸蛋都红扑扑的，心里充满焦虑，眼里燃烧着火，都想第一个走在南召县、鲁山县的石板街上，看一看山姑娘那野花似的脸，喝一壶山里酿的苞谷酒。

几声炮响，南召县城就攻克了，在被敌弃城而逃的县政府大堂里，召开了兵团前委扩大会议。

陈赓司令员先扶了扶军帽，把腰里的皮带又紧了紧。他讲了李铁牛、李仗义的整三师和第二十师的四万多兵，翘着尾巴追我们来了，你看他们来得快不快，现已到了临汝县、郏县。我们也不是吃素的，要诱敌深入。

然后，他提了嗓门，喝了茶缸里的一嘴茶，冲着底下团长、旅长们说，咱们咋打李铁牛、李仗义，咱们还要将方案上报毛主席。

黄龙飞走到地图旁，拿起三尺长的木棍，举起来指点着说，李铁牛、李仗义妄图将我们围困于临、峡、宝、鲁、南召一带。这些家伙们是飞机、大炮、坦克，身上是美国的装备。

陈赓站起来补充说，放长线，钓大鱼啊！我设想，派小部队假装主力部队，把二李的这条大牛牵向伏牛山深处——宛西一带。将他由肥拖瘦拖垮，然后宰了进杀锅。哈哈！

陈赓又吸了一口香烟，浓浓地喷了一口。另派一支部队隐藏在南召李青店一带，建立伏牛山根据地。主力部队隐藏在方城县山区，随时出击平汉铁路，策应大别山的战役。这叫以方城以为城，以汉水以为池，怎么样？

外边很静，刚进县城的锣鼓震耳欲聋，鞭炮红色炮屑纷纷扬扬如下了一场红雨。红红绿绿的传单由天上飘洒下来，又晃晃悠悠地躺在地上。

这时，黄龙飞的大脸笑得开了花，他看了看各级的军官们，以及没来得及消除一脸菜色的中原局头头们。看着总觉得他们是遭过大罪的骡子，先让给捆住了，硬往自己身上贴肉，尽快长出肥膘来，他差点儿没笑出声来。他收回视线，在自己的位置上坐下，端起桌上的茶杯，美滋滋地喝茉莉花茶。正喝得痛快，一只红点颏鸟儿在什么树上婉转地滑了一声。那叫声清流似地划开他的脑门，他浑身一激灵，让滚烫的茶水烫了一下，茶水噙在嘴里没咽下去，手中茶缸子僵在那儿，伸长了脖子向台上看去。

原来，有一位旅长模样的女军官极像凌燕，但仔细一瞧又好像不是。

有一个前敌委员站起来说，李铁牛、李仗义用兵极熟，他们要是不听"牵牛"咋办？

黄龙飞站起来笑笑说，他李铁牛是蒋介石的得意门生，求战心切，想邀功请赏，兔子急了咬人，咱要实实在在敲他一下再走。

有个瘦高个子委员站起来说，咱与他决战，一打他就减轻了刘邓内线作战压力。我们已经打了大胜仗，解放县城八个，再给蒋介石点儿压力。

屋内烟雾腾腾，臭脚丫子味、汗味、小声的嚷嚷声，似黏稠的粥锅，咕嘟咕嘟地翻滚着。

黄龙飞又站起来说，我建议，拖垮、拖散强敌。在宝丰、南召一带吃不掉，也能撕裂它。

可以少数兵力用增灶法，模仿孙膑的减灶法，迷惑敌人。

他还建议，按照毛主席指示，建立豫鄂陕政权，即行政公署、司令部、后委，司令部和前委结合，打胜一片，解放一片，巩固一片。建议成立六地委、六专署、六个军分区，辖三十九个县委、政府。

散会后，陈赓即率部队由南召县马不停蹄，一夜急行军，由小路行进到方城县杨集以东的山区去了。

黄龙飞率部队担任"牵牛"重任。夜晚，往日喧哗的县城一片寂静，生意字号都早早地关了门。农村也早把门闩好，娃儿们仍在哭，老人们吓唬，甭吭声，蒋匪兵来了，要杀人的。孩子们不哭了。一会儿，脚步声，大声小气的嚷嚷声传来。百姓们第二天一早开门就说，昨日里，过了一夜的军队哟，八路军又回来了！打老蒋啊！

黄龙飞骑着马，与一群警卫员、参谋们奔镇平县的石佛寺一带。到处号房子，垒锅灶，人喊马嘶。黄龙飞命令再把声势弄大一点儿。

有的一个班修了六个锅灶，都燃上火，狼烟动地的。烧水、做饭，或点几把火，石佛寺炊烟袅袅，烟雾弥漫，鸟儿惊飞在天空中。

李铁牛和李仗义坐着美式老吉普车，行驶往南召县山中，李仗义确信陈赓部队会向西逃窜。

他向传令兵下令，火速向镇平一带进军，捉住敌方主力。

他的部下用步话机喊，已发现陈赓部的主力，正在攻取县城。

李仗义命令整三师的二十二旅、二十三旅火速赶往镇平，切断陈部西逃的道路。

但等他们赶到镇平县以后，原来是一座空城，陈赓部连一个影子也没见，只见增加的锅灶。李仗义又急忙报告李铁牛，请火速抓住陈赓部。原来，黄龙飞率部攻下镇平县以后，即撤离了镇平，向西攻去。李仗义又扑了个空。

陈赓已带领解放军由方城向东经唐河、信阳，进驻确山一带。

黄龙飞下令，将内乡城外围的敌据点全部拔掉。炮火延伸到内乡外围。战士们迅速冲上前，去用爆破筒将碉堡一个个炸掉。突然，后边骑兵侦察飞骑来报，敌人整三师已经追上来了。黄龙飞命令火速转移。攻城部队撤下来，留一团掩护设伏，其余向赤眉及夏馆、宝天曼一带撤退。

解放军部队在山高林密的山涧穿行，转眼间已钻入北部的大山之中了。

李仗义对着地图犯了愁，他看看身旁的一个个作战参谋，陈赓部下，不攻内乡县，而迅速逃走赤眉。不！是有意撤退，这内中肯定有假。向赤眉以北的夏馆、宝天曼一带，证明这不是主力部队。好！等我进驻内乡县城，以观动静，看一看他黄龙飞是不是孙悟空，想钻进铁扇公主的肚子里去呢？

黄龙飞这时骑马在上，边走边想，枪炮声越来越稀疏了。宝天曼峰高坡陡，此地不是生地是死地。估计李仗义不会率领部下向北部山区进攻，他看出了苗头就会按兵不动。如果不把李仗义这头牛"牵"向深山，那将前功尽弃。

黄龙飞边走边想，眉头皱在一起，双腿一用力，夹紧了马肚子。对！再加它一鞭，让他追上来。

在"鱼关"山口，黄龙飞亲自布阵，同志们，修好工事，挖好掩体，把李仗义这条牛的鼻子狠狠地揍上两下！还没挖好战壕，李仗义的部队就赶上来了。步兵、坦克、炮车……咚咚的炮声响得天动，一些树枝被炸飞了，山石崩得满天都是，步兵们都弯着腰，一个劲地往上冲，火力相当猛烈。但黄龙飞的部队用轻重步枪，像扫树叶一样往下扫。李仗义的部队如摆麦子一样往下倒。

看时机已经成熟，黄龙飞让通讯员通知部队向西峡二郎坪街转移。部队即假装败了，扔下一些烂衣服、破枪支走了。

这时，黄龙飞师部已在西峡山口的太平镇老界岭一带集结，放下口袋，战士们擦了擦汗水，笑着喊，李铁牛、李仗义，你们来吧，等着进杀锅吧！

　　正在欢呼之时，一骑兵通讯员飞骑而来，大汗淋漓地跳下马，跑到黄龙飞跟前，黄师长，电报。黄龙飞接过来一看，只见电报上写着：陈赓兵团已连克泌阳、唐河、社旗、襄阳、临颖、确山、漯河等地。他看完，把电报扬在手中，大笑，哈！哈！李铁牛、李仗义这俩小子，败惨了。我们千里牵牛，要把这头牛破肚刮肠了。

　　李仗义接了电话，那头传来严厉的声音，李师长，你赶快赶往南阳，经确山、驻马店北上，与孙元良部夹击陈赓，共军的主力已在东而不在西。

四十

黄龙飞住进了城市的大银行里,豪华的吊灯闪着雪亮的光。他觉得那天召开军事扩大会议,有一张熟悉的脸——确切地说,是一张美丽的女人脸在眼前晃动。当时,人也多,光线又不好,没仔细再盯下去,但他记不清是不是凌燕?不可能是她,她去了保定后,一直杳无音信。但听说刘邓部下有一女旅长很会打仗,枪打得也好,会不会是她?但她原先是恋着黄琼的?黄琼呢?也没了音信,只听说在国民党黄维兵团里干。前不久,组织了南下工作团,为解决部队在大别山的衣被、银圆、粮食给养的困乏,成立的千人地方工作团,将携带大批军用物资运到部队来。想到这里,他让参谋通知地方工作团来汇报外线作战情况。

报告,地方工作团团长到!门外一声清脆的女声传来,似飞进来一只鸟儿,对,就是那天的红点颏儿鸟。黄龙飞放下电话筒,请进来。一掀开门帘,露出一张洋娃娃的脸,张开的红红的嘴唇露出两排整齐的白牙,后边跟一警卫员。

双方的眼睛对视了半天。请坐下,我不知怎么称呼你呀!黄龙飞又倒了一白瓷茶缸开水,放到桌子上。

我叫凌燕,称我小凌就行了。女旅长高高兴兴地说着。

什么?你叫凌燕,是不是老家在河南黄寨的?这一回轮到黄龙飞惊讶了。他瞪了半天眼,想努力拾起记忆的碎片来。

是啊!你是?哦!你是不是黄师长,黄寨那边的呢?凌燕也感到一种释放的快感。

是的呀!你走后,我们打罢北酒坊联系的西北军后,就出来了。

看得出,黄龙飞还有很多话要跟凌燕讲,凌燕上前去紧紧地握住了黄龙飞的手。两双手紧紧地握着,两双不寻常的手,两双经历了历史沧桑的手,都感到对方的心脏跳得厉害。

凌燕坐下后,就讲到自己参加红军后,经过二万五千里长征,胜利到达陕北,又经历了东征和太行山作战、八年的抗日战争以后,又随刘邓大军经历辽沈战役,又随刘邓大军渡过黄河,一路过来……不想到今天遇到了故人。

凌燕不敢多看黄龙飞,只把手中的茶缸互换着手,像捧着一只巨大的烫手山药蛋。她怕看多了,没忍住,把嘴里的美国饼干笑得呛出来,那就是对师长的不礼貌了。

黄龙飞也想说一下,他在东林要塞日本鬼子魔掌中逃出来的事儿,但话到嘴边也停住了。只说了句,过去的事情就让它过去吧!甜日子会来到的。

师长同志,凌燕瞪了一双美丽的大眼睛看黄龙飞。她想提一下李仗义的事,但不知道这人是死还是活。

她分明瞅见黄龙飞眼里充满了七情六欲,露出一往情深的光芒,热情洋溢地看着自己。她有些懵懵懂懂,只觉得黄龙飞那么闪亮的一瞥,自己就有些血在燃烧,就想变成一匹骏马,在牧场上驰骋撒野,这使她感到亢奋。

咱们说说工作吧!你们地方工作团跟随十纵部队前进,在信阳、枣阳、随州、西平、遂平、泌阳、唐河、确山、襄阳、南阳等区三个地方军分区建立根据地,你们要把江汉一带和豫陕鄂、豫鄂皖等解放区连成一片,搞减租、分田地,建立地方政权。

谈完了工作,凌燕和警卫员要走,黄龙飞摊开一双手说,你是他乡遇故知,咱俩这么多年才相遇一次,又不一定啥时才见一面。你说呢?你现在从旅长又到地方工作团,工作性质改变了啊!不错,我过去出身是大官僚地主家庭,我不是革命者。你是从贫民家庭到了黄寨,但还是干的下层人活儿。好吧!今天中午我留家乡人吃顿便饭,只是便饭。

凌燕当然留下吃饭了。黄龙飞吩咐厨房多加一个西红柿炒鸡蛋。三个菜,另外两个是青辣椒、炒丝瓜,端上来米饭,分宾主坐下,边吃边谈往事。

凌燕一边咽下一口菜,一边说,你怎么不是革命的人?你当然是。我能不理解?当然理解。

黄龙飞说,可是凌燕同志,你是革命者,就得加强团结,互助互爱。你不加强团结,你就不是革命的人。对不对?再说,凌燕同志,你不是没牺牲吗?你还活得好好的。黄龙飞既反问又嘲讽,一只拳头往另一只拳头上狠狠一撞,因为撞击连带了受伤的胳膊,痛得他倒吸一口凉气。但他很快展开紧蹙的浓眉，摊开巴掌，把两只巴掌摊得一样平，用很短促的快速语言向凌燕说，凌燕，你听我说，你费尽千辛万苦走到革命阵营里来，又经过二万五千里长征，是党的宝贵财富。不知你建立家庭没有，要是没建立的话，赶快建立吧！时间不等人。我也是光棍革命，也没有往这方面考虑。

他用那只没受伤的手给凌燕碗里夹了菜，让她多吃点饭，好为革命多做一点贡献。以后，你打马回营，回去收拾收拾，多和我联系联系，这样，团结也有了，友谊也有了。

美丽的凌燕从十三岁行乞到了黄寨，长到今天三十来岁，经历了多少腥风血雨，经过了多少枪林弹雨，经过了多少山川河流，又经过了多少关隘城池。人生的酸甜苦辣，她都尝遍了。但她不理解黄龙飞今天这些话的含义。

你说的是什么啊？团结是什么？友谊又是什么？你出身官僚地主家庭，我是下层劳动人民，你想多美？我怎么能忘记那些日子呢？好了，我还有事情呢！

你看你，小凌，你激动了吧！还谈什么出身呢？咱们都是共产党领导的队伍。咱们又走到一起了，懂吗？咱今后要携起手来，打败国民党蒋介石，翻身做主人。黄龙飞被凌燕的话逗乐了，仰了脑袋放声大笑，笑得前仰后合，轰隆隆的。震得天花板直唱歌，巨大的花枝灯在头顶上晃晃悠悠。然后，黄龙飞伸出受过伤的那只胳膊，手指着凌燕说，你好好搞好地方工作团工作，把给养供给足，把地方根据地建立起来，咱们再谈，好吧？

凌燕骑上马，后跟着警卫员，马蹄声嘚嘚，敲得山道极响，她在马上寻思：李仗义不知是死是活，自己和他结了婚，还没过上什么安生日子，就在上海和小日本干上了。在福建作战时，又在火线上起义，参加了红军，至今还没有李仗义一点音信。唉！他乡遇故知，遇见了黄龙飞倒是很合适。他也是光棍一条，如果李仗义在战场上死掉了，自己还能跟他过一辈子？还等他做什么？结束这种单身生活吧！我应该有一个避风的港湾了。

四十一

炮声隆隆地响着，进攻！进攻！黄琼在马上边颠边想，望望前呼后拥的军队，在窄长的山谷中行军，拥挤得很。在武汉召开的军事会议，华中剿总白崇禧念了蒋介石的电令，要将解放军赶出大别山，"巩固东北，加强华北，确保中原"。但他看到军队的士气很低落。

他用马鞭子狠狠抽了一下马屁股，马就扬蹄从部下旁边驰过去。

他推了推头上的大盖帽，内心焦虑起来。自从在缅甸战场上与日军作战以后，退守云南，后又随二十师，编入黄维兵团部下，从大西南移军到了大别山、大洪山一带。

军队驻扎下来，在大别山集结待命。他把马靴子脱掉，换上了一双布鞋。他不抽烟，却喜欢喝酒。每天晚上总要喝那么一两泡盅，还要在更深夜静时，再练一下武功，打上几套八副战拳。这拳路他已熟透，只是由内心生起一股神气，直冲脑门。一练起来，天地阴阳就似在周身运行。他坐在师部的临时处所，办公的地方是两块门板搭成，一张巨大的地图挂在墙上。他回忆起自己在"华中剿总司令部"开会的情况，耳畔还响着将领们乱糟糟的声音，有的说，誓把共军赶出中原。北至陇海线，南到大别山，东到淮河平原铁路，西至伏牛山、武当山为界。采用南北夹击，扼守洛郑汴，卡住平汉铁路。在信阳、南阳、襄阳……这一带，将共军赶出中原。南北夹击，东西固守。有的喷着烟说，国民党军还有六百万，武器是美式装备，还能不取胜吗？有的将领私下喷着烟雾悄悄地叹气，天意难测啊！共军呈上升之势，我军在东北辽沈吃了败仗啊。杜聿明等一批老黄埔都当了俘虏。五十五万军队毁于一旦，咱们还是早找出路。后来，虽然是宴会上，高脚杯晶亮，酒浆溢香，人们笑声欢语，军乐声声，刀叉洋餐花样翻新，但总有那么一股丧气在人们心头。唉！自从离开了黄寨后，参加了义和团，在天津、北京和八国联军干上了。洋人有洋枪、洋炮，咱们有大刀长矛，有一股子铁血男儿肝胆。学了八副战拳，又遭老佛爷的追捕。回家乡教会了上百名徒弟，虽想着救国救民，却总是拉壮丁，要派款，苛捐杂税多如牛毛。现在弟兄们都不知咋样？黄寨咋样？多想家呀，这不知能否回去看一看，这仗我打够了。听说，共产党为老百姓办事，解放军所到的地方，分田、减租、开仓赈济农民。这才是真正的救国救民呢！

黄师长，一〇八师来访。一个参谋在喊。果然，他见一个戴金丝边眼镜的瘦高个子闪进帐篷。寒暄之后，分宾主坐下。黄琼直喊天热，把衬衣敞开，露出肚皮。让过大烟后，他不抽。黄琼让勤务兵将麻将桌摆好。打两圈吧，兄弟，人生一世，草木一秋，战场上枪子儿不长眼，不定啥时候，咱都被阎王爷点了名。死也落个饱死鬼啊！

那师长喊打两圈，就喊来副师长和一军需主任坐场。四人围定麻将桌啪啦啪啦地垒起了"长城"。黄琼打出了个"九"，对方碰了个"七、八、九"。四方齐心协力打开了场子，一时间黄琼门前赢了很多银圆。等玩够一圈后，那师长叫道，琼兄，蒋委员长最近飞抵洛阳，亲自督战，这仗真是没法打了。平津战役即将打响，听内部消息，共军十九个师，五十多万人已秘密入关，晓歇夜行。将张家口、绥远一带占领，把傅作义的五十五万军的长蛇阵斩断了。我看事情不妙啊！

黄琼喝了一口茶说，听天由命吧！一棵树上能吊死人，看你有何高招。

黄琼心怕对方和牌桌上的人泄密，心里不愿说出来。知人知面不知心哪！他要在关键时候才敢亮剑。

那师长说，当局者迷，旁观者清。怎么行路？行路难，多歧路哟！老兄可要三思而今后行。

吃饭！吃饭！不谈国事！

酒桌上，上了一坛从家乡带来的"老胡周"的黄酒，又醇、又厚、又绵。打开了几听美国罐头、美国的香肠，全做下酒菜。他们四人喝了个痛快。

琼兄，我敬你，借花献佛。往后跟着大哥，能够走一条路，步步高升啊。

好!我喝了,我也是山穷水尽疑无路啊!

那你就柳暗花明又一村呗!

不!不!我喝醉了,还是为党国效力!

酒罢,各自散去。

四十二

  大军浩浩荡荡,渡过了清冽冽的汉水。开阔的汉水水天浩渺,有王者之气,两岸高山隐隐在云雾之中。商船川流不息,岸上当年的楚长城历历可见。炮台古烽火台已成为历史的云烟,使人不由得伤感,使得浩荡挺进南阳的军队显得沉甸甸的。

  炮车、骡子车、卡车、吉普车、独轮车、骑兵、步兵、毛驴、担架……叮叮当当,轰轰隆隆地向前开赴。在汽车鸣喇叭声、马嘶人喊的大合唱中,黄龙飞仍骑一匹黑骏马,他正在边跑边拿望远镜向前方看地形,友邻部队也在向前滚滚运动。他向旁边的副师长说,刘峙兵团和白崇禧兵团由南北夹击我们。但他们有三怕:一怕进关(山海关);二怕过江(长江);三怕入川(四川)。

  对!对!黄师长你再说。

  顾祝同集团、白崇禧集团、张治中集团的联合防线,汉水区是个薄弱点。在这一个点上突破,将进军中原,消灭蒋介石的主力,把他的老本耗个差不多了。

  友邻部队的炮兵团长坐着大炮车扬尘而来,打着招呼:喂!二十一师的领导们,快点向东赶哪,赶跑了黄维、张轸兵团,到淮海决战去!

  哦!兄弟们,同志们,往前赶哪,进城喝庆功酒啊!

  他对身边的人说,还有半个中国没解放。让老蒋去哭丧吧,夺得中原,打过长江去。他突然瞥见左边路旁正在歇息的凌燕。她已是地方工作团团长兼第三地(区)委的书记了。黄龙飞急忙跳下马,把马交给警卫员,自己忙侧身去了凌燕身旁。人们正在喊啦啦队:唱一个!来一个!一三二团的,来一个。那边有人打拍子,唱起来,解放区的天,是明朗的天,解放区的人民好喜欢。

  凌燕!你们走到这里了?宛西五县打过来,你们咋样啊?

报告师长同志，山路难走，从荆紫关出来，士兵脚上打泡的多，六个战斗团，有一半人坏脚，龇牙咧嘴走不动路。

那就坐上炮车走嘛！我那次给你说的，要与老乡联系啊！说罢，拽开快步，风一样卷上了他的黑骏马。抽了一鞭，龙卷风一样嘚嘚嘚地刮去了。

凌燕带领她的部队，迤逦前进，携带了银圆、棉布、粮食、医药、药械……走得慢腾腾的。两天后，华野和中野方到达方城。南阳城内守敌是王凌云，他刚被封为十三绥靖区司令官。这正是刘邓大军留下的一座孤岛——先围城打援，使王凌云成为瓮中之鳖。

黄龙飞的部队在方城的县政府院外驻扎，中野和华野司令部设在独树镇外两公里的一个小树林里。

黄龙飞坐进了县政府的大厅里。他向副师长说，你见过我原来屋里那幅图没有？就是山墙上挂的那一幅。他眯起了细长眼，声音软软地说，你说，屁大点的孩子，毛都没长齐，抓着瓷光的胖女人，又亲嘴又摸乳房，他是啥艺术东西？

这就是艺术，你光顾打仗，咋能想到艺术呢？

好了！不谈这个，司令部通知，下午五点钟，各师旅首长参加个竹园会议。

会议召开后，各纵队师旅首长参加了会。在一片树林中，稀稀疏疏的杨树林里，一群鸟雀在飞翔，几只鸽子咕咕叫着，又飞上蓝天。站岗的哨兵的刺刀尖在阳光下闪亮，拴在树上的战马喷着响鼻。

凌燕找了一个角落坐下，这个地方从侧面能看到台上刘邓军首长说话，又可以看见在田里耕田的几个农民。她突然瞅见坐在台子右侧的黄龙飞。她心里咯噔一下，动了一下。

我看李仗义也不知是死是活，这么多年没有音信，战斗似一堵巨大的围墙，把一切都隔断了。苍海为田，四海茫茫，他也不给个音信。黄龙飞说得对呀，是到了考虑自己的事的时候了。他也是单身，我也是单身，又是同乡。黄琼那小子是个孬货，不吭声就把我甩了。这已进入历史的尘烟，我不会再去寻他了。这个黄龙飞怪怪的，瞅时间会会他。

黄龙飞也在听会。他瞥一眼正看见了坐在角落里的凌燕。心里好像有千言万语要说。说啥哩，男人要闯，女人要浪。投桃报李，我早晚会办了她。

只听刘司令员在说，搞好洛、郑、许、漯、襄、南几个城的接管。南阳不乱，前方打仗就没后顾之忧了。

往后要管好城市嘛，但进城的各级政府，要镇压反革命分子，要善待工商行业和知识分子，除了特务及反革命分子外，其他人不抓不打。

咱们要开辟农村根据地，不能像一些县实行极左的政策，乱打人、抓人、杀人，还乱棍打死人。

凌燕一直没注意听，只看见鸽子在蓝天下飞翔。只听见说散会，便骑上马带着警卫员飞马而去。她哪里知道她的责任重大，地方工作团是直接建立地方政权，在农村、城市接管一切权力的代表。

雾破得很快，河风涌上了岸。沿着公路和街道吹拂，把棉絮似的一团团浓雾砸得随处都是。碎雾撞在绿绿的爬山虎上，撞在粉红的牵牛花上，撞得大街小巷全是醉人的芬芳。

黄龙飞还是骑马去了凌燕的住处，她住的是美国教会的福音堂。下马一个人闯进她的客厅，她刚刚梳洗完毕，显得格外靓丽。

你进门也不打个招呼？浪里浪气地就进了闺房？是哪一溜子的？

哎！你的规矩还不少的。什么闺房，这是战场！进入你那一亩三分地了？

黄龙飞往那儿一躺，躺在一张宽长的大竹藤椅子上。

凌燕让警卫员倒了两杯云南普洱茶，茶水翻着细沫，茶叶舒卷着展开了腰肢，一股清香味儿就溢了出来。

喂！你们地方工作团揽的面儿可宽啊，什么城市工业企业、商业、小业主、学校、医院、文化，应有尽有。农村里你可不生，但要掌握好分寸，不能把人家贫雇农、中农都当地主富农对待。拿着鞭子看抽谁？

喂！吃着料也占不住你的驴嘴？那些事儿是政策上说的，咱今儿个老乡见面，轻松一点好吗？甭光拣硬馍去啃？

唉！小凌啊！你早到恋爱年龄了，谈有心上人啦！黄龙飞温柔地看着含苞欲放的妹妹。

革命人也不拒绝爱情，爱情是美好的，谁都不是孙悟空，不是从石头缝里蹦出来的。

凌燕坐在对面的椅子上，一块墙上挂的穿衣镜反射出黄龙飞那宽阔的前额，一头不可驯服的卷毛头发，似一朵乌云在头上翻滚着。

但我没有爱人。凌燕有些茫然，拿不准。

我不知道该去爱谁。

你应该爱我,你知道吗？我的小布尔什维克。干革命也不至于当一辈子处女，革命与结婚两不误嘛！

什么结婚？八字还没一撇，你就要提结婚二字。

哎，小凌，我这不是又犯极左思潮了吗？也算左派幼稚病啊！你打仗恁厉害，这就口头上说一说，又没付之于行动，怕什么！

凌燕忽地站起来说，师长同志，马列一点好吗？咱们的事情，还是往后一点儿再说。

黄龙飞听她说了个"咱们的事情"，心里跟熨斗熨过一样，舒坦极了。巴不得马上结婚，睡到一张床上去。

好了！你这个旅长，如今的地方工作团领导，咱们的事以后再说。馍馍不熟是气不匀，性急喝不了热稀饭啊！咱老家的话，是不是。

我走了，后会有期，多加联系。黄龙飞大步走出福音堂。一偏腿抽上一鞭，便消失在大道的林荫深处。

四十三

等到队伍浩浩荡荡,直奔宿州而去。但路又受阻,过了泌阳、确山一带,见苍茫森林,松涛阵阵,又加上山高路险,师长黄琼骑马在路上奔驰。山路又难走,走走停停,当时兵士部门人困马乏。黄琼下令,让在附近就地宿营。前面一箭之地是个小镇,面南山坡倒坐下来,有一里长的小街。街上做生意的人早已跑光了。

黄琼下了马,停在了小镇上。一打听,作战参谋说是此小街叫竹沟。

这时已是1945年春天,漫山的桃杏花灿灿烂烂,柿子树、栗子树、黄檞树、板栗树,树树峥嵘。从山上流下的瀑布、泉水,顺着竹沟漫开去,曲曲折折,隐隐现现,叮叮咚咚。手下的参谋们说,这原是中共中原局首脑机关,刘少奇、彭雪枫等曾在此驻扎过。黄琼仗步牵马走上了竹沟镇。让传令兵传下令,今晚,就此宿营,明日再行军赶路。

傍晚,春花似火,鸟儿正是回巢时,叽叽喳喳,啁啾不止。山鸟在唱歌,锦鸡在咕咕长啼,黄琼领了个勤护兵,用泉水洗了把脸,在新四军留守处的一处小院落中住下。马上开饭,他吞了两碗芝麻叶面条儿。也毫无睡意,趁着上弦月,领了个警卫,朝南边山坡上走去。在这深山里传来一阵箫笛声。在春风吹拂下,隐隐约约,时断时续,如诉如泣,繁星点点。

黄琼紧了紧皮带,解开了风纪扣。让春风轻轻地抚摸一下全身,深深地吸了口深山里的浓浓的琼浆,感到浑身舒坦极了。他和两名警卫一起,慢慢地走近了那吹箫的地方。原来在深山的一巨石旁,一座道观逐渐显露出来。原来是那箫声自里面飘出来的。他示意警卫轻轻地敲了敲那朱红大门。月光似筛子样从树缝筛了下来,斑斑驳驳地印在地上,影影绰绰地看见门楣上写着"清虚观"

三个大字，里边没有反应，仍吹着箫声。这次，黄琼亲自去轻轻敲了敲门。练武功的人习惯了，下手有点狠些。声音在深山里传得很远、很远……

这时，箫声停了，只听见一个女声问，谁呀？

我们！老师父！

什么事？天黑了——口音似豫东人。

那——就不打扰您了！黄琼三人转身要走。

那观门"吱呀——"一声开了。露出老尼姑的一半脸来，你们找谁？

吹箫的——啊！阿弥陀佛！我们佛门深似海，不与你们红尘有啥关系！

我等虽出身军门，但来求签问卜，请师父指教！

那——老尼这厢有礼，请进吧！

他们三人随着老尼姑拾阶进入正殿，一股香烟缭绕，清香气味钻入了鼻孔。只听一阵木鱼响，大殿中，天王及金刚的巨塑像正面对着他们。他们点了三炷香，然后又跪下拜了拜。

黄琼心里说，求菩萨保佑，众神保佑，我黄琼此次出征，旗开得胜，免遭战火。让众生超度，百姓平安。日后，给你大烧香火，再塑金身哪！他念完，又朝上拜了拜。这时，从旁边灯暗处，慢步徐徐走来一位尼姑，手中拿着一个签筒，轻轻地摇了摇，细声慢调地说道，三位军爷，请抽签！

我只抽三支，他们俩不抽。

他心中扑通扑通地跳着，给抽个好签吧！玉皇大帝呀！他闭上眼睛连抽三支。细细的竹签，在那年轻尼姑手中反复地翻转着，她轻声道，军爷，这是一支上上签，那两支是中上、中中签！看来，你官运不错呀！

黄琼说，小师父，你看我此去向东，领兵打仗，不知吉凶如何？

那年轻尼姑，又敲了敲木鱼，细细地来回沉默了半天。然后说，请军爷到禅房喝茶细破解。

黄琼三人随了那一老一少尼姑，穿过走廊，迈过月亮门，又穿过花荫，方进入了禅房。

推门而入，禅房内细细地一股幽香袭来，使黄琼一行感觉脑门顶上注入了清凉剂，直入心脾。坐下后，小尼姑把那只景镇细瓷兰花茶碗，洗净放上木桌上后，托起一个茶盘，盛着雕着百鸟朝凤的图案的粗竹筒，抽开盖，细细地倒下些许茶叶来放入小茶碗内。又稍停了片刻，将一铜壶开水从柴炉内取下，又细细地倒入茶碗内，一时间，满屋茶香。小尼姑说：这是雨前茶，又叫"女儿茶"，都是未婚姑娘们在谷雨前采的茶叶，含在咽喉里，二十四小时后吐出，再经过九蒸九晒,阴阳配合,才成这茶。

请用茶,小尼姑说。

黄琼说等一等,听口音,你是豫西人,怎么云游在此观呢?

小尼是豫西黄寨附近的半店镇上的人。

啊?你是?对,那地方我熟啊!我听一位朋友凌燕说过,她领一些弟兄,在那年三月十八赶庙会上听"小桃红"唱戏端了李老八土匪的老窝,一气打死五个土匪。黄琼兴奋地说。

阿弥陀佛!善哉!善哉!佛门不谈杀戒事!小尼姑说。小尼姑身子猛然抖了一下,沉吟半天,抬起头来,喝茶,请用茶,施主!

黄琼三人掀开茶碗盖,轻轻吹去细沫,用口品了一下茶来(他也是在军政界混了不少年的人),一股清香,直沁入脑门来。

听你的声音很熟,你是?小尼姑说。

哦!我叫黄琼,多年在外胡混,后回到老家黄寨,也常去半店镇上听板头曲弹古筝的,也听那位"小桃红"弹古筝。

啊!真是他乡遇故知啊!今晚,你的签也抽得好,保你东去无大碍。你且听我弹一曲吧!小尼姑离座去里间房内抱出一具古筝来——长有七尺,弦丝颤巍,筝身锃亮。在香油灯下,一股雅香气四溢开来。

我的法名叫"觉清"!

黄琼只顾低头品茶,猛一抬头,只见到当年的"小桃红"正用火辣辣的眼光盯着自己,不觉心里"咯噔"一下。这油灯下,闪亮大眼下一个高高的鼻梁,一个樱桃小口正吐细言。

他乡遇故知,请军爷听小尼清弹一番。

支好古筝,戴上指帽。右手试音,左手拨动琴弦,"叮叮咚咚——"几声清脆悦耳之音,琴音在禅房内上下翻飞,从室内溢到院内溶溶月光下,又经山坳、翻山梁,飘至到琼空夜宇中去了。

弹了一曲《沙滩打雁》那筝突然"轰——"的一鸣,似枪声在清寂荒凉的沙滩中轰鸣,紧接着,雄雌双飞,雌雁被枪击中,哀鸣声、惊飞声似翅膀在半空唑唑回响。

黄琼沉浸在深深的悲凉中,他想到自保定军校出来后,寻了军长的女儿,满望自己能够展翅高飞,谁料想,一场瘟病夺去了爱妻的性命。以后,又战争不断,自己只顾领兵打仗,虽有好友给自己提过几个,但都不中意。他心底沉痛至极,但为国尽忠,也只好将爱情压在心底。不想今夜的古筝之声,特别是雌雁鸣哀之声令他心底激起了千层浪。他不觉心头一热,两行清泪即将流出眼眶,幸亏他用袖子一挥,说是该死的蚊子。掩过警卫兵的眼镜。

觉清看出了黄琼的心事,将四根手指在筝的中心一划,如惊天动地一声响亮,筝声即停了。她不觉不知仍端坐禅椅上,仿佛天地之间只有她和黄琼俩人。

黄琼也沉浸在梦中,他不觉喊声:"觉清——你出来一下。"觉清和黄琼俩从步出禅房,来到一棵巨大桂花树下,将手拉在一起,不知将军有何话说哟?

我想,你是我遇到的又一位人生密友,不知咱俩结成夫妻,咋样?

将军说得好极了。小尼要还俗才行啊!但战争紧急也顾不得了。明日,给师父交代还俗了,我去军营。即与你结婚吧!

第三天,太阳刚爬上树梢微笑。黄师长即率一溜骑兵驰上清虚观,只放了一阵鞭炮,黄琼下马去观内,将当年的"小桃红"又抱上红色马,随骑兵连回到了竹沟驻防地。火线头上,也不张扬待客,队伍驻扎在此,只请了几位河南老乡,买了些糖果栗子之类,分发军众位士兵弟兄,也算庆贺结婚。

觉清还俗后,即叫"小桃红"。她更是双颊绯红,小鸟可人,只携一架古筝,几件琵琶三弦乐器。黄琼当夜与小桃红夜入鸳鸯,欢欢喜喜过了一个愉快之夜。

以后随黄琼东去,卷入淮海战役,起义入四野野战军。从此,军内又多了一位小巧玲珑的"小桃红"。夜晚文艺会上,这位文艺兵清唱加琵琶、古筝,使无数军士欢乐流泪。

四十四

　　五月，雨雾在中原上空盘旋。

　　从信阳往南阳的张轸部三个师，正在急进。中野猛攻确山，使敌由宛东进，解救确山守敌胡琏。先是陈谢兵团攻打洛阳，两次攻克洛阳，重创孙元良兵团和胡琏兵团。白崇禧急令邱清泉兵团、张、胡兵团，妄图围追堵截刘邓部队。

　　张轸怕以后确山有失，率领五十七师、五十八师、八十五师向东逼近社旗、唐河，陈赓部队要全部歼灭这些敌人。

　　战斗在三天后打响。陈赓部队及桐柏军区的部队，遭到了黄维兵团劈头盖脸的攻击。

　　正在这时，率五十八师的黄琼连夜召开了团县以上的会议。他已经决心要起义了。这恰巧是一个绝好的机遇，北边孙元良没有敢南下，胡琏固守信阳、确山不敢西来。说不定，陈赓部队已布下口袋，让他往里头钻。黄琼急忙派一个跟着自己干的拳师队兄弟，亲自修书一封，送往驻守方城独树的刘邓司令部。内容说是弟已迷途知返，痛悔不已，愿率部起义，日子未定。刘邓接信后，急忙派陈赓与黄琼秘密接头。黄琼假装勘探解放军地形及军力部署，骑马只带拳师队弟兄，两人前往前沿阵地。陈赓则在解放军警卫营的护送下，也到了羊州、郭庄地区，双方在一个小山洼里见了面。这里山虽不高，但是一个原始森林区，鸟鸣花香。双方人马各守其界，两人进入了一个巨石后平坦处。

　　陈赓伸出手握了黄琼的手，近日可好？刘邓首长很关心你及五十八师的士兵们！黄琼心里万语千言。多少年了，从打八国联军到抗日，自己要寻找一个救国救民的政党,现在终于找到了。他连忙双手上前,握住这双指挥过千军万马的手。他寻思,这就是东征时救过老蒋的命,又几次被逮入狱,被蒋亲自诱迫而不屈的将军啊!他忙说,即将准备好了,具体日期不好定。只等成功时,我往你方阵地上放三颗红色信号弹,然后你的左翼阵地放开一条路,我率五十八师的弟兄进入你防区起义。到时,部队全归你管。

陈赓说,我派一〇二号专门与你接头,你要大胆行事,谨慎小心。他指了指身边的指挥员。双方又谈了一些起义具体事项,就各自领兵回到驻防区。临走,黄琼骑马回头,还望见陈赓在马上高大的身影和那顶灰色的帽子。

第二天晚上,以召开军事会议的名义,黄琼早已将自己的警卫营,以及下边的三个旅长,都已布置好在师部的礼堂周围。又架起三十挺重机枪,秘密号为"天晴"。他事先召开了两次秘密会议,只许成功,不许失败。

晚上八点,团长们都陆续骑马来到师部。但进场时,每人都把短枪交了。

会议开始,黄琼神色严肃地说,要搞好布防一类的话,话锋一转。他宣布,从现在起,五十八师全体官兵宣布起义,参加陈赓的解放军。行不行?

话刚落音,有一个团长拔出了短枪。原来他有两支枪,交了一支,还有一支。他将枪瞄准了黄琼,只是黄琼眼疾手快,嗖!嗖!嗖!三支飞镖分别中了那团长的咽喉及双臂,那人哎哟一声倒地。黄琼叫声,抬下去毙了,甭污了我的宝地。这时,全场骇然,都说愿跟黄师长起义,参加解放军。这时,他令司号员吹号集合。在操场集合后,他命令所有官兵把枪收集起来,站在讲坛上,大叫,今天,弟兄们面临生死存亡的关键时候,我们要参加解放军,加入到共产党领导的队伍里去。不愿去的每人发二十块大洋,愿意的,现在就走。因为黄琼的威信很高,会场先是没一点儿声响,接着有几个人说要回家种田。其余,都愿跟黄琼起义。队伍浩浩荡荡地开拔往唐河至方城之间,黄命令传令兵发三颗信号弹。腾的三颗信号弹升上了夜空,颜色鲜丽夺目。骑兵开道,炮兵断后,黄琼走在队伍最前面。走有三十公里,夜里正是凌晨一点。在陈赓部防区燃起了三堆熊熊大火,这堆火直冲云霄。标志着光明的到来,黑夜的离去。陈赓派的一〇二首长正在火堆旁列队迎接,队伍陆续进入陈赓防地。人群爆发出震天的欢呼声。呀!新的一天到来了,光明的曙光已经到来。队伍整齐地陆续往陈赓部队的各师、旅分去。黄琼紧紧地和一二〇首长、陈赓司令员抱在了一起。借助火光,人们看到他一双老眼里闪烁着激动的泪花。老黄,你终于回到了人民的怀抱里来了,他呵呵地笑开了。

从此以后,黄琼成了刘邓部下的一位师长。

黄维听说黄琼起义，把一个师的兵力领跑了，他跌坐在椅子上，半天没说一句话。随后，只把拳头砸在桌面上，吼了一声，我对不起蒋校长。

四十五

　　陈赓所率的西集团军与东集团军,协力作战,将黄维部队围歼于确山和南阳东这一片广阔地带。陈赓兵团进到平汉线上,以阻击胡琏的军队不敢西进救援黄维。一纵队、三纵队、六纵队、二纵队、十纵队已形成了一个拳头,合力针对黄维部队作战。这是一次大型军事会议,到会的军长们都望着刘司令那张严肃的脸,眼镜后闪出坚毅的目光。

　　战斗在五天后打响。黄龙飞所率的二十一师,对黄维部五万多人劈头盖脸地进行攻击,一天时间有五六百人阵亡。参谋长守着电台呼叫西集团军、东集团军前指,嗓子都喊哑了。黄龙飞这阵子发急,一急眼通红,嗓子冒烟。人趴在地图上,身旁的军用壶水早喝干了。警卫员提着水壶去灶台上灌水。不行了,把警卫营推上去! 他喊着。

　　二十一师用光了一万二千发炮弹、六十万发子弹、八万枚手榴弹。战斗自然减员百分之三十。预备队拉上去了,警卫营也拉上去了。蒋介石调来水平式陆基轰炸机,炸弹不断落在二十一师阵地上,黄维狗急跳墙,想率部回南阳,但已经晚了。

　　双方全都豁上去了。他们的身上和脸上满是污血和泥浆,他们的耳朵因炸弹的强大冲击波而聋了。战场上几乎没有伤员,伤下去的人来不及爬离战场,或等救护队把自己拖下去。他们会再度遭到炮弹轰击,从伤员变成阵亡者。

　　战斗激烈时,黄维的士兵冲到师指挥所附近,连续向师指挥所扔进燃烧弹、掷弹筒,将几个参谋警卫掀到洞壁上贴着,慢慢滑下去,再也站不起来。

　　因为下雨,天上的飞机轰炸受阻,但是,双方都在泥浆里打仗,全都滚得跟泥人一样。

五月下旬，黄维部掉头从社旗经张营、桥头一线妄图急退南阳。

他奶奶的，龟头想缩回去，没那么便宜，老子宰了他鳖头。黄龙飞骂着。

黄龙飞咬烂了嘴唇，一句话也不说，只把帽子推到后脑勺上，露出前面光溜溜的头皮来。他手头已没多少兵力了。堵住黄维个狗娘养的，一个也不放过。

二十一师用残缺的身躯，阻住了东进不能、西退无望的黄维兵团。黄维部拼死挣扎，用重炮轰炸，想炸开一条路来，用五个整编师倾巢出动，扑向黄龙飞部。部下已战斗减员一半了，更焦心的是弹药储备快完了。后勤部队向宛东抢运弹药，被敌五十七师截住，几百条性命无一幸存。

黄琼指挥的一个师阻拦在平汉线上，随时打击集结在郾城、临颖、漯河一带的胡琏集团军，并支援刘邓大军北方攻克郑州，打通郑汴洛三城市通道。

黄龙飞打红了眼。你们留下，我到前线战壕去指挥。

你不要命了？师长，你要小心啊！参谋长、副师长都想拽住他。但他一下子消失在蒙蒙的雨雾中。

八团在前沿阵地上，打得只剩百十人了，十几辆黄维兵团的坦克在阵地上疯狂地冲来碾去，用高速机枪杀八团士兵，然后把他们碾成肉泥，那简直是一个屠宰场。八团团长和政委都负了伤，衣裳没了，连裤衩都被打成了碎片，浑身血葫芦一样，脸上身上被烧得煳一块焦一块的。

他看着阵地，地上躺的，都是他的好兄弟。地上散落着几根肋骨，有的一条腿，半截肠子……全扔在地上。有的呻吟着，还没有断气，有的还在树丛中撂着，有的身上盖些野草，等待担架队把他们抬走。他清楚眼前这场残酷的战斗，将使那些穿烂衣服的伤兵，被冲上来的敌五十七师用汤姆弹将他们打成筛子眼。

八团不行了，全光了。师长！看着团长和政委在风中褴褛的衣服，脸上身上烧成紫黑色的样子。完什么完？不是还有我吗？天塌不下来的。叫什么丧？老子要和他们决战到底！告诉所有活着的指挥员、战斗员，只要剩下一口气，就坚决战斗下去。不然的话，我们还会喝稀汤、要饭，我们的妈妈会饿死。我们的姐妹会被他们奸淫枪杀。我们会丧失每一寸神圣的土地，我们要拦截他们，彻底歼灭他们。

二十一师似一颗钉子，钉在从南阳通往驻马店、漯河这条道路上，硬是拦住黄维兵团的轮番进攻，没让对方撕开口子。飞机又俯冲下来了。

一名炊事员挑着饭桶，跳过密密麻麻的尸体，在枪声稀疏后寻找到一片麦地，在麦地里找到了枪管打得冒烟，脸被硝烟熏得乌黑的黄龙飞。这时，一发一二〇口径的榴弹发出啸声落在黄龙飞身边。他被高高掀起，又落下，被深深地掩埋进麦田的泥土里。

天上有几颗星星。战争的潮水已退去了,宋时轮部下从二十一师接到阵地,开始清理伤病员。

从麦地里深处挖出了黄龙飞是不容易的。他周围躺着十几具士兵尸体,他好像一粒种子,不甘心麦田里长不出什么好庄稼,深深地埋进了地里。把士兵们尸体运走,才找着了活着的黄龙飞。

副师长闻讯赶来。

他人呢?在土里。

头呢?胳膊呢?捡齐没?

没找着!

王八蛋,驴日的,干什么吃的,营长派一个班,把我给黄师长的肉、骨头渣一点儿也不少地收拾齐备。

等了半天,副师长喊,怎么啦?他还活着?

真的。不知那发将十几个士兵炸得血肉模糊的榴弹炮装没装黄色炸药,反正黄龙飞没死。他迎着那个抬着黄龙飞的担架,扑过去,抱住整个人用绷带缠得只露着眼睛的黄龙飞,半天喊声,老黄,你命大哟!黄龙飞仍紧闭着眼,然后,扯起了鼾声。

四十六

　　凌燕正在指挥医护人员,把重伤员从车上抬下,她眼睛通红,不知是熬夜,还是哭的。重伤员伤得很厉害,有的胳膊被炸飞,露出白森森的骨头碴子;有的肚子被枪子钻了几个洞,红红黄黄的肠子流了一大摊;有的肋骨白生生地戳在外面;有的脸孔上被燃烧弹炸成瞎子,只露黑洞洞的瞳仁;有的被炮弹震成脑震荡,翻了翻身子光会憨笑……

　　凌燕忙得嗓子直冒烟,脑子变成一片空白。她看运伤员的卡车开走了,就帮助往医护室抬。那是很大一座关帝庙临时改成的医院,里面充满了血腥气味儿和来苏药水气味。她掀开了一副担架上盖的伤员,这是一张孩子脸,平静的脸庞,一副长睫毛,眼睛闭着,胳膊和腿各炸掉一只,呼吸急促,浑身的血凝成了紫色。

　　这些,她司空见惯了,风风雨雨她经历得太多了。她见的死人也不少。

　　黄龙飞一直在昏睡,整整三天三夜没睁眼,脑子里全是奇形怪状的图形。一会儿是他和凌燕在一起骑马,指挥打仗,一会儿又是他两个手拉手飞上天空;但天空不蓝,黄晕晕的,飞在半天空时,听见天鸡在鸣啼。脚下踩着云彩,飞呀飞呀,总是飞得不太高,地面上的树木、草丛、牧童、黄牛、江、河……蒙蒙眬眬的。

　　他徐徐地睁开了眼,眼前站着一个医生和凌燕。他坚持要下床撒尿。

　　我撒尿,不吃饭,碗拿过去,快一点儿!

　　这是尿盆,不是饭碗!

　　小凌,我要撒尿,要下床!

　　医生不让下床,我可以命令男同志伺候。

　　不,你把脸扭过去,我要撒尿的。

凌燕把脸扭过去，那位医生把便盆移来。他小心翼翼地要下床，一位女护士从外进来，要帮他小解。但他坚持自己小便，他半边脑袋绷紧绷带，头发剃光脸浮肿着，身上有石膏夹板护卫着。

一股黄色的尿哗哗地震耳欲聋响着，呈水枪状迸射，射得尿花四溅。谁也没想到如此发狂的激流，会在这干涸的季节感受到瀑布般的宣泄。

他把最后一滴尿液宣泄后，才感到惬意极了。用力抖动了一下，才将玩意送入了笼子里。他腾地一下躺在床上。凌燕笑着说，喂，师长同志，要不要给你弄点东西吃一吃？

你来看我，我一高兴，这比吃什么都美。凌燕这些日子忙得厉害。她要去工厂企业，去银行、学校、粮行、车站、农村、村庄……又要去协助军管会处理涉外海关事务，有少数民族问题。了解病房情况，还有要不要处理东去先遣团的问题。农村里的租税减免的事情令她吃惊，这是一个千百年以来令农民敏感的事情。

黄琼那一天到兵团部开会，开完会以后，向陈赓司令汇报时，听陈赓讲到了黄龙飞所在的师战斗减员厉害，师长黄龙飞受伤住进了医院，他惊愕了。他在黄寨时就跟黄龙飞很熟，所以他问清了是河南的黄龙飞后，即焦急地等到第二天早上，带上警卫员、通讯员骑上三匹快马，一溜烟地赶到了医院。在黄楝树上拴好马，没忘了又买了一兜梨和两听罐头。

乱糟糟的大厅里，人来人往，穿梭般走着穿白褂的医生和护士。他们手里拿着听诊器、吊针瓶，手里端着白色的搪瓷盘子，盘子里总有装不完的镊子、胶布、药瓶……满大厅里各种气味儿刺鼻，来苏水、紫药水，浓臭味，说不清的混合液……让人捂紧鼻子。各种声音震耳欲聋，咳嗽声、哎哟哎哟的喊痛声、安慰声、强迫声、骂声，不绝于耳。

黄琼让警卫员上医生值班室问一问，二十一师长黄龙飞在什么地方。

刚问清了在一一二五号床位，他们三人拎着东西往病床去。在穿梭的人流里，黄琼突然看见了一个身影，一个黑色的精灵，那一双鹰一样的大眼睛从黑头巾中露了出来。哎，会不会是那个石头一样的姑娘？我曾经在感情上伤害了她。这些年来，她一直没有露面，不知道在干什么？怎么会在这里见到她？真要是她的话，那可叫我痛心啊！我虽然到了光明的彼岸，我老婆也被我从河南接到了师部，但我已与她家里没什么联系了。共产党和蒋介石是两个水火不相容的集团，但我从内心讲仍是爱这位冷姑娘，一位备受压迫劳苦的女子。

黄琼犹豫了一会儿，在那儿站立足足有十分钟。一直到警卫员喊他，他才回过神来，慢慢地朝前走过。在一个布幔子隔开的地方，他们喊，二十一师师长在吗？喊了两声，里面传来了黄龙飞的回答声。

他们仨掀开帘子，钻了进去。一看，躺在白色被单下的伤者果然是黄龙飞。警卫员把水果等礼物放在床头。

龙飞！又见着你了。咱们有十几年没见了吧？

可不是嘛！你是黄教头吗？你那八副战拳可以打遍天下！如今，你怎么上了"梁山"？

黄琼把拳头在龙飞眼前晃了晃，要不是你绷着绷带，看我不在你身上揍出坑来。我起义了，把一个师的弟兄们都带过来了。

黄龙飞忽地挣扎起来，他做了一个要拥抱黄琼的动作，可惜他自己受了伤，气脉不足，险些倒在床下。

人们慌忙扶他坐下，黄琼拢了一下自己银白色的头发。别动！老实点，咱们不是挺高兴吗？我是老了，你看我头发。这都是打八国联军，打日本鬼子，打内战打的呀！

我也快老了，岁月不饶人啊！

哎！你怎么从黄寨跑到这病床上了？

哈！彼处不留爷，自有留爷处！

我身上枪子伤了几十处，在缅甸打老日就有十多处。

咱们一样，在东北鬼子东林要塞处，身上被打被烧的伤多得很。

啪的一声，一个玻璃杯破碎声响起来。大伙儿回头一看，原来是凌燕的茶杯掉地碎了。

碎（岁）碎（岁）平安哪！黄琼，我给你介绍一下，这是凌燕姑娘，黄寨人。

哈！不用介绍，我们早就是朋友了。

黄龙飞这才发现自己说走了嘴。他们两个早在河南就恋爱着的。

凌燕一边让护士拾起地下玻璃碎片，一边用小刀精心地把梨子皮削下，她小心地一圈一圈地削，削成了一个连着皮形成螺旋形的金黄梨皮。

然后，她先拿了给黄龙飞。黄龙飞笑笑，很调皮地咬了一小口。大叫，甜啊！甜到心里头！

她又给黄琼削梨皮时，黄琼自己早已拿一个军用小刀削起来。不知是粗心，还是因自己又见到原先心爱的人，把手一下子削破了，鲜血流出来。黄琼苦笑了一下，凌燕！你好哇？什么都不说了，是我走了一个历史的背弓路。

北火南天

什么？你——我，又走到一块啦！哈哈哈！她扬起了头，笑声回荡在这座临时战地医院里。

　　龙飞，这里不叫你师长，也不叫你十五爷。你应叫我太爷，咱按革命的叫法，同志！我走了，养好伤，咱们要打大仗、打硬仗哪。

　　黄龙飞挣扎着要下床，但下不来。黄琼回头一抱拳，二位，后会有期，告辞了！说完便走了。

　　凌燕站在那里也没动。她眼里闪着坚定的目光。从医院外传来，"打！打！打！打回老家去"的女中音歌声。

　　黄龙飞用眼神告诉凌燕，多杀敌，咱早日完婚，但口中没说。

　　凌燕说，师长同志，听医生话，我走啦！

　　凌燕噔噔噔的一阵脚步走出屋外，又骑马消失在林荫深处了。

四十七

黄龙飞很快就出院了。他的一个师和凌燕一起调往六百里外的郑州，消灭孙元良兵团，拖住敌人不让其南下救援黄维兵团，以达到消灭王凌云十三兵团，解放南阳孤岛的目的。

他们采取远距离奔袭和围城打援的战略部署，很快就消灭了孙元良三个师，约一万多兵马。

军部决定在洛阳庆祝大捷后，组织一场舞会。还吩咐，把从前线轮战后来的高级指挥员，还有地方工作的高级指导员都邀请，请他们跳一次舞。

舞会安排在铁塔公园附近一座花园处。请了一支俄罗斯乐队，请来女子中学的高年级学生。舞厅的地板用了珍贵的楠木，打过蜡，再用滑石粉涂抹，踩上去不吸脚，还有一种飘飘然的感觉。乐队能奏熟练乐曲，像《五朵花儿开》《绣金匾》等，这些乐曲一拉就有板有眼。

舞会开始了，军官们来了。军官像猎手，都各自寻找森林中的猎物。一个个眼珠子闪光，胳膊腿儿都活泛得要飞起来。学生们邀请，军官们投入，没多大工夫，一人搂着一个软香玉，进入舞池操练。这些军官们，都经过几十年的追逐和杀伐，坐过铁窗，经过血与火的考验。可在舞场上生疏一些，都是些大步跨越式。但，经过一会儿磨合以后，都会熟练起来。

黄龙飞来了，他觉得很别扭。本来是个庄稼筋，又是个日本刺刀下的臭劳工，现在要玩这些新鲜玩意儿，他不太会，也不想去做，但经不住部下和战友的怂恿，也轻松一次吧！

他坐在舞池旁的长椅上，嗑着瓜子儿，跷着二郎腿。没去搂那些软香玉，独自在哼唱着《五枝花》歌调。

什么花儿甜？什么花儿香？

芝麻开花节节甜，桂花儿香，

百姓向着共产党。

什么花儿白？什么花儿最耐寒？

莲花儿白，开在清水外；

梅花儿腊月开最耐霜寒。解放军抗战最坚决。

什么花儿最国色？什么花儿朝太阳？

牡丹花儿最国色。葵花儿开朝太阳……

突然，他不唱了，收起了二郎腿。他发现了凌燕。

凌燕打扮得很漂亮，黑黑的长发用红绶带扎住，露出光洁如玉石般前额。一袭红色绸子布裙，似一只红色的火鸡，不，像一只布谷鸟。

黄龙飞弯下腰，似攻击敌碉堡的战士，又似一只猫儿，弓腰软脚地悄没声潜入。

黄龙飞瞄了一眼舞池，见凌燕正火焰一般，翩翩朝这儿燃烧起来。心里正急，就拉了个女学生跳了起来。跳着跳着，他仍在关注着凌燕，他心里喊，糟糕，她来了。

凌燕已看见了黄龙飞，她早看见了。就在军官们进门以后，他坐在长椅子上跷起二郎腿时就盯着。过去的那些事情都像春水覆盖着的池塘，看春池涨满，水面平静。水下草丛都在，没来及走掉的螃蟹、乌鱼都在。一旦水潮涨起，在水潮中的鱼、虾、蟹都会搅动起来。

舞曲兴致正浓地弹奏着。在人头攒动中，凌燕在一步步接近黄龙飞。她感到有一股热浪向她袭来，烧得她周身热烘烘的。她感到有点不安，脚步错了一个节拍。凌燕想，舞厅好，气氛也热烈，不管他是不是黄龙飞，但终究会见面的。凌燕接下去想，过去总要靠近黄琼，才感到靠住一个顶天立地的大山。如今，黄琼那边结婚携子了，自己也灰了心。过去不管发生什么事，但毕竟是历史的巧合，都被历史的浪头给冲到一起来了。

她这样想着，最后决定，先不给黄龙飞打招呼，等靠近他时，再很有礼貌地弯一下腰，做一个邀请的姿势。这样，也不会降低她这个原旅长的身份。

这样，凌燕倒也轻松了。这让她的舞伴感到迷惑——毕竟步子不合拍。不知乐曲哪一节演奏，使舞伴变成一只轻盈的燕子在春风中飞翔。

凌燕像燕子一样，轻轻地在池子中划过去。黄龙飞刚弯下腰，还没找到舞伴，他正和一个军官在述说什么。她轻盈地扔下原来的舞伴，不顾一切地似一头小鹿在森林中寻草。

她靠近了黄龙飞。黄龙飞愣住了，没什么可说的。她看不清他的脸变成什么颜色，只是捉住了他的手，黄龙飞这时要走也走不掉了。两个人就在舞池中舞起来，一会儿从这边舞到那边，又从那边舞到这边，轻盈得很，旋过了一对又一对的人。人们的眼光早已被他俩吸引。她的衣裙似孔雀开屏一样，金火红颜色，鲜艳夺目。黄龙飞被动地跟着跳起来。

凌燕边跳边气喘吁吁地说，我从黄寨走后，你都到哪里去了？

不简单啊？你还有这个兴趣？去了八路军，攻克这座城市。随后在一次作战中被俘，当了日本鬼子的劳工，修东林要塞工事。最后，逃了出来，还回到解放军里，开始这三年解放战争……

哟！谁跟听你背书一样？

我说呀！咱们把婚姻解决了！马上结婚。

黄龙飞回头向周围舞厅一扫，他见人们朝这边张望，中野、华野的领导们在休息区喝茶，抽烟，小声议论。

哎！你咋不应声，说你呢！

行嘛，咋不行？你只要同意，我有啥？

人们的注意使黄龙飞生气，你们注意就注意，有什么了不起！都是人嘛！李铁牛一个军，黄维的整整五个师，谁怕过。都扛着脑袋打过来了。

凌燕说，咋不行？行就是行，甭说咋不行。

中，行。我一定行，马上就办！

好，这才叫好汉办事，不拖泥带水。

舞曲停下来，是戛然而止的。已经没人去听了，人们像舞曲响起时，浑身骨节都是松巴着，就像从枝头要落下的苹果一样，松开舞伴，慢慢涌向舞厅的大门口。人们围着黄龙飞和凌燕，一袭红衣裙的凌燕眼里波光闪烁，悠扬地扬起尖尖的下颏，龙飞，咱就这样定了，结婚。

第三天，在简单准备之后，由中野、华野领导做主持。主婚人也有，证婚人也有。把结婚地点安排到最豪华的洛阳大饭店，给他们一套落地窗花园别墅的钥匙。门上贴大红双喜字，从饭店一直到火车站几条街道上全贴满了红喜字，万事俱备，只欠东风。

他们中午在饭店包了几桌酒席，能请到的军官都来了。光吉普车、轿车都排到街边二里长，军官们允许喝酒，在大红灯笼下，人们着实地喝了一场，醉了一回，醉得脸红脖子粗。有骂粗话的，有你搀我我扶你的，有互搂互抱的。

那天晚上，黄龙飞心旌摇动，老盼着酒能早喝光，大伙儿散场。他回去好放礼炮。他嫌人家喝得慢，说你们甭拉拉扯扯，半天消不了一盅酒。来，这样，往肚子里灌吧！

大家笑起来，龙飞你太小气了，还没喝美，你倒催起来。招呼酒席的忙过来，将花生、糖果，黄黄亮亮的、花花绿绿的，一齐抛向众人，往大家怀里装。

汽车把黄龙飞夫妻两人送到住处。黄龙飞一把拽过抿嘴笑的凌燕，大步跨行，迈过月季，蹚过牡丹，穿过喷泉，把钥匙朝锁孔里右旋左旋，直进入卧室。

附近的教堂里，正传来最后感谢主的歌儿，开始如何，今天怎么，太阳啊和月亮，永远照耀你们心上，今生今世永远无限……

他俩互相看了一下，凌燕的眼里含情脉脉，黄褐色眼珠变成了月光般明媚；浑身弥漫着来自大平原的神秘种子芬香气味儿，换上了小桃红夹衣，下身紧身蓝卡其裤。

凌燕看黄龙飞剃了头，刮了胡子，一身黄色夏布衣裤。风飘飘作响。黄龙飞胸口暴露出古铜色的胸肌，柔软的胸毛没剃，显得很豪爽。

是什么在激动着他们，一对野兽。他目光搜索着他的猎物对象——有弹性光泽的长腿，充满活力的细腰，乳房似盛满粮食的粮仓，温润鲜嫩的皮肤……他突然变得温柔起来，手在颤抖着，去握那两座高高的富士山。然后，做了一个猛烈的动作，似一头狮子看见了野兽，扑了上去……

四十八

　　李仗义骑着他那匹白龙驹子，又使劲抽了一鞭，那马屁股后便扬起了尘土。马蹄子与碎石撞击，还不时迸出火花来了。他胯下这匹蒙古马，是选一选二的烈马。奔驰起来，马肚子可以接近地面。虽然这么好，也救过他的命，但那次在马群里套它时，也险些将李仗义送上了西天。

　　那次，是在军部刚从蒙古草地上运来一大批骏马（包括骑兵团里），在一个大山坳里，军马在乱窜。他倚仗自己年轻时在张家口给人赶过马，自己正要一匹坐骑，他骑了一匹小川马，拿了套竿去军马中套一匹马，很远他就相中了坐下这匹"千里雪"马，浑身没一根杂毛，犹如雪。就骑马往"千里雪"跟前扬竿去套。谁知套了几个回合都没套上，还险些将他踢一下子。第二天，他又去套马，总算套上了，累得他气喘吁吁的。没等备鞍子就骑上了。那马怎么也没想到有人骑，就飞上山坡，又蹚过一条河。把李仗义吓了个半死。有时它后蹄立起，前蹄腾空，有时，它后蹶子腾空，非要将他掀下来。李仗义愣是有个犟劲，两手死死地勒紧缰绳，"千里雪"将后蹄甩起，他一下子失去了平衡。把一只脚从马镫里甩出来，而另一只脚还卡在马镫里。那马仰天长嘶，把个李仗义愣是拖在马后屁股后从山上往山下拖。石头橛子树叉子，刮得他皮肉生疼。后边的警卫兵惊呆地喊着，并且朝天鸣枪，想让"千里雪"停下，不然会将师长拖死，但马却仍狂奔不止，直到最后遇到一道石坎，那马速度慢下来。李仗义的另一只脚，才从马镫中脱下来，人也早无知觉。这样昏迷了三天三夜，在医院醒来时，混身绑满蹦带，两眼也浮肿得睁不开了。

　　这时，侦察骑兵报告，部队已到了云南省的大理下关处。上峰命令他率暂七十五师阻挡日寇。

暂七十五师官兵缓缓开往下关处。沿路的白族、哈尼族、汉族……百姓们夹道两旁,都拿着波萝、香蕉、西瓜、椰子……水果往军士们口袋里装,李仗义师长激动万分,抑止住泪水没滚出来。他牵着马,边走边向百姓作揖,这位陕西当年饿饭乞丐,咋能见得了百姓父母呢?

部队驻扎在一所中学旁。师部设在一座古庙院子里。虽然矮墙残壁,但是,时时还见有香火灰烬在。歇下后,支了块门板,权当行军床。作战参谋及电台兵们忙着拉电话线,挂军用地图。

当他信步往神庙的正殿走去时,只见中堂供奉着一位将军金身塑像。塑像已经被香客供奉的香火熏得乌黑,但金身处仍显得锃亮锃亮。

塑像有丈余高。右边上书:"供明之云南节度使铁铉将军灵位。"

不看也罢,看了使他倒吸了一口冷气。呀!呀!这不是他乡遇故知吗?这不是家乡的铁铉吗。一看身后碑文上,果然是河南南阳人。

这将军镇守云南,防止外国倭寇的侵占。灭敌无数,然后血染疆场,为国尽忠后,难道不由人肃然起敬吗!想罢,他出来命令参谋们买上些香火、火烛之类的供品,赶快拿来。

他将香、烛点上,将水果供品供上,跪在神像前,咚!咚!磕了三个响头。

他心里说,我步将军后尘,定要为百姓战死疆场。

第二天拂晓,百鸟啁啾,在枝头唱个不停。他一夜没睡好,一个鲤鱼打挺从木板床上坐起。一缕霞光正从庙顶的玻璃上斜射下来。

隔墙的娃儿们正在读书,带着奶腔的读书声嚷着传来。有几只山雀正从远处树梢处斜掠过来,使人心旷神怡。

虽然,邻近国界的缅甸有战争,但这里却还是和平的样子。已有不少青年男女学生,去前线打了仗,有的已长眠青山。日本人正要从澜沧江上打过来,但被我们的军队堵住了。

教室里传出了风琴声音。

弹的正是"起来,不愿做奴隶的人们……"的曲子。

上午,一队学生在青年女教师的率领下,来到部队慰问,还带来了孩子们手中的鲜花——水仙花。

那女教师带头鼓掌说,请长官叔叔们讲话。李仗义看了看女教师那满头乌黑的短发,心里不由涌上一阵痛楚来。

自从由黄寨吃舍饭以来，从军由兵士一直打仗，打仗，脚底板永远没有停止过走路。如今已是师长了。整天执行上峰命令，开拔、行军、打仗、驻防，如今又换防到云南这边来，一刻也没停过。原来虽也与凌燕结婚，但只是一瞬间，炮火一响，这一切婚姻大事都摆一边去了。

在豫西山区，自己与李铁牛师并肩作战，和原来的老搭档——黄寨老乡黄龙飞较上了劲儿，千里牵牛战，在豫西的伏牛山中转了几个月，仗越打自己越玄乎。

虽然这次来云南换防作战，但仍不考虑个人婚事啊！不过那女的咋有点面熟？

短发女教师带头鼓掌，请师长讲讲话。李仗义这才回过神来。哈！哈！没什么讲的。我们部队来这里防备敌人，保护老百姓的生命安全，是我们军人的职责。

娃娃好啊！只要不打炮，该读书的还要读书啊！

等和平了，建设国家还靠你们娃儿们啊！

叔叔，等长大了，我也当兵打鬼子。

短发女教师用她布谷鸟声说，好啊！

一会儿，她请李仗义到住室去。

李仗义快步走进女教师住室。

她的住室在两间乌瓦房内，整齐地摆一张床，一张办公桌，一架风琴静静地蹲在那里。窗台上的杜娟花火一样燃烧着。

你是哪里人？叫什么名字？

我叫朱莉，河南黄寨人。

哟！我也是黄寨人！李师长显然隐瞒了陕西乞丐帮那段历史。

哦！朱莉站起来，给李仗义倒杯茶。她的短发几乎擦到了李师长的脸上。一股茉莉花香味儿漫到了他的脸上了。

我在黄寨的子母寺学校里教过学。那寨主和我都很熟的。从子母寺辞学以后，我就参军在缅甸打了仗。

什么？你去了缅甸打日本人？

是的，去了两年，九死一生，今天还能跟你说说话。

那你就说说吧！

将军，你要耐点性子，如果喜欢听的话。

那是1942年夏天……

北火南天

朱莉仿佛又回到了那战火纷飞的日子里。

妈妈那双忧郁的眼睛。她知道我报了参了军,那是我刚刚从子母寺小学辞了职,但天然的秉性,仍想要从事教学这个行当,就在大理上关一所中学任了教,是教音乐的。因为我喜欢音乐。

听一些同学讲,大理那里设有军队办事处,许多青年报了名参军。我就不跟家里商量,也报了名。报名时,心里跟吃了毒药一样,难受极了。要知道,还有一个弟才十四岁,妈妈五十多了。满头白发了。这多叫人揪心啊!这是不孝啊!

妈妈知道我偷偷报了名,眼都哭得跟红桃子一样。老人家的头发更白了,似风中飘的帆。

我换上军装,甭提多神气了。

妈妈趔趔趄趄地到兵站找人。她哭着说,我都五十多岁的人了,土埋到脖子里了,她弟弟才十来岁。我不能没有她呀……

最后,我坐上军车到怒江的惠通桥时,军车两旁全是欢送的百姓人群。我突然看见一位满头白发飘啊飘的老太太,拦住了车,跪在车前,我惊呆了……

是不是妈妈?她不让我去了吗?这意味着要脱掉军装啊。

谁知道她递上了一个瓶子,说,孩子,你去吧……娘不拦你……

瓶子里装的是家乡的泥土。

忘不了妈妈那在风中飘的白发,似一片海中的白帆……

经过三十八盘,过了惠通桥。车队在进发中……渡过了伊洛瓦底江的激流。

我们打败了日军的几个连队。

歼灭了他几万人。仗打得残酷极了。

英国人突然撤退印度了。

仗打了一年多,每天都在生死中经受考验。

你知道吗?孙立人师长、黄琼师长率领我们撤退。傍晚在经过一座大江时,日本的巡逻艇封锁住了江面。

孙立人师长、黄琼师长命令我们火速砍竹子、木头,工兵营用锯、斧头砍。我们帮助扎竹筏,扎好了,我们登上了竹筏……

刚登上竹筏,就听到不远处传来炒豆般的枪炮声。三十分钟后,我们刚登上彼岸,突然传来敌人叽里咕噜喊话声。

对岸,密密麻麻的敌人正用枪炮疯狂射击,但他们晚了一步,就来给我们送行的吧!

天气进入了雨季,到处是莽莽苍苍的青山,翻也翻不完。听翻译说,我们进入了野人山。

衣服每天都没干过,撤退时带的粮食也越来越少了。只好采些野果子吃,但弄不好会毒死人的,路上的溪流不断……

人人饿得黄皮刮瘦……还要背着枪支、行李。沿路见不少掉队的军士,一些同胞砍些树枝芭蕉叶搭棚子,睡进里面再也没见站起来……

前边又是一座高山。

这也是一断崖深谷,后面紧紧赶来了成千上万的猴群。我们急中生智,抓住一根藤条就荡过深谷到达对岸……

一只猴子抓住了我,但我不敢回头,一回头它会咬断你的喉咙,我用荡秋千的样子,抓住藤条荡"飞"过去了,到达安全地方。

李仗义吱吱地吸着香烟,他用深沉的目光盯着朱莉,眼中闪着愤怒的火花……

烟雾盘旋着,在屋内绕着冲上屋顶。

朱莉又给李仗义泡上了一壶茶。茶叶在壶中栽着跟斗,旋即沉到壶底。

朱莉望了一下窗外,一群鸽子正响着鸽哨……

我们进入了野人山后,就进了绝境。

走了三个月后,一天,一条大江横在面前,江面很宽,江水打着旋……

我们这时一行十五人,有十二个女的,都是我们师卫生队、电译队、文艺队的。

领队的是我们师部的参谋。他说,先歇一下,然后,我先渡过江,再系一根长绳子在江对岸,一个过完再过另一个,大家先歇一会儿吧。

十二个姑娘有的说,我回国后要当翻译;瘦高个说,我要当诗人;胖乎乎的说,回国后战争结束了,我当个教师教孩子们那多幸福啊!

细小眼睛的姑娘说,战争结束后,我要当一名护士,做一名白衣天使,多美呀!

扎羊角辫的姑娘说,回国后,我要当一名戏曲演员,给大伙演戏,才好呢!

戴眼镜姑娘说,我等战争结束了,开一家照相馆,把美好的生活都装进匣子里去,留作珍藏的记忆……

轮到我了,我说,等不再打仗了,回去好好侍候妈妈,然后种上二亩水田，养一头牛……

然后，大家就开始过河。这时，暴风雨来了，雨点打得人眼都睁不开。

参谋游过了江，腰里缠上绳子。他将长绳子又紧紧地系在对岸一棵大树上，然后对我们大喊，过河吧！

我是第一个拽着绳子过江的。

第二个，第三个，瘦高个和戴眼镜的女兵都游过去了。这时，那几位都下了江，朝湍流急促的江中心游来，突然，绳子断了。她们都消失在江心的漩涡中……

我们想冲下去处紧跟几步，但一切都来不及了。

我们在暴风雨中大哭，脸上也不知是泪水还是雨水。

我算活下来了，那么多兄弟姐妹们留在了青山。

我从部队退役回来，急匆匆地去回家见一见母亲，但见到的是一座长了青草的土坟。

母亲因忧虑过度，两个月后即去世了。

弟弟也参军了，不知是死是活。

说罢，泪水已模糊了她的双眼。

李仗义也是从乞丐出身的。他深深地吸了一口气，将双手的骨节掰得咯咯响。

他拼命地吸烟，一根接一根。

那么，你现在还是单身？

对，我一人守着家，所以干脆到这所"兴华"中学任了教，校长是我父亲的一位朋友。

李仗义想到自己只身一人，枪炮声中生活，生死中颠簸，出生入死，也是何等的难受！为国为民为家，真不能两全啊！事已如此，这位姑娘也挺好，也算船到了码头靠岸了吧！但不知道她愿意不愿意。

他开始把烟屁股甩到了地上。

你看，老师，我也三十好几的人啦，还没成个家，不知道你……

朱莉低下了头，脸上飞上了两朵红云。眼中的泪花再也抑制不住，趴在屋角的床被上哭起来了。

李仗义慌忙站起来，咱惹人家姑娘不愿意了吧？

他愣在那里，也不说走，也不好不走。

愣了半天，朱莉止住哭说，将军，多亏你看得起我呀……

她的泪水还挂在粉腮上。

李仗义忙掏出手绢替她拭去泪水。

让家族族长来做个媒人吧！

李师长喊传令兵去找族长来，去了几个卫士，等了半天，老族长才笑吟吟地赶来。握手问好后，朱莉跪在族长面前不起来，族长问明原因后，用一双布满皱纹的手搀起她。

这是多好的事啊？咱也多了一分光彩呀。

不过，得让她拜拜洱海乡里祠堂，烧香以后，再举行结婚仪式，这是咱这地方上的规矩。

李仗义呵呵一笑，好哟！入乡随俗吧！

李仗义领着几个卫士，回到师部等候消息。师部几个军官笑他婚姻透了，搞闪电式结婚。

当晚，族长召开白族一村年长的族长在祠堂拜祖，祠堂里明灯蜡烛的，一片通红。红族长说了此事，让朱莉拜了祖宗牌位。然后，给大伙儿讲了一番。

众人都很担忧，认为那当兵的是汉人，咱是白族，按风俗是很难通婚的。

族长也怕惹不起这军队。

但朱莉已答应人家，只好明天请李师长来了再说。

第二天，去了几位有脸面的族人，说请李仗义到寨子里喝酒拜祠堂。

李仗义要骑马走，参谋长及卫士们拦住要紧跟上。李仗义说，我一人去算了，你们都别兴师动众，让寨子里人说咱们不是。

李仗义一人一马，跟族人们去了寨子里。

寨子门口人山人海，大伙儿杀猪宰羊，拉开了酒桌。一行人忙烹炸蒸炒。一时间，酒肉满桌。

李仗义坐上位后，族长陪着他。先宣布，李师长光临，咱们先喝酒，随后再去寨里祠堂。

三杯酒下肚，话也多起来。李仗义自黄寨出来当兵，也算身经百战，炮火中钻出来，多少次从死人堆里爬出来，什么场面都经过的。

蒸鹅、熏鸡、熏鸭、熏鱼成盘……李仗义大吃大嚼起来，众人又都轮流敬酒。任他是海量，醉不倒他？

等到他喝有七八分酒时，撤去杯盘。

人们开始跟他逗乐子了。一些花瓣酒向他头上、身上……似下了一场花雨。

北火南天 | 273

有人过来搀住他，众人在族长率领下，去了寨里祠堂。

族长站在祠堂的大厅里，先向祖宗牌位磕头，拜了几拜。然后，扔上一把签，在一个大毯子上，又自上而下投下几棵"仙草"。那草掉下来，形成几个奇形怪状图案。

众族人都围拢来看时，族长说祖宗的脸色今天不好，降下的神言不吉利，不愿意！

李仗义喝得醉醺醺的，也只听见这么一句，又怕为此事，把事情闹大，惹恼了族人。这可不是闹着玩的，只好不发作。

但他只觉得头昏脑涨的，一会儿即瘫倒在祠堂里。

他昏昏沉沉，待他醒来时，只见自己被脱光了衣裳，身上似有千万只钢针在扎自己，周围灯火通亮。自己躺在什么地方？耳畔、脸孔、胸膛上、腿上爬着蛇和蝎子一类的毒物，将他蜇得渐渐眼也睁不开了。

沙沙沙的爬行声，使他更加迷迷糊糊的。疼！钻心的疼。他又晕过去了……

一会儿，刚苏醒，又听族人们说，让他这次见造物主吧！想坏我们族规。

那个教书死妞呢？把她也拉来上酷刑！

找不到她了，学校也没见她了！

李仗义不知过了多长时间，醒来时，他已躺在另一个地方的床上。第一眼看见的那位姑娘——朱莉。她清澈如湖水的大眼里正满含着泪水。说声，醒了！醒了！

周围一阵脚步声，床前围满了卫士们及参谋长、干事、参谋及各团团长，大家说：吓坏我们了，我们听朱莉一讲你被骗去受了酷刑。俺们要去马踏五营，全师的炮火都对准了寨子门。多亏她领着部队，冲进去救了你。

李仗义想睁眼，但睁不开。头也抬不起来，浑身似千万只锥子扎一样。身上的毒液，正在被医生紧急处理——挂上了盘尼西林针，清热解毒液。另外，还用当地一种萆薢的草熬了药水喝。

朱莉含泪说，咱们生死在一起，管他谁是天王老子地王爷。

他们部队已移驻丽水县城。

三天后，李仗义浑身疼痛已消，肿也消了。十天后，在风景秀丽、山清水秀的丽水县城，李仗义和朱莉隆重地举行了婚礼。

朱莉的头上插满了鲜花，李仗义身披戎装，佩上军刀，在众军官簇拥下，进了洞房——一座临水的二层洋楼上。

不久，队伍就开拔往陕南打仗去了。

朱莉随李仗义队伍，在淮海战役中起义了，成了一名光荣的解放军战士。

四十九

李仗义率领的五十八师在蒋介石电令下,随黄维兵团急速要向北作战。他们已从骑兵侦察那里知道,在湖北光化下薛集出现的黄维部下的一三四师。被解放军刘邓下属远距离奔袭包围,黄维急令李仗义的五十八师向新野、枸林方向进军。

李仗义率部下气喘吁吁,白天、黑夜连续赶路,天还下着大雨,一片泥泞。大汽车、小汽车、辎重炮车,连人带马,总算赶到地方,但却不见解放军主力,只有少股部队,冲锋号吹响后,攻打了一阵后,就没见了。黄维命令李仗义继续寻找,向淅川、内乡一带寻找。

他哪里知道,刘邓大军不走开封、商丘的陇海线,却从中间的蒙城隐蔽性进军,三天三夜,直达了徐州城下,一场震惊中外的淮海战役打响了。

报告师长,这是南京来电。李仗义接过通讯兵手中的电报,一看,他傻眼了。因为蒋介石命令他随黄维兵团,不在宛西寻找主力决战。而迅速东去南宿州,与解放军主力决战。

李仗义在想,为什么解放军不在宛西呢,主力去了东线呢?我们要采取分而治之策略。却弄不清解放军的主力在哪里,要他日夜兼程,从这里距徐、蚌一带还有千里路程。到那时,也似在伏牛山中转,肥的拖瘦,瘦的拖死。

把罗盘拿来!他命令。勤务兵把他罗盘拿来,他又见到了宝贝呀!哈!哈!让爷们掐算一下。他很相信自己的卦灵验。

今年是寅年,白虎在东。当年,"小诸葛"白崇禧跌伤胯骨被我算出;两个月后他车翻至山涧,胯骨骨折;日军要打台儿庄,他去见了李宗仁,要他早做准备;结果真的台儿庄大捷。

蒋介石在民国三十七年第三次下野,李宗仁将当代总统,但又坐不稳,还要蒋介石出山,又被自己算出来了。徐州乃主胜克客的地方,此去必败无疑呀!

他心里惊慌起来,跪在神像前暗暗地祷告,求菩萨保佑。他把罗盘放在桌上,那针正指东方。

第二天一早,他率部东去,在经唐河、泌阳、确山、上蔡……一路上,炮声不断,打得他的士兵死伤很多。

他接到情报处情报,解放军正在徐州、蚌埠、碾庄一带集结。要打一次大仗、恶仗!

他心慌意乱。那天晚上,他又仰观天上星星,在地上走着奇形怪状的图形。他斥退了左右卫兵,一个人长叹:从打仗以来,我为党国效力,打了些胜仗。想不到这次,厄运已来,蒋介石气数将尽。此去淮海战场,凶多吉少,愿上天保佑,说罢对着上天磕了几个头,就去了军帐篷内,包一些金银珠宝。又叫几个警卫副官,参谋在一起商量了一番。

李仗义走出师部。喊醒了参谋长。他说,兄长无才,不会打仗,多年又辜负了蒋委员长栽培。我早已想身归山林,不在军界混了。以后,诸兄弟率领队伍去蒙城作战。说罢,脸上流下了老泪。

李仗义领着十数人,带着金银珠宝,每人又带两支短枪,悄悄连夜离开黄维部队,向三千里以外的玉龙山的三塔寺去。从此,三塔寺里多了十多个和尚。

五十

1948年下旬，黄维率领十二万人马，走走停停，停停打打，他的左右侧全是解放军的部队阻击着。

早已等候在蒙城的黄龙飞、凌燕（又被任命为旅长随部队行动）、黄琼所领导的二十一师、一一二师早在这里筑好了工事。

等黄维部队临近蒙城的双堆集时，被狂风暴雨般的炮火打得抬不起头来。

黄龙飞与黄琼打电话说，喂，爷字牌吗？你和我从左右两方夹击黄维，打得他没处儿钻。十二万人马，这可是块硬骨头。这骨头原属白崇禧的，现在归老蒋了。咱们慢慢啃，啃得光剩个骨头渣子。

黄琼说，对呀！谁不知道咱胃口大，过去的事不提了，这一回，咱拖住他，翻三个回合。

至此，北从徐州，南到宿州，在三百里的原野上，隆隆的大炮声震撼着天地。

华野、中野的指挥员们眼睛熬夜熬成红桃子，他们整天整夜守在地图旁。正在一点一点地移动着小红旗，看到蒋介石的军队被紧紧包围着。大炮把土地翻了个个儿，双方投入兵力达一百二十万。解放军战士的脸上身上全是血污和土泥，黄龙飞师的侧翼好几次被黄维的兵力撕破，差一点儿陷入全军覆没的境地。原来，凌燕又从地方工作团率一个营的兵力来支援黄龙飞的前线作战。

黄龙飞拼命对准话筒喊，十三团吗？你们还有多少兵力？挖好工事，防备右侧的敌人突围，我马上派警卫营去支援你！

他从望远镜上看到：敌人固守的一座楼房，那可能是敌指挥部。

他急得在师部踱步。这时，敌人的机枪又扫过来了。他又拿起望远镜，他清晰地看到，一个女的，率领一个排的兵力，正向敌大楼冲去。那不是凌燕吗？她要做什么？她不是接管地方，搞地方行政工作吗？什么时间又率领队伍来了。哦！对了，刚接到的任命。

一会儿，凌燕身影突然跃起，冲向敌大楼。

一会儿，又出奇的静。

一会儿，只见冲天的浓烟，一阵震天的巨响……大楼被炸为平地，剩下钢筋支架、水泥块儿。

他连忙放下望远镜，带领警卫连，冲向了敌人的指挥部。四十分钟后，他们到达了大楼残骸处，战士们都脱帽肃立了。凌燕静静地躺在大楼前的一片空地上，她脸是安详的，头发稍有点零乱，长长的睫毛覆盖着她美丽的大眼睛。

黄龙飞哭了，泪水从他坚毅的脸庞上流下来，他摘下自己的军帽盖在了凌燕的脸上。

他掏出手枪，并让所有的战士们都举枪朝天，打了二十八响——这是凌燕的年龄啊！

担架将凌燕抬了下去，他也随担架下去了。

在双堆集的附近，将凌燕掩埋了。黄琼也骑马赶来，把一个老财主的棺材让她用了。中野的首长也参加了追悼会。黄琼泪流满面，他是什么时候也没哭过的。

碾庄的黄伯韬兵团十七万人被包围了，像包饺子一样包得严丝合缝。在重炮的轰击下，空气中弥漫着呛人的汽油弹味儿。平地上、丘陵上到处是被燃烧弹烧得毕剥冒油的尸体。

黄龙飞的身上沾上了燃烧油，冒着火苗。他带着火苗抓住另一个师长的衣领，大声吼着，让那些王八羔子统统见鬼去吧！

报告师长，听说蒋经国坐着坦克，亲自来淮海前线了，协助杜聿明固守徐州。

黄龙飞一听，笑道，哈！哈！就是他蒋介石来也不沾弦了。他拼老本？完蛋了！

黄琼率领侦察营，在炮火中前进，直捣黄维的司令部。这是双堆集的一个大村庄，敌人的小汽车有几百辆，电线如蜘蛛网一样拉到村里。黄琼施展他的轻功，带领一营精干侦察员，穿过火网，又穿上了国民党的服装，利用夜色掩护，迅速攻进了双堆集村中的几十间大屋里，只见一个敌高级军官正在通电话。

举起手来,投降!黄维拿起手枪时,黄琼砰的一枪击在他面前的桌面上,吓得他乖乖举起了手。你是谁?

我是黄维!

好!命令你部下投降,保全你们性命。

钻在桌下兵团副司令吴绍周也被俘虏。

双堆集上空飘起了五星红旗,降下了青天白日旗。

黄维举着双手,被押进了中野指挥所。

黄龙飞、黄琼,都站在一片废墟上,凝望着这一片空旷而寂寥的原野。淮海战役,以中国共产党的胜利,蒋家王朝的失败而告终。黄琼抓起了脚下的一片焦土,放在鼻子下闻了又闻。看着这尸体压着尸体,燃焦的土地,到处流着黑紫的血,押下去一队又一队俘虏,他们会心地笑了。

北边碾庄方面传来隆隆的炮声。天空中飘起了雪花,拂面的东北风如烧沸的辣子油泼在脸上,使人疼痛还热辣辣的。

几个骑兵在旷野上狂驰,两封电报分别送到他俩手中。进军武汉,打过长江去,围歼白崇禧。他正了正军帽,原地休整;黄龙飞骑马狂奔在旷野上,看着俘虏,他心里乐极了。各团集结待命!他命令作战参谋。

黄琼转身到了帐篷里,抓起了毛笔,在一张大纸上写下了几首曲词,以鼓舞军心。

(曲一)都说咱顶着官帽巍巍颤,都说咱一生洒血打着江山。都说咱面对蒋家王朝破烂摊,穷追猛打笑开颜。不是民族儿女也是个些小官;咱吟吟笑谈,你道是荒途野店,咱道是为民躯捐。你道咱糊涂心肝,咱道你凡胎肉眼。说什么风狂雨骤,哪能比长空亮剑!

(曲二)莫担心血染黄沙太玄,莫焦心前程平与险。莫担心妻儿畏饥寒,莫担心天色突变乌云卷。山有根,水有源,为铲除弱贫根源,咱纷争了半个世纪几十年。也是咱峰回路转,得到了伟人指点,打打打,打掉烂摊!

(曲三)咱也曾拜读过诸子百家言,焚香许愿;咱也曾访过政治家救世主,问天泣血签。老天见怜,这整整一百年,鸦片战争洋炮舰;先生老对学生战;辛亥革命孙中山,驱逐鞑虏把帝制翻;有道是早把中华觑个遍,掠土地,抢矿山,杀人如麻碧血染;却原来是东洋鬼子来侵占;屠我同胞,占住关东,践踏好河山;老蒋败退打内战;拱手相让金壁江山!

(曲四)要解放,渡关山。金戈铁马战犹酣。反围剿,长征险;战湘江,过雪山,渡赤水,趟草原。万里长征人未还,三支大军会甘陕。眼看着怒气冲霄汉；眼看着千里雷声万里闪；眼看着天下红云飘得远！

（曲五）咱先横，收拾旧山阙从头干；后再喜，夹岸江水潮阔平。待我勒马领三军，辽沈淮海和平津；万里长江怎可阻，直捣台湾极目舒。

写罢，天已微明，东方天边红晕堆上碧蓝天宇。

黄琼和黄龙飞各从自己师部出来。

天上正隆隆飞来几架飞机，有战士说，莫不是蒋介石来给他的士兵送葬哩！

远处，又隐隐传来隆隆声，不知是雷声还是炮声。

黄琼高喊，上马，全师出发，兵向西南。远处的天边，不时划过蛛网似的细而弯曲的蓝色闪电。

淮河的水上，水手的号子隐约传去……

完稿于2008年1月3号下午6时许

一幅农村风俗画

大河报 B21 读书　　2006 年 6 月 8 日

余志宏同志酷爱文学，辛勤创作，已有 800 余篇作品散见各级报刊。如今历时 5 年，完成并出版了他的第一部长篇小说《春天里的冬天》。这部长篇小说以 20 世纪五六十年代之交为背景，反映了那一特殊时期农民的日常生活、心理结构和生存状态。

作者出身于农民家庭，当过民办教师、新闻记者和文联主席，长期在基层工作，有丰富的农村生活阅历，所以写农村生活就显得得心应手。他笔下的人物生动、鲜活，并富有独特的个性，诸如王贤达、李明亮、林法根、翠花、白菜心、英子、淑兰等人物都塑造得真实可信。尤其是书中的大队党支部书记李明亮这个人物，独具慧眼，还真是个人物。那个时期大话、假话、空话成风，而李明亮不违心做事，不随波逐流，精明机巧地尽力而为地与浮夸风做斗争，罢官之后也并不消沉，仍然想尽办法带领社员为生存而奋斗，并且始终对党的政策和未来充满希望和信心，毕竟是在春天。通过这个人物，我们可以看到中国农民身上那种极其宝贵的品质，看到中华民族的美德，非常值得后人借鉴。

这部小说的另一个特点是运用了大量的民间语言，这是因为作者长期生活在农村，已不仅是对这种语言烂熟于心，恐怕出口就是这种语言，因此充满了浓郁的生活气息、泥土气息，所以读起来别有味道。诸如"风来了，雨来了，王八背个鼓来了"。"小石头，滚上山，我爹十二我十三；娶我妈，我抱鹅，娶我外婆我打锣"。"人们四处去寻找野菜，到河边淘洗，白菜心仍不减她当年的风韵，风摆柳一般身材，她帮着拿菜放到锅里煮，还不时嘴里哼着曲牌调，申黄申、申黄申，走起碎子戏台步子。引得英子、淑玉笑个不住：你们看，你们看，这个小妖精多会浪啊！唱得多欢实"！农民毕竟是农民，生活虽苦，他们仍然苦中作乐。

　　此外，这部小说还写了不少民间传说和民俗，大旱之年求雨的场面就写得非常生动。这也让我想到了小时候我们老家旱季求雨的情景。过去，我们老家就有一种寡妇扫坑求雨的民俗，说是"十二个寡妇来扫坑，扫的扫，'嗡'的'嗡'，不出三天下满坑"。传说和民俗的运用增加了小说的神秘感和趣味性，也就增加了小说的可读性。

　　当然，这毕竟是作者的第一部长篇小说，难免显得稚嫩，缺少宏观的故事构架，失之琐碎。

河南省作协副主席
刘学林

跋

校完了清样，我总算能够舒口气了。这篇长篇小说从采风到成稿，历时两年时间。其间经历沧桑变迁，也使我们更微笑地面对生活，面对人生。时间充裕些，使我在书画方面更加沉醉，我在写这部小说时，得到了挚友全国人大代表、中医药管理局局长、中医院院长唐祖选、杨廷玉局长，洪荣惠兄、高志宽兄的鼎力相助。另外，还有记者刘秀立等先生予以帮助。在此一并感谢万分。由于家乡父老乡亲对我作品的见爱，多次鼓励我继续写下一本，所以我将看情况继续写农民兄弟。

《北火南天》一书曾参考严农廖耀湘的《野人山悲歌》，追述中国远征军女兵闯野人山的悲壮历程，还有张建伟先生《最后的神话》某部分。也一并感谢、特此说明。

作者